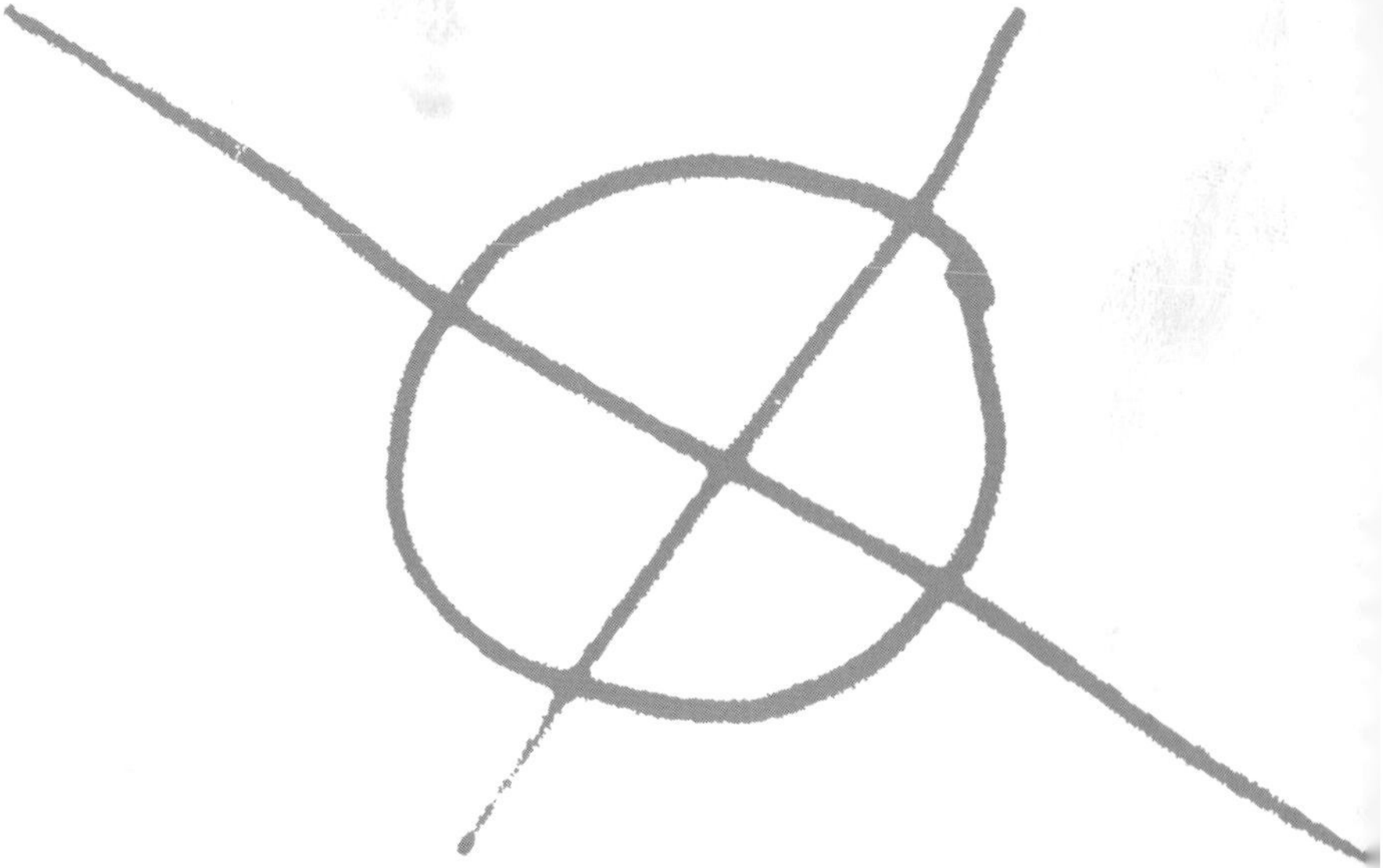

The Most Dangerous Animal of All
Searching for My Father... and Finding the Zodiac Killer
Gary L. Stewart with Susan Mustafa

殺人鬼ゾディアック

犯罪史上最悪の猟奇事件、その隠された真実

ゲーリー・L・スチュワート／スーザン・ムスタファ

高月園子＝訳

亜紀書房

殺人鬼ゾディアック　犯罪史上最悪の猟奇事件、その隠された真実

THE MOST DANGEROUS ANIMAL OF ALL

Published by arrangement with Harper, an imprint of HarperCollins Publishers
through Japan UNI Agency, Inc., Tokyo

階段の踊り場に置き去りにされた赤ん坊を引き取り、
我が子として育ててくれた男にこの本を捧げる。

目次

主な登場人物

ゲーリー・スチュワート	本書の主人公、エンジニア
ヴァン（アール・ヴァン・ベスト・ジュニア）	主人公の実父、古書商、 ゾディアック・キラー？
ジュディ	主人公の実母
アール（アール・ヴァン・ベスト・シニア）	ヴァンの父、主人公の祖父、 海軍従軍牧師
ガートルード	ヴァンの母、主人公の祖母、ピアノ教師
ロイド・スチュワート	主人公の養父
リオーナ・スチュワート	主人公の養母
ウィリアム	ヴァンの高校時代からの親友、私立探偵
ロテア・ギルフォード	ジュディの再婚相手、 サンフランシスコ市警殺人課刑事

一九六三年二月

腹を空かした赤ん坊の泣き声が闇を引き裂いた。腹立たしげに布団をはねのけた父親は、ベッドを出て赤ん坊のところに行き、ベビーベッド代わりに使われている旅行かばんの蓋を怒り任せに閉めた。

かばんの中の泣き声は、すぐに赤ん坊が空気を求めてあえぐ声に変わった。

序章

二〇〇二年五月

三九年。それはその言葉を聞くまでに私が待った年月だ。私のほんとうの名前や、両親の名前は何なんだろうと思いつつ過ごした三九年間。

ついに知った。

母の名前はジュディスだと。

真実を発見したあの日、養父母――ロイドとリオーナ・スチュワート――の心に何かが重くのしかかっていることに私は気づいていた。姉シンディの家の裏庭で、エビガニやソーセージやとうもろこしやポテトの入った巨大な鍋を最後にもう一度かき混ぜて、新聞紙をしいたテーブルの上にドスンと置きながら、私はこっそり彼らを観察していた。いつもと違いロイドは笑ってもいないし、ケージャン〔カナダの旧フランス植民地からの移民の子孫〕独特のフランス訛りでジョークを飛ばしてもいない。リオーナの美しい顔は何か重大なことを思い悩んでいるかのようにこわばっている。

ルイジアナの湿気が春の空気からすべての冷気を吸い取ったせいか、すでに暑い。だが、かすかな微風のおかげで、皆でテーブルを囲んでミシシッピ川の美味しいエビガニのしっぽの身をほじくったり、頭からスパイシーな煮汁を吸ったりする間も、なんとか暑さに耐えられた。山のような量をたいらげたあと、私はなおも煮えたぎっている大鍋にホースで水をかけ始めた。ロイドとリオーナがうなずき合い、こちらに向かってくるのが見えた。

うっ、あの手のこんだやり方からすると、よほど悪い知らせに違いない。誰が死んだんだろう。

「あのなあ、ゲグ」

ロイドは決して私をゲグとは呼ばない。それは祖父母だけが使う、ゲーリーという私の名前の短縮形だ。ロイドの今にも泣き出しそうな表情に加え、そのニックネームを使われたことで、私はいっそう不安になった。

手にしていたタオルを肩にポンとかけ、私は言った。「二人とも、一体どうしたの？」

「どっちにしろ、こんなことは簡単に言えるわけないんだから率直に言うよ」とロイドは言った。「二週間ほど前にサンフランシスコに住んでいる女性が電話をしてきてね、お前の母親だと言うんだ」

私の母親だって？　まさか。

リオーナが私の腰にそっと手を回した。「その人から写真と小包を受け取ったときは、その人がほんとうにあなたの母親だなんて信じたくなかったわ。でも、パパは写真の人があなたにそっくりだって言うの。そんなこと、絶対に受け入れられなかった。一日、二日は写真をもう一度見ることすら拒否したくらいよ」

私は喉のあたりにこみ上げてくるものを必死で飲み下した。

「でもね、それからお祈りをしたの。すると神様が私の心に語りかけてくださったの。この人はあなたの実のお母様だって。だから、あなたに正直に話さなくちゃいけないって」

「写真を見たとたんに、その人がお前の母親だってわかったよ」ロイドが口をはさんだ。「ママにそう言った。なのに、ただもう信じようとしないんだ」

私の目が潤んでくるのを見て、リオーナは手にやさしく力をこめた。

信じられなかった。こんなにも長い年月ののちに、ついに自分が誰だかわかるのだ……ほんとうの名前も。興奮の波がひたひたと体に押し寄せてきて、思わず父と母をぎゅっと抱きしめていた。何があろうとこの先もずっと彼らが私の両親だと断言した。その瞬間には、その日が私の人生の針路をどんなに大きく変えることになるかを、私は知る由もなかった。

リオーナによるとその電話を受けたのはメイデー〔五月一日〕だった。リビングルームでシンディや姑のエヴェリンと喋っていると電話が鳴ったので、キッチンに行って受話器を取った。

「はい、もしもし」リオーナは南部特有の甘い声で言った。

「もしもし、リオーナさんですか？」電話の相手が不安そうに尋ねた。

「ええ、そうですけど。どなたでしょう？」

「サンフランシスコのジュディス・ギルフォードといいます。あなたの息子さんの、ゲーリーの、生みの母だと思います」

数秒間、リオーナは言葉を失った。

やがて息が整ったとき、なんとか言うことができた。「どういう理由でそうお思いになるの？」

「委託先ファイルからの情報です。……あの、私にはそちらの生活に立ち入る気など毛頭ありませんの」彼女はあわてて付け足した。「ただ、ゲーリーに出生についての情報を提供できるようにしたいだけなんです。もし彼が知りたければですけど」

ジュディスが自分の人生に生じたいくつかの状況や、赤ん坊を手放すに至った経緯を説明する間、リオーナはじっと聞いていた。

「決して息子を手放したくはなかったのです。それで、ずっとあの子を見つけ出したいと思っていました」ジュディスがそう言ったとき、ちょうどロイドがドアから顔を出した。リオーナは手で彼を追い払い、自室に入ってドアを閉めた。ジュディスが過去数年間、息子を探すためにどんなに大変な思いをしたかを話す間も、リオーナは静かに聞いていた。いつも他人の気持ちに寄り添う彼女は、その女性に対しても同情の念を禁じえなかった。

「お願いです。写真と手紙を送らせてください」ジュディスは懇願した。

「夫に相談します。それから、ゲーリーに話してみます」

ジュディスが続きをさえぎるように言った。「お願いです。私に前もって何かを約束させたりしないでください。ただ情報をお送りするだけで、その後に何が起きても受け入れますから」

数日後、ジュディスから宅配便で箱が届いた。そこに潜在する家族全員の人生を変えるパワーを恐れ、開けるのが怖くて、リオーナはその箱を何度も何度もひっくり返した。

バースデー・パーティ、擦りむいた膝小僧、キスしたかすり傷。私と分かち合ったすべての思い出がリオーナの心をかすめていった。これって一種の残酷なジョークじゃないの？　どうしてこの女性は私の人生に、いえ、私の息子の人生に、こんなふうに土足で踏みこむことができるの？

震える指でリオーナは箱を開けた。手紙にクリップ留めされた写真が目をとらえた。ウォレット・サイズ〔6・4×8・9センチ〕の写真から電話の女が見返している。涙が視野を曇らせ、頬を伝って落ちた。写真を見ながら、リオーナはなんとかその女性が少しも私に似ていないと思いこもうとした。けれども、どんなに自分を欺《あざむ》こうとしても、真実が写真の中からリオーナを見つめ返した。

写真をロイドのところに持って行った。

彼は写真を検討する間、リオーナの手を握っていた。

「確かに似てるね」この女性が実の母親だなんてありえない、彼は妻にそう言いたかった。けれども、正直にならなければならなかった。

それからの数日間、彼らは突然降って湧いたこの信じ難い苦境についてひたすら話し合った。身元非公開の養子縁組だったんだ。こんなことは起きるべきでない。息子に話すべきか？　それとも秘密にしておくべきか？　彼らは互いの手を握り、神に祈り、教えを請うた。

ある夜、ついにロイドは答えを得た。妻に向かい、言った。「ゲーリーには自分が誰であるかを知り、その上でどうするかを決める権利がある」

夫の言うことが正しいとはわかっていたものの、リオーナは私が傷つくことを恐れた。次の週、二人は神に利己的にならない強さを乞い、この知らせを適切な方法で私に伝えられるよう助けを求めて、それまでにないほど熱心に祈った。

そして、私は知った。

その日の夕方は、実の両親はどんな人たちだろうとか、この赤い髪は誰から受け継いだのだろうなどと空想にふけった過去のすべての時々を思い出しながら、茫然自失の体《てい》で自宅までの四五キロを運転した。自分のほんとうの名前も、養子縁組証明書にある出生地がなぜニューオリンズなのかもわからず、私はこれまでの人生の大半をアイデンティティ・クライシス〔自己喪失〕に悩まされてきた。リオーナから手渡された箱の中身を一刻も早く調べたくて、知らず知らず、ほんの少しいつもよりアクセルを踏みこんでいた。手にはその女性の写真を握りしめていた。つい写真に見入ってしまい、何度か道からそれていた。運転しながら、息子のザックはこの写真を見たらどんな反応をするだろうと考えた。

「わあ、この男の人、パパにそっくりだよ」写真の中のジュディスの隣に立っている男性を見て、ザックが無邪気に言った。それには誰もが笑った。その男性は明らかにネイティブ・アメリカンか、もしくはヒスパニック系なのだが、ザックはその女性が私の母なら、隣の男性は私の父に違いないと思ったのだ。

あの日、家に着くとまず天井の明かりをつけた。箱の中の手紙を調べるに当たり、どんな小さな点も見逃したくなかったからだ。お気に入りのリクライニング・チェアに座り、私の母親だという女性の写真をじっくり見た。

その目。

その鼻。

その口。

私とそっくりだった。

ルイジアナ州で私と同じ日に生まれた男の子の中で探し出せたすべての人に、彼女が書いたという手紙を引っ張り出した。

読み進むうちに、涙が出てきた。

手紙によると、私を産んだとき彼女は一五歳で、カリフォルニアから家出をしていた。私の父とは結婚していたが、彼女が未成年だったために、彼女の母親によりその婚姻は無効化された。若い二人は逮捕され、カリフォルニアに送還された。最終的に彼女は母親に引き取られたが、それに当たり母親がつけた条件は、生後二ヵ月の私を養子に出すというものだった。その後、彼女は二六歳で再婚し、息子を一人もうけた。

私には弟がいたのか？

彼女は私が生まれた日からずっと私を愛し続け、以来、一日たりとも私のことを思い出さなかった日はなかったと書いていた。「もし電話が鳴って、息子が『あなたがぼくの母親だと信じます』と言ってくれたら、その日は私にとって人生最良の日となるでしょう」とあった。

私は何度も何度も手紙を読み、そのたびに電話に手を伸ばした。だが、手紙にある番号をダイヤルし始めると手が震え出し、受話器を戻すのだった。何と言えばいいのだろう？

リオーナに考えが及んだ。このニュースを私に伝えるのが彼女にとってどんなにつらかったかを私は知っていた。翌日は「母の日」だった。リオーナがあまりにも素晴らしい母親なので、この女性に電話しようなどと考えること自体に罪悪感を覚えた。その特別な日は、記憶の限り、母を称えて教会で過ごしてきた。リオーナは母親であることを示すコサージュを誇らしげつけていた。彼女は私を愛することを選んだ。そうする義務などまったくないのに、喜んで家に迎え入れ、実の子供のように大事に育ててくれた。彼女にこんな不実はふさわしくない。

翌朝、教会の信徒席でリオーナのそばに座っていると溢れんばかりの愛を感じたが、彼女の手をぎゅっと握ると、たった一五歳で私を産んだもう一人の女性のことを考えずにはいられなかった。理解し難かった。そのような大人の状況に直面させられた少女がかわいそうだった。

その日の終わりには、何をすべきかがわかっていた。この世に起きることにはすべて理由があると信じてきたのだ。これも例外ではありえない。

帰宅するなりリビングルームに行き、お気に入りの椅子に座った。私の母だという女性の写真を握ったまま受話器を取り、ダイヤルし始めた。番号を押すたびに胸がドキドキした。息を止めて待った。

リーン。

リーン。

リーン。

留守電の男の声が聞こえてきた。特徴あるアクセントで、その声は言った。「こちらはジュディ・ギルフォードとフランク・ヴェラスケスです。残念ながら、ただ今電話に出ることができません。お名前と電話番号をメッセージとともにお残しください。できるだけ早く折り返しお電話いたします」

落胆が心を駆け抜けた。彼女の声を聞きたくてたまらなかった。しばらく躊躇《ちゅうちょ》した。

深く息を吸いこんで、ついにメッセージを吹きこみ始めた。

「ジュディス・ギルフォードさんへのメッセージです。こちら、ゲーリー・スチュワート。あなたは私のお母さんではないかと思います」声を落ち着かせるため、ちょっと間を置いた。「もしお母さんなら、初めてになりますが……母の日のお祝いを伝えたいと思います。お母さんでなくても、やはりお祝いを言います。折り返し電話をくださるなら、こちらは――」そして電話番号を残した。

あれでよかったのだろうかと思いながら、疲れ果ててリクライニング・チェアに沈みこんだ。電話をすることにエネルギーのすべてを使い果たしていた。手を伸ばしてランプをつけ、彼女の写真を見つめながら何時間もただそこに座っていた。


その日の夜遅く、フランク・ヴェラスケスは留守電に残されたメッセージをチェックするため、自宅に電話した。その日、彼とジュディ――ジュディスはこう呼ばれることを好んだ――は、ニューメキシコ州アルバカーキの親戚宅を訪問していた。正式には結婚していなかったが、ジュディは彼のことを人前ではよく夫と呼んでいた。二人は旅が好きで、今回の小旅行もちょっとした気晴らしに予約していた。

フランクはしばらく聞いていたが、再びメッセージを再生した。

「ハニー、これはきみが聞かなくちゃ」携帯電話をジュディに手渡した。ジュディは初めて聞く私の声に感動し、泣きじゃくりながらそのメッセージを繰り返し聞いた。

「今すぐ電話すべきだよ」フランクは言い張った。

ジュディにはできなかった。そうするには、あまりに神経が高ぶっていた。

「無理よ。もう遅すぎるわ」と言い訳した。「それに、プリペイドの残りも十分じゃないし」

フランクは彼女の手から電話を取り上げてダイヤルし、一〇〇〇分の料金を追加して彼女に戻した。

ジュディはしばらく電話を見つめていたが、私が留守電に残した番号をプッシュした。電話のけたたましい音に空想から呼び戻されたとき、私はまだリビングに座っていた。

「もしもし」手の震えを止めようとすると、声がかすれた。

「もしもし」ジュディが受話口でささやいた。「ジュディ・ギルフォードです」

その声は電流のように私の体を貫いた。私は泣き出していた。話すことができなかった。

「信じてもらえないかもしれないけれど、愛してるわ。いつだってずっと愛していたわ」震える声でジュディが言った。あたかもダムが突然決壊したかのように、私たちは一気に話し始めた。「あなたには孫がいるんですよ」私は言った。「一〇歳です。名前をザックといいます」

互いに自分のすべてを知ってもらいたくて、相手の言葉をさえぎり合いながら、私たちは何時間にも思える長い時間、話し続けた。まるで誰か他の人に起きているような、絶対に届かない祈りが聞き入れられたかのような、夢の中にでもいる気分だった。過去のことは過去として、どんな関係を望むにしろ、それはこれから新しく築いていこうということで一致した。興奮のうちに、私たちは会う計画を立て始めた。

電話を切ると椅子にもたれ、この特別な「母の日」を満喫した。それは決して忘れられない日になった。

その夜は眠れなかったので、彼女に手紙を書くことで自分の気持ちを言葉にしようと試みた。

ママ、

今日、私の世界は一変しました。ママが私を探していると初めて知ったときは、ただもう大変な衝撃でした。でも今夜あなたと話すと、あなたが私の母であることを寸分の疑いなく確信できました。今の気持ちはとても言葉には表せません。母性愛には人々の理解をはるかに越える何かがあります。記憶の限り私の心には埋めようのない空隙がありました。その失われた一片は私が理解できない何かであり、存在していることすら知らない何かでした。今夜、あなたが「ゲーリー、愛してるわ」と言ってくれたとき、その空隙は消え去りました。

二〇〇二年六月一日、ザックと私はニューオリンズ国際空港までドライブし、カリフォルニア州オークランド行きの飛行機に乗った。ザックは隣席のルイジアナ州立大学体育局長ジョー・ディーンと喋っていたが、私は緊張でむかつく胃を抱え、窓の外のふわふわした白雲を眺めながら静かに座っていた。ザックは私がどんなにナーバスになっているかを察知し、そっとしておいてくれた。機体が国土上空を進んでいくにつれ、ますます不安になり、同時にわくわくもしてきた。

養父母の家庭では無条件の受容と愛を経験したものの、実の親に必要とされなかったという事実には、生まれて以来ずっと苦しめられてきた。私の中では、私は常に親に捨てられ、養父母により新しい名前を与えられたジョン・ドゥ〔名無しの権兵衛〕だった。そのせいで思春期には、さらに大人になってからは男女関係において、人を信用することができないという問題を抱えた。自分は誰かに必要とされ続けるに値する人間にはなりえないので、いつ相手に拒絶されてもおかしくないという恐怖をどうしても払いのけることができなかった。ロイドとリオーナはあらゆる手をつくして、愛され必要とされているという感覚を植えつけようとしてくれた。だが、私が自分のことをジョン・ドゥだと決めつけている限り、女性との恋愛関係は失敗に終わる運命にあった。自分には愛される資格がないと思いこんでいるので、捨てられるのではないかという恐怖が、相手を完全に愛することを不可能にした。結局、自分が何者かさえ知らない私を、どうして誰かが愛せるだろう?

ザックの母親とは離婚したものの、ザックと私の関係はまったく違うものだった。たとえ自分自身のことはわからなくても、私はこれだけはわかっていた――ザックは私が実の親から受けた扱いよりはましな扱いを受けるに値すると。だからザックが親に必要とされていないなどという恐怖を決して経験することがないよう、それどころか、どんなに父親に愛されているかを常に感じていられるよう、私は全身全霊で努めてきた。

ジュディが私を養子に出したときには彼女自身がまだ子供だったと知った今、再会に向けて気持ちの準備をするに当たり、心にはもう、ひとかけらの恨みも残っていなかった。むしろ幼いころからの積もりに積もった疑問への答えがやっと得られるのだという期待に、胸が高鳴っていた。

ついに飛行機が着陸すると、私は手のひらに噴き出してきた汗をズボンの太腿部分で拭った。この瞬間を生まれてからずっと夢見てきたというのに、いざそのときが訪れると、突然、心が二つに引き裂かれた。

逃げ出したい。

母に会いたい。

数分後、ターミナルのはるか向こうに、送られてきた写真に写っていた男性と並んで立つジュディの姿を見つけると、心臓が早鐘のように打ち始めた。ずいぶん背が高い——隣の男性より高いくらいだ。髪の毛は写真よりも短く、色はもっとブロンドに近い。不安そうにまわりを見回している。遠くからでも、彼女の顔に私が感じているのと同じ恐怖と興奮が見て取れた。冷や汗がどっと噴き出たが、初めて目と目が合うと、私の歩みは速まった。その目——私と同じ真っ青な目——を見た瞬間に確信した。この女性は私の母だ。

彼女のもとに到達するなり、スーツケースを下ろして彼女を腕に包みこみ、固く抱きしめた。

「ママ」髪の中にささやいた。

ジュディは一歩下がって私の肩に両手を載せ、私の顔をまじまじと見つめた。私の顔のすべての部分を取りこもうとするその目に、涙が溢れてきた。

「ゲーリー」震える声で彼女が言った。「私の息子」

その言葉は魔法のように響いた。

片手で彼女を抱いたまま、ザックに紹介した。二人が挨拶の言葉を交わしている間にフランクが手を差し出して自己紹介し、それから外に止めてある車へと案内してくれた。

彼がオークランドからサンフランシスコまで運転してくれている間中、何度となく母のほうを盗み見せずにはいられなかった。五四歳にしてはスリムで若々しい。シミ一つない日焼けした肌が美しい目と髪を引き立てている。

まもなくフィッシャーマンズ・ワーフに到着した。ザックはレストラン《アリオトス》の前に置かれた水槽にぎっしり入ったダンジネスクラブという巨大なカニに驚嘆した。そこでディナーを取ることになっていた。白いスモックを着た男たち——ほとんどが移民——が大釜に火をつけ、観光客が紙カップからカニのカクテルをつまんでいる。

「ぼくたちもあれ、買おうよ、パパ」ザックは興奮している。ルイジアナではそんなにも大きなカニは見たことがなかったのだ。

「うん、あとでね」私は笑った。「その前にまず中で食べよう」

席に着き、窓の外の埠頭に沿って並ぶカラフルな漁船を眺めた。入江の波のリズムに合わせて前へ後ろへと揺れている。それらの船から水揚げされた魚貝類を中心とするその店のメニューは、私に故郷を思い起こさせた。

「どれが美味しそう?」ジュディが言った。

「どれも」私は笑った。「でも、イカは絶対にオーダーしなくては。ルイジアナのよりずっと新鮮そうだ」

「時折イカの群れがここの入江に迷いこむこともあるけど、たいていはその先の太平洋で捕れたものだよ」とフランク。

食事の間、私たちは会話を軽いものに留めた。誰にも話したいことは山とあったが、ゆっくり知り合うことが大切だとわかっていた。食後は波止場をぶらぶらして、店のショーウインドウを覗いたり、道行く人々のためにダンスやフラフープをする大道芸人を見物したりした。

「ここは気持ちいいですね」入江に吹き渡る涼しい微風を楽しみながらジュディに言った。「この時期、ルイジアナでは暑さのあまり息もできないくらいですよ」

「一年中こんな感じよ。とっても気に入ってるの」私の手を取ってジュディが言った。「来てくれてありがとう。サンフランシスコを案内するのが楽しみだわ」

ジュディとフランクが暮らすアパートに着いたときにはすでに夜も遅くなっていた。フランクとザックが眠ったあとも、ジュディと私はこんなことが実際に起きているとはとても信じられず、夜中の三時まで、話をしたり、ただじっと見つめ合ったりした。ついに話すことがなくなると、生まれて初めて私は母におやすみのキスをした。

翌朝、下の道路を行く市営バスの耳慣れない騒音で目が覚めた。リビングルームに行くとザックがまだカウチで寝ていたので、しゃがんでその頬にキスしてから、その三階建てのテラスハウスの、街を見下ろすガラス戸のところに行った。

サンフランシスコの眺めは美しい。正面にはピンクやブルーやグリーンに塗られたエドワード朝様式の低い建物でぎっしり埋まった、労働者階級の暮らすノイバレー地区が広がっている。その谷の中央には、セント・ポール・カトリック教会の一対の尖塔が空高くそびえている。サンフランシスコ湾の向こう側にはオークランドの丘が見える。右にはキャンドルスティック・パーク〔スタジアム〕が楕円形に地面を削り取っている。左にはベイ・ブリッジの上下デッキを車が疾走している。ゴールデンゲート・ブリッジとベイ・ブリッジの間には、アルカトラズ島がぞっとするほどの静けさを湛えている。着替えをする前にしばらくそこにたたずんで、そのすべてを心に取りこんだ。

その朝はジュディと教会に行くことにしていた。そして午後遅くに皆でベニシアまでドライブした。小さな漁村が発展して賑やかな市になったベニシアは、サンフランシスコから五六キロ北東にある。最近私にあるポストを提供してくれた会社の本社があるので、それを見に行くのが目的だった。

電気技師として、私はそれまでの一七年間、成功への階段を不規則に上ってきていた。一九八五年に理学士号を取得してルイジアナ州立大学を卒業して以来、いくつかの会社を渡り歩きながら管理職に昇進し、最終的にはある大企業の廃棄物処理の統括責任者になった。しかし、にわかブームと衰退を繰り返すルイジアナではよくあることだが、その会社も経営合理化の兆候を示し出したので、私は継続的な雇用について不安を抱き始めていた。

ジュディが電話をしてきた一ヵ月前に、ベニシアの「デルタ・テク・サーヴィス」社が接触してきた。バトンルージュに新たな廃棄物処理施設を開設する人材を探していた。だが、浮き沈みの激しい石油関連事業に疲れ果てていた私はその申し入れを断り、あるプラスチック製造会社の工場長の職を引き受けた。その仕事を「母の日」の翌日の月曜からスタートすることになっていたのだが、ジュディが私の人生に入りこんできたことですべてが変わった。サンフランシスコにしょっちゅう立ち寄れる可能性にわくわくして、私はいったんは断ったデルタ・テクの職を引き受けた。カリフォルニアに頻繁に行く必要性が生じた時期とそんなにも近いタイミングでその仕事のオファーが来たことは、神の思し召しとしか思えなかった。パーフェクトだった。本社に行く用ができたときには、いつでも母を訪問できる。

ベニシアへは、ジュディの赤いスポーツタイプのポンティアック・グランダムに私とジュディが乗り、私たちを二人きりにするためフランクはザックを乗せてブルーのマーキュリー・セーブルでそのあとを追って来た。ドライブの途中、私は景色に見とれた――丘を登るにつれ次々と現れてくるカラフルなヴィクトリア朝様式の家々、見慣れない樹木や灌木、金色の野草。あたかも一生分の感情と経験が短い数日間に凝縮されたかのように、すべてが現実離れしていた。しばらくの間、私たちは黙ってドライブを続けた。ジュディはいつ私が答えにくい質問をし始めるのだろうと思い、私は何を最初に訊こうかと考えていた。

「ここ、一九八九年の大地震で橋が崩落した場所ですよね？」

「ええ、そうよ。事実──」と言って、ジュディはフロントガラスを通して、頭上にあるベイ・ブリッジのアッパーデックの底面を指差した。「ほら、赤い印のあるあそこが、まさに橋が落ちたところなの」

「テレビで見たのをまるで昨日のことのように覚えてますよ」そう言ってから、ついに訊きたくてたまらなかった質問を吐き出した。再会して以来、二人ともそれに触れることを避けていたのだ。「それで、ママ……ぼくのお父さんは誰なんですか？」

ジュディは両手をハンドルに乗せたまま咳払いをし、きちんと座り直した。ナーバスになっているのがわかった。

「電話で初めて話したとき、私に完全に正直になってほしいって言ったわよね？」

「ええ」

「だから、いつもほんとうのことを話すって約束するわ。私たちは愛と真実と誠実さの上に関係を築かなくちゃならないもの。でもね、ハニー、なにしろすごく昔のことだし、あなたやあなたのお父さんのことはすべて忘れるよう強いられたってことを理解してほしいの。あのころの記憶は無理やり抑えこまれたのよ」

ジュディは父について覚えていることをいくつか話し始めたが、それは漠然としているどころではなかった。「名前はヴァン。フルネームは思い出せないわ」そして、彼とはすごく若いときに出会い、駆け落ちしたと言った。

「ともかくニューオリンズにたどり着いたの。そして結局、私は妊娠した。ある日、あなたはまだ生後三ヵ月ぐらいだったと思うけど、彼があなたをバトンルージュに連れて行った。まだ車がなかったから、電車で行ったと記憶してるわ。あなたを教会に連れて行ったの。彼があなたを連れずに戻って来たので、私は彼のもとを去った」ジュディは続けた。「彼は私がいなくなったのでかんかんに怒って、私のことを警察に通報したの」

私は必死で彼女の話を理解しようとしていた。教会に連れて行かれたって？

「つまり、お父さんは私をバトンルージュに連れて行って教会に預け、それからママを当局に引き渡したってことですか？」細かい点まですべてきちんと知りたくて、訊き返した。

ジュディはしばらくためらったのちに、うなずいて「ええ」と答えた。

私はすべてを心に取りこみながら、しばらく黙って座っていた。だが、最後にはこう言った。

「あのね、ママ。お父さんのことをそれ以上知りたいとは思わない。ぼくにはバトンルージュに素晴らしい家族がいるし、そこのお父さんは世界一だから」

ジュディは見た目にもはっきりほっとしていた。明らかに父を見つけ出してほしくはなさそうだった。

そこで終わりにしておけばよかったとつくづく思う。だが、それからの数ヵ月の間に父について考えれば考えるほど、私は父に会って、父の側の話を聞き、たぶん父を許しさえして、親子の付き合いを始めたくなった。母の記憶は限られていた。ひょっとしたら父の記憶はもっと確かで、なぜ私をバトンルージュに連れて行って、そこに置いて来たのか、理由を話してくれるかもしれない。

結局、私は父を探すことにした。父についてほんとうのことが知りたかった。どんな男で、なぜ私が邪魔だったのか。今なら言える。時に過去のことはそっとしておくほうが賢明だと。真実を知ることが常にいいとは限らないのだと。時に真実はあまりに恐ろしくて、ほんの少しずつ、あちらこちらの断片からあらわにされ、ゆっくり吸収されなくてはならないのだと。なぜなら、一度にすべてを知るとあまりの衝撃の大きさに耐えられないからだ。

そして、時に真実はすべてを変えてしまう……。

第一章　アイスクリーム・ロマンス

1

一九六一年一〇月

アール・ヴァン・ベスト・ジュニアは《ハーバーツ・シャーベット・ショップ》から通りを隔てた古本屋の前のベンチに座っていた。メキシコシティから持ち帰った古書の買値を、そこの主人が計算し終えるのを待っていた。するとナインス・アヴェニューとジュダ・ストリートの角にスクールバスが止まり、一人の美しい少女が元気よく飛び出してきた。彼はその少女を穴が開くほど見つめた。少女が歩くとブロンドの髪が午後の日差しを反射してキラキラ輝いた。彼は立ち上がり、まっすぐ少女の向かう先に足を踏み入れて、通りを渡る前に声をかけた。

「こんにちは」セールスマンにうってつけのチャーミングな笑みを浮かべ、ヴァンはやさしく声をかけた。

「こんにちは」少女は微笑み返し、アイスクリーム・パーラーのほうに曲がっていった。

彼はついて行った。

「ぼく、ヴァン。きみは？」

「ジュディ」

ヴァンは彼女のためにドアを開け、二人はガラスフレームのカウンターまでベージュのモザイクタイルの床の上を進んでいった。ジュディはシャーベットの種類にざっと目を通したあと、シンプルなバニラアイスのコーンに決めた。ヴァンは代金を支払い、いっしょにテーブルに座っていいかと尋ねた。彼はいい人に見える。きちんとした服装で洗練されている。身なりのいい年上の男性に興味を持たれたことがうれしくて、ジュディは返事の代わりにうなずいた。彼らは白黒のチェッカー模様の壁に近い、隅のテーブルを選んだ。

ヴァンは腰を下ろし、彼を驚くほど無邪気に見返す彼女の真っ青な瞳を覗きこんだ。ヴァンは美しい女が好きだ。若ければ若いほどいい。しかも、この子はとびきりかわいい。

彼が好んで使うイギリス訛りで質問する。

「きみ、歳はいくつ?」少女は二〇歳前後に見えるが、たったさっきスクールバスから降りてきたことが意識にあった。

「もうすぐ一四よ」

ヴァンは信じなかった。少女はその歳にしてはあまりに成熟しているし、美しすぎる。

「ありえない」彼はつぶやいた。

「ほんとよ」少女はアイスクリームを舐めながらくすくす笑った。「一〇月八日が誕生日なの」

彼はその場にい続けるべきかどうか迷いながら、しばらくじっとしていたが、少女の微笑んだ目を見たとたんに、歳なんか関係ないと確信した。彼はそのとき二七歳だったが、それは紛れもない完全な一目惚れだった。彼女を手に入れなくてはならなかった。彼女は若く、無垢で従順だった。

ジュディからすれば、メキシコへの旅や日本での生い立ちについて語るヴァンは、世慣れた賢い大人だった。彼は普段彼女のまわりにいる大人たちが決して話題にしない音楽や美術や文学について話した。

「どこに住んでるの？」ヴァンが尋ねた。

「公園のそばよ。セブンス・アヴェニュー」

「両親と？」

「ママと継父。でも私、あの人、嫌い。意地悪なんだもん」

「ぼくにも意地悪な継父がいるんだ」ヴァンは言った。そして、小声で付け加えた。「ぼくは絶対きみに意地悪なんてしないよ」

ジュディは小さく笑って立ち上がった。「もう帰らなくちゃ、叱られるわ」

ヴァンは少女について外に出て、少女が丘を登り、やがて視界から消えるまで見送り、それから本屋に戻って支払われるべき金を受け取った。持ちこんだ本の査定に満足し、母と継父とともに暮らす、マウント・スートロをちょっと回った先のカストロ地区に戻っていった。

翌日の午後、彼はアイスクリーム・ショップの前に立ち、スクールバスがかつてお目にかかったことがないほど美しいあの少女を再び彼のもとに届けてくれることを祈りながら、その到着を待った。何人かの歩行者がアジアン・マーケットから出て、アイリッシュ・パブに入っていく。戸口から漂ってくるコーヒーの芳香に誘われて、カフェの前で足を止める者もいる。サンセット地区はいつも歩行者で溢れている。その大半が若い学生や高校生、そして地元の年取ったビジネスマンたちだ。彼らはいい生活ができるという、アメリカが勤勉な移民の企業家たちにした約束を信じて、地域の発展を助けてきた。

ヴァンもまた、そんな企業家の生き方を目指していた。彼にはその夢をかなえられるくらいの頭脳も備わっていた。優秀な生徒が行くローウェル・ハイスクールを卒業したあと、サンフランシスコ・シティ・カレッジに進んだ。だが、そこでの成績は彼の能力を反映していない。成績証明書にはBとCが並んでいる。ただし、英語と予備役将校訓練課程だけは抜群の成績だ。彼が真に興味を抱いたのはその二科目だけだったのだ。持てる時間のほぼすべてを手当たり次第に本を読むことでつぶしたが、特に楽しんだのは、おそらくさほど頭がよくない人には退屈な純文学だった。

まもなく彼はスクールバスが通りを上ってくるのに気づいた。何人かの子供がバスのステップを降りてきた。すると、そこに再びあの子が現れた……美しくてかわいいあの子が。

彼女が向きを変えてジュダ・ストリートを上り始めたときに、声をかけた。彼を見たとたん、その顔いっぱいににこやかな笑みが広がった。

「あら、ここで何してるの?」

「きみを待ってたんだよ。家まで送らせてくれよ」

「とんでもない。男の子といっしょに歩いてるところを見られたりしたら大変、ママが怒り狂うわ」

「そう、だったら、見つからないようにしよう」ヴァンはニコッと笑い、ジュディの腕を取って通りの反対側に引っ張っていった。「公園を通り抜けよう」

家に向かう道を通り過ぎてゴールデンゲート・パークに入ると、ジュディはウキウキしてきた。それまで彼女の男性に関する経験は決していいものではなかったが、この人は違うようだ。母ヴェルダはジュディの父と数年前に離婚していた。彼がひどく厳格で、娘たちを虐待するのに耐えられなかったからだ。よくジュディと妹キャロリンの尻を、真っ赤なみみず腫れができて、痛くて座れなくなるまでぶった。この体罰は両親の離婚によりついに終わったが、それでもジュディは時々父が恋しくなった。

ヴェルダは娘たちを連れてサンホセに引っ越し、徐々に生活を立て直して再出発を図ろうとしたが、そううまくはいかなかった。初めてデートした相手にレイプされ、まもなくそのせいで妊娠したことを発見した。一九六一年五月二八日に男の子が生まれ、ロバートと名付けられた。ヴェルダはこの子を手元に置いてはおけないことを知っていた。その子を見るたびにつらい体験を思い出すだろうし、食べさせなければならない子供がすでに二人いる。結局、その子は生後まもなく養子に出された。

そんな経験から立ち直るためサンフランシスコに戻ったヴェルダは、ハンターズポイント海軍工《こう》廠《しょう》で働く海軍技師のヴィック・キリツィアンという男と再婚した。ギリシャ出身のアルメニア人で、英語がうまく話せない。ジュディには彼が母を侮辱してなじっているとき以外、彼の言っていることはほとんど理解できなかった。彼は子供たちを殴りこそしなかったが、ヴェルダのことをバカだと思っていることをはっきりと知らしめた。ジュディからすれば、母親がそんな扱いを受けるのを見るのは、尻をぶたれることと同じくらい耐え難かった。ヴェルダの人生はそれまでになくつらいものになっていた。家計を助けるためクロッカー銀行で懸命に働いたが、それでも夕方になって家に帰れば、来る日も来る日も罵倒される。気持ちが沈み、希望もなくなった結果、娘たちに与える愛すら枯渇した。

わずか一三歳にしてジュディは愛に飢えていた。そして、ヴァンはこの純真な少女に、彼女が求めていた心遣いを惜しみなく与えた。ヴァンに腕を組まれると、ジュディは大人になった気がし、幸せそうに微笑んだ。自宅からわずか六軒先の公園の端で別れ際に手にキスをされると、その笑みはさらに満面に広がった。

ジュディは翌日もバスから降りたときに彼が待っていてくれることを期待した。待っていた。

ヴァンはジュディが彼を探してあたりを見回すのを見ていた。そして目と目が合ったとたん、美しい顔がパッと輝くのを見た。ヴァンは彼女のもとに行き、その手を取った。

「どこに行くの？」ほんとうはどこでもよかったけれど、ジュディは訊いた。恐怖心はなかった。ヴァンは安全だと感じさせてくれた。

「内緒――ぼくのお気に入りの場所だよ」近くのバス停に引っ張って行きながら、ヴァンは答えた。

「教会に行くの？」カリフォルニア・ストリートでバスを降り、ヴァンがグレース大聖堂を指差すと、ジュディは驚きの声を上げた。

「この教会の中に入ったことある？」

天に向かって伸びる高い塔や細長い尖塔のある

ヴァンに出会った頃のジュディ

荘厳な建物を眺めながら、ジュディは首を横に振った。中に入ると、ヴァンはジャン・ヘンリク・ドゥ・ローゼンの壁画をはじめとする、大聖堂の壁に掛かったお気に入りの美術作品を指差し、それらの歴史についての知識で彼女を驚かせた。

ジュディは魅了された――美術作品だけでなく、教会についてそれほどまでに造詣の深い男性にも。今までそんなふうに、つまり彼女が自分と同等の人間であるかのように、また彼女の意見が重要であるかのように扱ってくれた大人はいなかった。次にヴァンは壁に並んだ長いチューブ状のパイプに注意を引き、誇らしげに大聖堂のオルガンを紹介した。そして「ぼくはここで時々、あのオルガンを弾くんだよ」と言った。

アダムとイブを描いたステンドグラスのある場所まで進んで来たとき、ジュディを帰宅させる時間になった。サンセット地区に戻る途中、ジュディが母に会ってほしいと言った。

「それはやめておいたほうがいい。きみが一七歳だったら話は別だけどね。きっとぼくは嫌われる。きみには年上過ぎるって言われるよ」

ジュディはうなずき、しばらく二人の友情は内緒にしておこうということになった。ジュディは彼を自分だけの秘密にしておくという考えが気に入った。

「明日も会えるかな?」家の前の通りに入るとき、ヴァンが訊いた。

「ええ」ジュディは息を弾ませた。「待ち遠しいわ」

肩にかけたブックバッグを揺らしながら、ジュディはスキップせんばかりに急坂を上っていった。彼女はかつて、それほど幸せだったことはなかった。年若い少女は、なぜヴァンほどの年の男が自分に興味を持つのかを疑問には思わなかった。彼の過去について尋ねることなど思いつきもしなかった。彼女の頭の中では、二人の関係はまったく自然だった。彼に触れられたり、微笑みかけられたりすると、喜びでクラクラした。それだけが重要だった。

まもなくヴァンには魅力的な外面からはわからない何かがあることを――ダークな一面があることを――彼女は発見することになる。それは彼が用心深く隠し続けている、痛みに包まれた過去だった。

2

ヴァンの父アール・ヴァン・ベスト・シニア（私の祖父）は一九〇四年一〇月一六日に愛情深いクリスチャンの家族に生まれた。だが、わずか二歳で、父親が奴隷農夫の一人に撃たれて殺されるという悲劇に見舞われた。彼は亡くなった父が聖職に就かせようとしていたと聞かされて育ったので、生涯、神に仕えることになった。サウスカロライナ大学を伝道師としてのささやかな給料で、自力で卒業した。サウスカロライナ州マリンズ出身のガートルード・マコーマックという美しく才能豊かな女性に出会い、恋に落ちた。彼女があまりに上手にピアノを弾くので、アールは天国の天使たちがそれに合わせて歌っているとさえ思った。ガートルードも彼のことを愛していると言い、彼はそれを信じたが、彼が言いなりにならないと、ガートルードはあっさり他の男に乗り替えた。それは二人がともに過ごした長い年月の間に、彼が繰り返し学ばされることになる教訓だった。

一九二九年一一月九日に、ガートルード（私の祖母）はアールが訪問してくれたことに対し、感謝の手紙を書いている。それには、もうじきオイスター・ロースト〔牡蠣のバーベキュー・パーティ〕があるので彼にも来てほしいが、毎日遠くまで彼女に会いに来るのが大変なことはわかっているつもりだとある。「私があなたとの関係を終わりにするのではなく発展させたいといつも願っていることをわかっていただきたいの」とも書いている。ところが、翌一〇日付では追伸に「オイスター・ローストはとても楽しかったわ。ニックはとても親切でした。家まで送ってくれました。彼ではなくあなただったらよかったのに」と書き添えている。

　彼女の作戦は成功した。

　アールは大急ぎでマリンズに引き返し、ガートルードの父ダンカンに結婚の許しを求めた。ダンカンはひたむきな若者に許可を与えた。

「どうかぼくと結婚してください」アールは客間のソファに横たわるガートルードの前に男らしくひざまずき、プロポーズした。

　ガートルードはかわいらしく唇をとがらせ、しばらく考えこんだ。そしてフィアンセの瞳に微笑みかけながら、「はい、喜んで」と答えた。

　彼女はアールの知性に魅かれていた。少々退屈な男ではあったが、彼ほど学識が高く、意欲ある男性を知らなかった。若い女性として、牧師の妻が得られる尊敬にも気づいていた。それはとても魅力的な前途であった。

　数年間、結婚生活はすべてうまくいっていた。すると一九三三年に、アールの兄オースチン・ヘイグッドと妻のベティ・ウィルモスがともに、ベティが働いていたサナトリウムでうつされた結核が原因で亡くなった。四人の子供――ルイーズ、ミルドレッド、アイリーン、ジェラルディン（ビッツ）――が残された。ミルドレッドはアールの姉ナンが、アイリーンと末っ子のビッツはもう一人の姉エステルがそれぞれ引き取った。一四歳のルイーズは、アールの強い説得により、ガートルードがしぶしぶ引き取ることになった。

アールの収入はあまり多くはなかったので、食い扶持が一人分増えたことで、ガートルードのやりくりはいっそう大変になった。当初、大学町から大学町への移動は心浮き立つものに思われたが、金もないのに子供がいる身動きの取れない状態は、ガートルードにとっては想定外だった。

「どうしてナンがルイーズを育てられないの？」ガートルードは不満をぶちまけた。

カレッジ・オブ・チャールストンに通っていたアールは執筆していた論文から顔を上げ、ため息をついた。「それはね、一人しか養う余裕がないからだよ」彼は再び説明した。

「でも、それって正しくないわ。ミルドレッドはいつも親戚が彼女たちを生まれたての子猫のようにバラバラにしてしまったって嘆いているもの。姉妹はいっしょにいるべきよ」

「だったら、ミルドレッドをうちに引き取るべきだね」アールはガートルードの反応を目の端でとらえ、にやりとした。

彼女は口を閉ざし、荒々しく部屋を出て行った。

アールは笑って書き物に戻った。彼のわがままな妻は、時折、自ら掘った落とし穴にはまる。

次の一年間、アールに少女たち全員をいっしょに育てるのが正しいという考えを抱かれては困るので、ガートルードは比較的おとなしくしていた。だが、姪にやさしくはなかった。自らも父親を知らずに育ったアールもまた、ルイーズを正しく育てようとするあまり、躾に厳しくなった。月日を経るにしたがい、ルイーズは叔母を憎み、また妻に彼女を孤児のごとくに（孤児なのだが）扱うことを許している叔父をも恨むようになった。

一九三三年の終わりごろ、ガートルードは月のものが来ないので、妊娠したかもしれないと恐れた。夫婦は当時、ケンタッキー州ウィルモアに住んでいた。アールが家族のためにもっと収入を増やそうと、新たな資格を取るためにアズベリー神学校で学んでいたからだ。

「どうやって二人の子供を養うの？」これにより夫がルイーズを追い出さざるを得なくなることを期待して、ガートルードは夫に妊娠のニュースを打ち明けたあとに泣き声で言った。

「一人のときと同じ、なんとかなるさ」アールは取り合わなかった。

ガートルードは絶対に女の子が欲しいと思った――自分の娘が欲しいと。たぶんアールも自分の娘を抱けば、もう一人の娘は家族ではないと悟るだろう。彼女は何メートルものレースや布で赤ん坊のためにドレスを縫い始めた。生まれてくる子が男の子かもしれないとはまったく考えなかった。ただもう男の子ではだめだった。

一九三四年七月一四日、ガートルードは男児を出産した。アール・ヴァン・ベスト・ジュニアと名付けられた。アールは息子をヴァンと呼ぶことにした。

助産婦がヴァンをガートルードの腕に抱かせようとすると、彼女の頬は怒りで上気し、目からは涙がこぼれた。

「ほら、見て。立派な子だよ。健康な男の子だ」アールは妻に息子を抱かせようと、甘い言葉をささやいた。

ガートルードは赤ん坊を見ようともしなかった。「向こうに連れて行って」壁に向かって寝返りを打ち、言い張った。

アールには理解できなかった。母親は子供を愛するはずじゃないのか。

数日後、夫が再び赤ん坊を連れてきても、ガートルードは相変わらずベッドの中だった。

「気分がすぐれないの」アールが赤ん坊を抱いて近づいてくると、彼女は言った。

「ちょっと見てごらん」アールは懇願した。「ちょっとでいいから抱いてやれよ。かわいい男の子だよ」

「いやよ。私のことはほっといて。かまわないで」

何週間も毎日、アールは赤ん坊を妻のもとに連れて行ったが、彼女は抱くのを拒み続けた。ついにアールの堪忍袋の緒が切れた。オムツを洗い、四時間ごとに授乳し、母親の腕の安らぎを求めて泣く赤ん坊の声を聞き、本来ならガートルードがすべきことをすべてすることに疲れ果てていた。もう、たくさんだった。

「起きなさい」またもや眠れない夜を過ごしたあとに彼は言った。「ベッドから出て、クリスチャンのよき母親らしく子供の世話をしなさい。そんな振る舞いは許さない。起きろ!」

ガートルードは夫を我慢の限界まで追いつめたことを知った。起き上がり、しぶしぶ赤ん坊に対する母親の役割を担った。ミルクを与えた。オムツを換え、洗った。風呂にも入れた。だが、母親としての必要最低限しかしなかった。

妻の振る舞いが少しましになったのを見てアールは満足し、彼女に育児を任せた。このころ、アールは母親への手紙に、彼もガートルードも子育てについてははっきりした考えがあると書いている。「泣いているときには泣きたいだけ泣かせ、快適そうにしているときは赤ん坊のことは忘れ、放っておきます。青くなるほど泣いたからといって散歩に連れ出したり機嫌を取ったりするのは、決して子供のためにはなりません。甘やかしかわいがって根っからの弱虫にさえしなければ、まっとうな男の子に育つでしょう」

一九三五年、叙任されたメソジストの牧師になった祖父は、妻と一歳の息子を帯同して日本で布教する任務を引き受けた。ルイーズは大喜びで妹たちがいるエステルの家に引き取られていった。日本でのアールの仕事は、教派を超えた普遍的なキリスト教教会の設立に助力することだった。彼はメソジスト伝道委員会の代表として、キリスト教の他の宗派の代表たちとともに、より多くのアメリカ人伝道師を日本に送りこむことについて話し合うため、昭和天皇（ミカド）に招待されたこともある。のちにアールは当時の活動を修士論文に残している。完成には五年かかったが、一九四一年、ついに超教派の教会は実現を見た。

アールはこの事業に貢献したことを大変誇りにしていたが、東京での年月におけるハイライトは何と言っても天皇との謁見であり、そのときの話をしてヴァンを感心させるのを楽しんだ。彼は息子を数あるオペラの中でも特にギルバートとサリヴァンによるオペレッタ『ミカド』に連れて行き、そのビラを本国にいる姪たちに送った。

一九四〇年ごろには、アールにとって大変喜ばしいことに、六歳になったヴァンはすでに博識家になる兆候を見せていた。ヴァンはアールが時折ヴァンと話すときに使うドイツ語を習得するのと同じくらい楽々と日本語も覚えていった。アメリカ人の他の子供たちは紙の左から右へ書くことを習っていたが、ヴァンは日本語の三種類の文字——漢字、平仮名、片仮名——を使って縦に右から左へと書いていくことを学んだ。アールは海外に住むという希少な機会を息子が最大限利用するよう仕向けた。ガートルードはヴァンの芸術面での才能の開花を助け、ピアノやオルガンの演奏や絵を描くことを教えた。もっとも、それは息子に対する愛からではなく、自分自身の退屈をまぎらわすためだった。頬へのキスや、愛情たっぷりのハグはなかった。ヴァンが怪我をしたときも冷たかった。アールは「泥を払いなさい。男の子だろ。強くならなくては」と言った。反対にガートルードは息子を〝根っからの弱虫〟にしようと、レースの襟やフリルの服を着せた。

ヴァンは強くなろうとした。父親を喜ばせようとしたが、アールの「鞭を惜しめば子供はだめになる」という哲学のせいで、ちょっと失敗をしてもびしびし打たれた。泣くと、鞭はよりいっそう激しくなった。

ヴァンは幼くしてすでに平穏な毎日のためには学習が一番だと理解し、面倒に巻きこまれないために勉強した。彼は学んだ。そして父親の自慢の息子になった。

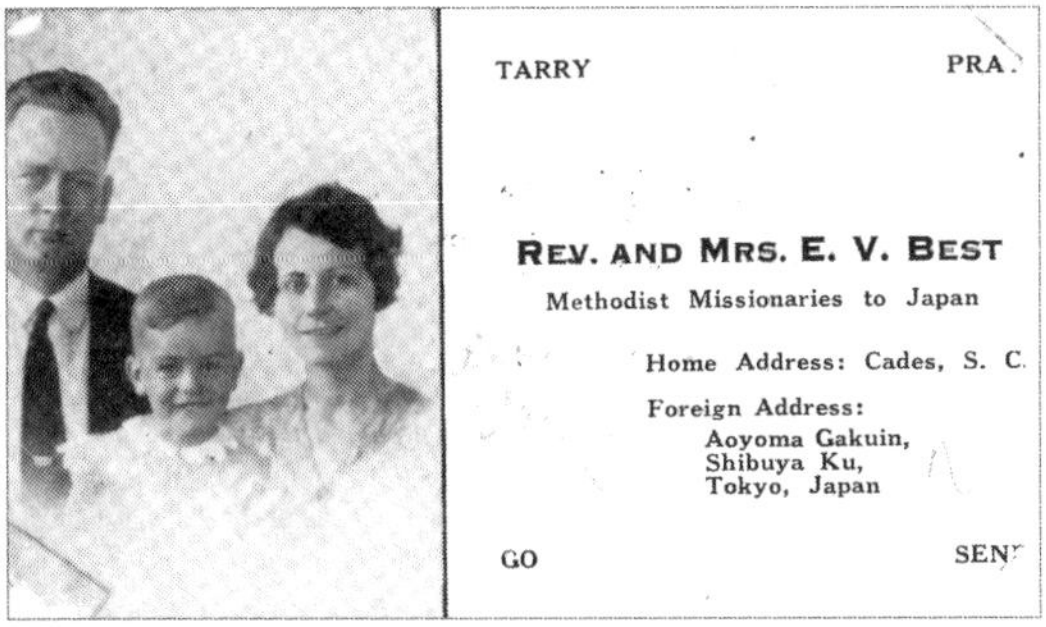

当時の名刺。左がアール、中央がヴァン、右がガートルード

アールは妻に対しても同様に高い期待を抱いていたが、彼女は常に夫にかまってもらいたがり、夫婦の絆が密でないことが不満だった。アールは一人にしたときの妻の行動に疑いを抱き、時にそれを口にすることもあったが、そのたびにガートルードは思い過ごしだと言って彼をなだめた。アールは妻を信じたいがため、なだめられるに任せた。ガートルードが持ち前の魅力で相手を手玉に取ろうと決めたが最後、抵抗できる男は少なかったが、夫もまた例外ではなかったのだ。

妻の浮ついた行為と不穏な政情の板挟みになったアールは、そろそろ妻と子を本国に送り返すべきだと考えた。日本はイタリアやドイツと同盟を組んだ。それが世界中で高まりつつある緊張の平和的解決にとっては良からぬ予兆であることを、彼は見抜いていた。ガートルードもアメリカに帰りたくてたまらなくなっていた。宣教師の妻として日本で耐えてきた窮屈なライフスタイルに未練はなかった。五年間、彼女とアールは一八七四年にメソジスト監督教会により創設された青山学院大学の構内に暮らした。彼女が普通の女性なら、その生活はそれほど耐え難いものではなかったかもしれないが、彼女は芸術家であり音楽家だ。自由な魂だ。アールとそのキリスト教的理念は、彼女の創造的な精神にはあまりに厳格に過ぎた。ガートルードは人生を楽しみたかった。一方、アールには義務があり、彼はそれを真摯に受け止めていた。それはすなわち、異教徒の魂を地獄の業火から救うことだった。

一九四〇年一〇月二八日、アールは神戸の波止場でアメリカに向かう遠洋客船「龍田丸」に乗りこむ妻と息子に「グッドバイ!」と手を振った。だが「あの妻にはそばでしっかり監視する夫が必要だ」というアールの親族による躊躇《ちゅうちょ》のない報告にうながされ、早くも翌一九四一年一月には、二人は日本に呼び戻された。

3

一九四一年一二月七日、日本帝国海軍がパールハーバーを爆撃した。二四〇二人のアメリカ人が命を落とし、一二〇〇人以上が負傷した。翌日、アメリカ合衆国は日本に宣戦布告した。アールは日本を出る最初の船で妻と息子をアメリカに送り返した。二人はサンフランシスコで不安にかられながらアールの帰国を待ちわびた。数週間後、やっとアールが到着すると、彼らは大いにほっとした。

日本で六年を過ごしたアールにいっさい迷いはなかった。故国は日本に奇襲をかけられたのだ。彼はその裏切り行為に対し報復を欲した。

「軍の従軍牧師学校に行くことにした」彼は妻に告げた。「私が戻ってくるまで、きみはヴァンといっしょにサウスカロライナに戻って、エステルの世話になりなさい。私は入隊する」

ガートルードはカリフォルニアにいさせてくれと懇願したが、聞き入れられなかった。「だめだ。何が起きるかわからない。また攻撃があるかもしれないじゃないか。うちの家族といっしょにいなさい。あそこなら安全だ」

翌日、三人はレンタカーでカリフォルニアを発ち、エステルの家があるサウスカロライナ州コンウェイを目指した。アールはヴァンと絶え間なく喋り続け、ヴァンはかまってもらっていることを存分に楽しんだが、ガートルードは国を横断する間中、ずっと膨れっ面をしていた。数日後、車がエステルの家の私道に入っていき、外で遊ぶビッツとアイリーンの姿が目に入ると、彼女の機嫌はますます悪くなった。子供たちの世話を手伝わざるを得ないことに気づいたのだ。

「あのチビたちの面倒は見ないわよ」彼女は夫に告げた。

「頭を冷やしなさい、ガートルード」アールが言った。「エステルだって一人で三人もの世話なんてし続けられないだろう。私たちがいない間、ルイーズの面倒を見てくれたことだって十分に親切だったんだ。私たちはクリスチャンだよ。あの子たちは家族なんだ。クリスチャンならクリスチャンらしく、エステルを助けなさい」

「クリスチャンなんてクソくらえだわ！」ガートルードは叫び、ドカドカと家に入り、バタンとドアを閉めた。

荷物を車から降ろすと、アールは姉の肩に腕を回した。

「ガートルードのことは気にしないで。彼女、きっと大丈夫だから」

エステルにはそれほどの確信はなかった。弟のことは愛していたし、助けてやりたいとも思っていたが、ガートルードがわがままで短気なことには十分気づいていた。ルイーズもガートルードのもとで暮らしていたときにはひどい扱いを受けたと、よく不平を漏らしていた。

いったん家族が落ち着くと、アールは軍に願書を提出し、合格通知が来るのを今か今かと待ちわびた。その間にアールはそこの教区民と知り合った。彼らの多くが戦地に行く息子たちを誇りに思いながらも恐怖にかられ、アールに導きと祈りを求めていた。

まもなく合格通知が到着し、アールはヴァージニア州ウィリアムズバーグに出発した。そして最終的にそこの米軍従軍牧師学校で学位を取得した。それからアメリカのために命を危険にさらしている若い兵士たちに精神的な指導と助言を与えるべく、従軍牧師として海軍に加わった。その後はスピーディに出世して大尉の地位まで上りつめ、〝牡牛《ブル》〟ハルシー海軍大将が指揮を執る護衛空母ＵＳＳオルタマハに配属された。彼の主な任務は、希望と救済のメッセージを通して、兵士たちに慰安と勇気を授けることにあった。

聖職者の仕事をしていないとき、アールは諜報部員として敵軍の暗号化されたメッセージの探知や解読を行った。ドイツ語と日本語の読み書きができた彼は、すぐに部隊にとって貴重な存在になった。第二次世界大戦中、アメリカの陸海軍は暗号文の作成に際し「シカバ」と呼ばれる複雑な暗号機を使用していた。この機械は非常に優れたものであることが証明された。なぜなら、日本軍の使っていたパープル暗号や、エニグマ暗号機で作成されたドイツ軍の暗号文はアメリカ軍により簡単に解読されたのに、シカバ暗号は解読不能だったからだ。またアメリカ軍には敵軍に傍受されたくない情報の伝達に、もう一つ有利な武器があった。ナバホ族、チェロキー族、チョクトー族、コマンチ族などのアメリカ先住民からなる「コードトーカー」と呼ばれる人員を駆使した部族語による伝達が、複雑な暗号代わりになった。彼らの言語にはあまりに多くの方言があるため、枢軸国の誰も解読することができなかったのだ。

アールは国に仕えることを愛していたが、故郷の家では義姉のもとに置き去りにされたガートルードが怒り狂っていた。何年も前のルイーズ同様、ビッツとアイリーンもすぐに彼女には関わらないのが一番だと悟った。ヴァンも同じだった。家の奥の小さな部屋にこもって、ひたすら父親が帰って来ることを祈った。彼は従姉妹たちも嫌いだった。彼女たちは彼の好きな本や音楽をからかった。

楽しみに飢えたガートルードは、午後に外出しなくてはならない理由をあれこれでっち上げ始めた。アップにして蝶の形に結った髪や、きれいなドレスを見たエステルは騙されなかった。まもなく妻が信徒の数人と密通しているという噂がアールの耳に到達したが、彼には仕事があった。妻のことは軍への責務を果たししだい、扱うことにした。

数ヵ月後、アールは不貞妻を正すため、はるばるサウスカロライナまで戻った。

「いいか、ガートルード」聖書を彼女の前に置き、彼は怒鳴った。「ここ、ヘブライ人への手紙の一三章四節にちゃんと書いてある。『結婚はすべての者により重んじられるべきであり、婚姻の寝床は汚されてはならぬ。神は不品行な者や姦通する者を裁かれる』きみは姦婦として裁かれたいのか？」

ガートルードは涙を流してかぶりを振った。「私、一体どうなっちゃったのかしら」彼女は泣きじゃくった。

アールにもわからなかった。

「私は牧師だよ、まったくもう！　私の妻はコミュニティの柱でなくてはならないのに」

彼は妻にお願いだから貞節な妻でいてくれと懇願した。それでも効果がないと、怒鳴りつけた。何をしても無駄だった。彼女は夫が与えられる以上の称賛を欲しがっていた。

夫婦仲があまりに悪化した結果、そのうちアールが家の前の私道に入って来ただけでガートルードは泣き出すようになった。そこには奇妙な矛盾があった。日曜にはアールは説教壇に立って福音を説き、ガートルードはピアノに向かい、神を讃えて微笑みを浮かべながら美しく賛美歌を奏でていた。

彼らは幸せな夫婦に見えるが、騙される者はいなかった。アールには信徒席に座っている男のうち誰が妻と寝たのかを、尋ねる必要はなかった。彼にはわかった。罪業について話すと、彼らは目をそらした。アールは妻の逸脱を許そうともがき苦しんだが、ガートルードのほうはただもっと逸脱するだけだった。

自身の問題から気をそらすため、アールは息子にエネルギーを注いだ。当時の子供たちには、時間をつぶすテレビというものがなかったので、外でボール遊びをするか、家の中でボードゲームや言葉ゲーム、三目並べ、チェッカーなどをして遊ぶしかなかった。アールは海軍の休暇で家に帰ると、数字、日本語、記号、ドイツ語や英語の文字を使った簡単な暗号の作成と解読方法をヴァンに教え始めた。ヴァンは優秀な生徒で、しばしばアールが暗号化したメッセージを素早く解読してみせた。アールは感心し、一回ごとにより難しい暗号を作ろうとした。そのうちヴァンは自分で暗号文を作り、アールに解くようせがむようになった。アールが文字や数字や記号を処理していくのを、ヴァンは部屋の隅から見守った。父子が絶えず互いを出し抜こうとした結果、学習のゲームとして始まったものが、しだいに競争になった。ヴァンはそのチャレンジと、この娯楽の間に父親から受ける注目を楽しんだ。

いつの日かヴァンがこのゲームを悪魔の所業に使い、はるかに大きなスケールの注目を浴びることになろうなどとは、そのときのアールには知る由もなかった。

4

戦争が終わると、アールはそれ以上の羞恥《しゅうち》には耐えられなくなり、妻の機嫌がよくなり、行いをあらためることを期待して、妻子をサンフランシスコに連れ帰った。だが、サンフランシスコはガートルードに、色気を振りまく対象となる新たな男たちを提供しただけだった。とうとうアールはメソジスト派にあっては離婚が許されないことを百も承知の上で、ある苦渋の決断をした。妻に離婚を求めたのだ。

「きみから離婚届を出してほしい。なぜなら、息子に父親に捨てられたと思いながら成長してほしくないからだ。ただし、きみが息子を引き取ることは許そう」アールは言った。「子供には母親が必要だ。夏の間は、私のもとに送ってくれていい」

ガートルードは不幸ではあったが、離婚した女になるという成り行きは望んでいなかった。彼女は両立しない二つのもの――自分が欲する男たち全員と、牧師の妻という地位がもたらす安定と尊敬――を両方とも手にしていたかっただけなのだ。

「いい妻になるわ。約束する」過去に何度もしたように、彼女は泣いた。「お願いよ、アール、それがどんなに恥ずかしいことか、考えてみて」腕を彼に回しながら言った。

「恥ずかしさについてはとっくに考えている」アールは彼女の腕をふりほどきながら逆襲した。「許すことに疲れた。忘れることに疲れた。でも同じことが繰り返し起きる。神よ、お許しください。私はこんなふうには生きられない」

祖父がどうしても意志を曲げないので、祖母は離婚届を提出した。

ヴァンは父親といっしょに暮らさせてくれと必死で頼んだが、アールは子供は母親と暮らすべきだと言い張った。「お前は大丈夫だよ」彼は言った。

大丈夫じゃないと、ヴァンは知っていた。アールも気持ちは同じだった。九歳の息子からはるか三二〇〇キロも離れたサウスカロライナに向かう汽車に乗るとき、彼の心はずしりと重かった。

ガートルードとヴァンはカストロ地区の中心にある勾配の急な丘の上のノエ・ストリート五一四番に引っ越した。世紀の変わり目に建てられたヴィクトリア朝様式の二階建ての家で、一階と二階で二軒に分かれていた。ガートルードとヴァンは一階に入居した。その家は一九〇六年の地震で倒壊しなかった数少ない家の一つだった。砂丘の上に造られたサンフランシスコ中に張りめぐらされた多くの通りと違い、ノエ・ストリートの基礎は固い岩盤なので、その丘のすべての家が倒壊を免れた。

ヴァンの部屋はすぐに彼の避難場所かつ牢獄になった。大好きな本でいっぱいにし、学校に行っていないときは、母が近所の子供たちにピアノを教えている間、そこに隠れていた。リビングルームにいる子供たちの笑い声がすぐそばで聞こえ、子供たちがピアノのキーを激しく叩くと、彼らといっしょに笑う母の声も聞こえてきた。

ガートルードは息子のために必要最低限のことはした——食べさせ、学校に行かせた。それ以外では彼を無視した。新しく発見した自由を謳歌した結果、すぐに男たちがぞろぞろ絶え間なく家にやって来るようになった。

時々、ベッドのヘッドボードを叩く音や、うめき声やあえぎ声が壁を通して聞こえてきた。ヴァンは蓄音機のボリュームを上げて音をかき消し、お気に入りの音楽――フルートにヴァイオリンにクラリネット――を自分のまわりにめぐらせた。オペレッタの『ミカド』を聴くと、その題材である色欲と偽りの物語が彼自身の人生に重なった。彼は何度も何度も聴いて、歌詞をすべて暗記した。

それ以外では、アールが向かいに座って解読を試みていればいいのになどと思いながら、暗号作りに夢中になった。ヴァンは父が恋しかった。厳格な父親ではあったが、ヴァンに関心を持ち、挑み、自分は大事な人間だという気持ちにさせてくれた。サンフランシスコでは、厄介者にすぎない、見えない存在だと感じていた。

何者でもなかった。

アールはたった一人の息子を別れた妻と暮らさせた決断を悔いながら残りの人生を過ごすことになる。だが、その時点ではまだ、子供は母親に育てられたほうがいいと信じていた。

5

ガートルードからの請求による離婚が成立した日に、アールは一二歳年下の未亡人、エレナ〝エリー〟・バイクラフト・オーブルと再婚した。エリーに出会ったのは二年前。そのとき彼はジョージ・コールマン・オーブルが一九四三年三月一〇日に起きたUSSサーペンスへの爆雷搭載時の爆発事故で亡くなったことを、妻のエリーに伝える任務にあった。エリーは従軍牧師が与えてくれる慰めに感謝した。そしてアールがサンフランシスコに戻ると、理不尽な世の中に安らぎを求める二つの魂はすぐに魅かれ合った。彼らはともに、自らには落ち度がないにもかかわらず不運に見舞われたが、二人いっしょならその傷は癒えた。アールはエリーの上品でしっかりしたところに魅かれた。貞淑で、ヴァンのお手本になれそうな女性だった。

彼らは結婚するとインディアナポリスに引っ越した。アールがフォート・ベンジャミン・ハリスンにある米軍財務学校で軍事諜報と経営学を教えることになったからだ。祖父は離婚が原因でメソジスト教会からは破門されたものの、すぐにインディアナポリスのディサイプルス派に迎え入れられた。

翌年、アールは夏休みをともに過ごすため、ヴァンをサンフランシスコからシカゴに呼び寄せた。ヴァンは飛行機から降り立つと、久しぶりの再会がうれしくて、アールの腕に飛びこんだ。

「ヴァン、こちらはエリー、新しいお母さんだよ」アールはヴァンの腕を首回りから引きはがしながら言った。「今ではパパの奥さんだ。だから言うことをよく聞いて、パパに対するのと同じように敬わなくてはいけないよ」

ヴァンはゆっくり振り向いて、父親のそばに立っている美しい若い女性を見た。アールを見つけたときの輝くような笑みは消え、ヴァンの顔は小刻みに震えるしかめ面に変わった。

エリーが手を差し出した。

ヴァンはためらったが、アールが前のほうへうながしたので、その手を取って握手した。

「こんにちは、ヴァン。お会いできてうれしいわ。お父様はあなたのこと、いっぱい話してくださったのよ」

ヴァンは返事をしなかった。

「ビーチに行く準備はできてる？」エリーが尋ねた。

ヴァンはうなずき、待っている車のほうへ彼らとともに歩き始めた。毎年夏の休暇をいっしょに過ごすため、ベスト家の全員がサウスカロライナ州マートルビーチのオーシャン・ブールヴァード三〇二番にある、一家の所有する別荘に集まる。ヴァンはこの旅行を何ヵ月も前から楽しみにしていたのに、今、この女がすべてを台無しにしてしまった。車の後部座席にドスンと座り、父親の関心をとらえている女を時折こっそり盗み見しながら、窓の外を眺めた。

「サンフランシスコは気に入ってる？」エリーが尋ねた。

「気に入ってない」ヴァンは言った。

「言葉に気をつけなさい」アールが注意した。

「でも、この人が訊いたんだよ。ぼくは気に入ってないもん」

「どうして気に入らないの？」エリーがさらに尋ねた。

「ママに恋人が多すぎるから」ヴァンはこの言葉の衝撃度により、二人が放っておいてくれることを期待した。

効果はあった。

エリーはギブアップし、それから一四時間に及ぶドライブの間ずっと、エリーが理解できないようアールと日本語で話すヴァンを無視した。アールが英語で話させようとすると、ヴァンは話すのをやめた。

別荘に着くころには、継母に対するヴァンの敵意は沸点に達していた。自分のバッグをつかみ、ルイーズとアイリーンとビッツが「ハロー」と言っても無視し、足を踏み鳴らして階段を上っていった。いつもの寝室に駆けこむなりドアを荒々しく閉め、ベッドに身を投げ出して泣いた。アールが入って来たときも、まだ泣いていた。

「お前が少しは成長して、まともな振る舞いをするようになってることを期待してたんだがね。明らかに、お前のお母さんは躾をしなかったようだ」ズボンのベルトを引き抜きながらアールが言った。「この先、私の妻には尊敬を持って接するんだな。さあ、腰を突き出して」容赦なく彼は付け加えた。

階下の玄関ホールではアイリーンとビッツが盗み聞きしてくすくす笑っていた。

「あの子、たったさっき着いたばかりなのに、一体何をしたんだと思う？」ビッツが言った。

「知らない。でも、きっとすごく悪いことよ。アール叔父さん、かんかんだもの」アイリーンが答えた。

翌朝、アイリーンは玄関ホールでヴァンを待ち受けた。

「お尻の具合はどう？」彼女は笑いながら言った。ヴァンはアイリーンの腕を殴った。思いきり。

従姉妹たちが続きを始めるのに時間はかからなかった。彼女たちは朝食の席でヴァンが本を読んでいることを嘲笑った。アイリーンがうっかりその本の上にミルクをこぼすと、ヴァンは怒りを爆発させた。

「こぼれたミルクを嘆いても仕方なーい（「覆水盆に返らず」と同じ意味の諺《ことわざ》）」従姉妹たちが囃《はや》し立てた。

「わかってないな。これ、初版本なんだぞ」ヴァンはそう叫ぶなり本をつかんでキッチンに駆けこみ、一ページずつ丁寧に拭いた。

従姉妹たちは夏の間中、ヴァンを容赦なくからかった。ある日の午後、二階のポーチの手すりに一人座って読書をしているヴァンに、車に行ってサングラスを取って来てとエリーが声をかけた。ヴァンは驚いたはずみに手すりを越え、家族全員の目の前で頭から下に落ちた。ドサッという大きな音とともに砂の地面に横たわると、エリーが悲鳴を上げた。一瞬、誰もがヴァンは死んだと思った。恥ずかしさに呆然としてしばらく横たわったあと、ヴァンは立ち上がり、服から砂を払い、泣くために家の奥の部屋に消えた。これがまた、従姉妹たちにとっての新たな攻撃材料になることはわかっていた。ヴァンは彼女たちとは違うので溶けこめない。けれども、溶けこむ努力をするほどには仲間はずれを気にしていなかった。つまらないゲームをするより、屋根裏部屋に見つけた古い旅行かばんを引っかき回して、くしゃくしゃになった紙や誰かが何年も前に突っこんだ黄ばんだ洗礼式用のベビードレスを発見するほうがよほど面白かった。従姉妹たちと砂浜を走り回ったり、ウィザーズ・スウォッシュ〔遊泳用ビーチ〕で泳いだりするのは御免だった。ただ読書をさせておいてほしかった。それは家族からの逃避だった。

四姉妹の長女ミルドレッドはすでに逃避していた。

前年に未婚のままジョイスという名の女の子を出産し、ベストの家名に泥を塗っていた。しかも赤ん坊の養育をさっさと叔母のエステルに押しつけ、キューバ人の役者の卵とともにハリウッドに駆け落ちしてしまっていた。ジョイスは叔母のビッツ、ルイーズ、アイリーンが姉で、大叔母のエステルを母親だと信じて育つことになった。

夏も終わりに近づくと、ヴァンはサンフランシスコが恋しくなった。あの暗くて孤独な寝室もここよりはましだと思った。

アールは早くからヴァンとエリーの間に良好な関係を無理強いしても無駄だと悟った。ヴァンは継母に対する憎しみを隠そうともせず、父親がエリーを追い返してくれることを期待して、絶え間なくエリーが自分に意地悪だということを父親に証明しようとした。

マートルビーチでいとこたちと。一番右がヴァン

ある日、ビーチからの帰りにとうとう事態は火を噴いた。エリーがアールと話しているとヴァンが微笑みながら割りこんだ。それがエリーをひどく怒らせることを知っていたからだ。

「ヴァン、この会話にお入りなさいって、誰かあなたを招待したのかしら?」エリーが言った。

「あなたが来るまでは、喋るのに招待なんかいりませんでした」ヴァンが小賢しく切り返した。

アールは急ブレーキをかけ、道路脇に車を止めた。ヴァンをつかみ、車から引きずり出し、従姉妹や通りがかったすべての人の前で尻をぶった。ヴァンは屈辱のあまり後部座席の隅に縮こまり、笑う従姉妹たちを無視し、エリーの後頭部を、そこに短剣を突き刺す想像をしながら凝視していた。続く数週間を継母や従姉妹たちと過ごさなくてはならないのが、いやでいやでたまらなかった。アールは夏休みの残りをインディアナで過ごすよう、従姉妹たちを招待していたのだ。

インディアナへの帰り道、アールは途中通るすべての州――ノースカロライナ、テネシー、ケンタッキー、インディアナー――で車を止め、ただ子供たちが友達にいろんな州で運転したと自慢できるよう、各人に数メートルずつ運転させた。ヴァンはその遊びに加わるのを拒否したかったが、自分の番になったときにアールの顔を一目見て諦めた。仕方なくエリーの隣の運転席に座り、そろそろと運転した。ハンドルにかけた指の関節が、力が入るあまり白くなっていた。

後部席からヴァンを見ていたビッツは、もうちょっとで彼に同情するところだった。もうちょっとで。

6

エリーのいたあの最初の惨めな夏のあとでは、サンフランシスコに戻ったとき、ヴァンには母との再会がうれしく思えるほどだった。数ヵ月ぶりに快活な気分で、何よりも大切にしているものたちの待つ部屋に走って入った。そこでは彼は外の世界からも、他の子供たちからのからかいからも逃れて安全だ。しかし、そんな幸せな気分はほんのつかの間しか続かなかった。

ヴァンがいない間に、ガートルードは新しい男に出会っていた。そして数ヵ月もしない間に、その男ジョン・ハーラン・プラマーと結婚した。彼はヴァンに対してまったく寛容でなく、ガートルードが少しでも息子に気遣いを見せると嫉妬した。ヴァンはすぐさまハーランから距離を置くことを学んだ。ヴァンが母親と顔を合わすのは、夕食時とピアノを弾くときだけになった。時々、ヴァンの弾くピアノの音が聞こえてくると、ガートルードはリビングルームにやって来てそばに座り、アドバイスを授けた。そんなとき、ヴァンは母との間に絆を感じたが、するとハーランの呼ぶ声がし、母はさっさといなくなるのだった。再び一人ぼっちになったヴァンは鍵盤に心の痛みを叩きつけた。

だが、ウィリアム・フセヴォロド・ロームス・フォン・ベリングスハウゼンという名の少年と出会い、すべてが変わった。

初めてローウェル・ハイスクールの両開きドアを入っていったとき、ヴァンの体に戦慄が走った。かわいい女子生徒たちが、ハイスクールというものの巨大さに無頓着に見える男子生徒たちとジョークを交わし、笑っていた。彼らがヴァンの秘密を発見し、ささやき合う声が休み時間の廊下に反響するようになるまでに、たいして時間はかからないだろう。あいつの母親、売春婦だってよ。あの子の眼鏡、見た？　ともかく、一体何様だよ？　自分のことをすごく頭がいいと思ってんのよね。

「グーテンタグ」ハイスクールでの初日、ヴァンはカフェテリアで隣に座った少年にドイツ語で声をかけた。それは相手が誰であれ、自分のほうが上であることを相手に知らしめる、彼特有の挨拶の言葉だった。

「グーテンタグ」驚いたことに、少年もドイツ語で応じた。「ヴィー・ハイスト・ドゥ？〔君の名前は？〕」

「ヴァンっていうんだけど。ドイツ語が話せるの？」ヴァンは平凡な見かけのその少年が、自分のゲームに乗ってきたことに心底驚いた。

「ぼく、名前はフセヴォロド・フォン・ベリングスハウゼンっていって、ドイツ人なんだ。中国人でもある。半分ずつだ。でも、アメリカではウィリアム・ロームスという名で通してる。そのほうが楽だから」少年はヴァンの顔に浮かんだ驚きの表情を見て、微笑みながら自己紹介した。

二人は即座に友達になり、互いの授業のスケジュールを合わせ始めた。彼らは予備役将校訓練団（ROTC）の授業では、のちにテレビ連続番組「エディの父の求婚」や「超人ハルク」で有名になった俳優兼監督のビル・ビックスビーとも友達になった。三人の少年は週に三度教練に参加し、月曜と金曜には軍の歴史、戦略、理論について学んだ。夏の演習では、三人ともC部隊に入り、敵の役を引き受けて茂みに潜伏し、見張りがやって来ると電光石火襲いかかって旗と勝利を手に入れた。ヴァンは習得した軍事知識が父を感心させられると思い、時折アールに電話して、学んだことを披露した。

放課後にはゴールデンゲート・パークにあるデ・ヤング美術館でボランティアをした。古武器展示室で、中世の武器を掃除し、磨き、保管する腕を磨いた。彼が兵器や殺害術に魅せられるようになったのは、過去の遺物でいっぱいの、その美術館においてだった。

ウィリアムとビルはヴァンが少々変わっているとは思ったが、同時に非常に頭がいいことにも気づいていて、いろんなテーマについて彼が尊大な態度で話すのを楽しんで聞いた。彼は何についても何か知っていた。彼はまた音楽の才能でも二人を驚かせていた。

「そんなにすごい弾き方、どこで習ったの？」ある午後、自宅のリビングルームでヴァンがピアノの腕前を見せびらかしていると、ウィリアムが尋ねた。

「おふくろに習ったんだ」ヴァンは答えた。「クラシックやオペラのレコードもよく聴くよ。見せてあげる」

ヴァンはウィリアムにジャコモ・プッチーニ作曲のオペラ『トスカ』を紹介した。これも情欲と殺人の物語で、ヴァンの大のお気に入りだった。

「プッチーニはギルバートとサリヴァンの『ミカド』第二幕の〝ミヤサマ、ミヤサマ〟を編曲したんだよ」とヴァン。すぐにウィリアムも『ミカド』のファンになった。そして、二人の少年はいくつもの夜を『ミカド』の台詞を朗誦し合って過ごした――ウィリアムがヴァンと同じくらい暗記するまで。

学校では彼らはたいていドイツ語で話したが、それは他の生徒たちを苛立たせ、遠ざけた。そのうち、アメリカの母国であるイギリスの英語と文化の保存を目的とする英語交流連盟に加わったヴァンは正統な英国アクセントを身につけ、すべての人を姓で呼ぶようになった。それはそれでクラスメートたちを苛つかせた。

「実はね、ベリングスハウゼン、我が家のルーツは英国のしかも王室にさかのぼるんだ」ヴァンはほらを吹いた。「父によると、ぼくはエリザベス女王の遠縁に当たるらしい」

ウィリアムはその言葉を信じていいのかどうかわからなかったが、言わせておくことにした。なぜなら、どちらにしろ、ヴァンのことを完全に知るのは不可能だからだ。また、ヴァンがまるでシャーロック・ホームズとワトソン博士の会話にでも引きこまれたかのようなアクセントで話しても、ウィリアムはただ微笑んでいた。彼はそれもヴァンの好きにさせていた。

だが、ヴァンがアジアの「奴隷箱」の話題を持ち出すと、彼はいつも少し落ち着かなくなった。それはいつかヴァンに見せた一辺が約一〇センチの黒い木製の立方体の箱だ。とある部族の間では、来世のために奴隷の魂をちょうどそんな感じの箱に集める風習があるとヴァンは信じていて、箱の中に入れるために誰か一人殺すというアイデアにとりつかれていた。休み時間に廊下を歩いていると、ヴァンはよく美しい少女を指差した。そして「あの子なんかいいんじゃないかな、どう?」と言って笑った。

ウィリアムにはヴァンが何を言っているのかがわかり、時々、友が本気なのではないかと不安になった。

7

一九五三年にハイスクールを卒業すると、ウィリアムは数ヵ月を六八フィート・ヨール〔全長約二〇メートルのヨットの一種〕で帆走して過ごすために、サンフランシスコからメキシコに移った。ヴァンには別の計画があった。彼は英語交流連盟で、イギリスの国会議員アレクサンダー・ヴィクター・エドワード・ポーレット・モンタギューと友人になっていた。モンタギュー卿〔通称ヒンチンブルック子爵〕はヴァンのイングランドに関する知識に感心し、また、ヴァンの中にある正確さに対するイギリス人的なこだわりを面白がった。ヴァンを気に入り、その若いアメリカ人の友人に、イギリスに招待して父親の所有する領主館「ヒンチンブルック・ハウス」に滞在させ、エリザベス女王に会わせると約束した。胸躍らせたヴァンは父親を説得して、卒業祝いにイギリスへの旅費を出させた。かくして一九五三年五月四日、ＲＭＳアスカニア号がイングランドのリヴァプール港に無事入港し、ヴァンは冒険の旅に乗り出した。

子爵はヴァンをリヴァプールから南東へ約三時間のケンブリッジシャー州ハンティンドン郊外にある先祖代々の地所に連れ帰るべく、車の出迎えを手配していた。子爵はロンドンにも居を構えていたが、ヴァンに優雅な田園生活の喜びを体験させようと計画していた。もともとその巨大な館は一一〇〇年ごろに教会として建てられた。のちに女子修道院となり、その後、一五三六年にリチャード・ウィリアムズ（リチャード・クロムウェルとしても知られている）の所有になった。クロムウェルとその息子たちが無数の部屋と中世風の豪壮な玄関、さらに同館の目立つ特徴となるグレート・ボウ・ウインドウを付け加えた。一六二七年、借金の返済のため、クロムウェルはこの自慢の館をモンタギュー家に売り渡した。モンタギュー家の人々もまた改良を加え続け、第四代サンドウィッチ伯爵ジョン・モンダギューの所有となるころには、ヒンチンブルック・ハウスは伯爵とその愛人が催す豪奢なパーティで知られるようになった。伯爵の妻はサナトリウムでひっそりと生涯を過ごしたという。

館の敷地内に車が入ると、ヴァンは一族の紋章に気づいた。「幾度もの難破のあとに港あり《post tot naufragia portum》」という一族のモットーが読める。

荘厳な館内に足を踏み入れたヴァンは、まず、においに圧倒された。何世紀もかけて建物のすべてのひびや裂け目に染みこんだ黴《かび》のにおい。壁に並んだ巨大な肖像画の数々、手のこんだカーテン、洗練された調度品、香料入りの蠟燭を立てた枝つき燭台――だが、どれもにおいの与える第一印象には勝てない。ヴァンはそれを嗅ぎ、手で鼻を覆った。

「アメリカ人の友よ」薄暗い廊下から姿を現した子爵はヴァンを出迎えて言った。「船旅はどうだった？」

「上々でした、モンタギュー卿」自分に向かってくる男を見上げながら、ヴァンは言った。齢《よわい》四六の子爵はなかなか人目を引く姿だ――長身、広い肩幅、細身の体躯。

「私の先祖代々の館にようこそ」男の召使いにヴァンを部屋に案内するよう指示しながら、彼は言った。

それからの数週間、子爵とともにロンドンとヒンチンブルックを行ったり来たりしながら、ヴァンはイングランドの歴史と政治について徹底した教育を受けた。ヴィクター・モンタギュー卿は若いときから政治に深く関わっており、ゲストに授ける知識は大量にあった。尊敬された枢密院長スタンリー・ボールドウィンの私設秘書をしていたこともあり、ヴァンと出会うまでに本も数冊書いていた。また、議員になる前には第二次世界大戦で戦ってもいた。のちにウィリアムに話せるよう、ヴァンは一言一句を吸収し、新情報の一つ一つを記憶した。とりわけエリザベス女王とジェームズ一世がヒンチンブルック・ハウスの壁の内側で眠ったこともあるという事実などを。

だが、ヴァンはその壁の内側ではなかなか眠れなかった。毎晩、あたかも誰かまたは何かがホールを歩いているかのような、古い床板のきしむ音やひび割れる音がした。彼はそれにじっと耳を傾けた。その音がどんどん迫ってきて、増々大きくなると、ヴァンは部屋の隅で毛布をかぶって縮こまった。

そして目を凝らした。

待った。

何時間も。

やがて夜が明け、太陽が安らぎの日差しを部屋の奥まで投げかけると、やっと目を閉じ、朝食の供される時間まで眠った。朝食ではいつも紅茶とともに一、二切れのベーコンをつまむだけだった。

「お腹が空かないの?」子爵が豆のトマト煮、ソーセージ、ベーコン、卵、フライドブレッドをがつがつ食べながら訊いた。

「母はめったに朝食を作ってくれないんです。だから朝からたくさん食べることに慣れてなくて」

「アメリカ人らしい」子爵は笑った。「こんなに美味しいのに、もったいない。まあ、少なくともお茶で目は覚めるだろう」

ヴァンはうなずいた。イギリスのお茶は好きだった。それが彼が身につけたくてたまらないイギリス文化の一部でなかったとしても好きだっただろう。

「今日はきみのために特別の計画があるんだ」子爵が言った。「ロンドンに行って女王の戴冠式を見よう」

ヴァンは有頂天になった。モンタギュー家は王室との関係を通してヴァンのイギリスびいきの欲求を満たし、ヴァンに貴族であるホストの歩き方や話し方、装いのスタイルをまねるという喜びを与えていた。こうして一九五三年六月二日、私の父ヴァンは、ウェストミンスター寺院を目指して絢爛《けんらん》豪華な馬車で行進するエリザベス二世を一目見ようとトラファルガー広場に集まった王室好きの群衆に加わった。同寺院では一二七四年のエドワード一世以来、歴代の王たちの戴冠式が行われてきた。ヴァンにとってそれは生涯忘れられないほど心躍る出来事だった。だが、子爵一家とともに座って見物する代わりに、外で庶民にもまれなくてはならなかった不快感をのちにウィリアムに訴えている。曲がりなりにも自分は女王と縁続きなのにと、彼は言い張った。

翌月、ヒンチンブルック・ハウスに戻ると、子爵はアメリカ人の友人の後見を再開した。

「父が保管した古い手紙や書類を分類しなくてはならないんだ。手伝ってくれないか？」

「はい、もちろんです、子爵。喜んで」

ヴァンは子爵について、壁一面の書棚と重厚な木製デスクがある図書室に入っていった。表紙は革張りで中は羊皮紙の書物の数々に魅了され、崇めるようにそれらのタイトルを調べた。

「触っていいよ」ヴァンの表情に気づき、子爵が言った。

ヴァンは棚から一冊を取り出した。注意深く開き、紙の風合いを探るべく指を滑らせた。印刷、製本、黄ばみ――すべてに気づいた。ヴァンに拾い読みさせながら、子爵は机の上に置いた手紙の束に目を通し始めた。「これを見てごらん」彼が言った。

ヴァンはそばに行き、差し出された手紙を手に取った。それはジェームズ・クック（キャプテン・クック）が書いたもので、宛名はジョン・モンタギューになっていた。

「ジョンは第四代サンドウィッチ伯爵だよ。サンドイッチという言葉の語源になった人物だ」子爵は笑った。「とんでもない悪党でね。中でも彼の悪名を一番広めたのは、キャプテン・クックの探検への資金提供だった。サンドイッチやモンダギューの名を冠した島があるんだけど、知ってる？」

ヴァンはうなずいた。到着する前にモンタギュー家に関するあらゆるものを読んでいた。「伯爵はほんとうに『地獄の火クラブ《ヘルファイヤー》』〔背徳的な秘密結社〕のメンバーだったのですか?」話題を最も興味ある方向に持って行こうと、ヴァンは思い切って尋ねた。この情報はある読み物の中に偶然見つけていた。

ヴァンの強い関心を察知し、自分の話に熱心に耳を傾けてくれる相手の存在を喜んだ子爵は、立ち上がり、ドアを閉めた。それから二人はこのクラブの歴史やメンバーのまわりに飛び交った噂などについて、何時間も語り合った。「何が真実で何が伝説かは、実のところ、誰にもわからない」子爵は言った。

続く二ヵ月の間にこのクラブについて学べるだけ学んだヴァンは、その新しく獲得した知識をウィリアムと分かち合うのが待ち遠しかった。子爵に次から次と質問を浴びせ、すべての詳細をのちにじっくり吟味すべく記憶した。面白がった子爵はヴァンの空想を煽り、うかつにも若い友の中にオカルトへの関心をかき立てていた。一八世紀にイギリス紳士で構成されていたとされる「地獄の火クラブ」では、ヴィーナスやバッカスや動物や、時には精霊にまで生贄《いけにえ》を捧げていたと伝えられている。フランシス・ダッシュウッド卿や第四代サンドウィッチ伯爵といった貴族が乱痴気騒ぎや放蕩や生贄の儀式を行っていたという言い伝えにヴァンは夢中になった。彼らのモットーである「やりたいことをやれ《Fais ce que tu voudras》」は、この世に禁断の領域などないことを意味する。耳にするすべてが父アールの教えのアンチテーゼであり、もしイングランドでの時間を自分がどんなふうに使っているかをアールが知ったら、さぞかし落胆するであろうことにヴァンは気づいていた。

日々は素早く過ぎ去り、ヴァンはアメリカに帰るのがいやでたまらなくなった。

だが、ある夜、またもや眠れなくてベッドに横たわっていると、過去のささやき声が反響しながら部屋に忍びこんできた。館にこもる湿気に骨の髄まで凍り、間違いなく近くに潜んでいる精霊に怯えた彼は、毛布を引っ張り上げてしっかり体に巻きつけた。廊下の床がきしむ、例の不気味な音が聞こえてくると、体が硬直した。今回、音はいつもより大きく、はっきり聞こえた。ベッドから飛び出し、部屋の隅に駆けこむ。毛布を盾代わりにして、音がやむことを祈りながら床に縮こまった。やんだ。ドアのすぐ後ろで。

ヴァンはドアがゆっくりと開くのを恐怖のうちに見守った。廊下の壁のランタンが発する気味の悪いオレンジ色のほてりが部屋に広がり、幻の人影を照らし出す。

翌朝、彼はイギリス滞在を切り上げ、帰国する決意をした。

ヴァンが去る前に、子爵は一家に伝わる古来の武器コレクションを見せた。そして、牛の頭の形をした青銅製の鎚矛《メイス》をプレゼントした。その威嚇するようにゆがんだ口の中をヴァンが覗きこむと、かすかにツンとするにおいがした。ヴァンはその変わった贈り物とヒンチンブルックへの招待に対し丁重に礼を述べたものの、その城とそれの持つ暗い秘密から一刻も早く逃げ出したかった。

九月上旬、ヴァンは悲喜こもごもの感情――あんなにも楽しんだ貴族のライフスタイルを置き去りにする悲しみと、夜ごとに苦しめられた幽霊から逃げ出せる安堵――を抱いて、ケベック行きＲＭＳフランコニア号に乗船した。

一九六二年、ヴィクター・モンタギュー卿は父親の死を機にヒンチンブルックをハンティンドン・

ピーターバラ州議会に売却し、五〇〇年続いた一族による私有の幕を閉じた。さらに一九六四年にはサンドウィッチ伯爵の爵位をわずか二年の保有ののちに放棄した。続く年月に彼は政府における存在感を失い、エキセントリックな人物であるとの評判を立てた。

サンフランシスコに話を戻すと、ウィリアムはヴァンの中に起きた変化に気づいた。ヴァンは亡霊に心を奪われていた。第四代サンドウィッチ伯爵と地獄の火クラブについて絶え間なく喋った。

「クラブの集まりでは、悪魔崇拝や悪魔的儀式が繰り返し行われてたんだ。奴隷を生贄にしたとも聞いたよ。一度でいいからその場にいて、一人でいいから奴隷を生贄に捧げたかったたな」

「そんな話を聞いたら、お前の親父さん、心臓マヒを起こしかねないよ」ウィリアムが言った。

ヴァンは笑った。「言えてる。おまけに旅費まで出したんだから」

「こっちに帰って以来、モンタギューから連絡は?」

「ない。こっちからする気もないけどな」

「どうして?」

ヴァンは気まずそうな顔をし、しばらく答えるのをためらってから白状した。「あっちにいる間に、彼、手を出してきたんだ」

「何をされたんだ?」

「話したくない」

そのことについてウィリアムは二度と尋ねなかったが、友の話を完全に信じたわけではなかった。ヴァンには空想を事実にねじ曲げる癖があった。

「その頭、どうしたんだよ？」突然、ヴァンの額にある大きなこぶに気づき、ウィリアムが言った。

「あのクソ鎚矛《メイス》め」ヴァンは不愉快そうに片方の足からもう片方へと体重を移動させた。ウィリアムには少し前に例の鎚矛を見せていた。ヴァンはそれをベッドの上のほうに、金属製のブラケットにかけ、取っ手は間に合わせの支えに載せて、斜めに吊していた。

「昨日の夜、寝てると頭に何かがぶつかった。死ぬほど痛くて飛び起きると、鎚矛がベッドの中にあったんだ。こんなことが起きたのは、これが初めてじゃないんだぜ。ウィリアム、あの鎚矛には何か邪悪なものがある。中世の霊がとりついてるんだ。絶対そうだ。ほら、これを見ろよ。どう思う？」ヴァンはその不快な武器を友に差し出して答えを要求した。

ウィリアムはそれをじっくり調べ、最後に雄牛の口を鼻に近づけると、むかつくにおいに顔をしかめた。「古い血みたいなにおいだな」

「処分しなきゃ。殺される」ヴァンの目には明らかに恐怖が浮かんでいた。「欲しい？」

「いらない」ウィリアムはきっぱり断った。

次の数ヵ月をヴァンは誰か、誰でもいいから、その鎚矛を引き取ってくれる人間を探して奔走した。そしてついにある蒐集家を見つけ、夜ごとに彼を攻撃していた悪霊を追い払った。

8

ヴァンの高校時代には、朝鮮戦争が憂慮すべき脅威をもたらしていた。ROTCで戦争ごっこはしていたものの、ヴァン、ウィリアム、ビルの誰一人、卒業後に本物の戦争をするために外地に行こうなどとは考えていなかった。彼らは早くからサンフランシスコ・シティ・カレッジへの入学を決めていた。それは二年制の大学進学予備コースで、ROTCはないが、もし招集がかかった場合に徴兵を免れることができる。幸いにも戦争は一九五三年に終わったが、ともかく彼らはカレッジに進んだ。ヴァンとウィリアムは犯罪学を、ビルは演劇を専攻した。ビルはすでに将来の夢を役者に定め、その目標の達成を固く心に決めていた。ウィリアムは私立探偵になりたいと思っていたが、ヴァンは単に科学捜査を学ぶというアイデアが気に入っていただけだった。彼の興味はほんとうのところ音楽にあったのだが、すでにカレッジが教えられるレベルをはるかに超えていたため、音楽の授業は彼には退屈で繰り返しが多すぎた。それは母ガートルードのおかげだった。

このころにはヴァンは卓越したオルガン奏者、かつクラシック音楽の——特にバッハの——熱狂的な愛好家になっていた。時折、空いた時間にはカリフォルニア・ストリートにあるフレンチゴシック様式のアメリカ聖公会グレース大聖堂に行き、パイプオルガンを弾いた。同教会は建築に三六年の歳月を要したが、完成時には建築の最高傑作がそのドアを入って来る罪人を待ち受けた。

キリストとその弟子たちや、聖母マリア、聖書の他の登場人物たちが描かれたステンドグラスの窓から差しこんだ光が、オルガンの鍵盤をなでるヴァンの頭上のアーチ型天井に、色彩のスペクトラムを投げかけた。彼の左の大理石の床には、中央に十字のある円形の優美な装飾があった。

ヴァンが演奏すると通りがかった人々は足を止め、広大な空間に反響する魔法のような音楽に魅了されて美しい教会に引きこまれた。一九三四年に設置されたオルガンは、その荘厳な音に貢献するおよそ七五〇〇本のパイプを特色としている。ヴァンさえもが自らの指が生み出す音楽を耳にすると、謙虚な気持ちになった。

ガートルードは何度かせがまれたにもかかわらず、息子の演奏を聴きに教会に足を運ぶことを拒んだ。さらに、ヴァンが家にいることをハーランが嫌ったため、リビングルームでピアノを弾くことも禁じた。ヴァンを追い出したくてたまらないハーランは、あらゆる手を使って彼の家庭生活を惨めなものにしようとした。

こうして教会以外にも演奏の場を必要としたヴァンは、タラヴァル一九四〇番に《ロスト・ウィークエンド》という居酒屋を発見した。そこのバー自体は右の壁沿いにテーブルと椅子が並んだ、奥行きの深い縦長の平凡な作りだ。左の壁を黒っぽいマホガニーに囲まれた鏡張りのバーカウンターが飾っている。一九三〇年代のサンフランシスコのビルによくある金色と黒のモザイクタイルの床が、バーに親しみやすい魅力を与えている。だが、ヴァンの目に止まったのは、バーの中央に突き出たワーリッツァー社製のオルガンだった。台に載せられ、パイプは天井の木製の縁飾りまで延びていた。

「オルガンの弾き手はいりませんか？」ある日の午後、ばかでかいオルガンに視線を送りながら、バーテンに訊いた。

「それなら、もういるよ」バーテンは言った。「ラヴェイっていう男だ。金曜の夜に来て、やつの演奏を聴いてみろよ。別世界に来たみたいだぜ」

次の金曜、ヴァンとウィリアムはバーの端に座り、ワーリッツァーがどんな音を出すのかを聴こうとドリンクをちびちびやりながら待っていた。ヴァンの指はその象牙の鍵盤に触りたくてうずうずしていた。バーが混み始めたので、あまり長く待つ必要はないとわかった。テーブルと椅子は空いているのに、常連客たちがオルガンのまわりの床の上に輪になり始めた。部屋の中に期待が充満してくるのが感じられた。

そのとき、オルガニストが歩いてきた。

彼は聴衆に向かってかすかに頭を下げ、ワーリッツァーの前の定位置に着いた。

「皆さま、ようこそ。アントン・シャンダー・ラヴェイです」マイクを通した声が響く。「忘れないで。evil（悪魔）を逆さに読むと live（ライブ）になることを」

床の上にぎっしり集まった取り巻きが熱狂的な拍手を送った。

最初の音がパイプを通って流れ始めると、ヴァンは一心に聴き入った。モダンクラシック。予想と違った。ラヴェイはうまい。だが、自分のほうが上だと思った。

第一部の間、ヴァンはパイプを通って呼吸するすべてのコードに耳を傾けながら、静かに座っていた。

休憩時間にラヴェイに会いたいと思ったが、それはかなわなかった。演奏がやむなりオルガニストは話し始めた。すると部屋はしんと静まり返り、聞こえるのはただラヴェイの声だけになった。聴衆は魔法にでもかかったかのように魅了されていた。

ヴァンは感銘を受けた。黒ずくめの服装をしたその一風変わった男は、何でも好きなだけ存分に楽しめと説き、聴衆をとりこにしていた。

何時間にも思える長い間、ヴァンはじっと聞き入り、男を見つめた。

ついにラヴェイが立ち上がった。カウンターの後ろの鏡の中に、玉座から下りる前に頭を下げる彼の姿が映った。

ヴァンはバーテンを呼びとめた。

「ちょっとだけ、弾いてもいいですか？」五ドル札をその手に握らせながらヴァンは言った。

バーテンは肩をすくめた。「ああ、どうぞ。でも誰も聴いてくれないよ。みんな彼目当てに来てるんだから」

ヴァンは聴衆がまばらになるまで待って、オルガンのところに行った。壁沿いのテーブルに座ったラヴェイは、彼とお近づきになろうとして居残っている崇拝者に囲まれている。ヴァンがオルガンの前に座ったとき、誰一人彼に注意を払う者はいなかった。バッハのトッカータとフーガ二短調を弾き始めても、誰も振り返らなかった。

ラヴェイは振り返った。

ヴァンはラヴェイの強い視線と疑問を感じていた。最後の音がゆっくり消えていくと、ヴァンは立ち上がってバーの席に戻った。

ラヴェイが人だかりを押しのけるようにしてヴァンとウィリアムのもとへやって来た。

「きみ、名前は？」ヴァンを見ながらラヴェイが言った。

「ヴァン」

「あんな弾き方、どこで習ったのですか？」

ヴァンは微笑んだ。「母からです」

ラヴェイは笑った。尖った眉の下の黒い瞳がキラリと光る。「アントン・ラヴェイといいます」

「知ってますよ」ヴァンは言った。

ラヴェイは名刺を差し出した。「いつか会いに来てください。でも、その前に電話して」

ラヴェイが歩き去ってから、ヴァンは名刺を見た。カリフォルニア・ストリート六一一四番の住所が載っていた。

数週間後、彼はその住所にある目立たない家のドアをノックした。のちにその家は真っ黒に塗られ、窓にはシャッターが下ろされ、インテリアは気味の悪いものになるのだが、そのときのラヴェイはまだそこまでは進化していなかった。

ドアが開き、現れた若い女性に廊下を抜けてリビングルームに案内される。ヴァンの視線はたちまち濃い紫色の壁沿いにある二つの書棚に引きつけられた。思わず歩み寄ったものの、「ここの本を乱したなら手足を切断する」との警告に気づいて足を止めた。ヴァンは笑った。

彼には理解できた。

棚に収まった本のタイトルに目を走らせる。

「悪くない」声に出して言っていた。

「認めてくれてうれしいよ」

振り向くと、またもや全身黒ずくめの、あのオルガニストがいた。

「あなたの演奏、楽しみましたよ」ヴァンは言った。

「いつか代わりに弾いてくれない?」ラヴェイが誘った。

「ぜひ」ヴァンは喜んで引き受けた。

その午後、二人は音楽、文学、さらにヴァンが科学捜査について勉強していると話すと犯罪行為に至るまで、様々な話をした。ラヴェイの哲学はそのときはまだ発展途上にあったが、彼の社会的また宗教的規範に対する反抗的な態度をヴァンは称賛した。ラヴェイはヴァンの父親が牧師であるという事実を面白がり、ヴァンはそのカリスマ的な男のすべてが父親のイデオロギーのアンチテーゼであることを気に入った。二人は互いの精神と才能に魅かれ合った。ヴァンは「マジック・サークル」――ラヴェイのコアな崇拝者たちで、のちに「悪魔教会」を結成する――の会員になることはなかったが、ラヴェイの教えを誰よりも深く理解するようになり、しばしば《ロスト・ウィークエンド》では彼の代役を務めた。ヴァンが二人の会話の内容をウィリアムに話すと、ウィリアムはそのような異端の思想には気をつけるよう警告した。

9

カレッジに通いながら、ヴァンは新たな趣味を追求する決意をした。ヒンチンブルックの図書室での経験が、彼の古書に対する興味に火をつけていた。そこでメキシコに行って、現地の書籍商のもとに何か歴史的価値のあるものを発見できないか見てみることにした。訪問した古本屋の多くがメキシコシティの露天市にあり、何世紀もさかのぼる植民地時代以前の文書や書物で溢れていた。その分厚い黄ばんだページの上に、ヴァンはうやうやしく指を滑らせた。手の届く値段の何冊かを選び、どれだけ儲けが出るかを発見したくてうずうずしながらサンフランシスコに戻った。

ローウェル・ハイスクールの卒業生で、本を売る手伝いをすると約束したヘンリー・フォン・モーパーゴという男に連絡を取った。

ヴァンはウィリアムに電話し、モーパーゴについて話した。

「この男、お尋ね者なんだ。シスター・ケニー基金の金を着服した罪で起訴されてるし、連邦郵便詐欺の嫌疑もかけられてる。ぼくの本の何冊かを売るって約束してくれて、ロサンゼルスで会うことになってるけど、いっしょに来ないか?」

「いいよ」ウィリアムは言った。「お前が一人きりでその男と取り引きするのはなんだか不安だからな。そいつ、どうもインチキくさいぜ」

数日後、二人はロサンゼルスまでドライブし、モーパーゴが予約してくれていた、その時代のセレブたちがよく泊まった《ルーズベルト・ホテル》にチェックインした。だが、その夜モーパーゴに会うと、ヴァンの本をうまく売りこめなかったと言われた。

「埋め合わせをさせてくれ」モーパーゴはヴァンに一枚の紙切れを手渡した。「この女が面倒見てくれるだろう」

ウィリアムは自分の部屋に戻ったが、ヴァンはモーパーゴからもらった紙にリストアップされていた《ルーズベルド・ホテル》の別の部屋に行った。モーパーゴが料金を支払った高級売春婦が待っていた。

翌朝、友達の乱れた服装を見たウィリアムが、何が起きたのかと訊いた。

「言いたくない」ヴァンは明らかに動揺していた。

ヴァンの様子に面食らい、ウィリアムは二度とその件については触れなかった。

翌一九五六年、とにかく息子を追い出したくてたまらないガートルードは、ヴァンもそろそろ結婚すべきだと考えた。そして親友のルース・ウィリアムソンに助けを求めることにした。ルースにはメアリー・アネット・プレイヤーという名の、美しく、従順で、人の影響を受けやすい娘がいる。ヴァンとアネットが最高の組み合わせだというガートルードの意見にルースも賛成した。

アネットは幼いときに両親が離婚したので、母の家のあるサンフランシスコと父の暮らすストックトンの間を行ったり来たりしながら大きくなった。離婚後も両親は絶え間なく言い争い、アネットはよく二人の板挟みになった。アネットは父親といっしょに暮らしたかったのだが、暴君のルースは娘の養育を別れた夫に手渡すことを断じて拒絶した。結果、一七歳のアネットは、人生の不調和により引き起こされる鬱の発作に苦しんでいた。ガートルードとルースがヴァンに引き合わせようと決意するころには、誰かのものになる機は熟していた。

母親たちは最初の出会いを入念に計画した。ガートルードには、もし引き合わせたい娘を家に連れてくるなどと言ったら、ヴァンが家にいるのを拒むことはわかっていた。それでいつかいい機会が訪れるのを待つことにし、最終的にはヴァンが《ロスト・ウィークエンド》で演奏する夜にルースとアネットを招待することにした。彼女は一番素敵なヴァンを見せたかったし、演奏の予定がある日にはヴァンはいつも完璧に決めていたからだ。

母親たちは日にちを選んだ。そして当日、ルースはお見合いだとは夢にも思わない娘を引き連れて、ガートルードの家を時間どおりに訪問した。ガートルードとルースはリビングルームでアネットと喋りながら、ヴァンが自室から出てくるのを待った。ついに彼の部屋のドアの開く音がした。

ヴァンはリビングルームに足を踏み入れたとたん、歩みを止めた。ソファにはそれまで目にしたことがないほど美しい少女が座っていた。完璧な角度でつり上がった深い茶色の目の上の濃く黒い眉を、彼はしばらく見つめた。彫りの深い顔を取り囲む栗色のウェービーヘアにほんのかすかな赤みがある。オードリー・ヘップバーンのようだ。

アネットはヴァンのあからさまな視線にもじもじしたが、ガートルードが紹介すると恥ずかしそうに微笑んだ。

一九五七年八月一九日、アール・ヴァン・ベスト・ジュニアはメアリー・アネット・プレイヤーと結婚した。母親たちの計画どおり。

ルースはアネットに、父親には結婚したことは伏せておくよう言いふくめていたが、父親は発見し、未成年の娘が彼の承諾も得ずに結婚したことに激怒した。だが、娘の幸せそうな様子を見て、口をつぐんだ。

結婚直後の数ヵ月を、ヴァンは若妻の機嫌を取ることに費やした。二人はノブ・ヒルのジョーンズ・ストリート四一五番に小さなワンベッドルームのアパートを借り、アネットの貯めていた金を使ってインテリアを整える作業に取りかかった。ヴァンはオルガンの演奏により少しは収入を得ていたが、生活費をすべてまかなうには十分でなかった。そこで彼はアネットを説得した。彼女の貯金の残りのすべて（一〇九〇ドル）をメキシコへの旅費に投資すべきだと。

「イングランドにいたとき、ヒンチンブルックで一財産もの値打ちがありそうな古書を山ほど見たんだ。メキシコに行けば、ぼくは値打ちのある古書や古文書を見つけることができる。それを安く買ってここに持ち帰れば、儲けをつけて売れる。これは前にもやったことだ。必要なのはただ、スタートするための資金だけなんだ」

最初のうちアネットは抵抗していたが、最終的には根負けした。

ヴァンはメキシコシティに行き、一ポンド〔約四五〇グラム〕いくらで植民地時代前の古文書を売ってくれるディーラーを見つけた。それらに目を通し、あれこれ選び出し、資金が許す限り買いこんだ。サンフランシスコに戻ると、サード・ストリートとマーケット・ストリートの角にあるホームズ・ブック・カンパニーで、持ち帰った本の一部をかなりの利益をつけて売ることができた。悦に入った彼は、アネットに報告するため急いで帰宅した。

やがてヴァンは頻繁にメキシコに行くようになった。彼の古い文献に対する愛が、突如として利益を生む投機的事業になったのだ。儲けが出ると思えば、何でも買った。イギリスの初版本、めずらしい漫画本、古い掛け軸。めずらしいものを見つけることだけでなく、限界まで値切ることも楽しんだ。だが一方で、今の結婚にそれほど見返りがあるとは思えなくなってきた。

結婚が引き起こした父親との軋轢《あつれき》に胸を痛めたアネットはかつてないほど落ちこんでいたが、ヴァンは彼女のそんな心の状態にはまったくと言っていいほど同情しなかった。生まれたときから母親に無視され続けてきた彼にとっては、妻に無視されていることは裏切りでしかなかった。したがって妻を慰める代わりに、妻を軽んじ、怒鳴りつけ、ついには暴力まで振るい始めた。

次の一年間に、どんなに小さなミスに対しても飛んできていた平手打ちは、こぶしでのパンチになり、まもなく若い娘の体に何週間もあざを残すほどの滅多打ちになった。このままでは殺されると思ったアネットはついにルースとガートルードに何が起きているかを打ち明けたが、この母親たちもまた同情することなく、結婚生活がうまくいくようもっと努力すべきだと説得するだけだった。

アネットは気持ちを強く持とうとした。夫を喜ばせようと努力した。無駄だった。ヴァンの中にはあまりに大きな怒りが抑えこまれており、彼女はその格好の捌《は》け口だった。

アネットは限界まで耐え抜いたが、一九五九年一月一日の夜に特に激しい仕打ちを受けると、ついに死に対する恐怖が母親を落胆させる恐怖に打ち勝った。ヴァンが行きつけの場所の一つに演奏に出かけたあとに父親に電話した。

H・S・プレイヤーは娘の顔の切り傷やあざを見ると激怒した。娘が荷物をまとめるのを手伝い、アパートから急いで連れ出した。翌日、フェリックス・ローリセラ法律事務所に電話し、ミーティングの手はずを整えた。

一月四日、メアリー・アネット・ベストは虐待と非人間的扱いを理由に離婚を申請した。ヴァンとの結婚は一年四ヵ月と一六日しか持たなかった。彼女はかろうじて死を免れた。

妻が去ったことを知るとヴァンは激昂したが、どうすることもできなかった。

一九六〇年四月八日、離婚は成立し、アネットは家具とヴァンの事業に注ぎこんだ金を勝ち取った。その返済が終わるまで、ヴァンは毎月七五ドルずつ彼女に支払い続けるよう命じられた。

アネットは一九六一年に再婚した。

ヴァンはノエ・ストリートの小さな部屋に逆戻りした。

10

《フェアモント・ホテル》の《トンガ・ルーム》でウィリアムを待つ間、ヴァンはゾンビという名のカクテルをすすっていた。一風変わった装飾だけでなくエキゾチックなドリンクでも有名なそのバーは、彼のお気に入りの待ち合わせ場所になっていた。

オーケストラの団員たちがバーの中央にある二三メートルのプールを行ったり来たりする屋台船の上に楽器を設置している間、ヴァンは持ってきた文書に見入っていた。

「遅くなった、悪い」ウィリアムが椅子を引きながら言った。「ラヴェイは？」

「来れないって」ウェイターに合図しながらヴァンが言った。「最近はなかなか信徒たちから逃げられないようだ」

「どう、元気だった？」一体ヴァンは自分に何を見せたいのだろうとウィリアムはいぶかっていた。電話ではずいぶん興奮して、どうしてもその日に会いたいと言い張っていたが。

「まあ、これを見ろよ」ウィリアムに見えるよう、手にした文書を掲げた。「ほら、これはスペインの紋章だ。それに、ここ」ヴァンは署名を指差した。「国王フィリップ二世」

「それ、どこで手に入れたんだ？」

「メキシコシティだよ。古いサンタ・カタリナ教会近くのラ・ラグニラ市場にボロボロの本屋があるんだ。主人は年寄りで、一日中外に座って客引きをしている。ある日、たまたま通りかかって話し始めた。すると店の奥の部屋に招き入れて、所蔵品のすべてに目を通させてくれた。これはほんのはした金で手に入れたんだぜ」

「これの何がそんなにすごいんだ?」

ヴァンはドリンクを近くの棚に起き、テーブルをナプキンで拭いてから問題の文書を広げた。

「これは一六世紀の辞令で、若い中尉にヌエバ・エスパーニャ〔スペイン王国の副王領地〕に行ってメキシカン・インディアンの兵士を募る権限を与えている。この中尉は、彼の名前とこの辞令の格調高さからして、明らかに高貴な家の出だ。それにほら、スペインの紋章に加えて王自身の紋章まである。こんなものにはそうそうお目にかかれるもんじゃない。こいつはかなりの値で売れるぞ」

ウィリアムは感心した。彼はヴァンがメキシコで古書あさりを始めたとき、頭がおかしいんじゃないかと思った。「でも、それで一家を養うのは無理だね」とヴァンに言ったものだ。「安定収入じゃない」と。ウィリアムは私立探偵としてすでにかなり成功しており、ヴァンが仲間になってくれることを望んでいた。だが、ヴァンはメキシコをほっつき歩いて宝探しするほうを好み、その申し出を断っていた。

「よかったな」ウィリアムは言った。

「ありがとう。まさに今はこいつが必要だ」

ウィリアムは、何かおかしいと感じた。「アネットはどうしてる?」

「出て行った」

「出て行ったって？」

「ああ。もう数ヵ月前になるが、父親のところに駆けこんで離婚請求をしてきた。ぼくが彼女に残酷だったとかいって。そんなこと、想像できるか？」

ウィリアムには想像できた。が、首を横に振った。「ともかく、彼女はお前にはちょっと若すぎたよ」

ヴァンは微笑んだ。「若いからいいんだよ」

オーケストラが最初の音を奏でると、二人の青年は食事のオーダーをした。夜が更けるにつれ雨がプールに注ぎ始め、稲光と雷がバンドに伴奏を添えた。すべては、客たちを南太平洋にいざなうよう仕組まれたショーの一部だった。威嚇するようなトーテム像が頭上にそびえ、ランタンと吊り下った球体から発せられるオレンジ色の光の中で音楽に合わせてカップルが踊ると、部屋の中に興奮とミステリーのない交ぜになった独特の雰囲気が醸し出された。

ヴァンが《トンガ・ルーム》を好きなのは、そこが供するアジア料理が子供のころに日本で食べたジューシーな料理を思い出させるからでもあった。食事をしながら、二人はヴァンがメキシコにいた間に互いに起きたことを報告し合った。

「ノース・ビーチで何が起きてるか、知ってるかい？」ウィリアムが訊いた。

「えっ、何？」

「あそこのビーチはビート族でいっぱいだよ。うじゃうじゃいる。やつら、国中から集まって来てるって話だ」

「そうそう。そういえば数年前にハーブ・カンが『クロニクル』にあいつらについての記事を書いてたな。からかってるみたいだったが」

「ぼくは面白いと思うな」ウィリアムが言った。「あのガキども、いかにもわかってるふうに詩を口ずさんだり、ケルアックを引用したりしてる。結局どうなるかは見えてるけど、少なくともあいつら、何かは読んでるみたいだよ。それにあそこの音楽もよくなった。バーではジャズが演奏されてるよ」

「一度夜にでも行ってみないとな」

ウィリアムは同意してうなずき、ヴァンは再びウェイターに合図した。

「ここはおごるよ」ウェイターが勘定書きを持ってくると、ヴァンが言った。

「大金が入るもんな」ウィリアムがふざけた。

「どうなったか報告するよ」

ヴァンは最終的にその古文書でかなりの大金を手に入れた。けれども、他のメキシコ旅行ではそれほど幸運ではなかったため、すぐにひどい金欠に陥った。彼の寝室には、サンフランシスコの古物市場では何の値打ちもない古文書や古書が散乱していた。

ヴァンは活動範囲を広げることにし、彼の本を買ってくれそうな図書館に立ち寄りながら、カリフォルニア沿岸を南へ北へと移動した。生活費はかつかつ稼げたものの、決して十分ではなかった。金を作る他の方法を模索した結果、彼はインクと羽ペンを購入し、蒐集した古文書の手書き文字を、その辺の古い羊皮紙に模写する作業に取りかかった。彼はそれに一六二九年の日付を入れた。署名する段になると、コレクションの中からある古い書物を引っ張り出し、目当てのものが見つかるまでページを繰った。数分間練習したあと、彼は文書に署名した――フィリップ四世と。

翌日、それを売り、ヴァンは商売を再開した。

引き続きメキシコに通って本物の古文書を探したものの、値打ちのあるものが見つからないと、熟達した偽造に頼った。古書店の店主たちはヴァンを信用した。以前に彼が見つけてきたものはすべて優れた本物だったので、そうでなければもっと気をつけたのだろうが、彼が持ちこむものに対してはチェックが緩かった。

一九六一年の秋ごろには、ヴァンの運勢は上向いてきた。ＩＢＭの事務員の職を得たが、副業としてなおも本物と偽造両方の古文書を売っていた。九月末にフロント・ストリートにある《シュルーダーズ・レストラン》でウィリアムと待ち合わせた。一八九三年に開業したそのレストランはウインナー・シュニッツェルやブラットワースト〔ソーセージ〕、ザワーブラーテン〔牛肉のマリネ煮こみ〕、ポテトパンケーキといった伝統的なバイエルン料理をメニューに加えていたので、ドイツ系のウィリアムには魅力だった。ヴァンもそこが気に入っていたが、それはランチタイムが女人禁制だったからだ。そこは紳士のためのレストランで、男たちはご婦人方の目や耳を気にせず、思う存分喋り、笑うことができた。ビジネススーツを着たビジネスマンたちがローズウッドのバーカウンターに座り、大きな葉巻を吸っていた。《シュルーダーズ》に入っていくとき、ヴァンはそのような立派な紳士たちのいるバーに自分も属しているかのように感じ、誇らしい気分になった。しばしば大きなビールジョッキの縁越しに、店の壁を彩るハーマン・リヒターの手になるいくつかの壁画を眺め、その色彩の妙に見とれた。こぼれそうな乳房をした魅力的なブロンド娘が、白シャツに赤いベストとショーツ姿の好色な若者の膝に戯れがちに座っている絵がある。また、テーブルを囲んだ紳士のグループが、昨今の政治について大きな身振りを加えながら討論している絵もあった。

ヴァンはサーバーから供されるドイツのめずらしいビールを注文し、バーテンが泡の流れを止めようとするのを見守った。彼はウィリアムに葉巻を差し出した。

丁寧にラッピングをはがしていくうちに、ウィリアムはキューバの紋章に気づいた。「こいつは楽しみだな」

ヴァンはよくメキシコから葉巻やいろいろな土産を買ってきた。

自分の葉巻に火をつけながら、ヴァンは微笑んだ。「これこそが人生、だろ?」とドイツ語で言った。そのバーでドイツ語を話せるのはたいてい彼とウィリアムだけなので、彼らはその言語を操ることで得られる優越感を気に入っていた。

「まさしく」とウィリアム。「この間のメキシコ行きでは何か値打ちのあるものは見つかったのか?」

「少しね。面白い一七世紀の手紙が何通か」ヴァンは答えた。それを自分の寝室で作ったという事実は省いて。ウィリアムは私立探偵だ。倫理観の高い男だ。彼には理解できないだろう。

「次に行くのはいつ?」

「わからない。たぶん来月かな。ここら辺にも飽きてきた。何か刺激が必要だ」

そんなとき、私の父はジュディ・チャンドラーに出会った。

11

ヴァンはゴールデンゲート・パークの端にある木の陰で、目の焦点をヒューゴ・ストリートに合わせたまま、じりじりしながら待った。ジュディはセブンス・アヴェニューの六軒目の家に住んでいて、そこで道は行き止まりになっている。彼のいる丘の上の見晴らしのいい場所からは、彼女が出てくるのが見える。彼女の母親が追って来ないことを祈った。ジュディが母ヴェルダに二人の関係を打ち明けて以来、ヴェルダはあらゆる手をつくして娘がヴァンに会うのを阻止しようとしている。ジュディは人目を忍ぶスリルを気に入り、可能な限りヴァンと会った。たいていは放課後にハンバーガーを食べるか、たまに映画を観る程度だったが。

ヴァンは玄関ドアが開き、恋人が出てくるのを見守った。ジュディは彼に「恋人」と呼ばれるのがうれしかった。大人になった気がした。彼女の手にスーツケースがあるのを見て、ヴァンは止めていた息をふーっと吐き出した。彼女がほんとうにやってくれるかどうか、確信がなかったのだ。すぐにでも駆け下りて、丘の上までスーツケースを運び上げるのを手伝いたかったが、ヴェルダに見つかるリスクは冒せない。ジュディが彼のもとに到達するまで待った。

「おいで。急がなきゃ」大急ぎでキスをして、その手からスーツケースを奪い取る。

公園の端を回り、カップルは近くの通りまで小走りで行った。そこにはウィリアムが二人を空港に送るため、車を止めて待っていた。

「乗って」ヴァンがスーツケースを後部座席に放りこむ。

「彼女、何ていうか、いやに若いけど、ヴァン。あの娘と同じじゃないだろうな?」ウィリアムはヴァンの別れた妻のことをほのめかした。

「いや、まさか。彼女、一九だよ」ヴァンは嘘をついた。

「わっくわくするわ!」ウィリアムに疑いの目で見られていることも知らず、ジュディは座席で何度も飛び跳ねた。「ほんとうにこんなことをやっちゃうなんて、信じられない」

その計画を二人は数日前に練った。その日、ヴァンは家まで送って行く途中に、ジュディを木陰に引き入れた。

「帰したくないよ」彼は言った。「いっしょにいられない一分一秒が耐えられない」

「私もよ」とジュディ。「でも、ごたごたはいやなの」

ヴァンは彼女の体に腕を回し、引き寄せた。「キスして」彼は命令した。

ジュディは体をすり寄せ、言われたとおりにした。

「ぼくと逃げてくれ。結婚しよう」

ジュディは唖然とし、後ずさりした。

「本気?」

「完全に本気だ。愛してる。ぼくたち、いっしょになるべきだよ。結婚さえすれば誰もぼくたちを引き裂けない。ジュディ、結婚してくれる?」

「でも、いつ? どうやって?」

「心配いらない。すべてぼくが手配するから。金曜の朝七時に会おう。公園で待ってる。きれいなドレスを一着と、あとは入るだけの服をスーツケースに詰めて。冒険旅行に出発だ。来てくれる？」

ジュディはしばらく考えていたが、やがて勢いよく彼の首に腕を回した。

「行く、行くわ」笑いながら言った。「ああ、きっとママはかんかんになるわ。あなたのこと、大嫌いなんですもの」

「ママのことなんか心配すんな」ヴァンは言った。「金曜日にね、いい？」

「いいわ」ジュディはうなずいた。

ヴァンはもう一度彼女にしっかりキスをし、ジュディが丘を駆け下りていくのを見送った。

一九六二年一月五日の早朝、緊張しつつも胸躍らせて、ジュディはスーツケースにお気に入りのドレスを詰め、冒険へと旅立った。ヴァンとは知り合ってまだたったの三ヵ月だったが、愛されているという確信があった。彼のことを愛しているかどうかはよくわからなかったが、彼の力強い腕の中にいるときの守られているという感覚が好きだった。彼はそれまでに出会ったどの男よりもやさしかった。少女はよりよい人生を手に入れるために家族を捨てているのだと信じて疑わなかった。

空港でヴァンに導かれて飛行機のタラップを上るとき、ジュディの胃は不安と興奮でむかむかした。離陸すると、最初は上のほうに、やがて眼下に広がるふわふわの雲を驚嘆して見つめた。飛行機に乗るのは初めてで何一つ見逃したくなかったから、じっと座ってなどいられなかった。ヴァンは彼女の興奮を楽しみ、そんな様子を笑った。

ネバダ州レノに着陸するやいなや、ヴァンは自分の人生に大いなる美と輝きをもたらしてくれたその素晴らしい少女と一刻も早く神聖な夫婦として結ばれたくて、彼女を急き立てるようにして教会に連れて行った。教会では、ヴァンが計画どおりジュディの年齢を偽って結婚証明書その他の必要書類に記入している間、ジュディはトイレで鮮やかなピンクのドレスに着替え、髪にブラシを当てた。

「お嬢さん、年齢は？」牧師が訊いた。

「一九です」一四歳の少女は答えた。ヴァンに教えられたとおりに。

エドワード・フリンガー牧師が再び質問することはなかった。彼女は大人っぽく見えたし、疑う理由もなかったからだ。

一九六二年一月五日、セント・ポールルズ統一メソジスト教会で私の父と母が誓いの言葉を交わしたとき、ヴァンが調達した二人の証人――バーディ・M・ニルソンとA・S・ベルフォード――は静かにそばに立っていた。

「あなたはこの女性をあなたの正式な妻とし、病めるときも健やかなときも、死が二人を分かつまで慈しみ支えることを誓いますか？」牧師が言った。

「誓います」ジュディの手を強く握り、ヴァンは言った。

「あなたはこの男性をあなたの正式な夫とし、病めるときも健やかなときも、死が二人を分かつまで慈しみ支えることを誓いますか？」

「誓います」ジュディは深く息を吸いこみ、にこやかにヴァンを見上げて言った。

「ネバダ州により付与された権限により、ここにあなたたちを夫婦であると宣言します。新郎は新婦にキスをしなさい」

ヴァンはジュディを腕にかき抱いた。

なおも腕を互いの体に回したまま、二人は教会をあとにし、膨らむ期待を胸にタクシーを止めた。ヴァンとジュディはその夜、結婚を完結させた――二七歳の男が無垢な十代の花嫁に性の手ほどきを施した。

彼らは翌日もレノで過ごし――ジュディは新しく発見した自由を満喫し、ヴァンはジュディの存在を楽しんだ――、そして自分たちの行いの結果を潔く受け止めるべくサンフランシスコに戻った。ジュディは電話で母親に結婚したことを報告すると、心からほっとした。どういうわけか、ヴェルダはいつになく物わかりがよかった。

カップルは人生をともにすることにわくわくしながらクレイ・ストリートのアパートに引っ越した。ところが、一月九日、ジュディは猛烈な腹痛で目が覚めた。どうしていいかわからず、ヴァンはヴェルダに電話した。

「救急車を呼びなさい」ヴェルダは激しい口調で命じ、大急ぎでアパートの住所を書き留めた。電話を切るなりサンフランシスコ市警の番号を回し、彼女の未成年の娘と結婚した男を訴えた。

「未成年と暮らせば、大変なトラブルになりかねない」ジュディが救急車の後部に載せられると、警官はヴァンに警告した。「彼女の母親、あなたを訴えましたよ」

「ぼくたち、結婚してるんですよ」救急車に乗りこむ前にヴァンは警官に言った。「とにかく行かなくちゃ。彼女が病気だってことがわからないんですか?」

警官はヴァンを行かせた。

ジュディが盲腸の手術を受けている間に、ヴァンはヴェルダに見つからないよう、ヘイト・ストリート七六五番に引っ越した。ヴェルダは入院中はジュディを見張り、そして退院するやいなや、正道からはずれた娘が目を覚ましてくれることを期待して、ウッドサイド・アヴェニューにある少年鑑別所の一部である青少年指導センターに入所させた。

「ママ、こんなことするなんてひどい。彼を愛してるのに！」電話をするという特別扱いを許可されると、ジュディは泣き叫んだ。「彼、私の夫なのよ」

「彼はあなたの夫なんかじゃありません。小児性愛者です」ヴェルダは言い返した。

バレンタインデーにヴェルダは二人の結婚を無効にした。

ヴァンは激怒したが、ヴェルダには法という味方があった。

ジュディは悲しみに暮れた。ベッドの上に小さく丸まって、気でもふれたように泣いた――失恋したティーンエイジャーの女の子にしかできない泣き方で。

一週間後、ヴァンは一八歳未満の女性に対する強姦罪により、思いもよらず逮捕された。

彼はすぐに保釈金を納め、旅支度をし、大急ぎで金を作るためメキシコシティに出発した。今回、仕事はうまくいった。サンフランシスコに戻ると、ジュディに会うため、こっそり青少年指導センターに忍びこんだ。ヴァンの計画を聞くと、彼女はくっくっと笑った。

「やれるわ」彼女は約束した。

一九六二年四月二八日の夕方、ジュディはシーツを結んでロープ代わりにし、二階の自室から階下の庇《ひさし》まで滑り降りた。残りの一、二メートルを飛び降りると、待っていたヴァンが受け止めた。二人は誰にも気づかれずに深まる宵闇の中に消えた。

「どこに行くの？」ヴァンの車に落ち着くやいなや、ジュディが訊いた。

「空港だよ、シカゴ行きの飛行機に乗る」彼女の手を取ってヴァンは言った。「親父はインディアナ州で牧師をやってるんだ。あっちで結婚式をしてもらえるよう頼んでみる」

ジュディはくすくす笑った。「きっとママは怒り狂うわね」

「そんなことは、どうでもいい。きみはぼくのものだから、ぼくからきみを奪わせたりはしない」

ジュディは自分ともう一度結婚しようとしている男に体をすり寄せた。

シカゴに着くなりヴァンは父親に電話したが、ガートルードに先を越された。アールに電話でヴァンが一四歳の少女と結婚したせいで逮捕されたことや、二人が再び駆け落ちしたことを伝えていた。

「その子を親元に返しなさい」ヴァンが何も言わないうちに、アールは電話に吠えたてた。

「でも、お父さんに式を挙げてもらわなくては。もうシカゴに着いてるんです」

「それはありえない。相手は一四歳だよ。お前、正気か？」アールは大声を上げた。

アールは二〇年の歳月をかけて、誰であっても誇れるキャリアと評判を築いていた。道を外れた息子が少女にのぼせ上がったくらいで、それを台無しにする気はなかった。合衆国退役軍人クラブの国選牧師として、アールには政府や一般国民に対し説明責任がある。ヴァンの今回の行動が彼の評判に暗い影を落とす可能性に、彼は痛いほど気づいていた。

「お願いです、お父さん。未婚のまま暮らすという罪は冒したくないんです」罪という言葉が、牧師を説得してくれることを期待した。

「ヴァン、その子を連れて帰るんだ。今すぐ。手遅れになる前に」アールは息子をうながした。

「それはないです。彼女を愛してるんです。お父さんの助けがあろうがなかろうが、彼女と結婚します」ヴァンは言い返した。

「一体、どうしたんだ？」アールは静かに言った。「それが間違っていることは、お前にもわかっているはずだ」

「愛してるんです。それのどこが間違ってるんですか？」

「相手は一四だ！」アールは怒鳴った。「そこが間違っている」

「いつもながら、お父さんは頼りになりますね」ヴァンは言った。その皮肉が父に与える効果を知った上で。

「その子を連れて帰りなさい」アールは懇願した。「大変なことになる前に」

「いいえ。それはしません」

「お願いだ、息子よ。そんなことをしても何もいいことはない」

ヴァンは電話を切った。

「さあ、まず腹ごしらえだ」彼はジュディに言った。「いいところを知ってるんだ」

彼はジュディを空港から連れ出し、タクシーに乗せた。

「それで、どうなったの？」車が走り出すとジュディは尋ねた。

ヴァンはかぶりを振った。「話したくない」

彼女の目に涙が浮かんでくるのを見たヴァンは、彼女の膝を軽く叩いた。「大丈夫。どうにかなるよ」

シカゴ屈指のステーキハウス《ジーン&ジョーゲッティ》の席に着くと、ジュディは再びヴァンの父親が何を言ったのかを聞き出そうとした。が、ヴァンは無視した。

「このフォークはサラダに使って、そっちはメイン用だよ」ナプキンを彼女の膝に置いてやりながら彼は言った。「オーダーはぼくがしてあげるね。ここではビーフを食べないと。ここのクオリティのビーフを食べられるのは世界でも三ヵ所しかない――シカゴ、カンザスシティ、そして日本の神戸だ」

ヴァンはディナーの間もずっと次の手を考えていたため無口だった。

「戻らない」彼は言った。「ぼくからきみを奪わせたりしない」

「どこに行くの？」不安そうにジュディが訊いた。

ヴァンは微笑んだ。

「メキシコだ。あそこでなら結婚できる」

12

メキシコシティのすべてがヴァンの言ったとおりだった。売れそうな本や文書を探して市場から市場へと連れ回すヴァンのあとを、ジュディは見知らぬ風景や音やにおいを吸収しながら、楽しそうについて行った。山のように積み重なった文書や巻物を拾い読みするヴァンはそういったものにかなり精通した様子で、湖の中の島に作られた巨大な都市メキシコシティがスペインに統治されていた植民地時代以前の象形文字も理解しているらしかった。

仕事の合間に、彼はジュディをソカロ広場にあるメトロポリタン大聖堂に連れて行った。少年聖歌隊がかつて聞いたことがないほど美しい天国的な歌声で神を讃えると、ジュディは畏怖の念に打たれながら見入った。さらにメキシコシティから少し北にある、紀元三〇〇年ごろに建てられたテオティワカンのピラミッドを見に連れて行くと、ジュディはそんなにすごいものは見たことがないと思った。

「配置を見てごらん」ヴァンは一つのピラミッドを差した指を、別のピラミッドへと動かした。「のちにここにやって来たアステカ族は、神々はここで生まれたと信じたんだよ。太陽のピラミッドに、ほら、あっちは月のピラミッドだ。テオティワカン人の戦士たちはこの世の終わりが迫っていると信じていたから、人間を狩って神々に生贄として捧げたんだ。そうすれば、人類を滅亡させるほどの大地震が来ても、生贄のおかげで自分たちは助かるかもしれないと思ったんだね」

「それでその人たち、どうなったの？」

「あるとき、ただ消えたんだ。都市のすべてが。なぜかは誰にもわからない」

「そんなこと、どうして知ってるの？」

「ぼくはいろんなことを知ってるんだよ」ヴァンは微笑んだ。

翌朝、ヴァンはそろそろ結婚しようと思った。

「荷物をまとめて」彼はジュディに言った。「アカプルコに行こう。《ラス・ブリサス》っていうリゾートホテルがあるんだけど、ピンクのジープで迎えに来て街を案内してくれる。きっとすごく気に入るよ。結婚式を挙げられる小さな教会も知ってるんだ」

この冒険の旅のすべてを楽しんでいるジュディは、ヴァンが買ってくれた数枚の服をさっとバッグに詰めた。それで出発の準備は整った。

アカプルコに着くなり、ヴァンは目当ての教会にジュディを連れて行った。だが、親の承諾がないと彼女とは結婚できないと言われ、落胆した。

「これから、どうするの？」ジュディが言った。

ヴァンは懲りていなかった。「ハネムーンに行こう」

《ラス・ブリサス》は満室だったため、近くのアカプルコ・ベイにある高層のコンドミニアムで我慢しなくてはならなかった。続く数日間、二人はハネムーン中のカップルらしく振る舞った——昼間はビーチで太陽を浴び、夜は愛の営みをした。

一九六二年五月一一日、小さな揺れがヴァンとジュディをまどろみから目覚めさせた。それはサンフランシスコで育った彼らが慣れ親しんでいる、早朝の市バスが引き起こすゴトゴトという揺れより少し大きかった。ヴァンがサイドテーブルの眼鏡に手を伸ばしたとき、それは起きた。マグニチュード七・一の大地震に体のバランスが崩れた。ヴァンは床に倒れ、ジュディは悲鳴を上げる。うねるタイル張りの床の上でベッドが動き始める。壁に掛かった絵が落ちて砕ける。実際には一分にも満たなかったのだが、永遠にも思えるほど長い間、建物全体が大きく横揺れした。ジュディはその間ずっとヴァンのほうに手を伸ばしていた。

揺れが収まると、二人はバルコニーに出て被害状況を調べた。すると上の階のバルコニーが、たった一片の鉄筋にぶら下がった状態で危険なほど大きく揺れていた。ヴァンはあわててジュディを部屋に引き入れ、まわりが見えるよう、蠟燭を灯した。ヴァンが再びバルコニーに出て安全かどうかを確かめている間、ジュディは床の上の割れたガラスを片付けた。

続く数日間はホテルに滞在し続けるしかなかった。街の通りという通りが瓦礫に覆われ、通行不可能になっていたからだ。ヴァンがメキシコシティで仕入れた古文書を仕分けている間、ジュディはビーチに座って、サーフィンやバレーボールに興じる褐色に日焼けした若者たちの美しい身体を眺めた。他には何にもすることがなかった。ヴァンはジュディがたった一人でビーチにいると思うと気が気でなく、はるか上の窓から嫉妬に燃えながら見張っていた。

五月一九日、マグニチュード七・〇の余震が街を襲った。ヴァンはアメリカに帰るべきときが来たと確信した。神からの合図はもう十分受けていた。荷物をまとめ、おめでたいことにメキシコで自分たちの別離の種が蒔かれていたとも知らずに、彼らは機中の人となった。

13

ロサンゼルス到着後まもなくヴァンが病気になり、入院した。伝染性の肝炎と診断された。原因となったウイルスはメキシコではめずらしくなく、しばしば汚染された水や食べ物を介して広がる。

「ぼくは大丈夫だよ」ヴァンはベッドサイドに張りついて去ろうとしないジュディを安心させようとした。

「両親に連絡してほしい?」心配のあまり、彼女は言った。

「とんでもない。絶対にだめだ。医者もそんなに長い入院にはならないと言ってるし」

ヴァンが回復したところで彼らはサンフランシスコに戻り、ノブ・ヒルの南斜面にあるグリーリー・ストリート五八五番の五階建てのアパートに部屋を借りた。一寝室で、通りの向かいの《ホテル・カリフォルニア》が見えるベイ・ウインドウが売りだった。建物の前面には最上階の五階まで伸びる非常階段があった。入口の両側には、中央に十字形のある黒の縁取りがついた丸くて白い照明が付いていた。

ヴァンはわずか一ブロック先のジョーンズ・ストリートで前の妻と暮らしていたことを、わざわざ言ったりはしなかった。ただ玄関ホールから階段を上り、恋人を二人の新居に案内した。

彼らはヴェルダに見つからないことを祈りながら、夫婦のふりをして翌月を過ごした。七月、今度はジュディの具合が悪くなった。自分が肝炎をうつしたのではないかと心配したヴァンは、七月三〇日に彼女をサンフランシスコ総合病院に連れて行った。

肝炎の診断が下ったが、さらに医師は一四歳のジュディに妊娠を告げた。

退院すると、ジュディはびくびくしながらヴェルダに電話した。

「ママ、言わなくちゃならないことがあるの」

「今度は何?」姿をくらまして以来、一度も連絡をよこさなかった娘に激怒していたヴェルダは、吐き捨てるように言った。「一体どこにいたの? 心配で死にそうだったのよ」

「メキシコに行ったの。でも地震があって、帰らなくちゃならなくなって……」ジュディは恐る恐る次の言葉を言った。「それでね、私、妊娠してるの。三ヵ月なの。ママ、私、怖い」

とたんにヴェルダの口調は安心させる、説得力あるものになった。そして、話し合うため一度家に帰るよう言った。「一晩泊まる用意をしてらっしゃい。どうすべきかを考えなきゃね」

「わかった」ジュディは言った。「ヴァンに車で送ってもらうわ」

ジュディとヴァンがセブンス・アヴェニュー一二四五番の前に車を止めると、ヴェルダが待っていた。ヴァンは付近に目を走らせたが、家の角を曲がったところに隠れている警察の車は見えなかった。

警官たちはヴァンが車から出るのを待って、立ちはだかった。

「アール・ヴァン・ベスト、未成年誘拐罪で逮捕する」警官の一人がヴァンの腕をつかんで背中に回しながら言った。ジュディはヴァンの手に手錠を掛けようとする警官ともみ合った。

泣きながら、彼女は警察に連行されるヴァンを見送った。

「どうしてあんなことができるの？」娘を家の中に入れようとするヴェルダに向かって、ジュディは金切り声でわめいた。

「あなたこそ、よくこんなことができるわね？」ヴェルダは答えた。

ジュディは青少年指導センターに送り返された。

ヴァンは裁判所の六階にある独房に入れられた。二段ベッドに座って次の手を考えていると、ハンサムな若者がやって来た。

「ミスター・ベスト、少しお話してもいいですか？」

ヴァンはその若者を弁護士ではないかといぶかった。

「『サンフランシスコ・クロニクル』紙の記者でポール・アヴェリーといいます」男は自己紹介した。「いくつか質問してもかまいませんか?」

ヴァンは首を縦に振った。

アヴェリーはノートを取り出した。「ジュディさんとはどこで知り合ったのですか?」

「《ハーバーツ・シャーベット・ショップ》です。そこに彼女がいたんです……美しくて愛らしかった」のちにアヴェリーはヴァンがそう言ったと引用している。

「でも、彼女はたったの一四歳だった」アヴェリーが言った。

「そんなことは問題じゃない」

続く半時間、ヴァンはアヴェリーにすべてを語った。

「アイスクリーム・ショップで見つけた恋」――一九六二年八月一日付の「サンフランシスコ・クロニクル」紙の見出しだ。彼らのロマンスを伝える記事とともに、ヴァンとジュディの写真が紙面を派手に飾った。

「今は鉄格子と一マイル〔一・六キロ〕以上の距離がヴァンと一度は彼の妻だったジュディ・チャンドラーを引き裂いている」続いてアヴェリーは、二八歳にもなった男がどうしてティーンエイジャーと恋に落ちたかを描写した。

その記事を読んだヴァンは怒り心頭に発した。自分のことを頭の禿げかかった小児性愛者のオヤジのように描かれたのが気に入らなかった。アヴェリーはのちに彼らの恋愛を「アイスクリーム・ロマンス」と呼んだ。ヴァンはジュディに対する愛をそんなふうにからかった彼を絶対に許さなかった。

他の新聞も続いた。

「サンフランシスコ・イクザミナー」紙の記事には「中西部の牧師の子息で、眼鏡をかけた物腰柔らかな男は、昨日、市立刑務所の独房で花嫁を思って泣いた。彼女は一四歳のブロンド、妊娠中」とある。

一九六二年八月七日、ヴァンは少女誘拐、強姦、および未成年者非行幇助《ほうじょ》罪で起訴された。

起訴陪審ではヴェルダが陪審員たちを前に、まずヴァンがどのように彼女の娘をレノに連れて行き、結婚させたかを憤然と証言した。そして、その結婚を彼女が無効にしたにもかかわらず、ヴァンがジュディを青少年指導センターから誘拐したとも述べた。

ウィリアムは彼らが最初に駆け落ちしたときに、空港まで車で送って行った経緯を証言するよう要請された。

EARL VAN BEST
"Love at first sight"
JUDY CHANDLER
"Beautiful and sweet"

He Found Love in ice Cream Parlor

An accidental meeting at Herbert's Sherbert Shoppe on an Indian summer afternoon was the way in which Earl Van Best found love.

There was only one roadblock to the romance: his love was 14 years old.

"I can't help the difference in our ages," said the balding, 28-year-old Best. "I love Judy and she loves me."

At the moment several sets of steel bars and more than a mile in distance separate Earl Van Best and his one-time wife, Judy Chandler.

Best, who says he supports himself by selling rare books and documents he brings

See Page 20, Col. 1

当時の「サンフランシスコ・クロニクル」の記事

ジュディもまた証言を強いられたが、陪審員室から出てきた彼女はにこやかに微笑んでいた。

そんな彼女を見た人たちは、なぜだろうと首をかしげた。国中の人がまもなくその理由を知ることになった。

裁判所のロビーにはガート

ルードから電話を受けるなりサンフランシスコに飛んで来たアールがいた。息子が起訴されたと聞いた彼はこうべを垂れ、息子のために祈っていた。

当のヴァンはすでに保釈金を納めて釈放され、そういった成り行きには無頓着だった。

翌日、ジュディは再び青少年指導センターを抜け出した。

ヴァンが待っていた。

八月九日、サンフランシスコ市警の警官数人が彼らに追いつき、ジュディは青少年指導センターの重警備棟に送られた。ヴァンはこれで三度目となる手錠を掛けられ、裁判所の六階に連行された。今回、起訴内容は一段と厳しいものだった――犯罪的陰謀、未成年略取誘拐罪、一八歳未満の少女強姦。

二日後、アールは息子の保釈金を送付した。

八月二四日、ジュディは再び具合が悪くなり、ヴァンからうつされた肝炎が原因で入院することになった。サンフランシスコ総合病院の隔離病棟に入れられた。

八月三一日、審問のため、ヴァンはサンフランシスコの法廷に戻った。のちに議事録のビデオにより明らかになったところによると、袖を肘の少し下までまくり上げた白シャツ、ベージュのニットのベスト、プレスされた黄褐色のパンツといった服装で現れた彼は堂々と証言席に向かい、裁判官が公判の期日を言い渡したときも顔色一つ変えなかった。

彼は裁判所を出るとクロッカー銀行に行き、ありったけの金を引き出し、口座を閉じた。次に予告なしにウィリアムに会いに行った。

「何をするつもり?」ウィリアムはヴァンの決意を秘めた表情が気に入らなかった。

「それは言えない」ウィリアムに五〇〇ドルを手渡しながら、ヴァンは言った。「ひょっとしてここに戻って来るか、緊急に金が必要になったときのために、これを預かっておいてくれ」

「ヴァン、こんなことはもうやめろ」ウィリアムは必死で説得した。「あの子にそんな値打ちはない」

「いや、ある」ヴァンは言った。「頼む。ここに来たことは誰にも言わないでくれ。きみを巻きこみたくないんだ」

その日の深夜一二時ごろ、私の父は医師の扮装をしてサンフランシスコ総合病院に忍びこみ、母を探した。彼は誰にも彼女を自分から奪わせる気はなかった。数分後、一組の医師と患者が誰の目を引くこともなく、平然と病院を歩み出た。外に出るやいなや、二人は止めていたレンタカーめがけて走った。

午前三時四〇分、その階担当の看護師がジュディのベッドが空っぽであることを発見し、警報を鳴らし、L・N・スワンソン医師に逃亡を報告した。同医師の電話を受けて、警察は即刻、カップルの広域手配を展開した。

翌朝、「サンフランシスコ・ニュースコール・ブレティン」紙は「サンデー花嫁を手配」〈サンデーはアイスクリーム・サンデーの意〉と見出しを打った。続く記事には「メキシコ国境の警備兵はサンフランシスコ出身一四歳のアイスクリーム花嫁が現れないか目を光らせ、三度目の駆け落ちを阻止せよとの要請を受けた」とある。

「イクザミナー」紙には「問題の少女は金曜未明にサンフランシスコ総合病院から姿を消した。一二時間後、カンザスシティ近くで血のついた車が乗り捨てられているのが発見された」とある。

国中の新聞が違法なロマンスというネタに飛びついた。結果的に全国的な捜索が展開されたものの、ジュディとヴァンは長い間見つからなかった。

病院をあとにした彼らはメキシコを目指してハイウェイ一〇一号線を南下していたが、ヴァンが運転中に居眠りし、道路をはずれてしまった。

車輪が溝に落ちると、ジュディは悲鳴を上げた。

振動で目覚めたヴァンは車から飛び降りた。「行こう！」ヴァンの頭がぶつかった部分のハンドルに血がべっとりついていることをジュディは心配したが、ヴァンはかまわず叫んだ。「警官が来る前にここから逃げなくては！」

ジュディは彼について道路に出た。「これからどうするの？」

近づいてくる車に向かって、ヴァンは親指を立てた。

サクラメントに着くまでに、たった二台をヒッチハイクすればよかった。その日の夕方には、サクラメント北部の町ウィリアムズのルートビア・スタンドで、二人はチョコレート・ミルクシェイクをシェアしていた。その夜はモーテルで次の計画を練った。警察は彼らがメキシコを目指すと考えるだろうから、代わりにカナダに向かうことにした。

翌日、「イクザミナー」紙にはこんな記事が載った。

「金曜の夜、行方不明の一五歳の元花嫁ジュディ・チャンドラーがかつての夫とチョコレート・ミルクシェイクをシェアしているところが、サクラメント・バレーの町ウィリアムズで目撃された」

この記事は間違っている。ジュディはこのとき、まだ一四歳だった。

さらに記事は続く。「ハイウェイ九九号線沿いのルートビア・スタンドのオーナーと従業員二人は、昨日の弊紙第一面に掲載された行方不明カップルの写真を見て、弊社に通報してきた。昨夜、この三人から聞き取りを行った警察は、目撃された二人が間違いなく問題のカップルであったと発表した」日曜の朝、逃亡者となった私の両親は朝食を取ろうと簡易食堂に立ち寄った。だが、ヴァンは自分の写真が新聞スタンドから見返しているのに気づき、大急ぎでジュディをそこから連れ出した。ヴァンは誰にも気づかれずに国境まで行くのは無理だと悟った。

「お腹がペコペコ。どうして食べられないの？」ジュディが言った。

ヴァンはそれには答えず、食堂の裏のドラッグストア《ロングス》に向かった。ジュディには外で待つよう言った。

ヴァンは化粧品の列に行き、しばらくあれこれ物色したあとで、女性用ヘアカラーの箱をセーターの下に滑りこませた。それからカウンターに行き、ラッキー・ストライクを一箱買った。ジュディはハラハラしながら外で待っていた。

モーテルに戻ると、ヴァンはジュディに髪を染めるよう迫った。

「ヴァン、そんなこと、したくない」ジュディは泣いた。

「ぼくたちの写真がそこら中に出回ってるんだよ。やるしかない」彼は言い張った。「刑務所に入りたいの？　そのままだと絶対に見つかるよ」

ジュディは涙に暮れながら、鏡の中で美しいブロンドが黒く変わっていくのを見守った。彼女を見返している女性は見知らぬ女だった――妊娠した黒髪の別人。ヴァンの〝それでよし〟といわんばかりのゆがんだ笑顔が涙越しに見えた。そのとき初めて、彼女は自分たちが大変なトラブルに巻きこまれていることを思い知った。彼女は喉につかえた恐怖の塊を飲み下した。

これで誰もジュディが誰かはわからないだろうと高をくくったヴァンは、来た道を引き返すことにした。自身の見かけも気になったが、変装には眼鏡で十分だろうと思った。新聞に掲載されている写真のほとんどが、眼鏡をかけていないときのものだ。彼は正しかった。大都市のほうが気づかれにくいことを期待してロサンゼルスまでヒッチハイクで行く間も、二人が誰なのかに気づいた者はいなかった。

ヴァンはトーランスに近い工業地域にアパートを借り、自分は気づかれる危険性があるからジュディが働くべきだと言い張った。ジュディはお腹の膨らみをできる限り隠し、ロス北部のハリウッドに近い場所にある素敵なレストランに仕事を見つけた。けれども、ブラディマリーすら作れないことがマネージャーにばれ、一週間もしない間にクビになった。

九月末、二人はサンディエゴに向かって南下した。ジュディのお腹は隠しようがないほど大きくなっていたので、仕事を得られる可能性はほとんどなくなっていた。ヴァンの持ち金も底をつきつつあったが、頭のとろい女性を騙して、まんまと三〇〇ドルの不渡り小切手を現金に換えさせていた。彼はカリフォルニアから逃げなくてはならないことを知っていた。バーで酔っぱらった客を説得して、アリゾナ州ツーソンまで車で送らせた。メキシコにさえ到達できれば自分たちは安全だという考えに、ヴァンはまだしがみついていた。彼はそれまでに何度もメキシコとの国境を越えた経験があった——ティフアナで、テカテで、メヒカリで、エルパソで。彼はエルパソ経由が一番安全なルートだと考えた。そこからシウダー・ファレスに行けさえすれば、万々歳だ。

人のいい飲み仲間が、目的地まで次々と車に乗せてくれた。そしてエルパソでは救済伝道団体が宿泊場所を提供してくれた。

ジュディは惨めだった。無料の朝食にありつくために、毎朝、ヴァンとともに教会の礼拝と祈りの集会に出席しなければならなかった。朝食には黄身の中に血の見える卵が出て、それでなくてもつわりに苦しんでいた少女はよけいに気持ち悪くなった。ある朝、無理やり朝食を取ったあと、背中に痛みを感じると同時に尿が出にくくなった。床の上で体を二つに折って苦しんでいると、ヴァンが救急車を呼んだ。

腎盂《じんう》腎炎《じんえん》の診断が下ったが、病院代などとうてい払えない。ヴァンはベルという名の女性と親しくなり、一〇〇ドルの小切手の現金化を頼んだ。金と引き換えに、ヴァンはしだいに増えていく偽名リストの中からジョン・レジスターという名を選んでサインした紙切れ同然の小切手を手渡した。ジュディが退院を許される前に、ヴァンは治療費を踏み倒して彼女を連れ去った。

ヴァンはその夜、恋人のことが心配でたまらず、時間をかけて夕食を調理した。それをジュディは決して忘れることはなかった。牛挽肉とベークドポテト――特に美味しかったわけではない。彼女の面倒を見ようとしたヴァンのやさしさや、彼女のために料理をしたという事実に感動したのだ。病院から逃亡して以来、ヴァンはシャーベット・ショップから家まで送ってくれていたころや、メキシコシティで観光客のふりをしていたころほどやさしくなかった。短気だった。すぐにキレた。意地悪だった。

その夜、ジュディは自分を夢中にさせた男への信頼を取り戻した。

頭が混乱し、感染症からくる痛みもあったジュディが、ヴァンがすでに気づいていたことに気づいたのは、しばらくのちのことだった。

一〇月八日、その日はジュディの一五歳の誕生日だった。

14

エルパソで国境を越えようというヴァンのプランは阻止された。二人が支払いをせずに去ったあと、病院の誰かが推理を働かせて、そのカップルがアイスクリーム花嫁と逃亡中の夫だったと気づいたのだ。同日の夕刊には、逃亡中のカップルはエルパソで国境を越えるらしいと報道された。連邦国境パトロールの隊員と地元警察の警官がカップルの確保を競い合った結果、同国境の人員数は通常の倍に膨れ上った。

アールもまた、そのようなことが起きるのを全力で阻止する決意にあった。彼はヴァンがまたもやジュディと逃亡したと聞いたとき、まだサンフランシスコにいた。そして、悄然としてインディアナに戻った。

スーツ姿の紳士が二人やって来てバッジを見せたとき、彼は驚かなかった。

「あなたの電話をモニターさせてください」一人が言った。アールは承諾するしかなかった。

男たちが盗聴器の仕組みを説明するのを、牧師は礼儀正しく聴いた。ついに彼らが帰って行くと、アールは涙を流しながら車に乗り、教役者《きょうえきしゃ》の家に向かった。突然、彼にも教え導いてくれる人が必要になったのだ。

彼の告白を聞いた教役者は、アールに電話を使わせてくれた。アールはサウスカロライナにいる親戚に電話した。そして、ヴァンが大変な問題を起こし、逃亡中であると打ち明けた。「みんなに伝えてくれ」彼は言った。「もしヴァンたちがやって来たら、助けてやってくれ。かかる金はすべて私が払うから」

テキサス州で八方ふさがりになったヴァンは、彼と身重の妻（と彼は言っていた）をミシシッピまで乗せて行ってくれる人には、誰にでも小切手を切った。簡単だった。ジュディの状態が同情を買ったからだ。

すでに兄のアールからメッセージを受けていたルーファスは、ミシシッピ州メリディアンの自宅の玄関に、薄汚れた身なりの腹を空かせたヴァンとジュディが突然現れても驚かなかった。あくまで一時的にだが、助けてやることにした。

ルーファスの荒れ果てた農作業小屋は、町の外の森の中の数エイカーの敷地に建っていた。一一月半ばの気温は摂氏五度以下になろうとしていたが、小屋にセントラルヒーティング〔ボイラーなどで熱を各部屋に送り届ける装置〕はなく、鋳鉄製の薪ストーブの他には小さな暖房器具がいくつか、部屋のあちこちにあるだけだった。外の納屋がトイレになっていて、妊娠六ヵ月のジュディは頻繁に臭くて古くてボロボロのその建物までわざわざ歩いて行かなければならなかった。

「おうちに帰りたい」最初の夜、ルーファスが二人のために広げたでこぼこのソファーベッドの上でなんとか心地よく横になろうと四苦八苦しながら、ジュディが言った。

「泣き言はやめて、じっとしろ。ここにいられるのはラッキーなんだよ。少なくともここは安全だ」

ジュディにはそうは思えなかった。

一方、ルーファスは彼らにそこに隠れていることは許したものの、気が気でなかった。逃亡者をかくまっていることがばれないかと不安で、ヴァンとジュディに彼が負っているリスクを絶え間なく思い知らせようとした。彼はアールに二人の面倒を見ると約束していた。彼らの滞在を快適なものにするとは約束しなかった。

「何か食いたいなら、狩りでもしろ」彼はヴァンに言った。「クソ家族の全員に食わせるなんてこたあ、おれには無理だからな」

「おいで」ヴァンはジュディに言った。「狩りの仕方を教えてやるよ」

「いや」ジュディはべそをかいた。「何も殺さないで」

「腹が減るだろ？　さあ」ヴァンはドアのそばにあったライフルをつかんで、弾が入っていることを確かめ、ジュディを引き連れて外に出た。

「ただ狙いを定めて撃つだけだ」ライフルをジュディの肩に正しく載せた。

「したくない」ジュディは涙で目を潤ませながら懇願した。

「あのクソッタレを撃つんだ。ただ的を合わせて、引き金を引け」

ジュディは一発だけ撃つと、銃の衝撃を受けた肩をこすって手の震えを隠し、彼に銃を返した。

ジュディはリスが茂みから現れ、ヴァンがそれに狙いを定めて発砲するのを、恐怖のうちに見守った。

「見ろよ」彼は勝ち誇ったように血まみれの齧歯《げっし》類小動物をつまみあげ、ジュディに見せた。「一発命中。しかもこいつ、走ってたんだぜ」

ジュディは見たくなかったが、ヴァンはリスを彼女の顔に近づけた。そして、彼女が吐きそうになると笑った。

夕食時、ジュディはお願いだからリスを食べさせないでと懇願した。だがヴァンは有無を言わさぬ声色で強要した。ジュディは肉を口に入れ、吐き出さないよう頑張った。

日々、赤ん坊の重さが体にこたえていたが、ジュディはおずおずとヴァンについて森に入り、再び彼が動物を撃つことがありませんようにと祈った。ヴァンの弾は常に標的に命中した。

三週間後、ヴァンはそろそろ移動すべき時期が来たと決断した。ジュディは大喜びだった。森の中で彼女の目に映るヴァンは、彼女の知っている素敵な男性ではなかった。そんなヴァンは嫌いだった。

ルーファスは彼らにいくらかの金と、持ち物を詰めるために、一家に伝わる古い旅行かばんを与えた。ヴァンにはその旅行かばんを子供のときに見た記憶があった。

「これはどこで手に入れたのですか?」

「お前の親父さんが何年も前にくれたんだよ」

ヴァンはうやうやしく蓋を開けた。だが、かつてそこに入っていた洗礼式用のベビードレスも家族の書類もなくなっていた。彼は自分たちが持ちこんだいくつかのものを詰める前に、今一度、その懐かしい杉の香りを吸いこんだ。

こうして、私の両親がミシシッピ州ジャクソンに向かって出発したとき、ルーファスは口には出さないが、厄介払いができてほっとしていた。ジャクソンでは売春婦の出入りするモーテルに部屋を借りた。バルコニーから太平洋が見え、ルームサービスで毎日バスケットいっぱいの新鮮なフルーツが届けられたアカプルコのホテルとは天と地ほどの差だった。

持ち金が底をつくと、ヴァンは捨て鉢になった。

「ねえ、なんとかこのモーテルで金を作らなきゃならない」彼は切り出した。「女の子なら誰でもやってることだ。簡単に現金が稼げるし、妊娠してることが問題になるとは思わない。そういうのが趣味の男もいるからね」

ジュディは耳を疑った。「お金のために男と寝ろって言うの?」

「ここから出るために必要な金が貯まるまでのことだ」ヴァンは説得した。

「いや!」ジュディはわめいた。「絶対にしない。よくもそんなこと言い出せるわね。私、妊娠してるのよ!」

「知ってるよ」ヴァンは逆襲した。「そのせいで、こんなにややこしいことになってるんじゃないか」腹立ちまぎれにドアをバタンと閉め、彼は部屋を飛び出していった。

ジュディはベッドに身を投げ出して泣いた。こんなことになるとは思ってもいなかった。ヴァンはわくわくする人生を約束した。面倒を見てくれると言った。母に電話しようかと思ったが、少年裁判所に戻るのもいやだったし、ヴァンの反応も怖かった。

ヴァンは戻って来たとき、少し機嫌がよくなっていた。出会った男に首尾よく四五ドルの不渡り小切手を現金化させたのだ。

「荷物をまとめて」彼はジュディに言った。「ニューオリンズに行く」

15

一九六二年のクリスマスの数日後に、アメリカで最も有名な指名手配カップルはニューオリンズに到着した。「心配事も忘れてしまう町」〔ニューオリンズのニックネーム〕にいるよそ者にとって、それは一年で最も陰鬱な時期だ。ヴァンはハリー・リーという偽名を使って、たまたま知り合った心やさしいモリス・スタークという紳士に不渡り小切手を切り、部屋を借りられるだけの金を騙し取った。それは市のガーデン地区のセント・チャールズ・アヴェニューから二ブロック半先の、ジョセフィン・ストリート一二一五番にある荒れ果てたアパートだった。かつてこのエリアはニューオリンズの上流階級の居住区だったが、世界大恐慌の間に衰退を経験した。まず裕福な地主たちが社会的地位を保つのに必要な金を作るため、館の側庭を売らざるを得なくなった。まもなく資金不足ゆえに安普請のアパートが、セント・チャールズ・アヴェニューに接するすべての道路沿いに出現した。これらのアパートのデザインは、近隣の建築学的傑作とは極端な対照をなしている。労働者階級の貧民やホームレスが手ごろな家賃やセント・チャールズの路面電車が提供する安い交通費に魅かれ、同エリアに移り住んでいた。

ヴァンとジュディは、昼間はなるたけ自分たちの狭苦しいアパートで過ごし、夜間にのみ、ほんの少し外に出るようにした。おかげで、なんとかニューオリンズの人通りの多い地区でもほとんど人々の注意を引かずにすんでいた。時折、見知らぬ人にジュディのどんどん大きくなるお腹について何か言われたり、予定日はいつかなどと訊かれたりしたこともあったが、ヴァンは相手にしなかった。金を騙し取ろうとしている相手以外は、誰とも無駄話をする気はなかった。

ジュディは妊娠していることを幸せに思おうとしたが、ヴァンにはそんな気はいっさいなかった。彼は間近に迫った自分の子供の誕生に、まったく興味がなかった。それでもジュディは彼を喜ばせようと、料理をし、掃除をし、彼が帽子で顔を隠して夜一人で出かけてもあまり質問しないようにした。何をしても無駄だった。繰り返しジュディに愛を誓ってはいたものの、ヴァンは彼女の大きなお腹をけなし、なぜかその存在自体を侮辱した。

二人がニューオリンズに到着して二ヵ月もしない一九六三年二月一二日、私、アール・ヴァン・ドーン《Dorne》・ベストが誕生した（なぜ父がDornのあとにeを付け加えたのかはわからない――病院のミスだったのかもしれない）。

父はウィリアムに電話した。

「預けた金が必要になった。ジュディがいまいましい赤ん坊を産んだんだ。退院する前に金を払わないといけない。電信為替で送ってくれないか？」

「もちろん」ウィリアムは言った。「でもヴァン、きみには早急にこっちに戻ってもらう必要がある」

「どうして？　何が起きたんだ？」

「逮捕されたんだ。きみたちが駆け落ちしたときに空港まで送っていったせいで、従犯者として起訴された。裁判にかけられるんだ。だから、ぼくがあの子の年齢を知らなかったってことを、きみに証言してもらう必要がある」

「わかってるだろ、ぼくにそんなことはできないって」ヴァンは言った。「サンフランシスコに着いたとたんに逮捕されちまうよ」

「ヴァン、お願いだ。もし有罪になったら、ぼくのキャリアはおしまいだ」

「悪いな。でも、それはできない」

ウィリアムは電話を切った。送金はしたが、友達が自分を助けようとしないことに腹が立った。

ヴァンは病院代を支払った。

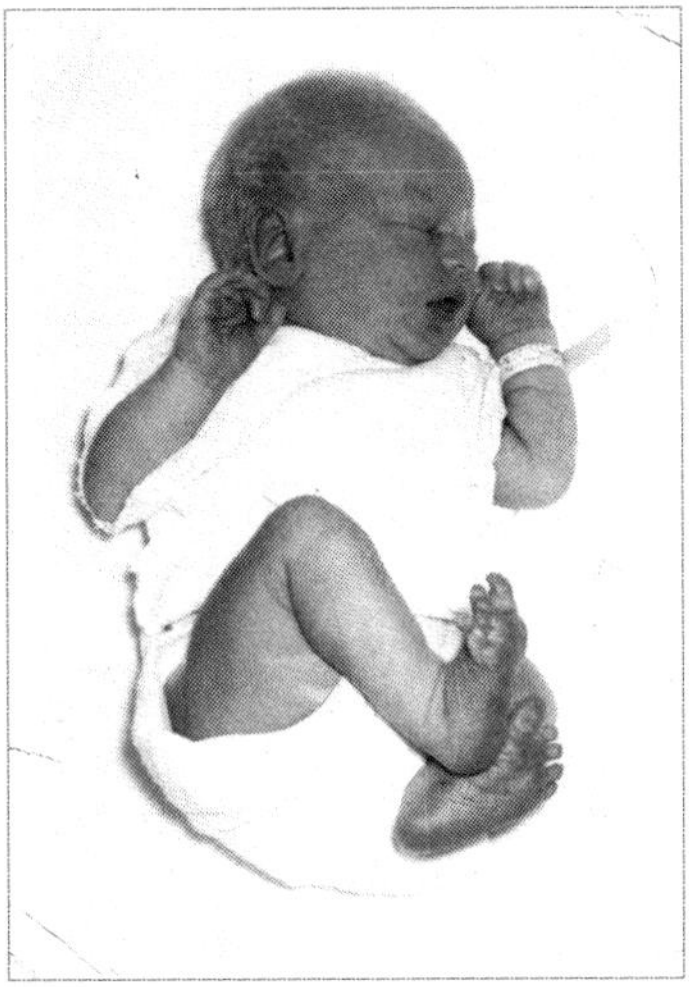

生後間もない著者

ナポレオン・アヴェニューのサザン・バプティスト病院の看護師たちは私の母がどんなに子供かを知らなかった。もし知っていたら、退院させる前に赤ん坊の保育についていくらかの知識を授けたかもしれない。だが、母を一九歳だと思っていたので、基本的なガイダンスを授けただけで、「さあ、これからはあなたが小さなヴァンの面倒を見るのよ」と言い、にこやかに手を振って見送った。それでおしまいだった。

二週間後、金はなくなったのに小切手を受け取らせる相手も見つけられないと、父はまだ体の回復しきっていない母を説得してフレンチ・クウォーターにあるバーのホステスの仕事を始めさせた。ジャクソン・ブリュワリー〔当時はビール醸造所。今はショッピングセンター〕の向かいで、デカトゥールとトゥールーズの二つのストリートの角にある《シップ・アホイ・サルーン》のオーナーと親しくなった父は、母の年齢を偽って、その仕事に就かせた。そこは一ブロック先のミシシッピ川ニューオリンズ港に到着する酒に飢えた船員たちに人気があった。

一階は七つのフレンチドアが常時開きっぱなしになっているバーだが、その上の三階分は、どんちゃん騒ぎの酒盛りのあとに船員たちが好みのホステスとしけこむのに都合よく、ホテルになっていた。開け放たれたドアから流れ出てくる騒々しい音楽が通りかかる人を呼びこみ、バーはいつも大繁盛だった。だが、騒がしい夜の終わりには乱暴な常連たちが毎度のように殴り合いの喧嘩をすることで、悪名を馳せてもいた。

ある夜のこと、仕事を終えたジュディは体を吹き抜けるミシシッピ川の風に震えながら、家から数ブロック先でセント・チャールズの路面電車を降りた。三月初めで気温は六度とまだ寒く、雨も降っていた。コートの下に着ている店の決まりにしたがった露出度の高い服は、寒さから彼女の身を守ってはくれない。ジュディは船員たちに対する恐怖をたくみに隠していた。微笑み、気を引き、執拗に触ってくる手は軽くはたいて、赤ん坊の粉ミルクと、ヴァンが凝っているトム・コリンズ〔カクテル〕を作るのに必要なジンを買う金を稼ぐために。

それは生き残りをかけた闘いであり、私の母は生き残る方法についてヴァンからたっぷり学んでいた。

いつものようにジュディは頭を下げて歩いた。警察はまだ二人を捜していたので、新聞の写真を見た誰かにばれないかと不安だった。角を曲がってジョセフィン・ストリートに入ると、安堵の波が全身に打ち寄せた。隣人のチャーリーが、彼女が無事戻って来るのを確かめようと、雨をものともせず外で待っていた。彼のか細い体がポーチの照明によりシルエットになっている。ヴァンには彼女を寝ないで待つなどという考えはない――彼女は一人で大丈夫だからと。老人は長年の港湾仕事により刻まれた深い皺のある顔をほころばせて、ジュディの腕を取り、建物の中央にある小さな中庭に連れて行った。

「今夜はどうだった？　お嬢ちゃん」ジュディが向きを変えて階段を上っていく前に、ちょっと引き止めて老人は尋ねた。

「赤ちゃんに粉ミルクを買えるくらいは稼いだけど、船員たちが乱暴だったの。お尻に証拠のあざができてると思うわ」

「あんなところで働くべきじゃないよ、かわい子ちゃん」

老人はジュディのことが心配だった。彼女が夫だと言う男とそのアパートに引っ越してきて以来、ずっと心配だった。老人はヴァンが嫌いだった。信用していなかった。ヴァンの目の中に悪魔が見えた。チャーリーは生まれてこの方ずっとニューオリンズに住み、先祖代々受け継がれてきたブードゥー教の伝統とともに育った。だからか、悪魔に会ったときには、それとわかった。ヴァンは老人を怯えさせようとしたが、簡単に怯える相手ではなかった。老人は二人に会った瞬間に、ジュディの面倒を見てやる必要があると感じた。

「赤ちゃんにミルクをあげないと」ジュディは老人をハグし、階段を上っていった。

部屋の前に着くとそっとドアのノブを回した。ドアのきしむ音でヴァンを起こしたくなかった。ベビーベッド代わりに使っている家族伝来の古い旅行かばんのもとに急いで行って、素早く重い蓋を開けると、赤ん坊の私が唇を青くして横たわっていた。

かろうじて息をしている。

それはほぼ毎日起きていた。

母は私を抱き上げ、私が空気を求めてあえいでいる間、静かにさせようと心配そうに前へ後ろへと揺すった。また一晩を生き抜いてくれたことに感謝しながら。

旅行かばんの蓋の開く音で目を覚ましたヴァンは、その様子を妬《ねた》ましげに見つめていた。

数日前の晩、母は勇気を出して、なぜ私を旅行かばんの中に閉じこめているのか訊いた。「泣き声を聞くのがうんざりなんだよ」ヴァンは言った。ジュディは黙した。反論するほどバカじゃない。ニューオリンズに到着して以来、ヴァンの機嫌は日を追うごとに悪くなり、赤ん坊に残酷な仕打ちをした証拠を目にしたのも一度や二度ではなかった。

鼻についた血。

頭の切り傷。

ヴァンが赤ん坊を殺すかもしれないと思うとジュディは恐怖で身がすくんだが、ヴァンはジュディに働くことを強要した。赤ん坊を養いたければ、責任持ってミルク代を稼げと。

「そのガキは追い出すべきだ」ベッドの高みからヴァンが突然宣言した。「ぼくがどこかに連れて行く」

「やめて！　連れて行くって、どこに？」ジュディは泣き叫んだ。

「わからない。でも、そいつが四六時中ぎゃんぎゃんいうのには耐えられない。気が変になりそうだ」

母はヴァンが何をするかと思うと怖くて、私を抱いたまま廊下に走り出た。私をヴァンから遠ざけておく方法を考えつかなければならないと思った。その状況はあまりにつらく、ジュディは昔に戻りたいと思った。いい母親になろうと努めていたが、赤ん坊の保育方法について何の知識も持ち合わせていなかった。コリック〔夜泣きの原因になる三ヵ月疝痛《せんつう》〕のことも、授乳のあとにげっぷをさせなくてはならないことも、オムツかぶれを防ぐ方法も、赤ん坊に合ったものを見つけるためにいろんなタイプの粉ミルクを試す必要があることも、何にも知らなかった。しかも金がないので、粉ミルクを買うこと自体が難しかった。空腹のせいで私はよりいっそう泣いた。だが、私をあやそうと母が手を差し伸べるたびに、ヴァンは怒った。母の気持ちが私に向かうことに我慢がならなかったのだ。

チャーリーがまだ中庭の噴水のそばにいることを祈りながら、ジュディはそろそろと下におりて行った。

「大丈夫？」ジュディの姿を認めると老人は言った。

ジュディは手の甲で涙を拭った。

「ええ、大丈夫よ」

「その子はまあまた立派な坊やだね」

ジュディは涙目のまま、にっこりした。「かわいいでしょ？」

チャーリーはうなずいて、赤ん坊に握らせようと指を差し出した。「お嬢ちゃん、ほんとうのところ、いっぱいいっぱいなんじゃないかい、うん？」

「時々どうしたらいいか、わからなくなるの」

「ふむ、おれのママはいつも言ってたよ。ただ心の命じるままになさいってね。そうするしかないんだよ」

考えこむジュディを一人きりにして、老人は階段を上がっていった。ジュディは戸口のそばの椅子に座り、私を前後に揺すりながら、ぼんやり通りを見つめていた。小糠雨《こぬかあめ》を通して、ジョセフィン・ストリート沿いの明かりに照らされたバルコニーから美しい花々や葉が飛び出してきた。

最初のうち、ジュディはニューオリンズが好きだった。大勢の人にまぎれ、安全だと感じられた。そこはサンフランシスコによく似ていた――洗練されていて、美しく、それでいて醜い。フレンチ・クウォーターとしても知られるヴュー・カレ地区には、レース模様の美しい鍛鉄製バルコニーを特徴とする、複雑なデザインのフレンチ／クレオール／スパニッシュ建築様式と、アルコール依存者が茶色い紙袋で包んだ酒瓶で自分たちの悲しみをまぎらす暗い路地の、極端なコントラストがある。肌もあらわな売春婦が狭い通りを行ったり来たりして、自らの腕前でわずかな金を稼いでいる一方で、裕福なマダムが最新のファッションをまとってアンティークを物色している。路地に漂う尿の悪臭が、開け放ったレストランのドアから流れてくるスパイシーなシーフードの美味しそうなにおいと混じり合って、地区全体に充満している。全長一三ブロック幅六ブロックの華麗な不協和音の中に、美と荒廃が織りこまれている。

けれども、ほんの数ブロック先のセント・チャールズ・アヴェニュー沿いの家々は、それらとは異なるもっと優美な過去に属している。大邸宅の多くが巨大なコリント式円柱とだだっ広いポーチのある、荘厳なグリーク・リバイバル様式やイタリア風、もしくはコロニアル様式で、かつては綿花産業の大立者《おおだてもの》や政治家や産業界の重鎮たちの富を見せびらかしていた。セント・チャールズ・アヴェニューは地獄が染み入らないように外べりを漆喰《しっくい》で固めたパラダイスだ。それは故郷サンフランシスコのヘイト・アシュベリーにゆっくり染み入って来ているのと同じ地獄だった。ジュディはそういったものには対処できた——たとえその若さでも。彼女が対処できないのは、自分たちのアパートの中の地獄だった。ジュディはヴァンが激怒しているときにはあえて赤ん坊をかばおうとはしなかった。ヴァンに暴力を振るわれるか、もしくはこちらのほうがより怖かったのだが、一人置き去りにされるかもしれなかったからだ。

赤ん坊がむずかり始めたので、母は急いで部屋に戻り、ミルクを作るための湯を沸かした。ヴァンが背後から近づいてきて、体に腕を巻きつけた。

「怒ってないよね、ベイビー？　ぼくがどんなに愛しているか、知ってるよね」

ジュディは彼の手をぎゅっと握った。「もちろん怒ってないわ。あなたのことを怒り続けるなんてこと、できない」

ジュディはミルクが熱すぎないか確かめた。「ちょっと赤ちゃんにミルクをやって、寝かせつけさせて。そしたら、私はぜーんぶ、あなたのものよ」

「それでこそ、ぼくの恋人だ」ヴァンはジュディの尻をポンと叩いた。

ジュディは顔をしかめた。その夜に客から受けた傷がまだ生々しい。大急ぎで授乳し、赤ん坊を旅行かばんに横たえ、病院がくれた湯上がり用の毛布を掛けて、かばんの蓋は開けておいた。

「早くベッドに入れよ」ヴァンが命令した。「明日はいろいろすることがあって忙しいんだ。きみがいないと眠れない」

ジュディはさっと服を脱ぎ捨ててベッドにもぐりこんだ。ヴァンは彼女を腕の中に引き寄せ、髪に鼻をすりつけた。「じき、すべてをちゃんとするからね」彼はささやいた。

翌朝、ジュディがまだ眠っている間にヴァンは起きて着替えをした。だが、ジュディのバッグの中をいじくり回すうちに怒りがこみ上げてきて、彼女を揺さぶって起こした。

「昨日の晩、稼いだ金はどこだ?」

ジュディは意味がわからなくて、彼を見上げた。

「電車に乗るのに金がいるんだ。赤ん坊をバトンルージュに連れて行く。ニューオリンズからは一番近い大きな町で、ルイジアナの州都だ」彼はそういった事実が重要でもあるかのように、彼女に教えた。

ジュディが不安にかられてあたりを見回すと、赤ん坊は毛布にくるまれて、ベッドのそばの床に置かれていた。

「あそこでいい家庭にもらわれていくよ」ジュディの唖然とした表情を見て、ヴァンはやさしい言葉でなだめた。

母はベッドから飛び出して、赤ん坊をつかもうとした。

「お願い、この子を育てさせて。静かにさせるわ、約束する」

「だめだ。もう限界だ。こいつのやることと言ったら、泣くことだけ」ヴァンは赤ん坊を引ったくり、ジュディの手が届かぬよう、ぐいと向きを変えた。「自分の生活を取り戻したいんだ」

ヴァンは母がかなう相手ではない。母はこの争いに勝てないことを知っていた。母は私が生まれたその日から、いずれ何か悪いことが起きるだろうと思っていた。ヴァンは私を憎んだ。それで終わりだった。母がヴァンに身の安全をゆだねた逃亡者である限り、彼に私を連れ去らせる以外なかった。

母は顔をそむけて涙を隠しながら、ヴァンに哺乳瓶を差し出した。ヴァンは受け取ることを拒絶した。「今、ミルクをやる必要はない」断固とした口調で言い、ドアのほうに歩いていった。

母はおしゃぶりをつかみ、私の口に入れた。それのおかげで私が泣かないでいることを切に祈った。私にお別れのキスをしようとすると、ヴァンは母を押しのけた。

ドアの閉まる音が部屋中に響き渡り、母は床に泣き崩れた。

16

「皆さま、ご乗車願います！」サザン・ベル号の車掌が叫ぶと、千差万別の人々がバトンルージュ行きの電車に向かって急いだ。カンザスシティ・サザン鉄道により運行される、黄色と赤に塗られた色鮮やかなエンジンを搭載したこの旅客列車は、一九四〇年代から一九六〇年代にかけて、ルイジアナ州のバトンルージュやシュリーブポートといった町に途中停車しながら、ニューオリンズからカンザスシティ、ミズーリへと旅をしていた。

ヴァンは発車時刻に駅に着こうと、他の人たちとともに歩を速めた。駅はアパートから歩いてすぐ、一〇分ほどのところにあった。地元民に「ビッグ・チャリティ」の名で知られるチャリティ病院は、駅からほんの数分先にあったが、一九六〇年代初めには、親が不要な子供を病院や警察署や消防署に置き去りにすることを許す「赤ちゃん避難所法《Safe Haven Law》」はまだ存在していなかった。当時、子供を捨てたければ、親は工夫する必要があった。

「九ドルちょうどです。片道四ドル五〇セントずつで」切符係が言った。「赤ん坊は無料です」

ヴァンはバトンルージュまでの往復切符を買い、電車に乗った。乗客の快適さを追究した設計で、席までの通路は広くとってあった。幼子を抱いた感じのいい紳士がそれほど卑劣な使命を背負っていようとは、他の乗客たちには想像すらできなかっただろう。数分後に電車が駅を出発すると、ゆりかごのような揺れと、鋼鉄の車輪がレールをこするリズミカルな音に、私はうとうとし始めた。私がまどろんでいる間もヴァンはずっと私を抱いていたので、椅子にゆったりと腰を落ち着けた彼は、傍目には間違いなく愛情深い父親に映っていただろう。

ハイウェイ六一号線沿いに終着駅を目指す電車は、一九二七年のミシシッピ大洪水を受けて一九三七年に築かれたボンネット・カレ放水路と平行に走る。大河ミシシッピの水がもし堤防を越えてスープ皿のようなニューオリンズに流れこみそうになったら、流れをポンチャートレイン湖にそらすのがその役目だ。遠くにはノーコ社の製油所が、霧のかかった陰気な地平線上に不気味な輝きを放っている。そのすすけた煙は立ち昇って、ふわふわの雲になっている。

いったんポンチャートレイン湖周辺の沼沢地を過ぎると、線路沿いにサトウキビ畑や水田や柳の高木が現れる。グラマシーに近づくと、サザン・ベル号は警笛を鳴らし、ドライバーたちにその巨大なパワーに気をつけるよう警告した。そのうち乗客の目には、木造りのショットガン・ハウス〔玄関がなく、入口から裏まで部屋がつながった細長い平家〕が映り始める。その今にも壊れそうなポーチでは、友達や家族が頻繁に集まって、ビールを飲み、ぐつぐつ煮えるガンボ〔パエリアに似たクレオール料理〕やジャンバラヤ〔米国南部の伝統的スープ料理〕の大鍋を囲むのだ。

ゴンザレスやプレイリーヴィルといった町を過ぎれば、旅の終わりは近い。ここで景色は苔の重みで枝が低く垂れ下がったリブオークの巨木がぎっしり生えた湿地に変わる。

二〇分ほどで電車はきしむ音とともに停止し、車内放送が「バトンルージュ・デポ！」と告げた。

ヴァンは私をしっかり抱いて立ち上がり、電車を降りて駅の西側に出た。線路を横切り、サウス・リバー・ロードを進んでいく。すると、ミシシッピ川を見下ろす丘の上に建つ、ネオゴシックの旧州議会議事堂に気づかずにはいられなかった。あまりに目立つその建物は、マーク・トウェインをして「小塔やなんやかやのある、何かのものまねでしかない白塗りの城は実に情けない代物で、もとは高潔であったこの場所に決して建てられるべきではなかった」と言わしめたほどだった。

ヴァンが右に曲がってノース・ブールヴァードに入ると、弱い風が舞い始めた。薄い毛布は冷たい風から私を守ってはくれない。ヴァンは赤ん坊を置き去るのにパーフェクトな場所を探して、ルイジアナ州立図書館の前を通り、さらに一つのビルに入った警察署と保安官事務所の前を通り過ぎた。バトンルージュの中心街を彩るリブオークの木々から落ちた枯葉やどんぐりが、足元でザクザクと音を立てる。丘の頂上に着くと、ＮＡＳＡがいつの日か月に送ろうとしている宇宙船に似た、針のような建造物が見えた。それはヒューイ・Ｐ・ロング州知事が建てた、天に向かって一三七メートルの高さまで伸びる三四階建てのルイジアナ州議会議事堂だ。州議会の建物としてはアメリカ一の高さを誇っている。ヴァンの右側には「ユー・アー・マイ・サンシャン」のヒット曲で有名になった〝歌うルイジアナ州知事〟ジミー・デイヴィスの暮らした、ホワイトハウスにそっくりの旧知事公邸がある。古い英国国教会の鐘が、伝統的なウェストミンスター・チャイムのメロディを奏でた。午前一一時だ。

ノース・ブールヴァードをさらに進むと、セント・ジョセフとナポレオンの両ストリートに隣接してアパートがあった。ジョージアン風コロニアル様式の赤レンガのその建物には八室に八家族が住んでいる。ブルーのタイルに「７３６」の番号がはめこまれた白タイル張りの階段が表玄関に続いている。サルスベリとアザレアの低木が中庭を絢爛たる色彩で飾っている。

完璧だ。車の往来の激しい通り側に駐車用スペースがないので、ヴァンは裏口があると読んだ。角を曲がり、セント・ジョセフ・ストリートに出てゲートを探すと、それは推測どおり、鋳鉄製のフェンスの中に見つかった。ゲートを開け、建物の裏側の、美しいオークや古い砂糖用大釜を使った噴水を特色とした中庭に足を踏み入れた。ひっそりとしている。左側の駐車場にざっと目を走らせ、そこにいるのは彼一人で、誰にも見られていないことを確かめた。

階段を二段上がり、裏口のドアの取っ手を回し、誰にも気づかれずに建物の中に入っていった。

白黒の市松模様の床に上がると、ロビーの両側に二つずつドアがあった。目の前に伸びた階段が手招きしている。三組の階段を上がると踊り場に出た。見上げるとさらに部屋がある。急いでさらに階段を上り、部屋数を確かめ、踊り場まで戻った。そこが最適な場所であることを確信できた。

ヴァンは私を汚れたブルーの毛布できつく巻き、自分が無事逃げおおせる前に私が泣き出さないよう、おしゃぶりがちゃんと口に入っていることを確かめてから、床に置いた。

父は背を向け、オムツ代わりの白いタオルだけを身に着けた私を、たった一人、階段の踊り場に置き去りにした。

何十年かのち、私は父が私を捨てたその日が、私の人生で最も幸運な日だったと知ることになる。父と遭遇した他の人々は、それほど幸運ではなかった。

17

一九六三年三月一五日、エチル社からの仕事帰りにノース・ブールヴァードをぶらぶら歩くメアリー・ボンネットは、特に急いではいなかった。日曜に彼女のアパートの前までやって来るセント・パトリック・デーのパレードを見物することくらいしか、その週末に計画はなかった。彼女はバトンルージュの中心部での暮らしが気に入っていた。そこでは政治家や弁護士や裁判官たちが、地元のレストランや、ミシシッピ川を往来するボートを眺める土手で、普通の人々と気軽に交流する。この州都の喧騒は、一つにはこのエリアを包む美しさのせいで、国のもっと大きな都市の中心部ほどは凄まじくない。議員たちは連邦議会の階段へどんなに急いでいようとも、彼らに気づいた通行人と話ができないほどは急いでいない。ジミー・デイヴィス州知事すら、ファンのために立ち止まってサインできないほどは忙しくない。

ユダヤ系ポーランド移民二世のメアリーは離婚したばかりだった。午後四時三〇分ごろノース・ブールヴァード七三六番に着いて自宅のあるアパートの横を回ると、ついに週末が始まったことにほっとして、思わず顔がほころんだ。エチル社の仕事を楽しんではいたものの、週末はいつも待ち遠しかった。裏口の煉瓦造りの階段を上り、ドアを開ける前に郵便箱に手を入れて一通の郵便物を取り出した。

二階に上がる階段に通じる小さなロビーを数歩進んだとき、赤ん坊の泣き声が聞こえた。踊り場に到達すると、一瞬心臓が止まった。

そこに、冷たい大理石の床に、裸の赤ん坊が横たわっていた。私は足をばたつかせながら泣いていた。薄汚れた湯上がり毛布もおしゃぶりも、傍らに落ちてしまっていた。

近くに親はいないかと、メアリーはあたりを見回した。そのアパートの住人には子供のいる人は一人もいないことを知っていたので、誰かがほんの少しの間、そこに赤ん坊を置いたのかと思った。だが、そのとき私が大声で泣いたので、メアリーははっと我に返って行動を起こした。私を回りこむようにして八号室に向かって階段を駆け上った。

部屋に入るなりC・レントン・サーテイン判事の番号を回した。メアリーは離婚後、この判事と友達になっていた。彼ならきっと、どうすればいいかを教えてくれる。

「レントン、うちの踊り場に赤ん坊がいるの。仕事から帰ったときに見つけたの。誰かがそこに置いていったみたい」

「助けを呼ぼう」判事は冷静に言った。「行って、赤ん坊を見ていて。でも電話の音が聞こえるよう、ドアを開けておくんだよ。すぐにかけ直すから」

メアリーからの電話を切るなり、判事はダイヤル式電話の受話器をダブルクリックした。すぐにオペレーターにつながった。「バトンルージュ警察のウィンゲート・ホワイト警視につないでくれ」

「ワイナー警部を向かわせましょう」判事から説明を受けると、警視は言った。

バトンルージュ警察署に新設された青少年課に初めて警部として任命されたロバート・ワイナーは、判事から受け取ったノース・ブールヴァードの住所にエシー・ブルースとJ・レイパーの二人の巡査を送った。

サーテイン判事はメアリーに電話をして、援助が向かっていると伝えた。「赤ん坊から目を離さないように」

「あっ、サイレンが聞こえるわ」メアリーはほっとして言った。彼女は私を見守るため階下におりたが、私を抱き上げはしなかった。警察が必要とする証拠を乱したくなかったからだ。

レイパー巡査がメアリーに質問している間、ブルース巡査が私を抱き上げた。人に触れられた心地よいぬくもりを感じ、私は泣きやんだ。二人の警官は私をパトカーに乗せ、サイレンを鳴らしながらバトンルージュ総合病院に急行した。

私を救急治療室のチャールズ・ボンベット医師の検査にゆだねると、レイパー巡査はアパートに戻って、私を置き去りにした人物を見た者はいないか、住民たちへの聞きこみを開始した。誰も何一つ見ていなかった。

ボンベット医師は私を生後三、四週間で、割礼を施されている事実から、病院で生まれた赤ん坊だと判断した。彼はワイナー警部に、赤ん坊の健康状態は良好だが、一晩病院で観察する必要があると報告した。

サーテイン判事は、州の乳幼児センターへの収容について、翌朝彼が社会福祉課のキャスリン・ブラウンに個人的に連絡すると、ワイナーに約束した。

レイパー巡査は通りのすぐ先にある警察署に戻り、赤ん坊といっしょに見つかった毛布とタオルとおしゃぶりを調べた。タオルの上に押印があった——「815LA」もしくは「818LA」。どちらかはわからない。縁には「ナショナル」というスタンプが押され、裏側には「カノン」というメーカーのラベルがついていた。その後、この品々は梱包されレッテルを貼られて、検査のためルイジアナ州警察鑑識課に送られた。

翌日、バトンルージュの「モーニング・アドヴォケート」紙は第一面にこの話を載せた。記事の中で、ワイナー警部は赤ん坊の両親に名乗り出るよう訴えている。「この赤ん坊が特別な粉ミルクを必要としていたとしても、また健康に影響する何らかの病気を持っていたとしても、私たちにはわかりません。子供を捨てた人はおそらく他に道がないと考えたのでしょうが、子供を手放させることなく、そういった人々を助ける方法はいくらでもあります」

バドンルージュはベビー・ジョン・ドゥ〔名無しの権兵衛〕の話題で騒然となった。その町では、そんなことはそれまで一度も起きたことがなかったのだ。

アパートの部屋に一人座るメアリー・ボンネットは、もう前日ほどはパレードにわくわくしていなかった。前夜はあまり眠れなかった。赤ん坊のことが心配だった。三七歳のメアリーには子供がいない。そして、すでに私のことを、ある意味、自分の子供のように感じ始めていた。何と言っても、私を見つけたのは他でもない彼女なのだ。私がどんな様子か知りたくて、彼女は受話器を取り上げた。

「私の赤ちゃんはどんな具合？」朝一番のコーヒーを手にしたまま、彼女はサーテイン判事に尋ねた。

「きみの赤ちゃんは信頼できる人たちのもとにあるよ」判事は答えた。「いいうちの子供になって、幸せになるだろう」

受話器を置いて数分後に、電話が鳴った。

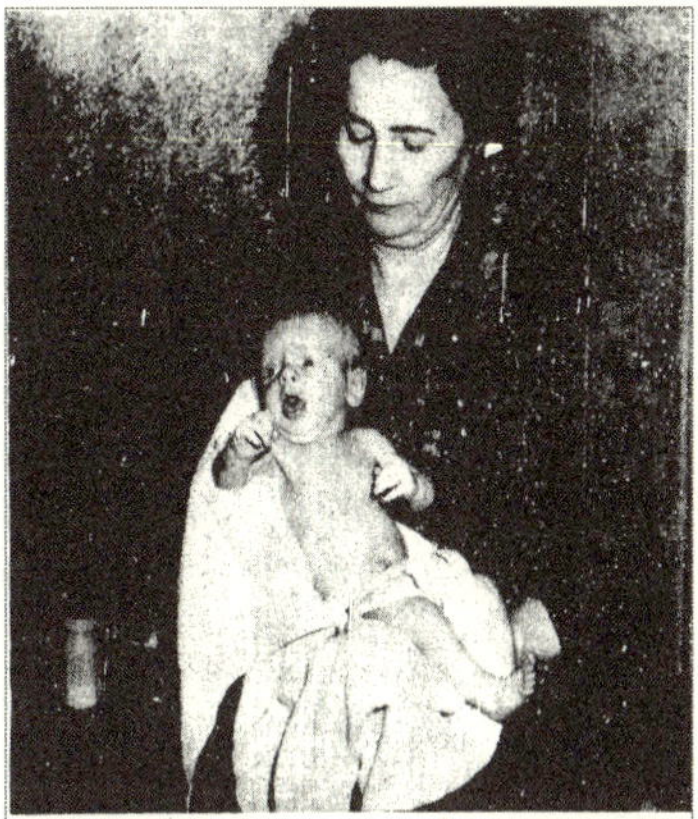

ABANDONED BABY BOY—Mrs. Essie Bruce of the city police juvenile division holds a blond, blue-eyed baby boy after he was found abandoned on a stairway landing in an apartment house on North Boulevard. Police are attempting to find a new home for the child and to determine the identity of its parents. The boy was admitted to the Baton Rouge General Hospital for observation.—Photo by John Aycock.

「モーニング・アドヴォケート」紙に載った著者の写真

「あなたが赤ん坊を発見した人ですか？」男の声だ。

「ええ、そうですけど」メアリーは言った。「どなたですか？」

男は答えない。「あの子の母親はひどく貧乏で。とても赤ん坊など育てられないんです」それが男の返事だった。

「赤ちゃんのお父様ですか？」

「はい」

「電話はどちらから?」

再び答えがない。

「あのー、実は母親が子供を取り戻したがっていて。今日の午前中にでも、母親が引き取りに警察に行きますから……」

オペレーターの声が割りこんできて、男に料金を追加するよう指示した。

接続が切れた。

メアリーが警察に電話したのは午前八時ちょっと過ぎだった。男との会話をライリー巡査に伝えた。

「遠距離電話だと思います。オペレーターが時間切れになったと言ってましたから。名乗りはしませんでしたけど、確かに父親だと言いました」

ライリー巡査はメモを取った。彼と記録課のレイン巡査はバトンルージュ総合病院に行き、二月一日から三月四日の間に生まれたすべての白人男児の出生記録を調べた。どれ一つ、ベビー・ジョン・ドゥの足型とは一致しなかった。アワ・レディ・オブ・ザ・レイク病院の記録とも一致しなかった。

ワイナー警部はグーナー巡査に赤ん坊とともに見つかったタオルについていたクリーニング店のタグについて調べるよう命じた。グーナーはまず《キーンズ》というクリーニング店を当たった。店主のウィルバー・エイミス・キーンはタオルを調べ、言った。「これは、ニューオリンズの、ナショナル・リネン社のものですね」

グーナーが署に戻り、ワイナー警部に報告すると、ワイナーはニューオリンズ警察青少年課の統括者であるエドワード・ルーサー警視に電話を入れた。ワイナーはバトンルージュで乳児の捨て子が発見された件について説明した。

「赤ん坊といっしょにタオルが見つかりましてね。それにナショナル・リネン社の印がついてるんです。タオルがどこに配達されたものか、調査にご協力願えませんか？」

「いくらでもお手伝いしますよ」警視は言った。

バトンルージュの他の警官たちは、赤ん坊を産んでアパートに置き去りにした可能性のある、それらしき人物や未婚の母や妊婦などについて次々と入ってくる情報の追跡調査に忙殺された。メディアは大はしゃぎでこのネタに飛びつき、報道の激しさは捜査の妨げになるほどだった。

三月二〇日までに警察はほぼすべての手がかりについて調査を終えたが、何の結果も得られなかった。私の両親はどこにも見つからなかった。バトンルージュ警察署のバラード巡査部長はリネンの供給会社に電話し、タオルについていた数字とマーキングが追跡可能かどうか尋ねた。答えは「ノー」だった。

私の母は私を引き取りに警察には現れなかった。

月が変わり、州により任命された里親が私の面倒を見ている間も、バトンルージュ警察は引き続き両親を捜した。しかし、ベビー・ジョン・ドゥの身元について、何も新しい手がかりは見つからなかった。

18

ヴァンが私を連れずにニューオリンズに戻ると、ジュディは私の居所を教えてくれと泣いてすがった。

「ヴァン、何をしたの？　私の息子はどこ？」

「あいつは大丈夫だよ、ジュディ。誰かが見つけてくれそうなアパートに置いて来たから。心配ない。きっと子供を育てる余裕のある、ちゃんとした家庭にもらわれていくよ。さあ、泣くのはやめて。そんなの、ばかげてるよ」

ジュディはいっそう激しく泣いた。

彼女を慰められないと悟ると、ヴァンは私を取り戻すと約束した。

ジュディは信じなかった。彼が私を憎んでいたことを知っていたからだ。代わりに彼女は自分自身の逃亡を企て始めた。

ジュディは勤務先の《シップ・アホイ》でジェリーという名の男と出会っていた。彼はジュディを口説き、彼女にもっといい人生を与えると約束していた。どんな生活でも今よりはましだと思い、やがてジュディも彼に媚び始めていた。

四月一八日の朝、彼女はヴァンが出て行くのを待ってわずかな持ち物をまとめ、タクシーでジェリーの住むドーフィン・ストリート六四二番に向かった。彼のアパートは狭かった――リビングルーム、キッチン、バスルーム、ロフトの寝室——が、ヴァンと暮らした部屋よりはましだった。ジェリーは心から歓迎してくれた。

ヴァンは帰宅してジュディがすべての私物とともに消えたことを発見すると、怒り狂った。《シップ・アホイ》に行き、もともと彼が親しくなったおかげでジュディに仕事を与えてもらったオーナーにいろいろと質問をした。オーナーはジュディがジェリーという名の客といちゃついていたと教えた。

「そいつがどこに住んでるか、教えてくれ」ヴァンは強く迫った。

「どこに住んでるかは知らないが、調べてやるよ」オーナーは言った。

数時間後、オーナーはヴァンに住所を教えた。

復讐に燃えるヴァンは受話器を取り、警察を呼び出した。

「ある人を訴えたいのですが」ヴァンは名乗ったあとに、ニューオリンズ警察のチャールズ・バーレット内勤巡査部長に話した。「私は去年の八月にジュディス・チャンドラーとともにサンフランシスコから駆け落ちした者です」彼は言った。「ニューオリンズには一二月に着きました。今朝、彼女はタクシーを呼んで私のもとから出て行きました。彼女はお尋ね者の逃亡者です。調べてください。そうすればわかります。今はドーフィン・ストリートにいます。私の金も服も全部盗んでいった。逮捕してください」

バーレットはこの訴えをパトロール巡査のローランド・フォーニエとチャールズ・ジョノーに伝えた。彼らがいくつかのタクシー会社に問い合わせると、それらしき女性がユナイテッド・カブ社のタクシーでジョセフィン一二一五番からドーフィン六四二番に行ったことが判明した。

「その女を引っ張って来い」ヴァンの情報の正しさが立証されたので、バーレットは警官たちに指令を発した。

フォーニエとジョノーはオリーンズ・アヴェニューとセント・ピーター・ストリートの中ほどに車を止めて、問題の場所を張りこんだ。そこは南西方向を向いているので、容疑者がトゥールーズを歩いてきてドーフィン・ストリートに入れば見逃しようがない。

彼らが男と腕を組んで歩いてくるジュディに気づいたときには深夜を回っていた。二人が建物の中に入る前に阻止し、警官は両者に手錠を掛けた。

シアトル出身のビジネスマンで既婚者のジェリーは、ティーンエイジャーの少女に赤ん坊を取り返してやると約束して性交を迫ってはいたものの、尋問後に釈放された。ジュディは浮浪罪により逮捕され、今回は自宅から三五〇〇キロも離れた少年裁判所に連行された。

拘留の手続きが行われている間も、彼女に恐れている様子はなかった。警官たちと冗談を言い合い、何も問題などないかのように振る舞った。彼女の一挙一動を観察していたフォーニエ巡査は、のちに彼女のことを狡猾だと描写している。逮捕されたことなど、まったく気に病んでいないかのようだったと。

ヴァンによるタレこみだったことに気づくと、ジュディはそれまでの一切合切を洗いざらい話し始めた。

「歳は一五歳です」と誇らしげに言った。「どうして私が逮捕されるのか、わかりません。通報した男のほうを逮捕すべきだわ。私から赤ん坊を取り上げ、バトンルージュに置き去りにしたんだもの」

フォーニエとジョノーはじっと耳を傾けた。

「赤ん坊だって？」

ジョノーは部屋を出てバトンルージュのワイナー警部に電話し、捨て子が保護されていることを確認した。ジョノーは部屋に戻り、ジュディを引き続き尋問中のフォーニエに向かい、うなずいて肯定を示した。

「去年、サンフランシスコから駆け落ちしました」警察の調書によると、彼女はそう言った。「いろんな町に住んだけど、ここには来たくなかった。でも、ヴァンがここで子供を産むよう言い張ったんです。一二月三〇日に着きました。そしてバプティスト病院で今年の二月一二日に出産しました。赤ちゃんの名はヴァンの名前を取って私がつけました。ヴァンは赤ちゃんに冷たくて、よく旅行かばんに閉じこめて蓋を閉めていました。毎晩仕事から帰ると、赤ちゃんは息も絶え絶えで……最終的に赤ちゃんをバトンルージュに連れて行き、大通り沿いのアパートの階段に放り出してきたんです。それだけじゃありません。国のあらゆる場所で不渡り小切手も切っています」最後の一言をジュディはおまけに付け加えた。

警官たちは話の真偽をチェックする間、ジュディを青少年学習センターに拘留しておくことにした。フォーニエはサンフランシスコに電話し、ヴァンが未成年の誘拐、強姦、共同謀議の容疑で指名手配されていることを知った。彼が実際に逃亡者かどうかを照合すると、確かに逮捕令状が出ていた。フォーニエとジョノーは逮捕状を手に、ジョセフィン・ストリートのヴァンの住所に向かった。すると女家主が出てきて、容疑者は「どこかわからないところ」に引っ越していったが、もし連絡があったら電話すると約束した。

翌日、ワイナー警部は警官を一人連れて、ニューオリンズまでジュディに会いに行った。一体どんな人間があんなふうに子供を捨てられるのだろうと思っていた。警部はジュディがほんのティーンエイジャーだと知って、いささか驚いた。赤ん坊の写真を見せると、ジュディは涙ながらに我が子であると認めた。警部はどの犯罪者に対しても同じだが、報告を受けた話が真実であると納得がいくまで彼女を尋問した。その上で赤ん坊の処し方に関する聴聞会に出席させるため、ジュディの身柄をバトンルージュに移送した。

その日の午後、ジュディがニューオリンズを発とうとしていたときに、女家主から警察に電話が入った。ヴァンが電話をしてきて「セント・ルイス大聖堂にいる」と言っていたと報告した。

ジョノーとフォーニエの両巡査は、容疑者を発見するにはまさしくぴったりのパイレーツ・アレイ〔海賊の路地〕に急行した。チャートレス・ストリートからロイヤル・ストリートまで全長一ブロック分のその路地には、かつては海賊たちの避難場所だったという伝説がある。だが、歴史あるセント・ルイス大聖堂を右に、そして「ルイジアナ購入」〔一八〇三年にアメリカがルイジアナ州周辺の土地をフランスから買い入れた〕が起きたカビルド〔植民地時代の市参事会〕を左にしたがえるというロケーションは、そんな伝説とは矛盾している。ウィリアム・フォークナーが最初の小説を書いた《フォークナー・ハウス》は、パイレーツ・アレイのロイヤル・ストリートに近い部分にあり、毎年、何千人もの観光客を惹きつけている。昼間こそアーティストや路上芸人がいっぱいでフレンドリーな雰囲気だが、フレンチ・クウォーターで様々な罪業が猛威を振るう早朝には薄気味悪い空気が漂う。おそらく救いとなっているのは路地を見下ろす巨大な大聖堂で、下界にいる罪深き人々に、神がそこに存在することを思い出させている。

ヴァンが大聖堂に行くことを選んだのは、罪を償わされる前にいく分かでも赦《ゆる》しを乞うことができる安全な隠れ場所を探していたのかもしれない。いや、おそらく、大聖堂のオルガンやイタリア人画家フランシスコ・ザパリの作品を眺めたかったのだろう。ザパリはミケランジェロのまねをして、教会のアーチ型天井をルネッサンス調の鮮やかな色調で塗ったあとに、彼自身のバロック調の特徴を加えている。

ヴァンは教会の正面扉から入り、サイドドアから路地に出た。牧師館が目の前にある。彼はそこに入っていった。

フォーニエとジョノーが牧師館に到着すると、受付の人から、まだヴァンがそこにいると聞かされた。彼らが身柄を拘束しても、ヴァンは抵抗しなかった。

ヴァンは赤ん坊に対し冷酷だったこと、旅行かばんに閉じこめたこと、ジュディとともに赤ん坊はいらないと決断した上で置き去りにしたことを認めた。「それに食わせる金がなかったので」と彼は言った。警官たちはこの父親が息子のことを「it〔それ〕」と呼んでいるのに気づいた。彼らはヴァンをファースト・ディストリクト署に連行し、逃亡者として逮捕した。

翌四月二〇日、「サンフランシスコ・クロニクル」紙は「愛の逃避行――アイスクリーム・ロマンスの無情な結末」という見出しのもとに、ポール・アヴェリー記者が逃亡者カップルの逮捕劇を詳細に報告した。他紙には「アイスクリーム・ロマンス、バーボン・ストリートで終わる」という見出しもあった。全国津々浦々、新聞は離れたくなくて逃亡者になったものの、結局は愛の結晶により引き裂かれた恋人の話を繰り返した。

バトンルージュでは、ジュディが小さな寒い部屋のミシシッピ川に面した窓のそばに、一人ぼっちで座っていた。心臓の動悸が激しく、神経はピリピリしていた。両手の指を組み合わせ、手首に掛けられた手錠に目の焦点を合わせようとしても、涙のせいで視界がぼやけてよく見えない。

数時間に及んだ尋問ののちに、ジュディはついに母ヴェルダの電話番号を打ち明けた。社会福祉主事がヴェルダに電話し、ジュディが男児を出産し、のちにその子が捨てられたことを伝えた。

「お嬢さんは逮捕されました」主事は言った。

自身がレイプ犯の子供を出産した経験から、ジュディを引き取るにあたり、ヴェルダは子供の親権をルイジアナ州に譲渡することにジュディが自主的に同意するという条件を付けた。ヴェルダはそれが一番正しい選択だと知っていた。ジュディは自分を誘拐し強姦した男を絶え間なく思い出させるものを背負わされるには幼すぎる。ジュディは子供の養子縁組同意書にサインした。他に選択肢はなかった。サンフランシスコに送還される前に数分間だけ、赤ん坊に会うことを許された。

誰かが赤ん坊の私を連れてきてくれるのを待ちながら、母は頬に流れる涙を抑えることができなかった。部屋の静寂さにそれ以上耐えられなくなったとき、ついに私を抱いた魅力的な若いソーシャルワーカー、マージー・スチュワートがドアを開けた。その動きに目を覚まし、私はびっくりするほど大きな声を上げた。まもなく私のおば（養父の妹）になるマージーが、私を母の腕に預けた。

別のソーシャルワーカーと制服を着た警官が、マージーに続いて部屋に入ってきた。「お嬢さん、

「一〇分間、差し上げます」そのソーシャルワーカーが厳粛な声で言い渡した。私を抱き上げてキスしていた母は、その言葉をほとんど飲みこめていなかった。私の顔をまじまじと見つめ、初めて大きなエクボがあることに気づいた。母は私の鼻に、頬に、手にキスを浴びせた。私は母の髪の毛を手にいっぱいつかんだが、引っ張りはしなかった。ただ、その小さな手でずっと握っていた。

「ママはあなたを愛してるわ」母は何度も何度も繰り返した。「すごくすごく愛してる」

鋼鉄製のドアが開いた。それは母と私の時間が終わったことを告げる合図だった。母は悲鳴を上げ、つられて私も悲鳴を上げた。母はその先に起きることから私を守ろうとでもするかのように、私をぎゅっと胸に抱き寄せた。

「お嬢さん、もう時間です」マージーが言った。

「いや!」母はうめき声を上げた。

マージーが私を引き取ろうとすると、母は私をきつく抱きしめた。

「いや! 私から赤ちゃんを奪わないで! 私、この子を手放さない。いい母親になる。この子には私が必要なの。ほら、泣いてるでしょ。この子にはママがいるのよ」

マージーが母の腕から私を奪い取る間、警官が母の両肩を押さえていた。

「ママはあなたを愛してる」母は叫んだ。「ごめんなさい、ベビーちゃん。必ず迎えにいくわ」

最後にもう一度強く引っ張って、マージーはなんとか母の手から私をもぎ取った。私の手には母の髪が数本、握られていた。

母は抵抗するのをやめ、連れ去られる私の泣き声に一心に耳を傾けた。やがてそれは聞こえなくなった。

母は頭をテーブルに押しつけて泣きじゃくった。

19

ジュディとヴァンはカリフォルニアに送還された。ジュディはカマリロの青少年矯正施設に六ヵ月から二年の判決を受け、ヴァンは再び裁判所の独房送りとなった。

アールはその知らせをガートルードから受けた。

「ニューオリンズで捕まったそうよ」彼女は電話で言った。「こっちに送還されてきたの。今は拘置所よ。今度ばかりは、あなたでもあの子を救い出すことは無理だと思うわ」

「すぐに行く」アールは言った。

彼はサンフランシスコに飛び、ブライアント・ストリートの警察署までの歩き慣れた道をたどった。

「息子のアール・ヴァン・ベスト・ジュニアに面会に来ました」ガラスの仕切りの向こうにいる警官に告げた。

「ここに署名して」

警官はアールの身分証明書をちらっと見て、待つよう言った。

「どうぞあちらへ」数分後、警官は牧師を小さな部屋のほうに案内した。

「息子は大丈夫でしょうか?」席に着きながら、アールは尋ねた。

「サー、あなたの息子は正真正銘の悪魔ですよ」警官は言った。

アールは返事をしなかった。できなかった。だが、彼はのちにその恐ろしい言葉を家族に打ち明けている。

待っている間、アールは神の助言を求めて祈った。

ついにドアが開き、ヴァンが別の警官に導かれて入って来た。

アールは息子から赤ん坊を捨てた理由を聞き出そうとしたが、ヴァンは協力しなかった。罪がもたらす結末についての父の説教など、聞く耳を持たなかった。アールは赤ん坊を取り戻すよう試みると約束したが、ヴァンにとってはどうでもよかった。

怒りでむかむかしながら、アールは部屋をあとにした。

翌日、空路帰宅したアールは、今度はエリーを連れて別のフライトに搭乗した。ニューオリンズ国際空港に向かう便だった。

「あの子を孤児院で成長させるわけにはいかない」途中、彼は妻に説明した。「わかってくれ。私の孫なんだ。それにたぶん、赤ん坊は死ぬほど怯えているだろう。ああいった場所ではまともに世話などしてくれないからね」

「さあ、それはどうかしら。でも、あなたの気持ちはよくわかるわ。大丈夫。きっと赤ちゃんは見つかるわ」エリーは言った。「うちに連れて帰りましょ」エリーはアールが想像するよりはるかにアールの心理をよく理解していた。私がアールにとって、ヴァンを育て損なった自身の罪に対する償いになりえることを。

ニューオリンズに着くと、祖父はレンタカーでバトンルージュに向かった。まず警察に寄り、そこから州立児童福祉局に急行した。

「赤ん坊を探しています」彼は受付で言った。「新聞がベビー・ジョン・ドゥと呼んでいる赤ん坊です。母親はジュディ・チャンドラー、父親の名はアール・ヴァン・ベスト・ジュニア。私はその赤ん坊の祖父です。養子にしたいんです」

「申し訳ありませんが、サー」受付係は言った。「ベビー・ジョン・ドゥはすでに養子に出されました」

「誰にですか?」

「それはお答えできません。その情報は開示できません」

祖父は遅すぎたのだ。

数日後、アールはニューヨークのバッテリー・パークに赴いた。そこへは米海軍増援部隊の司令官ならびに対外戦争復員軍人組織の牧師としての功績を評価され、ジョン・F・ケネディ大統領直々に招待されていた。彼は大統領が大西洋で犠牲になった米国兵にイースト・コースト・メモリアル像を捧げる前の祈りを率いた。大統領は開会の辞の中でアールについて言及し、「師」と呼んだ。

アールの人生で最高の名誉となるはずだった瞬間は、ヴァンが彼の名につけたシミにより汚されていた。

20

一九六三年五月一七日、リオーナ・スチュワートは州立児童福祉局から一本の電話を受けた。

「生後三ヵ月の男の子がいます」ソーシャルワーカーが言った。「ガヴァメント・ストリートの《ピカデリー・カフェテリア》の駐車場でお会いできますか?」

リオーナはロイドにそのグッドニュースを伝えようと、足を引きずりながら庭に出た。ロイドは芝刈り機から目を上げ、妻の歩みがいつもより俊敏なのに気づいた。

「息子ができるのよ!」リオーナは声を張り上げた。「私たちのための赤ん坊よ。行かなくちゃ。待っててくれてるの」

ロイドは芝刈り機をその場に放り出して、リオーナが家の中に入るのを助けた。彼は一言も話さなかった。言葉が出なかった。心臓が喉から飛び出しそうだった。過去に経験した不安や心痛のすべてが、その瞬間にこみ上げてきた。

自分自身に対する怒り。

そして、神に対する怒りも。

リオーナとロイドはともに世界大恐慌の直後にルイジアナ州クロッツ・スプリングスという小さな町で生まれた。ロイドは近くのバトンルージュで成長することになったが、親族の多くはまだクロッツ・スプリングス付近の漁村や農村に暮らしていたので、頻繁に彼らを訪問していた。人口の非常に少ない町ながらも、ロイドとリオーナは正反対の階級の出身だった。

リオーナの父は魚市場と村の雑貨屋を経営していたので、彼女は放課後や週末によく売り場を手伝っていた。美しい栗色の髪の少女はすぐに粋なロイド少年の目に止まった。彼女に会うため、もしくは、ロイドに言わせれば「彼女のハートに火をつけるため」、老馬にまたがり、速足《トロット》で店に通った。ロイドの家族はあまり裕福ではなかったが、リオーナは気にしなかった。毎日午後になると、リオーナはケージャンの少年が誇らしげに馬の背に乗り、求愛しにやって来るのを首を長くして待った。二人は高校時代にデートを始め、二〇歳で結婚した。ロイドはすぐにバトンルージュのエチル社で郵便仕分け室の職を獲得し、リオーナはウェーバー・スチール社で秘書兼簿記係として働き始めた。

二人の互いに対する愛は深く、新しい生活にも難なくなじんだので、すぐに子供を作ることを考えた。ちょっとした思いつき程度だったものは、リオーナがひたすら妊娠を待ち望みながらひと月またひと月、一年また一年と経つにつれ、断固たる決意に変わっていった。

「どうしてかしら」妊娠しないままさらに一年が経過すると、リオーナはロイドに言った。「ミラー先生は妊娠できるって言ってくださるの。でも、いつだとは言ってくれない」

ロイドは自分のせいではないかと疑い始め、二人がともに感じていたフラストレーションはしだいに彼らの関係をむしばみ始めた。きっと神が祈りを聞き届けてくれると信じていたリオーナすら、年月の経過とともに、しだいに楽天的ではなくなっていった。

ついにリオーナが養子をとるというアイデアを持ちかけた。だが、ロイドにとってそれは「敗北」を意味したので、その提案には抵抗した。

「いや、トライし続けよう」彼は言い張った。

結婚して九年目にして彼らはついに諦め、養子をとる決断をした。

ロイドはリオーナの手を握りしめ、ソーシャルワーカーとの最初のインタビューのため、児童福祉局に入っていった。「何も言うんじゃないよ。この部屋は盗聴されているから」リオーナの緊張を和らげようと、ロイドは冗談を言った。彼はいつも冗談を言う。それが精神的重圧のかかる状況を扱う、彼なりの方法だった。

まもなくルイジアナ州は彼らに生まれたばかりの美しい女の子の養育権を授けた。リオーナはその子に上司であるリン・ウェーバーの名を取ってシェリル・リンと名付けた。

「見て、ロイド。かわいいわね」リオーナは生まれたての赤ん坊を腕に抱いてささやいた。

「ああ」ロイドもすでに心を奪われていた。

それから一〇ヵ月後に、想像を絶する出来事が起きた。

一九六一年一月七日、ロイドとリオーナはリオーナの弟のL・J・オーティスとメアリー・アン・フォンテノットの結婚式に出席するため、ハイウェイ一九〇号線を車でルイジアナ州オペルーサスに向かっていた。リオーナの姉妹のエヴェリーナ・オーティス・パーカーとロレッタ・オーティス・クールヴィルは後部座席でウエディングについて喋っていた。ロレッタはウエディングが大好きだ。オーティス家の女性たちの中で最後に結婚したのが彼女で、夫ローレンスとの結婚生活はまだハネムーンの段階にあった。リオーナは隣に座っている養女のシェリルと遊びながら、彼女たちの会話をところどころ耳にはさんでいた。

彼らの車は結婚式に向かう親族の車列の中では、最後から二番目だった。ロイドは女性たちのお喋りを聞きながら、前にいる義理のきょうだいの車に近づきすぎないよう気をつけ、黙って運転していた。ロイドは常に用心深い男だ。父親のブーンが彼をそのように育てていた。

「ケーキをパタパタ、ケーキをパタパタ、パン屋さん」〔手を合わせて叩く「せっせっせ」の歌〕微笑むと歯茎の土手を突き破ったばかりの小さな歯が二本のぞくシェリルを見つめながら、リオーナは歌ってやっていた。「くるくる巻いて、くるくる巻いて、フライパンにポン」娘の上機嫌の叫び声を楽しみながら、リオーナはなおも歌い続けた。シェリルは白い襟のついた淡いグリーンのドレスを着て、小さな手首には一〇ヵ月前にスヌークおじさんとドロシーおばさんからプレゼントされた金のブレスレットをしていた。その日、バトンルージュを出発する前に、スヌークはシェリルにこっそりチョコレートのかけらを与えているところをリオーナに見つかった。

「やめて」リオーナは彼を叱った。「ウエディングに行くのに、私の赤ちゃんのドレスがチョコレートだらけになってしまうわ」

ロイドはそのときの妻の態度を思い出して、思わずにっこりした。そのときだった。突然、白い一九六〇年式クライスラーが彼の車線に飛びこんできて、彼らの乗っていた一九五九年式シボレーに正面から衝突した。その衝撃でリオーナはダッシュボードに衝突し、その下にはさまった。

ロイドは右腕を投げ出して娘を守ろうとしたが、彼自身の体がすでに激しくハンドルに叩きつけられていた。顔がフロントガラスにぶつかり、鼻の骨が折れた。

赤ん坊に助かる見こみはなかった。前方に押し出される動きが突然ダッシュボードにより阻止され、その衝撃で首の骨が折れたのだ。小さなシェリルは即死だった。

スヌークはロイドの車に追突するのを避けようと急ハンドルを切りながら、ロイドの車が宙を飛び、やがて側溝に着地するのを恐怖のうちに目撃した。ドアをこじ開けた彼は、目の前の光景に茫然となった。

シェリルはその小さな体のどこにも一滴の血すらついていなかったが、死んでいた。リオーナの両脚は押しつぶされてダッシュボードの下にはさまれ、ロイドは大量に出血していた。エヴェリーナとロレッタはより安全な後部座席にいたため、重傷は負っていなかった。

スヌークとドロシーは奇跡を祈り続けながら、シェリルを一番近い病院に運んだ。ロイドは顔を血と涙でくしゃくしゃにして、救急隊員がリオーナを車の残骸から引っ張り出す間、じりじりしながら妻の手を握り続けていた。

続く数日間、リオーナは昏睡状態にあった。ついに意識を取り戻すと、真っ先にシェリルに会いたいと言った。

「かわいそうに、ハニー」リオーナの母は言った。「あなたの赤ちゃんはあの事故で亡くなったのよ」

「ロイドは？　ロイドはどこ？」リオーナは起き上がろうともがきながら悲鳴を上げた。

「ロイドは大丈夫よ。入院はしてるけど、回復するわ。さあ、じっとして。動くのはよくないわ」

リオーナは再びベッドに体を横たえたが、体が震えるほど激しく泣きじゃくるのを止められなかった。あんなに長い間待ち望んだ子供だったのに、彼女の人生にあんなにも多くの愛と光をもたらしてくれた小さな女の子はいなくなってしまった。

リオーナの腰、膝、そして骨盤は、事故で粉々に破壊されていた。怪我の具合を最初に見た整形外科医モス・バナーマンは恐怖を覚えた。彼は、オペルーサスからの救急車搬送にリオーナが耐えられる保証はないが、それでもただちにバトンルージュ総合病院に移す必要があると家族に告げた。娘を亡くしたばかりのロイドは、妻をも失ってしまうのではないかと怯えながら、リオーナ移送の承諾書にサインした。

親族がシェリルを埋葬するために集まったとき、ロイドとリオーナは二人ともまだ入院中だった。娘の葬儀に参列できない悲しみは、彼らにとって耐え難いものだった。

来る日も来る日も病院のベッドに横たわりながら、リオーナはどうして神は自分から子供を取り上げてしまったのだろうと考えた。「神様は私が母親に向いてないと思われたんだわ」リオーナはロイドに言った。

「ばかばかしい。そんなわけないじゃないか。きみは素晴らしい母親だったよ」ロイドはそう言って慰めはしたものの、彼自身の気持ちが妻より少しでも楽なわけではなかった。心の奥底では、養子をとるというアイデアに最初のうち反対していたことを後ろめたく感じていた。そのせいで罰せられているのではないかと思ったが、その考えは心に留めて、彼は妻の手を握っていた。

ロイドの父ブーンは、息子たち夫婦に今回の悲劇的な喪失が与える影響の大きさを正確に理解し、別の息子の妻マージーが勤務する児童福祉局を訪問した。そしてマージーをはじめ、耳を傾けてくれる人々に、まだ入院中ではあるが、ロイドとリオーナを養父母の候補者リストに戻してほしいと訴えた。

続く数週間に、整形外科医はリオーナのバラバラになった骨の断片をつなぎ合わせた。バナーマン医師はすでに退院したロイドに、牽引用の釣り合い重りをいろいろな角度に吊り下げられるよう、合板と2×4材〔ツーバイフォー工法用の建築材料〕で横向きに傾いた簡易牽引用ベッドを作るよう指示した。リオーナを再び歩けるようにするには、まず彼女の壊れた体を左右対称になるまで引っぱらなくてはならなかった。

ブーンはホームセンターの《ゴードウ・ヒューイ》に行き、ベッドを作るのに必要な木材と一二ペニー釘を購入した。

「リオーナをうちに連れて帰ろうと思うんだ」彼はロイドに言った。「うちのほうがスペースがあるからね。彼女が治るまで、私たちが面倒見るよ」

ロイドは実家に行ってベッド作りを手伝ったが、ブーンが2×4材に打った釘をリビングの美しいハードウッドの床まで突き抜けさせたのを見て、ショックで息が止まりそうになった。

「お父さん、一体何してるんですか？　床が台無しですよ」

ブーンは息子を見上げた。「お前、こんなもの、たかが木じゃないか。たかが木だ」

退院したリオーナは義父母のリビングルームで療養した。歩くこともできず、毎日ただベッドに横たわっているリオーナの体を、ブーンとロイドはあっちに曲げ、こっちに回しして調整した。毎日、痛みに耐えきれず上げるリオーナの悲鳴が家中に響き渡った。ブーンとロイドは時にリオーナを虐待している気すらしたが、医師の命令に正確にしたがった。そして毎日、彼女を落ち着かせたあと、二人は外に出て泣いた。彼女の苦痛がどんなに彼らも苦しめているかを、彼女に見せるわけにはいかなかった。けれども、彼らの努力は報われた。

リオーナがやっと歩き始めたころだった。一九六一年八月二一日に一本の電話があった。「ロイド、来て！」電話を切るなり彼女は叫んだ。

「赤ちゃんがもらえるの。女の赤ちゃんよ」リオーナはロイドにしっかり抱きしめられながら、その肩に顔をうずめて泣いた。

こうして彼らは再びチャンスを与えられたことをこの上なく幸運だと感じながら、バトンルージュの新しい家に新たな養女を迎え入れ、シンディ・ケイと名付けた。ロイドとリオーナはその美しい赤ん坊にシェリルの死が残した空隙を埋めてもらおうと溢れんばかりの愛を注いだ。だが、どんなに多くの愛も、シェリルの喪失から受けた心の傷を癒やしはしなかった。

そして二年後、再びリオーナに電話があった。

ロイドは妻からその知らせを聞くなり、大急ぎでシャワーに飛びこみ、体を洗った。体をこすって汗を洗い流しながらも、動悸が収まらなかった。あまりに長い間、彼はシェリルの死という重荷を抱えて生きてきた。あのとき、もっと気をつけて運転していれば、もう少しゆっくり走っていれば、娘は今も生きているのではないかと自分を責め続けてきた。何度となく神に疑問をぶつけた――なぜ、あんなことが起きることを許したのかと。クロッツ・スプリングスのすべての住民がファースト・バプティスト教会で行われたシェリルの葬儀に参列した。彼とリオーナ以外の全員が、「ガーバーベビー」〔ベビーフードで有名なガーバー社のトレードマークの赤ん坊〕にそっくりだった彼らの小さな娘にさようならを言うことができた。ロイドには、どうして神が自分たちをそんな目に遭わせたのかが理解できなかった。

さらに、オペルーサス総合病院に行くと、妻は意識不明で、血まみれの体は包帯で巻かれチューブやワイヤにつながれていた。そのときもロイドは神を責めた。

だが、リオーナの覚醒を通して、そしてリオーナが彼の手をそっと握ったときの動作を通して神が何かを語ってくれたとき、ロイドは耳を澄ました。リオーナが事故後に初めて歩いたときも、神は語ってくれた。シンディを授けてくれたときにも、ロイドはその声を聴いた。そして今、神は再びロイドに話しかけている。

もう一つ贈り物をしよう。

息子を。

リオーナはロイドの両親に電話し、二組の夫婦はいっしょに指定されたレストランに車で向かった。ブーンは州の所有であることを示す丸いステッカーがついた白いバンの隣に車を止めた。

ロイドは後部ドアを開け、リオーナが両手を使ってうまく車から出られるよう、まずその腕からシンディを引き取った。そしてシンディを母の手に預けると、手を車の中に入れ、左腕をリオーナの足の下に突っこんで、両足を車外の歩道の上に移した。次にしゃがんで右腕を彼女のウエストに回し、そっと体を足の上まで引き寄せた。リオーナが安定していると感じられるまで待って、彼らはバンに向かって歩き出した。

毛布の包みのようなものを持った女性が車から現れた。ロイドがまず赤ん坊の私を見た。次にブーンが、そしてついにリオーナが見た。

「このブルーの瞳を見て」ロイドが言った。「それにこの赤みがかったブロンドの髪」

「それに微笑んでるわ。ロイド、ほら、このエクボ」リオーナが言った。

「めったにないかわいさだわ」エヴェリンが感心して言った。

ブーンは話すことすらできなかった。ただ私をじっと見つめ、胸がいっぱいになっていた。

「この子については、両親のどちらかが音楽を愛していたということ以外、あまり情報がないんです」ソーシャルワーカーが私をリオーナに手渡しながら言った。「施設で預かっていた間、私たちはフィリップと呼んでましたけど、きっと新しい素敵な名前をおつけになりたいでしょ。ちょっとコリックを起こす傾向があります。それと、私たちは山羊のミルクを与えていました。それが一番合っているようです。以前たっぷり音楽のある環境にいたに違いありません。時々、泣きやまないときに歌を歌ったりハミングしたりしてやるとすぐに落ち着きましたから。一、二日中に様子を伺うために連絡します。もし何か質問か、必要なものでも生じましたら、私たちの連絡先はご存じですよね。まずは、おめでとうございます」

ベビー・ジョン・ドゥについても、私の親や、電車で捨てに行かれたことについても、いっさい触れられなかった。階段の踊り場についても触れられなかった。そもそも私をロイドとリオーナに預ける話を進めたロイドの義妹マージーさえも、自分自身が私を十代の母の腕からもぎ取ったことは言わなかった。言えなかったのだ。私の養子縁組は身元非公開の縁組だったので、ルイジアナ州の法律により、私のバックグランドについて話すことは禁じられていた。ロイドとリオーナは、だから、私がわずか三ヵ月の人生の間にどんなに多くを経験したかは知る由もなかった。ただ、神が贈り物をもう一つ与えてくれたことと、自分たちがそれを愛《いと》おしむであろうことだけを知っていた。

私の新しい家族はお祝いのディナーをするため《ピカデリー・キャフテリア》に入った。リオーナは私の額にキスをして、胸にしっかりと抱き寄せた。

私の新しい父母は、私にゲーリー・ロイドと名付けた。

一方、サンフランシスコでは、私の実の名は二度とジュディの口にのぼることはなかった。それはヴェルダにより固く禁じられていた。過去を忘れて新しく一歩を踏み出すべき時が来ていた。

三年後の一九六六年一〇月三日、リオーナは医学の専門家たちに、そのつぶれた子宮では胎児を支えきれないと言われていたにもかかわらず、奇跡的に女の子を出産し、クリスティ・リーと名付けた。かつてリオーナはミラー医師に妊娠できると言われたことがあったが、彼女もロイドもはるか以前にそんな夢はかなわないものと諦めていた。神はまたしても二人を祝福したのだった。

21

サンフランシスコでは、ヴァンのトラブルはますます増大していたが、アールが援助の手を差し伸べていた。息子は何らかの精神的障害を抱えていると信じた彼は、ヴァンは刑務所に入れるべきではなく、むしろ精神衛生施設に入れたほうが更生には効果的であり、また彼が必要としている助けも得られると考えた。アールはヴァンに、彼に代わって行動を起こしてもらうよう依頼する手紙をサウスカロライナ州代表ストロム・サーモンド上院議員宛てに書くことを提案した。結果、上院議員はノーマン・エルキントン高等裁判所判事に話をすると同意した。それは、ヴァンが軍司令官の息子だったからだ。しかし、「サンフランシスコ・クロニクル」紙によると、判事はのちに「この事件を慎重に検討してくれと依頼するサーモンドの手紙から、私は少しも影響を受けることはなかった」と述べている。

同記事には「元判事で元知事のサーモンド上院議員は、たとえばカリフォルニア州の法定成年年齢は一六歳ではなく一八歳であるといった、この事件のいくつかの側面について無知だった」ともある。サーモンド側近のエド・ケニーは「こういった法定年齢に関わる事件は、たいてい単なる若年恋愛にすぎない」と弁明を試みている。

他にもヴァンのために立ち上がった人々がいた。ヒューバート・ドーラン牧師は法廷でヴァンの性格を「とてもよい」と証言し、ヴァンの高校時代の教師ノーヴァル・ファーストは「一度としてヴァンが典型的な犯罪者のようだったことはない」と述べた。

自身の審問のときにヴァンが助けてくれなかった事実になおも傷ついていたウィリアム・ロームスは、かつての親友のために証言することを断った。ウィリアムはヴァンとジュディが最初に駆け落ちしたときに空港まで送っていたという軽犯罪に対し最終的には罪状を認め、猶予刑を受けていた。これは彼のキャリアを通してつきまとう汚点となった。

ヴァンの弁護士とアールにより画策された司法取引により、ヴァンは一八歳未満の女性に対する強姦罪による一年の禁固刑の判決を、未決拘留期間を含める四年の執行猶予つきに減刑された。

ヴァンはサンフランシスコで強姦罪による起訴に直面しながら、同時にニューオリンズ連邦地方裁判所では二件の通信詐欺罪により起訴されていた。すぐさま連邦捜査官事務所はヴァンが逃亡中に国の方々でばらまいた不渡り小切手と文書偽造の追跡調査を開始した。捜査官は、ヴァンがジュディとの冒険に必要な金を作ろうとして古文書を売買するときに、自身の身分を偽っていたことを発見した。サンフランシスコでヴァンは文書偽造と通信詐欺により起訴され、サン・クエンティン州立刑務所での三年の刑が宣告された。その直後、カリフォルニア州ロンポックでも通信詐欺罪により起訴された。

判事はアールの要望に敬意を表し、まずジュディに対する執着を治癒するために、九〇日間、ヴァンをアタスカデロ州立病院に入院させた。

サンフランシスコとロサンゼルスの間にある同病院は、性的に逸脱した触法精神障害者の男性のための重警備の施設である。一九五四年に開院したこの精神科病院の特色は、精神障害により他者に脅威となる恐れがある患者から、外界を守るために配した周辺警備にある。自身をむしろ「知的にすぐれている」と思いたがっているヴァンにとって、人々に「狂っている」と見なされることは面白くなかった。

ここの医師たちは、ヴァンのジュディに対する病的な執着を取り除くために、電気ショックと投薬を組み合わせた集中的な治療計画を立てた。日を経るごとに感覚は少しずつ鈍くなっていったが、ヴァンは最後の最後に自分を裏切った美しいブロンド娘に対する考えにしがみつくことを選び、治療に屈しはしなかった。

医師たちに見せる気の入らない微笑の裏で、彼の内側には強烈な怒りと激情が煮えたぎっていた。のちにウィリアムが言うように、「たとえアタスカデロに行ったときにヴァンが正常であったとしても、あれほど長期間電極に脳をやられたら、間違いなく出てきたときには頭がいかれていただろう」

こうして「執着を治療」されていた間に、ヴァンは新たにカリフォルニア州サンペドロでも通信詐欺で起訴された。

アタスカデロを退院するなり、サン・クエンティン州刑務所に送られた。

カリフォルニア州最古の刑務所サン・クエンティンは三方をサンフランシスコ湾に囲まれている。一八五〇年代初頭に受刑者たちの手で建てられ、カリフォルニア州で唯一、死刑執行室がある。したがって、同州で死刑判決を受けたすべての受刑者がここで「処刑の列」に入る。ヴァンのような者たちは、寝心地の悪い金属製ベッドと壁に設置されたトイレのある小さな細長い独房で暮らすことになる。殺人犯や強盗犯、強姦犯たちが、まともな社会から彼らを隔絶する鉄格子の後ろから、通り過ぎる看守を覗き見る。定期的な運動のために外に連れ出された囚人たちは、中庭からサンフランシスコの丘陵を仰ぎ見る――自由、それは手に触れられるほど近く、それでいて到達できないほど遠い。ヴァンにとってはその眺めは拷問だった。ジュディがそのどこかにいる。あの丘のどこかに。彼抜きで自分の生活を送っている。

次の一年半を、彼はどうすれば彼女を取り戻せるか、どうすれば自分の身を最大限守れるか、それだけを考えてひたすら耐えた。小児性愛者というレッテルを貼られた彼が刑務所で楽に過ごせるはずがなかった。なぜなら、多くの受刑者が子供の強姦者を自分たちの攻撃性の捌け口にふさわしいクズだと見なすからだ。

一九六五年七月一二日、三一歳の誕生日の二日前にヴァンは仮釈放になった。

ジュディを最後に見たのは二年ちょっと前、そしてついに彼は自由の身になった。

22

ヴァンがサン・クエンティン刑務所に服役していた一九六四年、サンフランシスコ市警察に所属する数少ない黒人の一人で、長身痩せ型アフリカ系アメリカ人のロテア・ギルフォードは、自分の机に向かって座り、たった今聞いたことを完全には信じられないでいた。それは昇進の知らせだった。同署の歴史の中で、かつて一度も黒人が強盗課の警視になったことはない。

当時、公民権運動は真っ盛りで、ついに公民権法の通過が実現していた。だが、たとえ法案が法として署名されようと、アフリカ系アメリカ人は成功の階段の小さな足がかりをつかむにも奮闘しなくてはならない。ロテアも入署したときには、出世が難しいことはわかっていた。それでも、いつか殺人課の警視になりたい、湾岸沿いのその市で発生する無数の殺人事件を解決するチームの一員になりたいと夢見ていた。

ロテアは一九三〇年代に家族とともにテキサスからサンフランシスコのフィルモア地区に移ってきた。当時、黒人にとってフィルモアは理にかなった移住先だった。世界の様々な国からの移民で溢れた同地区では、黒人の子供も他の子供たちに溶けこめる。市の他のエリアではそれはそれほど簡単ではない。が、そもそもフィルモアは他の地区とは違っていた。その町は発端からして、よそにはない鼓動があった。通り沿いに次々と出現したジャズクラブやシアターから毎晩聞こえてくる独特のビートがあった。

一九四〇年代から五〇年代にかけて、ロテアはそんな通りで大きくなった。どこなら行ってもいいか、どこには行ったらいけないかを知っていた。両親からは、かつては彼らが有色人種であるがために、その地区のクラブやレストランに入ることは許されていなかったと聞かされていた。それに反発してアフリカ系アメリカ人たちが自分たちのためのクラブを開き始めると、開け放たれた扉から流れてくる音楽の強烈なパワーに人々の注意が引きつけられた。やがて市の他の地区の住人たちが、ビリー・ホリデイ、ルイ・アームストロング、エラ・フィッツジェラルドといった、豊かな才能ゆえに尊敬を勝ち得た黒人アーティストたちを目当てにフィルモアに足を運び始めた。

当時のフィルモア地区はアフリカ系アメリカ人にとって南部とはまったく違った環境だったが、ロテアは善悪について強い感覚を育んでいった。そして肌の色の違いからくる差別は、彼の考えでは完全に間違っていた。まだ年端もいかないうちから、彼はサンフランシスコの白人たちの思考態度を変える計画に着手した。そして自分は何をするにしろ、可能な限り最高の結果を出そうと決意した。背が高く頑丈な彼にとって、スポーツは白人と同等であることを示すための自然な手段になった。まず技術系高校でフットボールのスター選手になり、続いてサンフランシスコ州営フットボール・チームの選手になった。フィールド内外で優秀さを発揮した彼はシカゴ・カーディナルスから関心を示されたが、やがて肩を負傷し、プロのフットボール・リーグで成功するという夢は砕かれた。

目標を変えざるを得なかった。大学ではウィリー・ブラウンという名の若き公民権運動家と友達になった。ウィリーも同じくテキサスの出身で、やはり人種差別を体験し、集団暴行さえ受けた結果、一七歳で世の中を変えようとの決意を胸にサンフランシスコに移ってきていた。大学の学費を捻出するために清掃作業員として懸命に働いていることも、ロテアは尊敬していた。また彼には事を成し遂げる本能的な才覚が備わっており、その点にもロテアは一目置いていた。

卒業後、ロテアはかつては白人しか就けなかった職に次々応募した。ベイ・ブリッジ料金所の係員、ミニバスの運転手、ケーブルカーの車掌を経験したが、そういった類の公務員は彼にとっては単なる足がかりにすぎなかった。彼にとっての真の天職は警察官だった。二年間、アラメダ郡保安官事務所で働いたあと、一九六〇年、ロテアは胸躍らせながらサンフランシスコ市警への移動を果たした。

若いころ、彼は巡回地区の住民に「ミスター・スマイリー」として知られていた。皆に顔を知られ、信頼されてもいるホームグランドのフィルモア地区が担当だった。そして持てる時間の大半を、かつては「西のハーレム」として知られたウエスト・コーツ公営住宅での揉め事の解決や、そこに暮らす子供たちに、貧困にあえぐ今の生活の外にははるかに大きな世界があるという事実を理解させることに費やした。

喋り出すと止まらないロテアが、しばしばフィルモア地区における功績を誇張して話すと、仲間の警官たちは鵜のみにはしなかったものの、常に進んで聞きたがった。年月の経過とともに、話を膨らますだけ膨らませ、ついには武勇伝に仕立て上げていた。

一九六四年になるころには、ロテアは警視の役職に就くことにより、サンフランシスコ市警内で人種差別撤廃への突破口を切り開いていた。ウィリー・ブラウンもまた、大きな前進を遂げつつあった。ちょうどその直前に彼はカリフォルニア州議会議員に選出されていた。ロテアとウィリー、固い決意を秘めたこの二人の男は、人々からさらなる尊敬を勝ち得、それぞれのキャリアを通して新境地を開拓し続けることになる。

だが、ロテアの人生だけが、ある日、連続殺人犯と切り離せないほど密接に絡み合うことになった。

23

一九六五年にヴァンが出所すると、サンフランシスコは大きく変貌していた。前年にビートルズがイギリス侵攻の口火を切って音楽の様相を一変させ、ノース・ビーチのビート族がヘイトに移り住み、続いて対抗文化《カウンター・カルチャー》の運動が国中から押し寄せていた。それは親たちの保守的な考えやエスカレートするベトナム戦争に集団で反発する若者たちだった。一九六五年、アメリカが拡大する共産主義と闘うにつれ、米軍の戦闘部隊の数は三倍に膨れ上がった。第一次世界大戦、世界大恐慌、第二次世界大戦、朝鮮戦争を生き抜いてきて愛国主義が強く根づいている親世代と違い、若い世代は戦争ではなく平和を欲していた。彼らは何千人とサンフランシスコにやって来て、麻薬に煽られた愛の祭典で反戦のスローガンを繰り返し唱えた。ヘイトの昔からの住民は、一九〇六年の大火を免れた古くて美しいヴィクトリア朝様式の家々が分割されて安アパートになり、そこに住めるだけの数のヒッピーたちが住み始めるのを、どうすることもできずただ見守った。

ヴァンはヘイトを通り抜けながら、かつては行きつけだった場所を侵略したこういった若者たちの服装がだらしないことに気づいただろう。女たちはストレートのロングヘアにひらひらしたドレス、男たちは破れたジーンズにマルチカラーのＴシャツ。歌を歌い、自分たちは皆きょうだいで皆を愛しているなどと語る彼らは、麻薬でハイになっているようだ。最初のうち、ヴァンはヒッピーたちを軽蔑の目で見ていた。少なくとも、ビート族はきちんとした服装をして、教養があるように見える努をしていた。

「このあたり、一体何が起きてるんだ？」ある午後、彼はアントン・ラヴェイに尋ねた。ヴァンは出所後まもなく、カリフォルニア・ストリートにある彼の家を前触れもなく訪れた。いつもはアポなしの客になど決して会わないラヴェイだが、そのときは例外を設けた。「それにこの部屋、どうしたんだい？」

ラヴェイは笑った。その家はラヴェイ自身に起きている変化とよく似た変容を遂げつつあった。彼の哲学的探究が邪悪な方向に向かうにつれ、インテリアはますます儀式っぽくなっていった。頭蓋骨や悶絶する悪魔の像や骸骨がそこかしこに戦略的に配置されている。だが、ヴァンの関心を引いたのはメインの儀式部屋にあるオルガンだった。

ヴァンはその家にいたほんの数分の間に、ヘイトで起きていることについてのラヴェイの見解を聞き、彼が聖書のような本を書いていることを発見した。ウィリアムにその話をしたくてたまらなかったが、かつての友はヴァンが電話をしても素っ気なかった。ウィリアムはヴァンが自分のために証言してくれなかったことを、まだ根に持っていた。

拒絶され、苛ついたヴァンは、演奏の仕事でも得られないかと《アヴェニュー・シアター》に向かった。ラヴェイがその劇場とそこのパイプオルガンについて詳しく話したので、自分の目で見たくなったのだ。ヴァンは一歩足を踏み入れるなり、魅了された。

一九二七年に建てられたその劇場の玄関の庇《ひさし》にある「AVENUE」の文字を一目見れば、そこがサン・ブルーノ・アヴェニューの粋な場所であることを誰もが理解する。通りに面したガラス張りのチケット売り場には、人々が暗い劇場に入ろうと列をなしている。火曜と水曜の夜の目玉は、ワーリッツァー社製オルガンの伴奏で上映される無声映画だ。よくそこで伴奏をするオルガニストのロバート・ヴォーンは、その楽器から引き出す甘い音色でサンフランシスコ中に名を馳せている。大半の人が映画を観にやって来るのだが、ヴァンはヴォーンの演奏を聴くために通った。いつの日か、その美しい楽器を弾く番が自分に回ってくることを期待して。

最終的にヴァンは同劇場の支配人リック・マーシャルと友達になった。いつも安物の、しかも小さすぎる服を着ている変わり者だ。ヴァンと同じく読書家で、アンティークと昔の映画と芝居を愛していた。キーツやシェークスピアの朗読も楽しんだ。また、彼の劇場にある重さ一〇トンのワーリッツァーを愛し、ヴァンがその巨大なオルガンを弾くのを聴いてからは、ヴォーンの都合が悪いときに時々代役を務めさせるようになった。

刑務所を出るなり音楽はヴァンの生活に戻ってきたが、ジュディは戻ってこず、ヴァンはその状況を変えようと固く心に決めていた。けれども、ジュディはかつて彼が知っていた少女ではなくなっていた。自らの衝動的な行動があまりに大きな悲嘆をもたらしたので、彼女はその経験から多くを学んでいた。青少年矯正施設で九ヵ月を過ごしたあとに、ついにヴェルダの保護下に戻され、一九六四年二月三日に一六歳でサンフランシスコの高校に入学すると、彼女の生活にある種の正常さが戻ってきた。翌年、ヴェルダは夫と離婚。ジュディは母とともにサンフランシスコ郊外のデーリー・シティに引っ越した。

そこでだった。ヴァンがジュディを見つけたのは。

電話帳にジュディの母の番号を突き止めた彼は、近くのショッピングセンターの公衆電話から電話した。

「もしもし、ぼくだよ」電話に出たジュディにヴァンは言った。

彼の声に、ジュディの体は凍りついた。

「お願いだから、出てきてぼくと話をしてくれよ」ヴァンは言った。「会いたかった。あんなことになってごめんよ。赤ん坊は取り返すからね。約束する。愛しているよ、ジュディ。お願いだ。ぼくは通りの反対側にいるからさ」

ジュディは気持ちを落ち着け、大きく息を吸いこんだ。「あなたに会うためになんか、通り一つすら渡る気はないわ。声も二度と聞きたくない。どんなことがあろうと、金輪際、会うことはないわ！」

「ジュディ、頼むよ。愛してる」

ジュディは電話を切り、生まれて初めて自分の強さを感じた。力強さが体を貫いて流れた。何も怖くなかった。

ついに自由になった。

ヴァンは胸が張り裂ける思いだった。怒りで青ざめていた。だが、どうすることもできない。ノエ・ストリートの自室に戻り、ふさぎこんだ。

壁を見つめ続けることに耐えられなくなると、心の痛みからつかの間逃げるため、音楽や、ヘイト・アシュベリーに出回っていて簡単に手に入る向精神薬にどっぷり浸かった。

一九六〇年代半ばには、サンフランシスコ一帯の音楽は、ヒッピー運動を体現するサイケデリック・サウンドで有名なワーロックス（のちのグレイトフル・デッド）やジェファーソン・エアプレインのようなグループに進化していた。彼らはヘイト・アシュベリー地区に移り、ヴァンが一〇年前に腕を磨いたのと同じローカルクラブでテクニックを磨いた。ヴァンは五〇年代のドゥーワップ・サウンドがどんどん耳触りが悪く、汚く、歌ではなく楽器中心になっていくのを興味深く聴いた。大音響のギターがハーモニーに取って代わり、セックスやドラッグについての歌詞がティーンエイジャーにそれを体験する許可を与えた。その一方で、ママス・アンド・パパスやヤングブラッズのようなフォークグループが愛と平和についての歌詞で同じ聴衆を獲得していた。ジョン・レノンとオノ・ヨーコさえもが、ヘイトで起きていた反体制革命からインスピレーションを得ようと、その地をよく訪れていた。

彼らよりは年上でかつ保守的な服装のヴァンは、ヘイトの若者たちに溶けこみはしなかったが、その才能ゆえにミュージック・シーンでは受け入れられていた。詐欺罪で有罪になったにもかかわらず、すぐに古文書を扱うビジネスを再開し、旅から帰ればラヴェイを含む地元のミュージシャンとジャムセッションを行った。

一九六六年四月三〇日、アントン・ラヴェイは公式に「悪魔の時代」の幕開けを宣言した。長い年月の間に彼の聴衆は膨れ上がり、彼の「マジック・サークル」にはアングラ映画製作者のケネス・アンガーのような有名人も加わるようになっていた。《ロスト・ウィークエンド》時代からのファンが、ラヴェイが新しく開祖した「悪魔教会」の信徒の大きな部分を占めていた。彼らはカリフォルニア・ストリートにある黒塗りのラヴェイの家に集まった。悪魔教会の集会はメインの儀式部屋で行われた。生来ショーマンのラヴェイは定期的に黒魔術を行い、信徒団を魅了した。その部屋でラヴェイが授けた教えは、過激さにおいて、ヘイトで起きていた反政府運動をはるかに凌駕していた。

町のそれは伝統的思考に対する反抗だった。社会のルールに対する反乱だった。ラヴェイの教会のそれは、神に対する反逆だった。

ラヴェイは頭を剃り、聖職襟の黒い服をまとい、より大きな効果を狙ってときには頭に角まで付けて威厳ある姿に変身した。ヴァンはほとほと感心した。ラヴェイは彼らが何年も議論していた哲学を社会のあらゆる種類の人々を引きつける余興に変え、国中のクリスチャンを激怒させていた。時々ヴァンが悪魔教会のリビングルームに座り、祭壇の裏から轟くラヴェイの声を他の人々とともに聴いていることを祖父が知ったなら、きっと悍《おぞ》ましさに震え上がっただろう。

しかし、祖父が知らないことは、それだけではなかった。

第二章　ゾディアックのサイン

24

ヴァンがイーディス・エルザ・マリア・コスに出会ったとき、ジュディに似ていると思ったが、イーディスは二六歳で、ジュディよりかなり年上だった。オーストリアのスティリア州グラッツ市で父親を知らずに育った彼女は、男性経験もほとんどなかった。ソーシャルワーカーとして、他の人々を助けることにそれまでの人生を捧げていた。きっと彼女はヴァンの中に何か壊れたものを発見し、自分が治せるかもしれないと思ったのだろう。いや、むしろ私の父がその魅力で魔法をかけたときに、単に抵抗できなかっただけかもしれない。もしくは、ただ父が彼女の国の言葉を話せたからかもしれない。理由は何であれ、彼女にジュディの記憶を消してほしくて、ヴァンは瞬く間に彼女を夢中にさせた。

そして、ラヴェイに敬意を表して「悪魔の時代」元年の一九六六年六月六日（6／6／66）という日を選び、結婚した。

前の二回の結婚と同じく、ウエディングから数ヵ月後には早くもヴァンのやさしさはすり減り始めた。夫婦はロウワー・ノブ・ヒル地区のメイソン・ストリートとの角にあるブッシュ・ストリート七九七番に暮らしていた。彼は最初のうち、主にイーディスがオーストリア人だという部分に魅了されていた。彼女は美しかったが、ジュディほど天真爛漫でも純真無垢でもなかった。歳が上の分だけしっかりし、柔軟さに欠けていた。新妻でありながら「あの人を助けなくては」「この人を……」など言ってはソーシャルワーカーの仕事でしばしば家を空け、ヴァンは放っておかれた。そのうち、ヴァンは妻が妊娠しているのではないかと疑い始めた。彼はもう絶対に、あんなことを繰り返したくはなかった。

だが、たいていはそんな感情をうまく隠していた。イーディスは自分の結婚した相手がどんな男かをまったく知らないでいた――彼が時折冷酷になることには気づいていたが。ただ、どれほど冷酷になれるかは知らなかった。

誰も知らなかった。

しかし、ある人物がまもなくそれを発見することになる。

私がこれまでに発見したことと、のちほど記述することを考え合わせると、イーディスとの結婚からちょうど五ヵ月後の一九六六年のハロウィーン前日に父がいた場所は一ヵ所しかありえない。私が集めた証拠によると、父はその日の朝、例によってメキシコで希少な古文書を見つけようと、車でサンフランシスコを出発した。ティフアナに向かってカリフォルニア沿岸をドライブしている途中、行程のうち六五キロほど行ったところにあるリバーサイドという町で休憩することにした。いつもの習慣で、道すがら図書館で運良く買い取ってもらえないかと期待して、車には本をぎっしり積んでいた。マグノリア・アヴェニューに入ってリバーサイド・シティ・カレッジ方向に進み、キャンパスを通り抜けて図書館に到着した。

腕からこぼれ落ちんほどの本を抱え、車から降りたところで、父はその少女に気づいた。足を止め、まじまじ見つめた。心臓が激しく高鳴った。

ジュディにそっくりだった。同じ大きな目、同じアーチ型の眉、同じ美しい頬骨。髪の毛の先がはね上がっているところまで同じ。図書館に入っていく彼女を父の目がじっと追った。

それから、それが始まったに違いない――彼の中に湧き上がる凄まじい怒り。母親から、そしてジュディから、それまでの人生で受けたすべての拒絶が心に一気に押し寄せてきた。彼は本を車に戻し、あたりを見回して誰も見ていないことを確認してから少女のフォルクスワーゲンが止められているところまで速足で行った。ボンネットを開け、配電用コードとコンデンサーを完全に緩くなるまで引っ張った。エンジンが絶対にかからないよう、さらに別のワイヤも取りはずし、先ほどの娘を見張るため図書館に入っていった。

リバーサイド・シティ・カレッジの二年生で一八歳のシェリー・ジョー・ベイツは、誰かが自分のことを見張り、外に出るのをイライラしながら待っているとはゆめゆめ思わず、アーカイブ室で本を拾い読みしながら歩いたあとに、座ってしばらく読書をした。彼女は高校時代、チアリーダーとして、十代の少女なら誰もが憧れるほどの人気を得ていた。学位を取得したあとはスチュワーデスになることを夢見ていて、その目的を達成すべく勉学に励んでいた。母親が病気で療養中だったため、かわいい娘を献身的に世話する機械製作工の父ジョセフとの二人暮らしだった。

父はデスクに向かって座り、獲物を監視した。そのうち開閉式デスクの天板を開け、裏側に警告の言葉を彫り始めた。

切る
きれいに。
赤くなっても
きれいに。
血が噴き出し
したたり
散る
彼女の新しいドレスの
あらゆる部分に。
まあ、いい
もとから赤だ
どちらにしろ。
命が抜き取られ
不確かな死に向かう。
彼女は
死なない。
今回は
誰かが彼女を発見するだろう。

どうかお楽しみに
次回を。

そして、その詩に小文字でrとhのサインをした。彼が使う別名のうち「リチャード・リー」と「ハリー・リー」のイニシャルの最初の文字だ。

作業を終えると、シェリー・ジョーが外に出るのを待った。彼女をつけ、彼女が車に乗り、バッグに手を突っこんでキーを探し、イグニションに差しこむのを見守った。

車は動かない。彼女はバッテリーが上がるまで試み続けた。

そろそろ、いいだろう。

ヴァンは陰から姿を現し、お手伝いしましょうかと尋ねた。

ヴァンは十分まともに——きちんとした身なりのビジネスマンに——見える。シェリー・ジョーは彼を信用していいと判断した。

ヴァンはボンネットを開け、何本かのワイヤを動かし、彼女にもう一度試してみるよう言った。

車の修理をしながら、彼らは話をした。彼女が何か不安を感じていたとしてもヴァンの魅力的なマナーがそれを和らげた。

一〇時ちょっと過ぎ、彼は紳士ぶることに飽きた。

「私の車はこの通りの先に止めていいます」ヴァンは言った。「よかったら、お送りしますよ」

彼の感じのいい態度に騙され、シェリー・ジョーは同意した。

ヴァンが指し示したほうに歩いていくと、闇が彼らの姿をすっぽりと覆った。二軒の家にはさまれた、ひっそりとしたエリアに到達すると、ヴァンはシェリー・ジョーに向き直り、言った。「そろそろ時間だ」

「時間って、何の？」今なお危険が迫っていることに気づかず、シェリー・ジョーが尋ねた。

「お前が死ぬ時間だよ」

相手に反応する間も与えず、私の気のふれた父は少女を刺し始めた。三インチ半〔約八・九センチ〕の刃を何度も何度もその体に食いこませる。

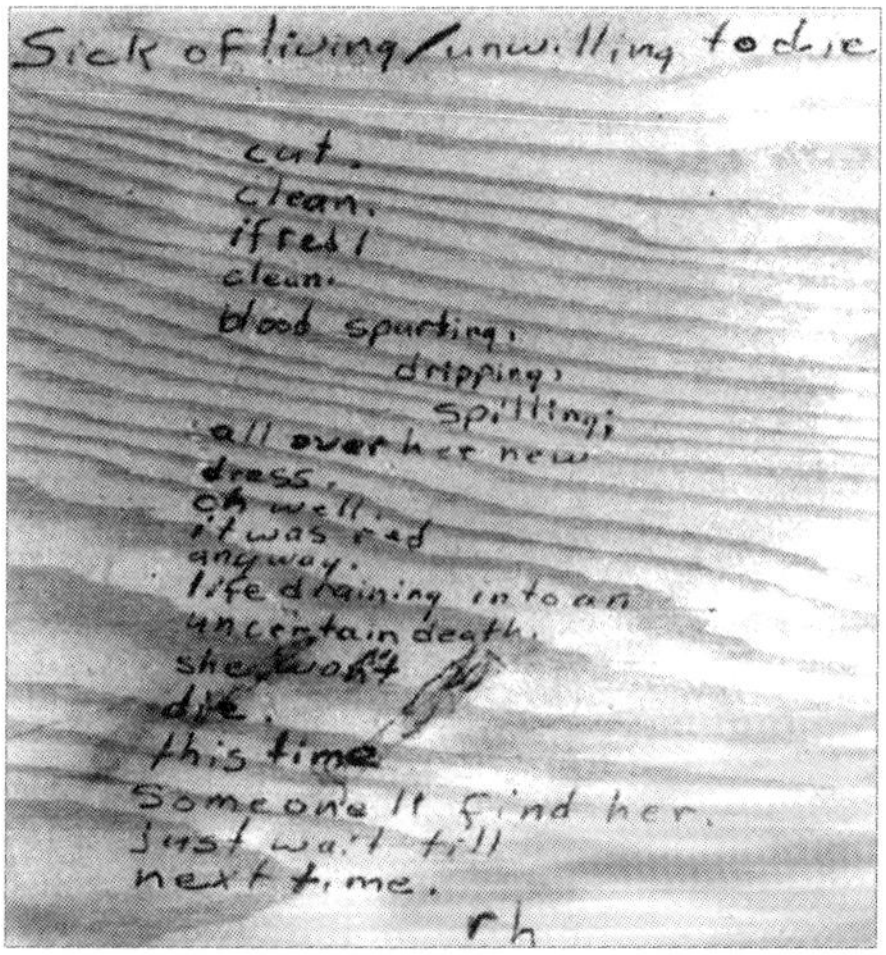

デスクの天板に刻まれた警句

少女とは何の関係もない裏切りに対する報復。

シェリー・ジョーは簡単には死ななかった。ヴァンの顔を血が出るほど引っかいた。攻撃の手を止めようとして、ヴァンの手首をあまりに強い力でつかんだため、彼が再び刺すために体を離すと、タイメックスの腕時計が彼の手首から引きちぎられた。

何をしても無駄だった。彼は強すぎたし、少女が死ぬまで刺し続ける気でいた。

少女の体が四二ヵ所の傷に覆われ、地面が血の海になると、やっとヴァンは満足した。少女は

シェリー・ジョー・ベイツ

息絶えていた。最後にもう一度その血まみれの顔を見て、彼は背を向け、歩き去った。

差し当たり、彼は自身の悪魔を追い払った。

テラチナ・ドライブ三六〇〇番街区の住人は、午後一〇時一五分を少し回ったころに一度、そして一〇時半に二度、悲鳴を聞いた。

シェリー・ジョーは生きるため懸命に闘った。

ヴァンは涼しい顔で車に戻り、残してきた手がかり――腕時計、靴のかかとの跡、シェリー・ジョーの車の運転席ドアについている油で汚れた手形――をいっさい気にすることなく、メキシコに向かって車を走らせた。

どれ一つ、問題でない。案の定、警察は途方に暮れた。これは典型的な殺人事件ではない。動機があるようには見えない。盗まれたものもない。車のキーはイグニションに差しこまれたままで、図書館の本が座席の上に置かれていた。着衣に乱れはなく、強姦されてもいない。

私的な事件のはずだ。四二ヵ所も刺しているのは過剰殺人だ。

問題の手形と一致するデータはなく、警察はヴァンが犯罪現場に残したどの手がかりをもってしても、容疑者を割り出すことはできなかった。

ヴァンがデスクの天板裏に残した詩は一二月まで発見されなかった。しかも、それが殺人犯により書かれたものか、それとも、たとえば自殺願望のある学生によるものかという議論が長くあった。

メキシコからの帰り道にヴァンはリバーサイドの地方紙を何部か買い、捜査状況について読んだ。警察が事件の解決にほど遠いことを知った彼は、傲慢にも彼らを助けてやることにした。

一一月二九日、リバーサイド警察署と「リバーサイド・プレス・エンタープライズ」社は、それぞれ犯人からの告白の手紙を受け取った。それは鉄道会社の事務員がよく使う種類のテレタイプ用紙にタイプされていた。ヴァンの継父ハーラン――サザン・パシフィック鉄道の事務員――が、しばしば勤め先から持ち帰っていた紙と同じものだった。手紙にはこうあった。

――より

告白

若くて美しかった少女が今では滅多刺しにされて死んでいる。彼女は最初ではなく、最後にもならないだろう。夜な夜な私は眠ることなく次の犠牲者に思いをめぐらす。

たぶん、あの小さな店の近くでベビーシッターの仕事をして、毎晩七時ごろに暗い路地を歩く美しいブロンド娘。もしくは、高校時代にデートに誘ったとき「ノー」と言ったスタイルのいいブラウンヘアの子。いや、そのどちらでもないかもしれない。どちらにしろ、その女の性器を切り取って、街中の人が見えるところに置いてやる。だから、こっちの仕事を楽にしてくれるな。きみたちの姉妹、娘や妻を道路や路地に寄せつけるな。ベイツ嬢は愚かだった。まるで羊のように食肉処理に向かった。彼女は頑張らなかった。だが、私は頑張った。楽しかった。まず中央の

ワイヤをディストリビューターから切り離した。次に図書館で彼女を待ち、彼女を追って約二分後に外に出た。そのころにはバッテリーが上がっているはずだった。そして、援助の手を差し伸べた。そのとき彼女は進んで私と話をした。私の車は道路の先に止めてあるので、家まで乗せていってあげようと言った。図書館の小道から離れたところで「そろそろ時間だ」と言った。彼女が「時間って、何の？」と訊いたので、お前が死ぬ時間だと教えてやった。彼女の首回りをつかんで口を覆い、もう片方の手に持っていた小さなナイフを喉元に当てた。彼女は従順だった。その乳房は私の手の中で温かく、とても硬かったが、私の頭にはある一つのことしかなかった。それまでの年月に彼女が私にしたすべての拒絶を償わせること。彼女はなかなか死ななかった。首を絞めると身もだえし、身体を大きくよじり、唇を痙攣《けいれん》させた。一度悲鳴を上げたので、頭を蹴って黙らせた。ナイフを突き刺すと、刃が折れた。次に喉をかき切って、私は仕事を終えた。私は変質者ではない。ただ狂ってるんだ。だからといって、このゲームが終わるわけではない。この手紙は誰もが読めるよう公表してくれ。それにより、路地のあの少女は救われるかもしれない。だが、その決断はそっちに任せよう。それはお前たちの良心の問題だ。私のではない。そう、お前たちにあの電話をしたのも私だ。ちょっとした警告だった。気をつけろ……今、私はお前たちの娘に忍び寄っている。

CC　警視総監
エンタープライズ

科学捜査のクラスで学んだ手法を使って、ヴァンは投函する前に手紙と封筒をきれいに拭いた。

翌年四月三〇日、「悪魔の時代」の一周年記念日に、シェリー・ジョー・ベイツ殺人事件の報道が先細りになったことに腹を立てたヴァンは、新たな揺さぶりをかけることにした。彼は二通の手紙を送った。一通は「リバーサイド・プレス・エンタープライズ」社に、もう一通はリバーサイド警察署に。それには句読点なしで「ベイツは死ななくてはならなかったこの事件で終わらない」とあった。どちらの手紙にも反転したEと横向きのVから成る、アール《Earl》・ヴァン《Van》のイニシャルをほんの少し変形させた署名があった。もっとも、この暗号はZだと解釈された。

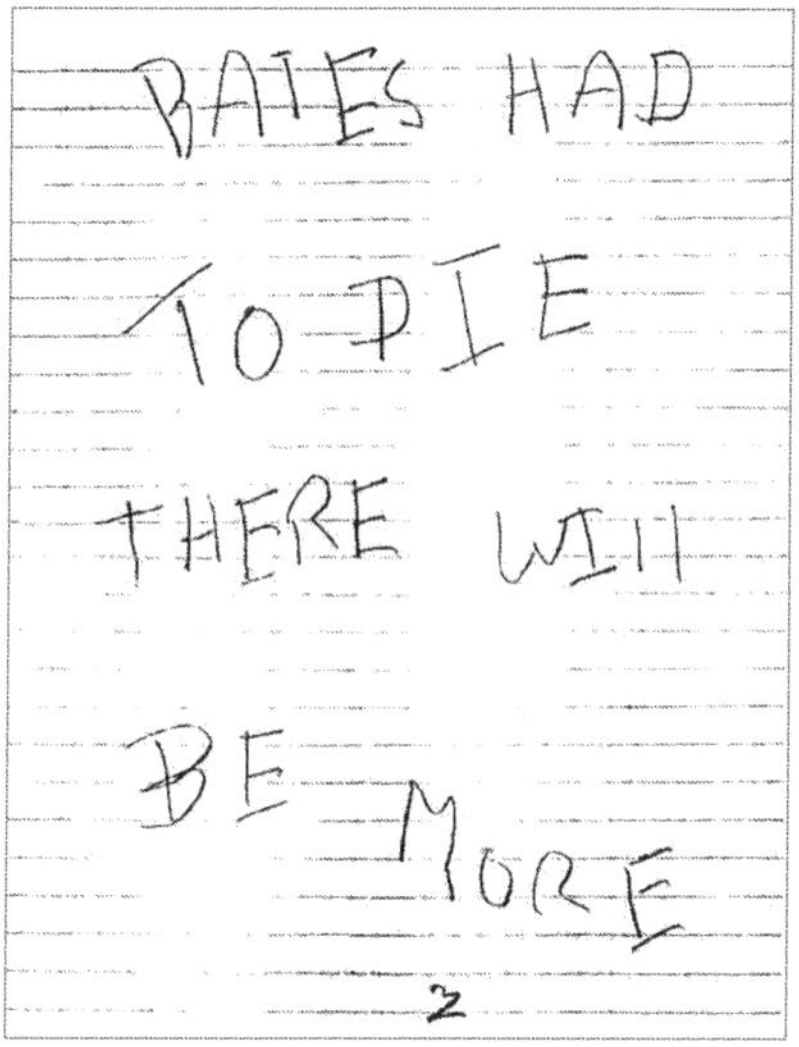
BATES HAD
TO DIE
THERE WILL
BE MORE

「リバーサイドプレス・エンタープライズ」社への手紙。中央下部にEVを変形させた署名がある

シェリー・ジョーの父親に送られた三通目の手紙にも、ヴァンは冷酷にも「彼女は死ななくてはならなかったこの事件で終わらない」と書いていた。これには署名はなかった。

封筒にはリバーサイドの消印があり、いずれも二倍の料金の切手が貼られていた。

警察が役に立たない手がかりを何年も追ったあとに、この事件は整理番号382481のもとに迷宮入りとなった。

25

ヴァンがヘイトの一ブロック先にあるペイジ・ストリートに集まった若者たちを押しのけるようにして進んでいくと、ラジオから流れてくるグレース・スリック（「ジェファーソン・エアプレイン」のリード・ヴォーカリスト）の歌声に合わせて歌うヒッピーたちの声が聞こえてきた。ヘイト・アシュベリーのバーで誕生した「ジェファーソン・エアプレイン」の「ホワイト・ラビット」というドラッグ賛歌がヒッピーたちの時代精神をとらえ、サマー・オブ・ラブ（アメリカでヒッピー運動が頂点に達した一九六七年夏）に全米ヒットチャートを駆け上っていた。

ヴァンは理解した。

誰もが理解した。

サマー・オブ・ラブは一九六七年六月一六日から三日間にわたりモンタレー・カウンティ・フェアグランドにてルー・アドラーとジョン・フィリップスの計画により開催された「モンタレー・ポップ・フェスティバル」に始まった。五万以上の聴衆（九万人だったとする歴史学者もいる）を動員。ザ・フーやママス・アンド・パパスといったアーティストを呼び物にしていた。だが、最大の注目を集めたのはジミ・ヘンドリックス、ジャニス・ジョプリン、ジェファーソン・エアプレイン、そしてブッカー・T&ザ・MG'sをバックにしたオーティス・レディングといった無名のアーティストたちだった。フェスティバルに集まった者たちの多くがヘイトに移動し、そこの雰囲気を気に入り住み着いた。

ヴァンからするとヒッピー運動は、快楽主義的な喜びの追求や、それが生み出す音楽、反戦感情といった、さほど押しつけがましくない側面に共感できても、誰もが誰をも愛するといった理念は噴飯ものだった。

ついに目的の場所に到達したヴァンは入口の通路を抜けて、ウェアハウスに入っていった。薄暗い部屋に目がゆっくりと慣れていく。ドアのところでマリファナの甘い香りが出迎えた。深く息を吸いこみ、見回すと、ロバート・ケネス（ボビー）・ボーソレイユが例のごとく若くてかわいい娘たちに囲まれていた。ラヴェイの教会に時折顔を出すボーソレイユは、サンフランシスコの街で真実を発見しようとしている、よくいる〝失われた魂〟だが、ミュージシャンとしての才能はあった。

しかも、ルックスも抜群だった。

女性を惹きつける能力から「キューピッド」というニックネームを頂戴している彼の取り巻きには、スーザン・アトキンスとメアリー・ブルンナー〔後出〕も含まれていた。彼女たちは床の上に座り、彼がストラップでギターを抱えるのを見つめていた。

ボーソレイユは、ヴァンのオルガニストとしての評判を知っていた。ベイエリアの尊敬されるミュージシャンたちに受け入れられたくて必死だった彼は、自分のバンドとの即興演奏にヴァンを招待していた。ボーソレイユはラヴェイや映画製作者ケネス・アンガーといった友人を通してミュージック・シーンに入りこみつつあった。アンガーは少し前にボーソレイユをまもなく公開される映画「ルシファー・ライジング」の悪魔役に抜擢し、グレイトフル・デッドや人気急上昇中のジャニス・

ジョプリンを擁するビッグ・ブラザー&ホールディング・カンパニーのメンバーにも紹介していた。ヴァンも時折ラヴェイとともに、「ロシア大使館」として地元民に知られるアンガーの装飾過剰な館に出入りした。ヴァンはバンドと即興演奏するのが好きだった。ドラッグも好きだし、常にたむろしている若い娘たちも好きだった。

「この男、ハモンドオルガンの名手だぜ」ボーソレイユがバンドの面々に紹介した。

続く数時間にヴァンは彼の正しさを証明した。

ヴァンはボーソレイユに親近感を覚えていた。ラヴェイの崇拝者の多くがそうだが、ボーソレイユもまた、暗黒が内面の虚無を覆い隠してくれることを期待して、暗いほうの道を歩んでいた。

「いつでも寄ってくれよ」ドアに向かうヴァンにボーソレイユが言った。

次の数ヵ月、ヴァンは彼のバンドとの演奏のためにしばしばそこを訪れた。当時、ヴァンは何であれ、自宅を抜け出す理由を必要としていた。

イーディスは妊娠していて、彼が応じたくない要求をいろいろと突きつけていた。彼女はアネットやジュディとは違った。ヴァンは彼女を御しきれなかった。イーディスはどちらかというとガートルードに似て高圧的だった。夫には、定期的な給与支払小切手で家族を養うことと、仕事をしていないときは家にいることを求めた。結婚前、彼女はヴァンがそれほど頻繁にメキシコに行かなくてすむよう、安定した職に就くことを要求した。そこでヴァンは全米トラック運転手組合に加わり、タクシーの運転手になった。それは犯罪歴のある者にも簡単に就ける仕事だった。だが、タクシーの運転手であることは、彼ほどの頭脳の持ち主には屈辱的で、運賃を受け取りながら車で走り回っていると、恨みは増幅するばかりだった。メキシコシティの《ホテル・コリント》のバーに座り、酒を飲み、その常連を相手に文学の蘊蓄《うんちく》を垂れるほうがよほど性に合っている。膨らんだ腹が吐き気をもよおさせる女の言いなりになるよりも。

しかし、母ガートルードに対してと同様、ヴァンは煮えくり返るほどの怒りを抱えながらも、彼女の言いなりになっていた。

夏が進むにつれ、スコット・マッケンジーの「花のサンフランシスコ」のような歌や、共同生活や幻覚性薬物が与えてくれる自由についての誇張された話に魅かれて、ますます多くの若者がサンフランシスコになだれこんできた。しかし、セックスとドラッグとロックンロールに夢中になっているこういった若者たちは、カリフォルニアのミュージック界を内側から引き裂いている底流を感知することはなかった。それは州全体に降下している暗黒であり、ヘイトのあらゆる音楽シーンで育ちつつある悪魔だった。

恐怖が訪れたとき、彼らはとうに去っていた。

ロテア・ギルフォードは心配していた。彼は自分の街に起きていることが気に入らなかった。道路に散らばったゴミや、大勢でシェアするアパート代すら払えないティーンエイジャーたちの寝場所になった公園の中に、街の魅力は失われた。ヘイトを歩くときに彼を見つめるどんよりした目は、決して何かよいことの前兆ではなかった。警察はその人員数においても、装備においても、大量に流入してくる人々に対処できる体制にはなかった。したがって、強盗課に所属するロテアや同僚の警官たちは、薬物の使用と呼応して増加する窃盗事件の捜査にますます長時間のシフトを強いられていた。

ロテアはこういった若者たちが彼や彼の愛する街に行っていることが許せなかった。ロテアは家庭的な男で、息子や近所の子供たちとともに過ごすのが好きだった。子供たちに野球やサッカーやバスケットボールを教えた。自分たちの個人的な状況を克服することで同時に世の中をよくすることも可能であることを、彼自身の成功により指し示す良き師だった。ヘイトで目にするもの――親の価値観を蔑《さげす》むアメリカの子供たち――は彼を不安にさせた。彼は子供たちを正しい方向に導くためにできる限りのことをした。

逮捕することさえ。

秋が訪れるころには、夏にヘイトに移り住んだ者たちの多くが、大学に戻って平和のメッセージを自分たちの町や市に広げようと、故郷に帰っていった。一〇月六日、去らなかった筋金入りのヒッピーたちがヘイト・ストリートを埋めつくし、ヒッピーの死を象徴する儀式として、空っぽの灰色の棺桶の後ろをパレードしていった。平和と愛を体験しようとサンフランシスコにやって来た者たちは、自分自身のまやかしに幻滅したのだ。

彼らはすぐに去った。とはいえ、そこに残されたのは以前とはまったく違う世界だった。

26

シェリー・ジョー・ベイツの殺害も、ヴァンのジュディに対する執着を少しも和らげはしなかった。むしろ薬物使用と飲酒により、彼女に対する憎しみの感情はますます激しさを増していた。加えてイーディスの妊娠があった。まもなく男児が誕生し、オリヴァーと名付けられた。ヴァンは新しく生まれた息子を無視した。授乳もオムツ交換もすべてイーディス一人がした。オリヴァーが泣き始めると、ヴァンは家を出た。イーディスには夫がなぜ子供といっさい関わろうとしないのかが理解できなかったが、彼女はヴァンがすでに息子を一人もうけ、しかもその子を捨てたことを知らなかったのだ。ヴァンは妻の前で子供を虐待するほど愚かではなかったので、できる限り子供から距離を置いていた。またもや、ヴァンは自分が作った子供に対し、何の情も愛も感じなかった。しかし今回は、妻の気持ちが子供にばかり向かっても気にならなかった。イーディスはジュディではなかった。

すぐにイーディスは夫が朝まで帰って来なかったり、何日も続けて家を空けたりすることに慣れた。いつも仕事だと言っていた――集金のためだとか、大急ぎでメキシコに古文書を探しに行ったためだとか。彼女はその言葉を信じ、自分たちの結婚生活に深刻な問題があるとは考えていなかった。

確かにヴァンは気分屋だ。時折、カッとなることもある。が、彼女は夫を理解しようとした。

一九六八年も終わりに近づくと、ヴァンのフラストレーションは限界に達したに違いない。結婚生活に疲れ、泣き叫ぶ赤ん坊に疲れ、今ごろジュディはどこで何をしているのかと考えるのにも疲れた。イーディスがクリスマスの飾りつけを始めるころ、ヴァンは自分自身のクリスマスの計画を立て始めた。

一二月二〇日の夕方、ベティ・ルー・ジェンセンは、いそいそしながらデイヴィッド・アーサー・ファラディとの初デートのための準備をしていた。二人は前の週に出会ったばかりだったが、互いに一目惚れだった。

ベティ・ルーは一六歳、サンフランシスコから約一時間のカリフォルニア州ヴァレーオにあるホーガン高校の優等生。

デイヴィッドは一七歳、ヴァレーオに住んで三年半。ヴァレーオ高校の四年生で、校内レスリングチームに所属し、生徒会活動にも参加していた。また、家族ぐるみで敬虔な信者である長老派教会の活動も活発に行っていた。

ベティ・ルーは両親に、デイヴィッドとホーガン高校のクリスマス・コンサートに行きたいと言った。両親はデートの前に彼に会うことを承諾した。

ベティ・ルーはクローゼットを開け、新しい恋人をうならせようと、いろんな服を試してみた。最終的に白い襟とカフスのついたパープルのワンピースと黒のストラップ・シューズに決め、それから入念にダークカラーの髪を頭のてっぺんにアップにした。

デイヴィッドも同じくらいウキウキしていた。母親から一ドル札と小銭を少し借りた。午後七時半、デートの相手を迎えに行くため家を出る前に、口臭止めドロップの瓶をブラウンのコーデュロイのパンツのポケットに突っこんだ。

出がけに母にキスをした。

八時前後にベティ・ルーの家に到着した。彼女の両親は娘とデートしたがっている礼儀正しいハンサムな若者に満足したようだ。「一一時までには連れて帰ってくださいね」ベティ・ルーの母親が言った。

「はい、そうします」デイヴィッドは約束した。

彼らはコンサートには行かなかった。その夜、そもそも学校ではコンサートなど開かれていなかった。代わりにベティ・ルーの親友のシャロンの家に遊びに行って午後九時まで過ごし、それから南西方向にレイク・ハーマン・ロードをベニシアに向かってドライブした。

レイク・ハーマン・ロードは地元のティーンエイジャーたちの間ではロマンチックな行為に最適な場所としてよく知られていた。特にベニシア揚水施設の入口付近は最高だった——うねるように続く丘に囲まれ、ひっそりとしている。ゲートには鍵がかけられているので施設内に入ることはできないが、入口にある道路脇の小さなエリアは車を止めるのにぴったりだった。遠くから近づいてくる車のライトが見えると、カップルはたいてい車が通り過ぎるのを待って、経験不足の行為を再開した。

デイヴィッドとベティ・ルーは通り過ぎる車に注意を払っていなかった。外は暗く、霧が立ちこめ、気温は摂氏五度と寒く、体を寄せ合い、ファーストキスの興奮を経験するには理想的な夜だった。ベティ・ルーはデイヴィッドのブラウンの一九六〇年式ランバー・ステーションワゴンの助手席に座り、そのかわいい頭を彼の肩にもたせかけて話していた。互いにすっかり心を奪われた二人は、一台の車が近づいてきて自分たちの車に並行に止まっても気を払わなかった。

おそらくヴァンは以前からベティ・ルーを監視していたのだろう。のちに彼女の母は警察に、自宅のゲートが鍵をしたはずなのに開いていたことが何度かあったと報告している。少女はジュディに似ていた——逃亡中に変装のためヴァンが無理やり髪を黒く染めさせたときのジュディに。デイヴィッドにぴったりと体をくっつけたベティ・ルーは、ヴァンがその行為を自分に対する裏切りだと見なすだろうとは知る由もなかった。

ヴァンはその夜のために入念に準備をしていた。獲物が駆け出せば暗さゆえに銃の照準を合わせられなくなると思い、小さなペンライトを22口径半自動拳銃の銃身にテープで留めつけていた。デイヴィッドとベティ・ルーは銃弾が車を引き裂き始めるまで、わずか数十センチ先に男が立っていることにもまったく気づかなかった。弾は後部座席の窓を貫通し、屋根を貫いた。そして突然、攻撃者は運転席側にやって来て銃を窓の中に向けた。彼はデイヴィッドを撃った。逃げようとするベティ・ルーの動きに阻まれて逃げ遅れた彼は、左耳のすぐ後ろを至近距離から撃たれた。デイヴィッドの体は横向きにふっ飛ばされ、助手席側から地面に落ちた。

彼の左手には、その夜、ベティ・ルーにプレゼントしようとしていたクラスリングがしっかり握られていた。

ベティ・ルーは死に物狂いで逃げたが、背中に撃ちこまれた五発の銃弾を避けることはできなかった。なんとか八メートルほど走ったあと、最後の銃弾に倒れた。

彼女はそこで、暗い道路の端で、かつて自分に似た少女を愛した男の手により命を奪われた。

ヴァンはしばらく彼女のそばに立ち、じっと顔を見下ろしていたが、きびすを返して自分の車のほうに戻っていった。

使命は果たした。彼は車で走り去った。

午後一一時一五分ごろ、近くの牧場に住むステラ・ボージスが揚水施設のそばを車で通りがかり、道路脇に人が倒れているのを発見した。車の速度を落とすと、ステーションワゴンのそばに、また一人、横たわっていた。彼女はベニシアまで車を飛ばし、数分後に合図して警官二人を止めさせた。

ダン・ピッタ警部とウィリアム・ワーナー巡査は現場へ急行し、即座に女性の死亡を確認した。彼女の血痕を車までたどっていくと、まだ息はあるものの、瀕死の状態にあるデイヴィッドを発見した。ピッタは救急車を要請し、その間に、ワーナーはデイヴィッドの体のまわりにチョークで線を引いた。

デイヴィッドは午前〇時五分にヴァエホー総合病院で死亡を宣告された。

ベティ・ルーの死体にはグレーのウールの毛布がかけられた。

捜査官は一〇本の空の薬莢《やっきょう》を発見し、のちにそれはウインチェスター・ウエスタン・スーパーXの銅でコーティングしたロングライフル用弾薬だと断定された。

彼らはさらに足跡も発見した。だが、圧痕が浅すぎて、どういうタイプの靴かを断定することはできなかった。

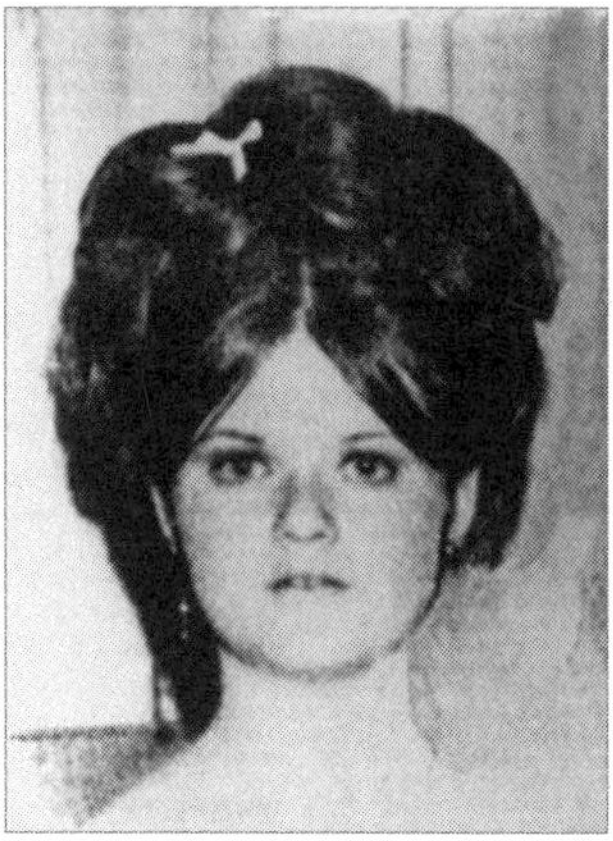

ベティ・ルー・ジェンセン

ソラノ郡の副保安官は途方に暮れた。強奪されたものはなかった――ベティ・ルーのバッグは中身にいっさい手がつけられないまま、彼女のお洒落な白い毛皮のコートとともに後部座席に見つかった。被害者がかわいい女性のときに捜査官がよく疑う性的暴行もなかった。デイヴィッドは一度しか撃たれていない。ベティ・ルーは五発撃たれ、しかも背中の銃痕は小さな円を描いていた。誰が彼女を撃ったにしろ、その人物は射撃の名手だ。事件は意味をなさなかった。

レイク・ハーマン・ロードを走行中に、白いインパラがステーションワゴンのそばに止まっていたのを見たという数人からの目撃情報以外、たいした手がかりは得られなかった。犯行自体を目撃した人はいなかった。

再び事件は迷宮入りとなった。

27

ルイジアナに話を戻すと、当時の私は自分にオリヴァーいう名の弟ができたなどとは知るはずもなかった。

でも、自分が養子であることは知っていた。三歳のときにリオーナがもらいっ子についての本を読み聞かせてくれたが、そのときは、それがどういう意味なのかを真に理解することはできなかった。リオーナは世界中のすべての男の子の中から息子として私を選んだのだと言った。私が特別な子供だったからだと。

彼女が言おうとしていたことが初めてピンときたのは、ある午後、友達のジェフやトミーと遊んでいたときだった。

「お前のほんとうのママはお前を愛してなかったんだよ」私が養子であることを両親から漏れ聞いたジェフが言った。南部では近所の人について噂話をすることは、蒸し暑い午後を快適に過ごす方法の一つなのだ。

「そうだよ、お前のママはお前をよその人にあげちゃったんだ」トミーが加勢した。

「嘘！」私は泣いた。

「ほんとだよ」彼らは声をそろえて言った。

「嘘！」即座に言い返して、私は全速力で走って彼らから逃げた。家に帰ると自分の部屋に駆けこみ、彼らの言ったことについて考えた。ほんとうなのだろうか。

夕食時に私がうなだれて食べ物をいじっているのを見て、リオーナは何かおかしいと感じた。

「どうしたの？　ハニー」

「ジェフとトミーが言ったんだ。ぼくのほんとうのママはぼくを愛してなかったって。だからぼくを他人《ひと》にあげちゃったんだって。ママ、どうしてほんとうのママはぼくをあげちゃったの？」

ロイドはテーブルの下でそっとリオーナの足を蹴って、その状況を慎重に扱うよう警告した。

リオーナは自分が与える答えのインパクトを理解し、じっくり言葉を選んだ。

「まあ、ハニー。それはまったく真実じゃないわ。あなたのママはあなたをとっても愛してたの。すごく愛してたからこそ、あなたを私たちに預けたのよ。彼女はあなたのいい母親になれないって……私たちのようにはあなたの世話をできないって、わかっていたからなのね。神様はあなたをここに置いて、私とパパの家族にしたかったの。温かい家庭と、あなたのママが望んだようにあなたを育ててくれるママとパパを、あなたに与えようとしてくださったのね」

ロイドとリオーナは固唾《かたず》をのんで、私の反応を待った。

私はしばらくじっとしたままリオーナが言ったことを考え、そしてこぼれるようなハッピーな笑顔を浮かべた。「神様がぼくをママとパパにあげなさいってほんとうのママに言ってくれてよかった。ほんとうのママもぼくを愛してたんだね」

以来一度も、なぜ実の母が私を手元に置きたがらなかったのかを問うことはなかった。けれども、以降、常におじやおばたちには、私の素性や、生みの親が養子に出した理由を発見しようとでもしているかのように、必要以上に見つめられている気がした。一度でも何か言われたわけではないし、いつもかわいがってもらったのだが、私の赤い毛とソバカスは彼らにあれこれ考えさせたようだ。あの赤毛は実の両親のどちらに似たのだろうと。答えは決して得られそうになかったが、私はスチュワート家で深く愛されていると感じていたので、そんなことはどうでもよかった。

ロイドとリオーナに実の子クリスティが誕生したあとでさえ、彼らの子供たちに対する扱いにはまったく差がなかった。両親は私たち三人を平等に愛し、彼らにとってシンディと私がクリスティと同じくらい大事だと感じるよう、いつも心を砕いてくれた。

けれども、世界中のすべての愛をもってしても、私の中にあった自分でも理解できない不安を取り除くには十分ではなかったのだ。それは六歳のある土曜日に始まった。ロイドとリオーナは子供たちをクロッツ・スプリングスに暮らすクールヴィル家のいとこたちに会いに連れて行った。私は一日中いとこのケンと木登りをしたり、町を囲む輪状堤の線路に一ペニー硬貨を置いたりして遊んだ。ケンが泊まっていくよう誘ってくれたので、私は大急ぎで両親に了解を求めた。彼らは同意し、翌日のランチのあとに迎えに来ると約束した。グッドバイのキスをして、二人が車で走り去るのを見送った。

突然、思いもかけず胸がいっぱいになり、心臓が早鐘のように激しく打ち始めた。怖くてたまらなくなった。私は大変な間違いを犯したことに気づき、車が止まって、両親が私を迎えに戻ってきてくれることを祈った。そうはならなかった。

立ちつくしたまま車を見つめていると、ケンが出てきて私を見つけた。「ねえ、あっちで遊ぼうよ」しぶしぶ彼について家の中に入った。ケンの寝室にあるフープ状テントをくぐり抜けたり、おもちゃの兵隊で遊んだりするとしばらくは気がまぎれたが、のちにロレッタおばさんが「消灯時間よ」と言い、ボブおじさんが明かりをすべて消すと、パニックが戻ってきた。

息ができなかった。胸がドキドキした。眠れなかった。

ただ真っ暗な部屋に横たわり、一刻も早く父と母が迎えに来てくれることを祈るしかなかった。

私は何も知らなかった、少なくとも意識的には。階段の踊り場に置き去りにされた赤ん坊だったことも、無情にも私から歩み去った男のことも、何一つ。それでいて、見捨てられることに対する恐怖は、ごく幼いころから私の中にはっきりとあった。

28

イーディスにそんな恐怖はなかった。

一九六九年までにもう一人男児を出産してアーバンと名付けたあとに、またもや妊娠していた。生まれてくる三人目の子供のためにウキウキと準備をするイーディスは、夫が暗黒の深みへと沈みつつあり、すでに次の犠牲者を探していることなどまったく知らなかった。彼女が夫について知らないことは数多くあった。彼が「悪魔教会」の高僧と親しいという事実もその一つだった。

ラヴェイは少し前に『サタンの聖書』を出版し、それが引き起こした物議を楽しんでいた。《アヴェニュー・シアター》の支配人リック・マーシャルはそれを面白いと思った。シアターの人気を保つのに長年四苦八苦していた彼は、「サンフランシスコ・クロニクル」紙によると前年にこう語ったとされている――「私に打てる最良の手はアントン・ラヴェイを引き抜くことだという気がする。彼はバーのオルガニストとしては成功しなかった。だが、ある日、鏡に映る自分自身を見て『私はキャラクターだ』と言い、広報係を雇ってサタンになった」

そして今、サタンは聖書を書いた。ヴァンは早く読みたくてたまらなかった。流し読みしたプロローグには「サタニズム九箇条」があった。

一、サタンは節制ではなく放縦《ほうじゅう》を象徴する！
二、サタンは霊的な夢想ではなく生ける実存を象徴する！
三、サタンは偽善的な自己欺瞞ではなく純粋な知恵を象徴する！
四、サタンは忘恩の徒に無駄使いされる愛ではなく、受けるに値する者への親切を象徴する！
五、サタンは右の頬を打たれたときに左の頬を差し出す行為ではなく、報復を象徴する！
六、サタンは精神的に他人を食い物にする者への配慮ではなく、責任を負うべき者に対する責任を象徴する！

七、サタンはただの動物としての人間を象徴する。「神から授かった精神と知性の発達」により最も悪しき動物となった人間は、四足動物より優れていることもあるが劣っていることのほうが多い。

八、サタンは罪と呼ばれるものすべてを象徴する。なぜなら、おおよそ罪とは肉体的、精神的および感情的な悦びにつながるものだからである！

九、サタンは教会にとって常に最高の友であり続けてきた。なぜなら、長年サタンのおかげで教会という事業は繁盛してきたからだ！

ヴァンとラヴェイは何年もかけてこれらの信条について議論を重ねてきた。形はどうであれ、その内容はヴァンが子供のころから教えこまれた十戒とは対極をなすものだった。彼がこれらの信条を信奉したのが哲学的な信念によるものだったのか、それとも父親に対する反抗だったのかはわからない。「たぶん、父に一冊送るべきだな」ヴァンはラヴェイに言ったことがあった。

アールは慄然《りつぜん》としただろう。彼は息子がどこまで堕落したのかを、まったく知らないでいた。しかも、今またヴァンはさらに堕《お》ちようとしていた。

《アヴェニュー・シアター》でヴァンはその女性に目をつけたに違いない。そのブロンド美人は場内に入って来たとき、彼に微笑んだのかもしれない。彼女がジュディに似ていることに、ヴァンはすぐに気づいただろう――純真無垢な瞳、にこやかな笑み。そして、指には結婚指輪。

ダーリーン・フェリンはフレンドリーで、男を愛する遊び好きな女性だった。最初の夫ジェームズ・フィリップスとはヘイトで出会い、一九六六年元旦にレノで結婚した。結婚生活は長くは続かなかった。そして離婚直後の一九六七年にアーサー・ディーン・フェリンと再婚した。

初めのうち、ダーリーンはヴァンに対し、彼に出会った他の女性たちと同じ印象を抱いただろう。魅力的で頭がよく、面白いと。

出会ってまもなく彼女はヴァエホーのヴァージニア・ストリート一三〇〇番にある自宅の玄関前に、一風変わったメキシコ土産を発見するようになった。結婚している身とはいえ、年上男性から興味をもたれて悪い気はしない。はるか昔にガートルードがそうだったように、結婚の誓いはこの奔放な女性を一度も抑制したことはなかった。ダーリーンは男に言い寄られるのが好きなのだ。つまりは、単純にそういうことだった。

ヴァンからすれば、彼女はガートルードとジュディがきれいに一つの包みになったようなものだった。

そのうちヴァンが招いてもいないのに家にやって来るようになったので、ダーリーンは警戒し始め、不安な気持ちを姉妹のパムとリンダに漏らしさえしていた。

心配した彼女は正しかった。

一九六九年七月四日、ヴァンは彼女を自宅から《シーザーズ・パレス・イタリアン・レストラン》まで尾行し、彼女がそこでコックをしている夫のディーンと会っている間、待ち続けた。ダーリーンが妹のクリスティーナとともにそこを出て、自身がウェイトレスをしている《テリーズ・レストラン》まで車を走らせたときも、ヴァンは追って行ったに違いない。

尾行。

監視。

その夜遅く、ダーリーンはクリスティーナを送って行き、次に友達のマイケル・マゴーを迎えに行った。二人は軽く何か食べようと、スプリングス・ロードを進んでいった。一一時半を少し回っていた。

警察の調書によると、レストラン《ミスター・エドズ》に到着したところでダーリーンが「ちょっと話したいことがあるの」と言った。

「だったら、ブルー・ロック・スプリング・パークにでも行かないか?」マイケルが提案した。

「いいわね」ダーリーンは車を方向変換した。ラジオを聴きながら、彼らはヴァエホーの中心部からコロンブス・パークウェイを六キロ半ほど公園に向かってドライブした。ヴァンが悟られないように距離を置いて追っていたに違いないのだが、どちらも気づかなかった。

目的地に着くと、ダーリーンはさびれた駐車場に入っていき、ユーカリの高木が立ち並ぶ遊歩道に近い、右側一番奥のスペースに車を入れた。ハイウェイはほんの数メートル先だが、木々や茂みが彼らの姿を完全に隠していた。

ダーリーンはラジオはつけたままにして、エンジンを切った。

一台の車――おそらくシボレー・コルヴェア――が彼らから数十センチのところに止まったのは深夜零時少し前だった。

ダーリーンがその車のドライバーを知っている様子を見せたので、マイケルは「誰?」と尋ねた。

「気にしないで」車が突然去って行ったので、ダーリーンは言った。

他の車が数台入って来た。ティーンエイジャーのグループが出てきて、何本か花火を打ち上げた。

数分後に彼らが去ると、先ほどの車が戻ってきた。

フラッシュライトを手にしたヴァンが車を降り、マイケルが座っている助手席側に近づいてきた。

そしてライトの光をマイケルの目に当てた。

次に九ミリ口径の半自動拳銃を構え、発砲し始めた。

マイケルはまず首を撃たれた。後部座席に飛び移ろうとしたときに、今度は膝を撃たれた。マイケルが動けなくなったのを見たヴァンは素早く運転席側に回り、ダーリーンに目を向けた。

バン。バン。バン。

三発の銃弾が彼女の両腕と体の左側に撃ちこまれた。

満足し、ヴァンは背を向け、歩み去った。だが、そのとき、悲鳴が聞こえた。マイケルが痛みのあまり声を上げていた。

ヴァンは向き直り、戻った。そしてマイケルにもう二発撃ちこみ、次に銃をダーリーンに向けて二度撃った。

マイケルはドアを開けようとしたが、ハンドルが壊れていた。窓から手を回してドアを外側から開け、コールタールで舗装された地面に転がり落ちた。激痛にのたうち回りながら、彼はヴァンがヴァエホー方面に猛スピードで走り去るのを見た。

数分後、別の車が来て止まった。大量に出血しながらも、マイケルは叫び声を上げて助けを求めた。

車の中ではダーリーンがただうめき声を上げていた。

若い女性がやって来てマイケルにじっとするように言い、その間に女性の友人が警察に通報した。警官はライトをフラッシュさせ、サイレンをけたたましく鳴らしながら、現場に急行した。救援が到着するころには、ダーリーンは息も絶え絶えだった。意識不明に陥る前に彼女は何か話そうとした。だが、彼女の相手をした警官が聞き取れたのは「私」もしくは「私の」らしき言葉だけだった。救急車が病院に搬送したところで、ダーリーンは死亡を宣告された。

マイケルは四つの弾を取り除くため緊急手術を受けなくてはならなかったが、一命は取りとめた。のちに彼は警察に犯人の特徴を述べた――二十代後半から三十代初め、髪はブラウン、丸顔、がっしりした体型。犯人に公園までつけられていたようだったとも示唆した。

発砲から四〇分後、ヴァンは郡保安官事務所から四ブロック先のトゥオルミ・ストリートとスプリングス・ロードの角にあるガソリンスタンドに立ち寄り、公衆電話からヴァエホー警察署に電話した。オペレーターが出ると、落ち着いた声で言った。「ダブル殺人を通報します。コロンブス・パークウェイを公園に向かって一・六キロ東に進んでください。するとブラウンの車の中に若者が発見されます。九ミリ口径ルガーで撃たれています。私は昨年にもああいった若者を殺しています。グッドバイ」

オペレーターのナンシー・スロヴァーはのちに彼の声を「どちらかというとソフトだけど力強かった」と描写した。また、「声の調子がはっきり変わったのは、『グッドバイ』と言ったとき」で、そのとき彼の声は「太くなり、あざける感じになった」と述べた。

ダブル殺人という点については、ヴァンは間違っていた。マイケルはまだ生きていたのだから。

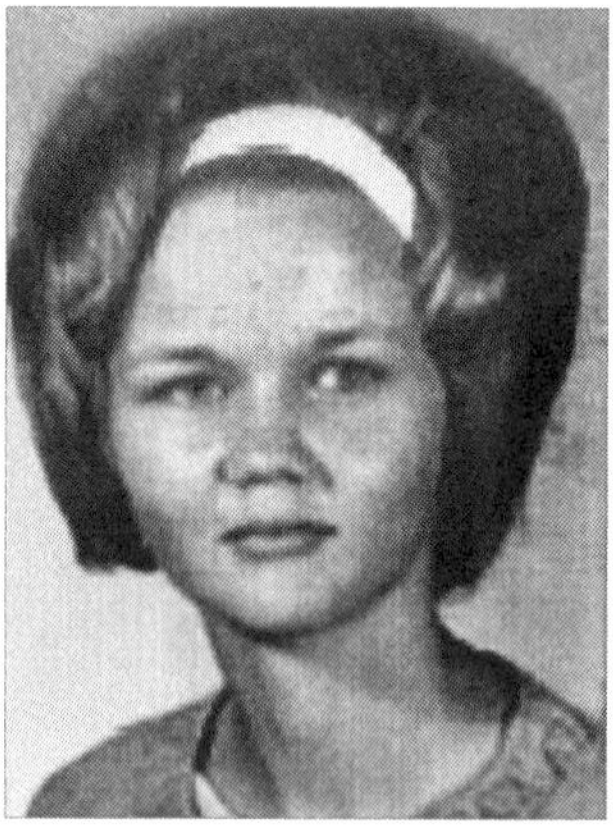

ダーリーン・フェリン

ダーリーンの夫ディーンと元夫ジェームズの容疑はすぐに晴れた。今回も警察は犯行の動機を発見できなかった。とはいえ、調書の一部には動機の可能性として嫉妬と報復が挙げられている。また、前年の一二月にレイク・ハーマン・ロードで起きた殺人との類似性と、二つの犯行現場の近さも指摘されている。

警察はダーリーンのアドレス帳に《アヴェニュー・シアター》のオルガニスト、ロバート・ヴォーンの名前も見つけたが、彼女が同シアターに何らかの関わりがあると推測するに留め、情報のピースをつなぎ合わせることはできなかった。誰一人、彼女の家に来ていた男の名前を思い出せなかった。もっとも、ダーリーンの姉妹のパムはのちに、それは短い名前だったと述べている。たとえば、「リー」のような。または、「スタン」とか。

警察の調書によると、ダーリーンのもう一人の姉妹のリンダもまた、ダーリーンにはメキシコから土産を持ってくるリーという名の友人がいたと述べている。ＦＢＩの犯罪者リストに記載されているヴァンの偽名の一つはリチャード・リー。バトンルージュ警察の調書にある別の偽名はハリー・リーだった。

その恐怖の夜、ダーリーンの夫は妻が帰宅していないので心配になった。妻には花火を買っておくよう頼んでいた。彼は待って、待って、待ち続けた。ダーリーンは帰って来なかった。

残された彼は、娘のディーナを男手一つで育てることになった。

29

自分の犯した事件についての報道を細かく検討するために「ヴァエホー・タイムズ＝ヘラルド」紙、「サンフランシスコ・クロニクル」紙、「サンフランシスコ・イグザミナー」紙を欠かさず読むことが、今ではヴァンにとって習慣になっていた。すると、警察が犯人のアイデンティティについてはまったく手がかりを得ていないことがわかった。一人殺すごとに傲慢さが増した彼は、警察を助けてやることにした。

子供時代に父から習い、以来、磨きをかけてきたシンプルな方法を使って、彼は暗号文を練り上げ始めた。第一段階として、まず故意に句読点を省き、スペルミス〔文中カタカナ部分。以下同様〕を交ぜてメッセージを書いた。

面白いから**私**は**人**を**殺**すのが**好**きだモリで**野生動物**を**殺**すよりずっと**面白**いなぜなら**人間**は**最**も**危**ケンな**動物**だからだ**何**かを**殺**すことは**何**より**興奮**する**経験**だ**女**とやるよりいいくらいだ**一番**いい**部分**は**私**が**死**んで**天**ゴクで**再**び**生**まれ**変**わったときに**私**が**殺**した**人**々が**私**の**奴隷**になることだ**お前**たちが**来世**のための**奴隷**アツメの**速**ドを**落**とさせ**阻止**しようとするだろうから**私**の**名前**は**明**かさない

彼は最後に「ebeorietemeehhpiti」という意味のない文字列を添えている。

彼はまたラヴェイのサタニズム九箇条から、人間が「最も悪しき動物になった」という一節を少し変えて含めている。

次に自分の名前とイニシャルを組みこみながら、このメッセージを暗号化した。

完成した暗号文が解読不可能でありながら、自分のアイデンティティについてのヒントがたっぷり含まれていることに満足すると、彼はそれを三部に切り離し、それぞれに添える手紙を作成した。

編集長殿、

私は去るクリスマスにレイク・ハーマンで十代の少年少女を、先日七月四日に女性を一人殺害した犯人だ。嘘でないという証拠に、犯人＋警察しか知りえない事実をいくつか教えよう。

クリスマス

一、弾丸の商標名はスーパーX。

二、撃ったのは十発。

三、少年は足を車のほうに向けて仰臥位《ぎょうがい》。

四、少女は足を西に向け、右側を下にした側臥位《そくがい》。

七月四日

一、女は柄モノのパンツをはいていた。

二、男は膝も撃たれた。
三、弾丸の商標名はウエスタン
同封の暗号文は全体の一部
残る二つの部分はS・F・イクザミナー+S・F・クロニクルに送った。
六九年八月一日金ヨウの午後までにこの暗号文を第一面に掲載しろ。さもなくば金ヨウ夜に大虐殺を決行する。それは週末中続く。車で町を回って人けのない場所にいる一人歩きの者やカップルを拾い、犠牲者の数が一ダースを超すまで殺し続ける。

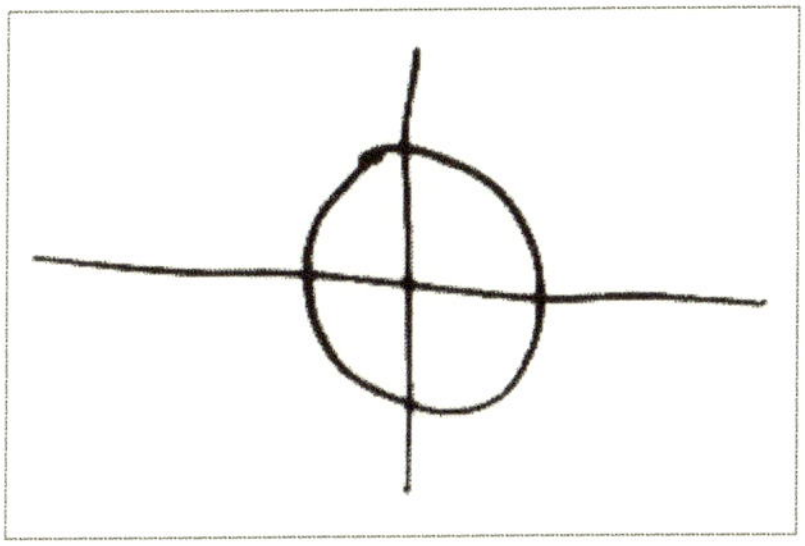

ゾディアックのシンボルマーク

手紙の終わりにはサイン代わりに円と十字を組み合わせたシンボルマークがあった。

ヴァンは封筒に「ヴァエホー・タイムズ＝ヘラルド」社の宛名を書き、さらに表に「大至急編集長へ」と注記して、手紙と暗号文を入れた。次に「サンフランシスコ・イクザミナー」社宛てに、最初の手紙にわずかに変化をつけた、ほぼ同じ内容の手紙を書いた。この手紙には三つに切った暗号文の二番目を同封した。

「サンフランシスコ・クロニクル」社には手紙とともに暗号文の残りの部分を送った。この手紙にヴァンは「この暗号文には私の名前が含まれている」と書き添え、警察のみならず一般の人々に、第三の暗号文を解読すれば犯人がわかることを知らせた。この暗号文は、計四〇八の文字と記号から成り立っていたため「四〇八暗号文」〔後出〕として知られるようになった。

ヴァンはそれぞれに必要な料金の二倍の切手を貼り、誘拐罪で逮捕された日の七周年記念日に当たる一九六九年七月三一日に投函した。

ヴァンの指示どおり、暗号文は三つとも各社の紙面に掲載された。

記事を利用して、ヴァエホー警察署長のジャック・E・スティルツは殺人犯にさらなる情報の提供を呼びかけた。

ヴァンはそろそろ自分の選んだ「ゾディアック」の名を世の中に正式に発表していい時期だと思った。その語源はギリシャ語の「ゾイオン」で、「動物」もしくはヴァンの心の中では「危険な動物」を意味した。

注目を浴びたことに気をよくした彼は、「サンフランシスコ・イクザミナー」社宛てに一九六九年八月四日消印の手紙を送った。

七月四日

こちらゾディアック。私がヴァエホーで過ごした楽しい時間についてもっと詳しく知りたいとの要望にお応えし、喜んでさらなる材料を提供しよう。ところで、警察はあの暗号文を楽しんでいるだろうか？　もし楽しんでいないなら、頑張れと言ってやってくれ。見事解読した暁には私を捕まえられるのだから。

私は車のドアを開けていない。ウインドウはモトから完全に下がっていた。発砲を始めたときには、少年はマエの座席に座っていた。頭に最初の弾を受けると同時に後部座席に飛び移ったので、せっかく照準を合わせたのに無駄になった。

彼は後部座席から後部の床に移り、足を激しくばたつかせた。それで私は彼の膝を撃った。ヴァエホーの新聞には、私が殺人ゲンバからタイヤをきしませ猛スピードで去ったとあったが、そんなことはしていない。下手に注意を引くことがないよう、かなりゆっくり運転して去った。

警察に私の車がブラウンだったと話した男は四〇歳から四五歳くらいのみすぼらしい身なりの黒人だ。やつが通りかかったとき、私は公衆電話ボックスの中でヴァエホーの警官との会話を楽しんでいた。電話を切ったとたんに、クソX@〔原文どおり〕が鳴り始めたので、やつは私と私の車に注意を引かれたのだ。

去年のクリスマス

あのジケンでは、どうして犯人が暗闇の中で銃を撃ち、しかも被害者に命中させることができたのかを警察は不思議がっているようだ。彼らはそれを大っぴらに認めたわけではない。だが、月明かりがあったので犯人には地面の上のシルエットが見えていたのだろうと言っていることからわかる。なんという戯言だ。あそこは高く連なる丘と樹木にカコマれた場所だ。私が使ったのは銃身に小さなペンライトをテープで留めるという方法だった。

ペンライトの明かりを壁か天井に向ければ、直径八センチから一五センチほどの光の輪の中心に黒もしくは黒にチカいスポットが現れることに気づくだろう。銃身にペンライトをくりつ

ければ、弾は光の輪の中の黒い点の中心に当たる。私はただホースで水をスプレイするように銃弾を浴びせればいいだけだった。照準器を使う必要はなかった。私の事件が第一面を飾っていなかったのにはがっかりした。

八月八日、サリナス高校の教師ドナルド・ハーデンと妻ベティが、新聞に載っていた三部からなる暗号文を解読した。この解読の正しさはＦＢＩにより認証された。後日、ハーデン夫妻は、メッセージには「kill」という語が含まれているはずだと推測し、まず「ll」を表す可能性がある二連続の文字または記号を探すところから着手したと説明した。彼らはさらに、暗号文の作成者は自己中心的な人物なのでメッセージを「I」で始めるだろうと考えた。「kill」の語を見つけ、続いて「killing」や「thrilling」を発見し、彼らは最終的に暗号を解くことができた。

さて、自分たちの追っている相手が連続殺人犯であることを知った捜査官たちは、犯人の名前を求めて暗号文に熱心に取り組んだ。結果、「will」の代わりに「shall」が使われ、クリスマスのスペルが「Christmass」になっている点に気づき、容疑者はイギリス人かもしれないと考えた。彼らは「サタニズム九箇条」からの引用にも気づいた。だが、役には立たなかった。たとえ暗号文は解読されても、犯人の名前を発見するという次の段階には進めなかった。どういう名前を探せばいいかがわからなかったからだ。

父からすれば、このゲームはますます面白くなっていた。暗号文が解読されたと知ったときにはすぐにでも捕まる可能性があると思い、警察が逮捕しにやって来るのではないかと恐れたが、誰も来なかった。

こうしてサンフランシスコとその周辺地域は暗号文キラーの話題でもちきりだったものの、まもなく起きるきわめて話題性の高い殺人事件の連鎖が、ヴァンの栄光を奪い、ゴールデン・ステート〔カリフォルニア州〕を恐怖のどん底に突き落とすことになる。

30

一九六九年七月二七日、ヴァンが暗号文を新聞社に送った四日前に、ボビー・ボーソレイユがトパンガ・キャニオンに住む音楽教師ゲーリー・ヒンマンを殺害した。ボーソレイユはヘイトのウェアハウスでヴァンと即興演奏をした若いミュージシャンだ。彼はかなり前にアントン・ラヴェイの会衆を離れ、彼を慕うスーザン・アトキンスとメアリー・ブルンナーを伴ってロサンゼルス郡のスパーン農場に引っ越していた。その目的は一九六七年ごろにチャールズ・マンソンが中心となって結成されたカルト集団「マンソン・ファミリー」に加わることにあった。相変わらず年長者たちに溶けこもうと必死だったボーソレイユは、まずセクシーな女たちを同集団に連れて行くことで、次には暴力により自らの存在価値を証明することで、マンソンに取り入ろうとした。
ボーソレイユと二人の女――アトキンスとブルンナー――は二日間にわたってヒンマンを監禁し、しばしばマンソン・ファミリーのメンバーを自宅に泊めていたその柔和な教師から金を強奪しようとした。彼らにその使命が果たせないと知るや、マンソン自身が登場し、ヒンマンの顔と左耳を剣で切り裂いた。女たちがデンタルフロスでヒンマンの耳を縫おうとしている間に、ボーソレイユは彼におとなしく金を渡すよう説得した。七月二七日、努力が無駄に終わると、ボーソレイユはヒンマンの胸を二度刺して殺害した。

女たちはヒンマンの血で壁に「政治好きな子豚」の言葉を書き残した。その横に動物の足跡を描いたのは、ブラック・パンサー党に罪を被せようとする策略だった。

後日、ボーソレイユは、罪を犯した理由として、なんとしてもグループに受け入れられ、崇拝する人たちの目に一人前の男として映りたかったからだと供述している。

ヴァンの暗号文が解読される二日前の八月六日にボーソレイユは逮捕された。ゲーリー・ヒンマンの殺害はサンフランシスコではヴァンの手紙ほどは報道されなかったが、続く八月九日の早朝に起きた事件は国中を震撼させ、ゾディアックから人々の関心を奪い去ることになった。その朝、マンソン・ファミリーはアメリカ犯罪史上最も凶悪で悪名高い殺人事件を犯す計画にあった。

チャールズ・マンソンはチャールズ・〝テックス〟・ワトソン、パトリシア・クレンウィンケル、スーザン・アトキンス、リンダ・カサビアンの四人にサンタ・モニカ・マウンテンズ地区のシエロ・ドライブ一〇〇五〇番の美しい邸宅にいる人間を皆殺しにするよう命じた。もともとドリス・デイの息子テリー・メルチャーが借りていたその邸宅には、ヘンリー・フォンダ、ケイリー・グラント、メルチャーの恋人のキャンディス・バーゲンといったハリウッドの大スターたちが暮らしたこともあり、そのときは映画監督ロマン・ポランスキーと妻で女優のシャロン・テートが住んでいた。

八月八日の夜、妊娠八ヵ月半のシャロンは家の中でもうすぐ生まれてくる赤ん坊の誕生の準備をしていた。友人のジェイ・シブリング、脚本家のヴォイティック・フライコウスキーとその恋人アビゲイル・フォルジャーも同じくその家にいた。

彼らとはまったく関係のない一八歳のスティーヴン・ペアレントが最初の犠牲者になった。彼はその日、新しい友達でその家の管理人をしているウィリアム・ギャレットソンをたまたま訪ねてきていた。電動式ゲートを開けるボタンを押そうと車のウインドウを下げた不運な若者は、まさしく最悪のタイミングで最悪の場所に居合わせたと言えるだろう。事件の調書によると、LSDと覚せい剤でハイになったワトソンはこの車まで歩いていってふいに刃物を突き出し、ペアレントが抵抗しようとして出した手を刺した。さらに銃で四発撃ってから、敷地内に入った。

窓から屋内に侵入したワトソン、アトキンス、クレンウィンケルは、中にいた全員をリビングルームに集めた。テートとシブリングは二人まとめてロープで首回りを縛られ、フライコウスキーは両手をタオルで縛られた。妊娠している友の扱いに抗議したシブリングはワトソンに撃たれた。

マーシャルアーツに熟達したフライコウスキーは縛られていた手をほどき、侵入者と闘い始めた——まずアトキンスと闘い、刺され、次にワトソンを相手にし、ピストルで殴られ、刺され、逃げようとするところを二度撃たれた。検視報告書によると、彼の死体には五一ヵ所の刺傷があった。

フォルジャーは家から逃げ出したが、プール付近でクレンウィンケルに追いつかれた。フォルジャーはそこで受けた二八ヵ所の刺傷により死亡した。

シャロン・テートは必死でお腹の子供の命乞いをしたが、錯乱状態の殺人者たちは聞く耳を持たず、彼女を一六回刺したあとに、その血で壁にメッセージを書き残した。

百戦錬磨の刑事たちすら、犯行現場に到着したときには、目の前の光景に震え上がった。マンソンは彼の「ファミリー」メンバーに翌日の夜もまた殺人を犯させる決断をした。彼はワトソン、アトキンス、クレンウィンケル、カサビアン、レズリー・ヴァン・ホーテン、スティーヴ・グローガンの六人とともにロサンゼルスのウェイヴァリー・ドライブ三三〇一番にあるレノとローズマリー・ラビアンカ夫妻の家を目指した。マンソンとワトソンが真っ先に家に入った。彼らはレノがカウチで眠っているところを発見した。ローズマリーは寝室にいた。ローズマリーをリビングルームに連れてきて、夫婦を革紐で縛り上げた。マンソンはレノの財布を盗むと車に戻ってクレンウィンケルとヴァン・ホーテンに家の中に入るよう命じた。マンソンがグローガン、アトキンス、カサビアンの三人と走り去ったのち、ワトソンは怯えるカップルの頭に枕カバーを被せて、ランプのコードで猿ぐつわをした。クレンウィンケルとヴァン・ホーテンが廊下を通ってローズマリーを寝室に連れて行った。そこでクレンウィンケルはキッチンにあったナイフで彼女を刺し始めた。リビングルームではワトソンがレノの喉に銃剣《バイヨンヌ》を突き刺していた。

ローズマリーはクレンウィンケルとヴァン・ホーテン相手に抵抗していたが、部屋に入ってきたワトソンに銃剣でとどめを刺された。ローズマリーの体には計四一ヵ所の刺傷があったが、そのうちいくつかはヴァン・ホーテンにより死後に刺されたものだった。ワトソンはレノのもとに戻り、死を確信できるまで刺し続けた。

レノの腹部には「戦争」という文字が刻まれ、壁には指で書かれた「立ち上がれ」、さらに「豚どもに死を」という血文字が残されていた。冷蔵庫にも「ヒールターー・スケルター」の文字があった

〔正しいスペルの「ヘルター・スケルター」はビートルズのナンバーで、マンソンに影響を与えた曲として有名。「大混乱」の意〕。

ラビアンカ夫妻は死亡推定時刻の一九時間後に、家族により発見された。

敷地内に何台かの盗難車があるのを発見され、チャールズ・マンソンと「ファミリー」メンバー二五人が、共同生活をしていた農場で八月一六日に逮捕された。警察は自動車窃盗団の容疑者を逮捕したとき、ロサンゼルスを恐怖に陥れている凶悪殺人犯の何人かを拘束したとは、夢にも思っていなかった。

きわめて多くの共通点があったにもかかわらず、警察はそれから数ヵ月も、ヒンマン、テート、ラビアンカの三件の殺人事件を関連づけはしなかった。アトキンスがこれらの殺人事件に加わったことを監房で他の囚人に喋って初めて、警察は全体図をつかみ始めたのだった。

マンソン、アトキンス、クレンウィンケル、ヴァン・ホーテンの四人は有罪となり、死刑判決を受けたものの、カリフォルニア州が死刑を廃止したため、のちに終身刑に減刑された。マンソンはもう二件の殺人――音楽教師ヒンマンとスパーン農場のドナルド・シー――でも有罪になった。グローガンもシー殺しで有罪となり、死刑を宣告された。これが終身刑に減刑されたのちに、彼は殺人に加わったマンソン・ファミリーでただ一人、仮釈放が許されたメンバーになった。彼は一九八五年に出所している。

ボーソレイユは二二歳で死刑判決を受けたが、この判決もまた終身刑に減刑された。ブルンナーは不本意ながらもボーソレイユに不利となる証言をしたおかげで、訴追免除となった。だが、彼女はのちにその証言を取り消している。カサビアンは実行犯ではないという理由で訴追を免れた。検察官には他の者たちを有罪にするのに、どうしても彼女の証言が必要だった。

マンソンの信奉者たちは彼を精神的な指導者として崇めていたが、アメリカ人のほとんどが彼を悪魔の生まれ変わりだと見なしていた。

残念ながらチャールズ・マンソンだけが愛と平和と反戦の一〇年間にカリフォルニアにいた悪魔ではなかった。そして、アメリカ文化に変革を引き起こしていた公民権運動は終結した。

31

一九六九年九月二七日、サンフランシスコは完璧な秋の日だった。陽光はゴールデンゲート・ブリッジに燦々《さんさん》と降り注ぎ、空気は爽やかでひんやりしていた。二二歳のブライアン・ハートネルは、何か軽く食べようとパシフィック・ユニオン・カレッジのカフェテリアに立ち寄り、そこに以前付き合っていたセシリア・シェパードの姿を見つけて驚いた。彼女は音楽課程が優れているカリフォルニア大学リバーサイド校に移ったと聞いていたからだ。

ブライアンは勉強好きな性格のいい青年で、もう付き合ってはいないものの、セシリアは彼のことが大好きだった。ブライアンもセシリアに対しては同じ気持ちだった。セシリアは歌とピアノを愛する、おだやかでやさしい少女だった。

「週末を過ごしに、ダローラと来たのよ」セシリアは言った。ダローラは彼女の友達だ。「でも、明日帰らなくちゃならないの」

「今日の午後、ちょっといっしょに過ごせる時間はない？」ブライアンは期待を胸に尋ねた。

彼らは車で二時間ほどのナパ郡ベリエッサ湖までドライブすることにした。広く周辺地域の人々を引きつけている、汀線《ていせん》二六五キロの人工湖だ。温かい湖水は遊泳やボート遊びに適し、草深い丘陵は野生動物やピクニックをする人々に憩いの場を提供している。豊かな丘陵と森が人目から守ってくれるので、まわりに誰もいないときには静かでロマンチックな場所だ。

ヴァンはそのエリアには《レイク・ベリエッサ・ボウル》を目的に何度か訪れたことがあった。それはベリエッサ湖から四〇〇メートルほどのところにある巨大な円形野外劇場で五月から九月までの毎週末開かれるコンサートで、アリス・クーパー、スライ・アンド・ファミリーストーン、アイアン・バタフライ、サンズ・オブ・チャンプリン（ボーソレイユが時折参加したベイエリアのバンド）などを呼び物にしていた。もともとヴァンをその地に引きつけたのは音楽だったが、その後も繰り返し訪れさせたのは、湖で日焼けした美しい少女たちだった。

セシリア・シェパードは美しかった。ブロンドの毛先がはね、人懐っこい笑みが快活な性格を映し出していた。

ジュディのように。

ヴァンはカレッジで彼女を見つけ、そこまでつけてきたのかもしれない。または、すでに湖にいたところ偶然セシリアを目にし、胸が高鳴ったのかもしれない。どちらにしろ、準備は整っていた。

セシリアとブライアンは湖の西岸に近いツイン・オーク・リッジという場所の、大きな木のそばを選んだ。地面に毛布を広げ、二人は横になって雲一つない空を眺めた。最後に会って以来それぞれの身に起きた出来事を報告し合ったり笑ったりしていると、微風が体の上を吹き抜けていった。

その様子を近くの木陰から嫉妬にかられながら見守るヴァンは、笑い声が風に乗って漂ってくるたびに怒りを募らせていた。

もっと二人の近くに寄る必要があった。できる限り音を立てずに、彼は別の木の陰までするすると進んでいった。

警察の調書によると、ブライアンがまず葉のこすれるカサカサという音を聞いた。「あの音、聞こえた？」音の出所を探して、彼はあたりを見回した。「何か見える？」

「見て、あそこ。あの木の陰に男の人がいるわ」セシリアが指差した。男に覗き見されていたかもしれないと思うと少し不安になった。

「そいつ、何をしてる？」ブライアンが尋ねた。毛布の上の彼の位置からは男の姿は見えない。

「わかんない」男が別の木の陰に身を潜めたのを見てセシリアは言った。

そのとき、セシリアが突然悲鳴を上げた。「わっ、いやーー。銃を持ってる！」

ブライアンは飛び上がった。

それまでの殺人では、ヴァンは突然姿を現して相手を驚かせるという部分を楽しんできた。今回、獲物は彼が近づいてくるのに気づいた。

頭から肩までをすっぽり覆う黒いフード型の覆面を着けた男に銃を向けられると、恐怖のあまり、カップルはその場に固まった。

男はメキシコに行くために彼らの車のキーと金が必要だと言った。モンタナ州のディア・ロッジ州刑務所で看守を殺して逃げてきたとも言った。この言葉には期待どおりの効果があった。

ヴァンに話し続けさせようとしながら、ブライアンはセシリアに体を寄せ、覆面男から逃れる方法を模索していた。彼は一部が長くなって胃のあたりまで覆っている死刑執行人のフードの前面に、白いシンボルマークがあるのに気づいた。円の中に左右対称の十字がある。覆面の目の部分は切り抜かれていて、サングラスが留めつけられている。その穴を通してちらっと茶色い髪が見えた。

シンボルマークもさることながら、もう一つ気づいたものにブライアンはもっと不安になった。ベルトにはさやに入った長刃のナイフが装着され、ポケットからはロープらしきものが垂れ下がっていた。

「その銃、弾は入ってるんですか？」ブライアンが言った。

ヴァンは弾倉をはずし、獲物をからかうように中の弾を見せた。

次にヴァンは物干し用ロープをセシリアに向かって投げ、ブライアンの両手を背中に回して縛るよう命じた。セシリアは震える手で命令にしたがった。そのとき彼女は金さえ手にしたら男が自分たちを傷つけないのではないかと期待して、ブライアンのポケットから財布を取り出し、ヴァンに向かって投げた。

作戦は無駄だった。ヴァンは金にはまったく興味がなかった。

続いてヴァン自身がセシリアの手首を縛ったが、そのときブライアンの目には、彼女に触れた犯人がなぜかナーバスになっていると映った。ヴァンはブライアンの手首のロープがほどけないよううくり直した。次にカップルを足首でいっしょに縛った。

「うつ伏せになれ」ナイフを取り出して命令した。「お前らを刺すしかないな」

「ぼくからにしてください」ブライアンは懇願した。「彼女が先に刺されるのを見るのは耐えられない」

一言も発することなく、ヴァンはナイフをブライアンの背中に、動けなくなったと確信できるまで繰り返し突き刺した。痛みは強烈だったが、攻撃がやむことを祈ってブライアンは死んだふりをした。うまくいった。

ヴァンは注意を女のほうに向けた。だが、その目に映っていたのはセシリアではなかった。それはジュディだった。彼は獰猛《どうもう》に彼女の背中を突き刺し始めた。今ではもう完全に逆上し、ブライアンを相手にしたときのような入念さを失って、大きな刃で何度も何度も彼女を引き裂いている。セシリアが身を守ろうとして仰向けになると、ヴァンはさらに何度も、その胸を、腹を、刺した。もっと下のほうも。

ついに激情を発散しつくすと、ヴァンは向きを変え、二人を死ぬに任せて歩み去った。何も取らなかった。車のキーも、財布も、何一つ。

ただ黒いマーキングペンを取り出し、ブライアンの白いフォルクスワーゲンのドアに彼のシンボルマークを描いた。その下にこう書き残した。

ヴァエホー

12-20-68
7-4-69
9月27-69-6:30
ナイフ使用

攻撃者が去ったことを確信すると、ブライアンはなんとか道路まで這っていった。セシリアと彼はともに助けを求めて大声を上げた。ロナルド・フォングという男が彼らの叫び声を聞きつけ、近くのランチョ・モンティチェロ・リゾートでボートの修理屋をしているアーチーとエリザベスに電話した。

「リゾートの南の湖畔に男と女が血まみれで倒れています。刺されて、何かを盗られたと言ってます」

エリザベスはパークの本部に通報し、湖畔で公園保安官《パーク・レンジャー》のウィリアム・ホワイトと落ち合うことにした。ロナルドといっしょに、彼らは水上スキー用のボートでブライアンとセシリアの救助に向かった。この時点で、カップルが残虐な攻撃を受けてからすでに一時間が経っていた。

彼らが現場に到着すると、セシリアは地面に肘と膝をついてうずくまり、あたかも絶え間なく体を動かしていれば痛みを遠ざけられるかのように、前へ後ろへと体を揺すっていた。身につけているニット地のワンピースはぐっしょり血に染まっていた。エリザベスは彼女をなだめて少しでも苦痛を和らげようとしたが無駄だった。

「犯人はフードを被った男。顔は覆われてた……黒いパンツをはいてて……痛い、痛い」セシリアは叫んだ。

「レイプされたの？」エリザベスが訊いた。

「いいえ。それに何も盗らなかった」セシリアは答えた。会話をすることが少しだけ落ち着きを取り戻させていた。

「眼鏡をかけてて、クリップオン式の黒いサングラスをフードの上からかけていて、黒いピストルを持ってた」痛みに耐えられなくなる前に、セシリアは言った。

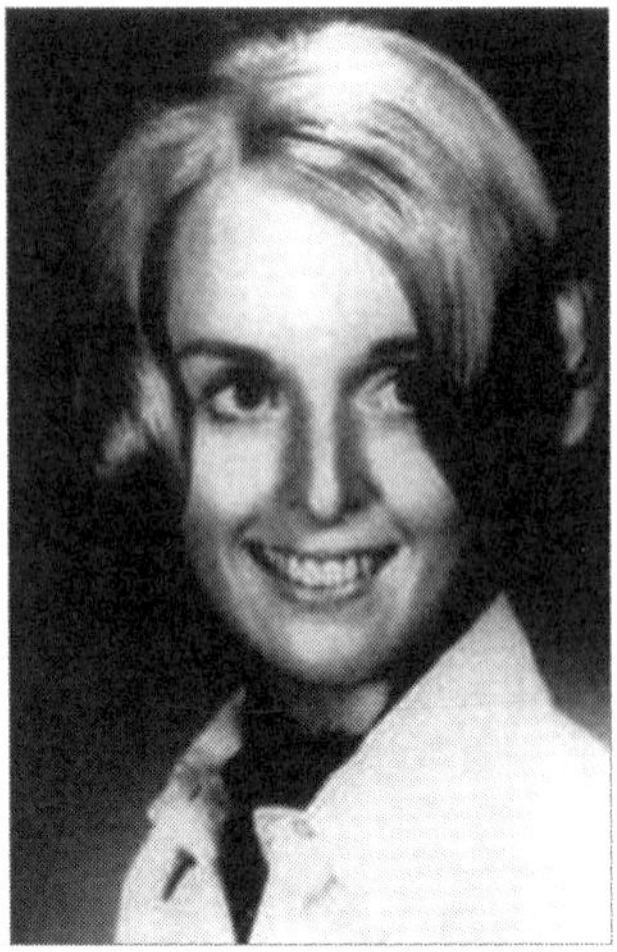
セシリア・シェパード

まもなくデニス・ランド保安官がブライアンを近くの道路脇に発見した。彼は傷ついた若者を慎重に自分の小型トラックに載せ、無線で警察と救急車を呼んだ。そして他の人たちが集まっている湖畔まで運転して行った。
ホワイト保安官は何が起きたかをカップルから聞き出そうとした。ブライアンはセシリアより理路整然としていて、自分たちがどんなふうに縛られ、刺されたかを話した。セシリアの下腹部が血まみれなのに気づき、保安官はそれ以上質問するのをやめた。彼女は今にもショック状態に陥りそうだった。
サイレンの音で救助が近いことがわかった。保安官たちは手を振って救急車を誘導した。セシリアとブライアンはクイーン・オブ・ザ・バレー病院に搬送され、集中治療室に入れられた。

翌朝、セシリアは緊急手術を受け、もう一日だけ生きたが、彼女の受けた無数の刺傷に屈し、息を引き取った。

ブライアンは一命を取りとめ、警察に犯人の特徴を伝えた――二〇歳から三〇歳くらいの男、折り目のついた流行遅れのパンツ、だらしない服装、ウエストあたりまでカバーする儀式用の黒マント、前身頃にシンボルマーク、パンツからはみ出た腹の贅肉、特に知的ではないがまったく無学ではない話し方、南部訛りとは違った母音の引き伸ばしがかすかにある平坦な声。

この描写を聞いたら、ヴァンはがっかりしただろう。彼は服装と喋り方に並々ならぬ誇りを抱いていたのだから。もっとも、うまく正体を隠していたとも言える。

暴行から一時間あまり経ったころ、ヴァンはナパ郡メイン・ストリート一二三一番の洗車場に車を入れた。そこで公衆電話に硬貨を入れてオペレーターを呼び出し、ナパ警察署につながせた。

「殺人事件を通報したい……いや、ダブル殺人だな」彼は交換台のオペレーターに冷静に言った。「被害者は公園本部から三キロほど北に行ったところ、白いフォルクスワーゲン・カルマンギアの中にいる」

「この電話はどこからですか？」オペレーターが言った。

「私が殺した当人だよ」ヴァンはそう答えるなり、手から受話器を滑り落とさせ、ぶら下がった状態にしたまま歩き去った。彼は前回で懲りていた。受話器を戻したためにオペレーターがかけ直すことを可能にし、そのせいでまわりの注意を引くという失敗は二度としない。

今回もまた彼は間違っていた。死んだのはセシリアだけだ。だが、どっちみちヴァンにとって重要なのは女のほうだけだった。

32

ヴァンの精神は完全に破綻しつつあった。連続殺人犯の例に漏れず、復讐に対する渇望とナルシスト的な性格が相まって、彼は人生のストレスに屈し始めていた。

一九六九年一〇月には、イーディスの大きく膨らんだ腹がもうじきまた泣き叫ぶ赤ん坊がやって来るという事実を彼に四六時中思い出させていた。結果、彼はもはや夫や父親でいることの要求に耐えられなくなった。イーディスがいそいそと赤ん坊の誕生準備にいそしんでいる一方で、ヴァンは子供から逃げ出す方法を画策し始めた。

殺しに対する欲求はエスカレートしていた。

シェリー・ジョー殺しとベティ・ルー／デイヴィッド殺傷事件の間は一年以上開いていた。ベティ・ルー／デイヴィッドとダーリーン／マイケルの間はほぼ七ヵ月、ダーリーン／マイケルとセシリア／ブライアンの間はわずか二ヵ月と三週間しか開いていなかった。

一〇月一一日、セシリアとブライアンへの攻撃からわずか二週間後、ジュディの二二歳の誕生日の三日後に、ヴァンはブッシュ・ストリートの五階建てのアパートにある自宅から二ブロック先でタクシーを拾った。

登録番号912イエローキャブの運転手ポール・スタインは、妻クローディアを養い、自身の大学院の学費の足しにするため、夜間も働いていた。二九歳の彼はその一二月にも英語学の博士号を取得してサンフランシスコ州立大学大学院を卒業する予定だった。学費のために夜な夜な働き、犠牲にしてきた長い年月が、とうとうもうすぐ報われる。大学教授になるという彼の夢はついに手の届くところまで来ていた。

ポールは午後八時四五分にタイムレコーダーを押し、最初の料金を64埠頭から空港ターミナルまでの運行で徴収している。午後九時四五分、次の予約客を乗せるためナインス・アヴェニュー五〇〇番に向かう途中に、彼は黒っぽいズボンとパーカー姿の男が手を振って止めようとしているのに気づいた。ポールとヴァンが顔見知りだった可能性はある。それだと、彼が次の乗客を迎えに行く途中でありながら車を止めてヴァンを乗せ、しかも助手席に座らせたことにも説明がつく。しかし、メイソンとゲーリーの両ストリートの角に車を止めたときに、ポールの運命は決定した。

ヴァンは「プレシディオ」――市内と周辺地域が一望できる元軍事基地――の近くで降ろしてくれと言った。一九世紀末以降、基地を美しくする目的で一帯の緑化が進み、そこは一般公開されていた。勲章を受けた多くの軍人が眠る西海岸最大の国立墓地もあり、歴史的な軍用品のコレクションは、国中からヴァンを含む多数の来場者を引きつけていた。ヴァンはそのエリアをよく知っていた。

プレシディオに隣接する高級住宅地のプレシディオ・ハイツ地区にあるチェリーとワシントン両ストリートの角近くで、ヴァンはジャケットの下に隠し持っていた九ミリ口径の半自動拳銃を取り出し、ポールに車を止めるよう言った。運転手は客の要求にしたがい、一時停止標識の近くに止めた。

ヴァンは銃をポールの顔の右側に押しつけ、耳の真上を直接撃った。

ポールはハンドルの上にドサリと倒れた。

ヴァンは彼を自分の膝の上に引き寄せた。ポールのポケットを探って財布を取り出すところを、通りの向かいのワシントン・ストリート三八九九番の二階の窓から、三人のティーンエイジャーが目撃していた。そのうち一人が警察に電話している間に、残りの二人はヴァンが被害者の上に覆い被さるようにしてハンカチで車の内側やダッシュボードを拭くのを見ていた。

ヴァンはさらにポールの縞柄のシャツから血染めの部分を引きちぎったのだが、少年たちにはそれは見えなかった。

彼らは恐怖のあまり目を瞠《みは》って、ヴァンが車を降り、助手席側と運転手席側のドアから自分の指紋を拭き取る場面を見守った。

ヴァンは誰かが見ていないかとあたりを見回すこともなく、涼しい顔でチェリー・ストリートをプレシディオに向かって北方向に歩き始めた。東に曲がってジャクソン・ストリートに入り、それから北にそれてメープル・ストリートに入った。

救急車車両番号82が駆けつけたが、できることは何もなかった。

ポール・スタインは死亡していた。

現場に到着した警官たちは少年たちから話を聞こうとしたが、ショックのあまり、彼らの話はいささか支離滅裂だった。とはいえ、彼らは犯人の特徴を伝えた——白人男性、四十代前半、赤みがかったブロンド、クルーカット、眼鏡、がっしりした体躯、ダークブラウンのズボン、黒っぽいパーカー、黒っぽい靴。

「容疑者は体にもかなりの返り血を浴びているはず」通信指令係は無線で繰り返した。「容疑者はイエローキャブのキーを持っている可能性あり。おそらく被害者の財布も持っていると思われる。銃を携帯。最後に目撃されたのはワシントン・ストリートの角からチェリー・ストリートを北上中」

次に指令係は決定的な誤報となるこんな言葉を放った。「黒人の男性」

パトロール巡査のドナルド・フォークと相棒のエリック・ゼルムス巡査は黒人の容疑者を捜索中に、ジャクソン・ストリートを東方向に歩いていく白人の男を見かけた。その男は北に曲がってメープル・ストリートに入り、プレシディオ内のジュリアス・カーン・プレイグラウンドに向かっていた。のちにフォークが述べたところによると、問題の男は急いでいるようには見えなかった。したがって、その男を呼びとめることはしなかったと報告している。

警察の無線を通して情報の間違いが訂正されたのは、ほんの数分後だった。「詳しい情報が入った。白人だ」

その数分間に、ヴァンは消えた。

父は勝ち誇らないではいられなかった。一〇月一三日消印の「サンフランシスコ・クロニクル」紙への手紙に、彼は次のように書いた。

こちらゾディアック。昨夜、ワシントン・ストリート＋メープル・ストリートで起きたタクシー運転手殺しの犯人は私だ。証拠として血のついた彼のシャツの一部を同封する。ノース・ベイ地区の殺人も私がやった。

サンフランシスコ市警は、サクヤ、誰が一番大きな音を立てるかを競争してオートバイでロードレースを繰り広げる代わりに公園をまともに探していれば、私を捕まえられたはずだ。警官たちはただ車を止めて＋静かに座り、私が隠れ場所から出てくるのを待っているべきだった。

学童はいいターゲットになる。いつか朝にでもスクールバスの子供を皆殺しにしようと思う。まず前輪のタイヤを撃つ＋ガキどもが飛び出してくるところを狙い撃ちだ。

この脅迫はサンフランシスコに住む親たちをパニックに陥れた。警察はヴァンがメッセージに組みこんだ、おそらくは彼自身にしかわからない小さな手がかりには気づかなかった。八年前に彼はジュディがスクールバスから飛び出てきたところを見つけたのだ。

手紙には彼が死体から引きちぎったスタインの血染めのシャツの一片が同封されていた。

ポールの兄のジョー・スタインは、弟を殺した上にこんな手紙を書く犯人の傲慢さに激昂した。一九六九年一〇月二三日付の「クロニクル」紙の記事によると、インタビューで彼は次のように語った。

「ゾディアックは異常者だ。狂ってる。俺は自分自身をターゲットとして差し出すことで、やつを引きずり出せることを望んでいる。俺はモデスト地区のラウズ・ストリートに近いサッター・ストリート七〇六番のガソリンスタンド《リッチフィールド》に勤めている。午前七時に仕事を始める。ランチは毎日正午に職場を出て自転車でサッター・ストリートを二ブロック先のショッピングセンターまで行き、《ウォークイン・チキン》でとる。……職場に戻ったあとは五時まで働く。やつに出てきて襲ってもらうおうじゃないか。俺はすこぶる頑強だ。ゾディアックが現れたとしても、十分闘える。武器はいっさい持っていない。必要だとも感じない」

サンフランシスコ市警のトーマス・J・カーヒル署長もまた、ポール・スタイン殺人事件に不安をかき立てられていた。とうとうゾディアックが彼の管轄区域に入ってきた。彼はデイヴ・トスチとビル・アームストロングの両刑事をこの事件の担当にし、何としてでも犯人を見つけ出せと命じた。署長はサンフランシスコの子供たちに対するゾディアックの脅しを重大視した。自分が相手にしているのは、どんなことでもやれる狂気の殺人鬼だということに、彼は気づいていた。

報道陣にウケたがるトスチ刑事は大喜びだった。ゾディアックを捕まえる――これは一世一代の大仕事だ。

簡単ではないだろうが。

「クロニクル」社は一一月八日にゾディアックから再び手紙を受け取った。忘れな草の図柄のカードに、死刑執行の輪縄のかかったペンからインクもしくは血らしきものがしたたり落ちている絵が描かれていた。「返事をしなくてすみません。ちょうどペンを洗ったところだったので」との言葉が添えられていた。

こちらゾディアック。きみたちには悪い知らせを受ける前に大笑いする必要があるだろうとオモってね、その知らせはまだしばらく受けないだろうが。

追伸　この新しい暗号文を第イチ面に掲載してくれないか？　無視されると私は非常に淋しく

なり、淋しすぎると得意なことをしたくなる!!

本文の右横には縦書きで「そして私はそれを止められない!」と書かれていた。

さらに、円と十字を組み合わせたシンボルマークと、犯行月と犠牲者の人数の数式らしきもので署名されていた――「Des July Aug Sept Oct ＝ 7」

カードには前回とは別の暗号文が同封されていた。最初の暗号文が解読されたことにショックを受けたヴァンは、このパズルの作成には別の方法を採用した。子供のときに日本で習った書き方をまねて、紙の右から左へ、文字と記号を縦書きでいくつかの段落にまとめている。今回は自分の名前を暗号化する代わりに、フルネームを後ろから前へ逆にして含めている。一段落二〇字一七段落からなるこの暗号文は、やがて「三四〇暗号文」〔後出〕として知られるようになる。捜査官や素人探偵は続く四〇年を隠れたメッセージの発見に費やすことになった。

ヴァンは新聞に目を光らせて、誰かが自分の名前を発見するのを待った。

誰もしなかった。

父はこの手紙に計七人の殺害を示唆したが、この時点では、わかっている殺人事件の死亡者四人と死を逃れた二人しかゾディアックと結びつけられていなかった。

一一月九日、「クロニクル」社はまたもや手紙を受け取った。

こちらゾディアック。一〇月末までに私は七人を殺した。警察が私について嘘を言うのでだん

だん腹が立ってきた。だから奴隷の蒐集方法を変えようと思う。この先は誰にも何も告げない。今後私がオカす殺人事件はよくある強盗殺人や、怒りが引き金となった殺人＋これは少数だが事故による死亡事件に見えるだろう。

警察は絶対に私を捕まえられない。なぜなら私のほうが彼らよりはるかに頭がいいからだ。

一、公表されている私の特徴は私がお気に入りのことをするときだけに当てはまる。普段の私はマッタク違って見える。殺しをするときにどんな扮ソウをしているかは教えてやらない。

二、警察の発表と違い、今のところ、私は犯行現場に指紋はいっさい残していない。犯行時には透明の指カバーをつけているからだ。ただ指先に模型用接着剤を二度塗りしているだけだが、これは目立たナイ＋非常にコウカ的。

三、殺しに使った凶器は法で禁止サレル前に通信販売でコウニュウしてあった。一つを除いて&それは国外で買った。

そういうわけで、警察が追求できる手がかりはほとんどない。ならば、どうして私がタクシーを拭いていたかと思われるだろうが、私は警察が街中を捜索して走り回るに当たり、言ってみれば、必要な偽の手がかりを提供したのだ。警官たちをハッピーな気分にさせておくために暇ツブシを与えてやった。憔悴した豚どもをからかうのは楽しい。おい、落ちこんでいる豚め、お前らが巡回パトカーの音を隠すために消防車をツカっていたとき、私は公園にいた。警察犬は一度も私から二ブロック以内に入って来なかった＋一〇分の間隔を置いてたった二組の駐車取締官が来ただけだった。その他にはオートバイが一台、五〇メートルほど先を南から北に走っていっただけだ。

追伸　私がタクシーを離れた三分ほどあとに二人の警官が大チョンボをやらかした。私が丘を下って公園を目指して歩いていると、パトカーが止まり＋彼らの一人が私に呼びかけた＋この五分から一〇分の間に挙動不審者やあやしい人物を見かけなかったかと＋はい、銃をフリ回しながら走っている男を見ましたと答えた＆彼らは車を急発進させた＋私が指し示したとおりに角を曲がっていった＋私は一ブロック半先の公園に姿を消し、再び目撃されることはなかった。「新聞に載せろ」

おい、豚、お前らの間抜けぶりをこんなにも思い知らされて、ムカつかないかい？


ヴァンは続いて彼の「死のマシーン」――スクールバスを爆破するために道路脇に仕掛ける爆弾――を詳しく紹介し、それを作るために使用した材料について説明した。今や彼は楽しんでいた。警察を愚弄《ぐろう》し、市民を恐怖に陥れることで、彼は自分自身をパワフルだと感じることができた。手紙にはあらゆる種類の手がかりを残していたのに、警察にはそれがわからなかった。

その年、ヴァンはもう一通手紙を送った。サンフランシスコのメルヴィン・ベリ弁護士宛てで、消印はベティ・ルー・ジェンセンとデイヴィッド・ファラディ殺しの一周年に当たる一九六九年一二月二〇日付になっていた。これには再びポール・スタインのシャツの切れ端が同封されていた。封筒の裏には「メリー・クリスマス＋ニューイヤー」とあった。

親愛なるメルヴィン様、

私はゾディアックと申します。楽しいクリスマスをお過ごしになるようお祈り申し上げます。一つお願いしたいことがあります。どうか私を助けてください。私の中のある何かが許さないために、救いを求めることができません。自分を抑えることがきわめてムツカしくなってきています。再び自制心をなくして、九人目または一〇人目の犠牲者を出しそうで怖いのです。どうかオボれそうな私を助けてください。今のところ、子供たちは安全です。なぜなら爆弾が大きすぎて埋めるのが大変な上に、起爆を正しく調整するのが至難の業だからです。しかし、あまり長く九人目を遠ざけていると、カンゼンにジセイ心をなくして+爆弾を仕掛けそうです。どうか助けてください。もうあまり長くは自分をコントロールできません。

カリフォルニア中の警察関係者が、実際にゾディアックが自制心を失うのではないかと心配した。複数の管轄機関がゾディアックの手仕事――殺害方法――をじかに見た結果、明らかにこの男はどんなことでもやれるという結論に達していた。

33

一時は繁栄していたフィルモア地区も、一九六九年末には、失業者で溢れ、荒廃したゲットーの町に成り下がっていた。よりよい暮らしを求めてサンフランシスコにやって来た人々の受け皿になっていた造船所が、多くの従業員を解雇したからだ。ＬＳＤは致死率の高いヘロインに取って代わられ、常用者たちは自らの激化した欲求を満たすために住民や商店から盗み、フィルモアの治安を悪くした。ヒッピー運動――そして、それがもたらした薬物のまん延――は航跡に破壊を残していた。サンフランシスコ市が再開発計画を導入した結果、古風な趣のあったヴィクトリア朝様式の家並みがブルドーザーで壊され、中産階級化を狙った都市計画が過去を一掃するにつれ、町の様相は一変した。

クラブのオーナーたちが市のより収益性の高い場所へと店を移していくにしたがい、大勢の人々をフィルモアに引きつけていた音楽もまたゆっくりと消えていった。アイク・アンド・ティナ・ターナー・レヴューを呼び物にする《ボース／アンド・クラブ》や、アル・ジャロウが声でパーカッションの音を出すのを若き日のジョージ・デュークが初めて聴いた《ハーフ・ノート》など、少数の筋金入りだけがフィルモアのすぐ外のディヴィサデロ・ストリートに留まった。《ハーフ・ノート》にはディジー・ガレスピー、マイルス・デイビス、サラ・ヴォーンといった伝説のミュージシャンが頻繁に出演し、デュークとジャロウはそこの定期的な出演者になった。

長い年月の間に《ハーフ・ノート》は警官たちのお気に入りの酒場にもなっていた。彼らがシフトのあとに寄り集まって事件について話し合うので、特ダネを求めるリポーターたちはそんな会話を盗み聞きしようと居座った。オーナーのライオネル・ホンズビーはゾディアック事件の最新の展開について誰よりもよく知っていて、警官たちから聞いたことを常連客やリポーターたちに教えていた。会話は商売に大いに役立った。

ロテア・ギルフォードも仕事帰りによく《ハーフ・ノート》に立ち寄っていた。彼と同じくサンフランシスコ市警察（ＳＦＰＤ）内で差別を受けたと感じてやる気をなくしている仲間の黒人警官たちと、よくそこを訪れた。ロテアは彼らを元気づけて、平等を求める闘いを組織するのが自分の役目であると感じていた。

だが一九六九年一一月には、彼らの話題は差別についてではなかった。自分たちをあれほどまで公然と嘲笑う厚顔な連続殺人犯が話題をさらっていた。

ロテアはドリンクをちびちびやりながら、まわりの会話に耳を澄まし、自分もゾディアック事件を扱えていたらいいのにと思っていた。彼も他の多くのＳＦＰＤの署員と同じく、自分こそが犯人のアイデンティティを発見する人物になろうと、暗号の解読に頭をひねり続けていた。彼は専門家たちが四〇八暗号文に使用されたという説をのちに打ち立てるホモフォニック換字式暗号（同音異綴暗号）――使用頻度の高いアルファベット一文字に対応する文字や記号が複数個あり、その中から一つを選択して変換する暗号化方式――について、何一つ知らなかった。ただ言葉や名前が彼に向かって飛び出してくることを願いながら、暗号文に目を走らせていた。彼はそれまでに警察の階級を上ってきてはいたものの、いまだ殺人課にまでは到達していなかった。だからといって、この事件についてすべてを知ることを諦めたりはしない。彼はこの殺人犯に不安をかき立てられていた。次にはどこで誰が襲われるのか心配だった。ゾディアックはＳＦＰＤに戦いを挑んできた。ロテアはこの事件の担当刑事であるトスチとアームストロングがこの男を倒すのを手伝いたいと思っていた。

だが、それはかなわない。ＳＦＰＤの歴史で、黒人の署員が殺人課に配属された例はない。事件はあくまでトスチとアームストロングのものだ。

ロテアは両刑事がヴァエホーとナパ・カウンティから事件簿を取り寄せ、手がかりを求めて入念に調べていることを知っていた。ポール・スタイン事件を目撃した三人の少年が聴取されていた。そのうちフォークとゼルムスの二少年は警察画家による人相書きの作成にも協力していた。彼らは事件当夜のゾディアックの服装について詳しく話した——血がついていたかどうかはわからなかったがダークブルーのジャケット、そして折り目のついたウールの茶色いバギーパンツ。タクシーのドアから血まみれのものを含む指紋が検出されたが、それまでのところ、容疑者リストの誰とも合致していない。ヴァエホー警察は、ダーリーン・フェリンのアドレス帳にオルガニストのロバート・ヴォーンの名前があったので、この男を呼び出して尋問していた。さらにゾディアックの暗号文の中にサタニズム九箇条に言及した部分があったことを知っていたので、カリフォルニア・ストリートまで出向いていってラヴェイにも質問していた。彼らはゾディアックが《アヴェニュー・シアター》と何らかの関係がある人物ではないかと疑い始めていた。なぜなら、容疑者のうち二人がそこでオルガンを弾いていたからだ。けれども、この二人を事件と結びつける証拠は他には何もなく、警察は二人を解放するしかなかった。

さらに手がかりのいっぱい詰まった手紙もあった。だが、そこに発見できたあらゆるヒントを追跡したものの、トスチとアームストロングは何も見つけることができなかった。

アール・サンダーズがバーに入って来るのを見て、ロテアは考えを中断して顔を上げた。

「座れよ」隣のスツールを身振りで示して彼は言った。

サンダーズはフィルモア地区でスマイリー巡査（町でのロテアのニックネーム）が巡視し、非行少年たちを更生させるのを見ながら十代を送った。ゴールデンゲート大学の卒業後に警察学校に進んだのは、ロテアを称賛する気持ちが大きく影響していた。サンダーズがクラスでトップという成績で警察学校を卒業したとき、そのセレモニーでロテアもまた、第一級勲功章受章という栄誉にあずかった。一〇歳年下ということもあって、サンダーズはよくロテアにアドバイスを求め、ロテアは喜んで若い警官の相談相手になってやっていた。二人は力を合わせて署内の人種差別的風土の改善に着手し、その過程でいい友人になっていた。

「その後、どう？」腰を下ろし、ドリンクを注文しながらサンダーズが尋ねた。

ロテアは肩をすくめた。「まあまあだよ、スクール」いつも何かを勉強しているサンダーズにロテアがつけたニックネームで呼びかける。ロテアはサンダーズの性格のそんな部分をからかうのが好きだ。

サンダーズは何かおかしいと感じた。「パトリシアはどう？」

「別に。いつものくだらないグダグダだよ」ロテアはドリンクを手に取ってグイッと飲み干した。

サンダーズは彼の背中をポンポンと叩いた。彼はロテアの意味することがわかった。ロテアと妻はいつも何かで喧嘩している――働き過ぎだの、酒を飲み過ぎだの、かわいいブロンド娘とどうだのと。

ロテアはシティ・カレッジ・オブ・サンフランシスコ在学中に、ニューオリンズ出身の長身ですらりとした陽気な黒人娘パトリシアに出会った。一九五一年に結婚し、三人の子供――マイケル、スティーヴン、ジュディ――をもうけた。パトリシアは会計士として働き始め、ロテアは犯罪社会の征服に乗り出した。その使命は献身を要求し、ロテアはできる限り家族とともに過ごしてはいたものの、パトリシアからすると、我慢できないほど仕事に夫を取られていた。このところ口論は激しさを増す一方で、サンダーズはロテアが非常に惨めな気分でいることを知っていた。それはロテアがそのバーに出入りする若い女性たちを見る目つきでわかった。ロテアがついにパトリシアの待つ家に帰る決断をするころには、たいていサンダーズははるか前に店を出ていた。

カウンターの端に座っている「サンフランシスコ・クロニクル」紙のポール・アヴェリーは、新情報を小耳にはさむことを期待して、そこで起きているすべてに目を光らせている記者の一人だった。アヴェリーは一〇月半ばにマーヴィン・リー警部が「ゾディアックは不器用な犯罪者で、嘘つきで、たぶん潜在的なホモである」と述べたことを記事にし、警察に用心するよう警告されていた。

誰も気づいていなかったが、ゾディアックとアヴェリーの間には長い歴史があり、それについてアヴェリーはほとんど覚えていなかったが、ゾディアックのほうは決して忘れていなかった。

34

ポール・スタインの事件から程なく、妊娠末期のイーディスは息子二人を連れてオーストリアに帰り、一九七〇年に女の子を出産してグェナヴィアと名付けている。私の父とイーディスの間に何が起きたのかについては、完全な真実を私が知ることはこの先もないだろう。

スタインを殺したあと、帰宅したヴァンの服に血がついているのを、イーディスが発見したのだろうか？

彼を警察に引き渡すと脅したのだろうか？

彼女自身が命からがら逃げ出したのだろうか？

イーディスは子供たちに、父が家族をオーストリアに連れてきて、そこで子供たちを見捨てたと信じこませていた。父が過去にしたことを考えれば、それもまた、ありうる話だ。

どちらにしろ、何かただならぬことが起き、イーディスが三人の子供を夫からの経済的援助も精神的サポートもなしに女手一つで育てるしかなくなったことだけは確かだ。夫婦の別居に続く数年間にヴァンは何度かオーストリアを訪れているが、一度も妻子に会いに行ってはいない。グェナヴィア、オリヴァー、アーバンの三人の子供たちもまた、私と同じく、父親なしで大きくなった――親に見捨てられた心の痛みは、一生彼らにつきまとうことになる。

ヴァンは今、いつでも好きなときに獲物を求めてうろつく自由を手に入れた。目に映るすべての人間の命が自らの手中にあると知っていることも喜びの一部だった。自己愛の強い殺人鬼にとっては、陶然となる感覚だろう。そしてカリフォルニア沿岸の人々が恐怖にかられるのも無理はなかった。

一九七〇年三月二二日、ヴァンはメキシコからの帰りにセントラル・ヴァレーのモデストを抜けていくハイウェイ一三二号線を車で走っていた。そのとき、えび茶色と白のステーションワゴンを運転している一人の女性に目が止まった。キャスリーン・ジョンズという美しいブロンドの子持ち女性で、実家を訪問するため、サンバーナディーノから車で七時間ほどかかるペタルマに向かっていた。モデストを過ぎて以来ずっと付いてくる車がまだ後ろにいるのに気づき、彼女は不安になり始めた。スピードを落としてその車に追い越させようと決意したのは、深夜の一二時前後になっていた。

ヴァンは彼女に車を止めさせようと、ヘッドライトを点滅させ、クラクションを鳴らした。

キャスリーンは生後一〇ヵ月の娘ジェニファーを乗せていたので、車を止める気はなかった。のろのろと走り続けていると、男は州間高速五号線の近くで、ついに彼女の車を追い越していった。何か車に不具合があることをあのドライバーは知らせようとしていたのかもしれないと思い、彼女は点検するため車を止めた。

ヴァンは少し先まで行って、車をバックさせた。

「後ろのタイヤがちょっとグラグラしてましたよ」彼女の車に近づきながら彼は言った。「それで合図して止めさせようとしてたんです。直してあげますよ」

キャスリーンが先ほどまで感じていた不安は消散した。ヴァンは身なりのきちんとした、まったく害のない人物に、いわば「善きサマリア人」に、見える。

彼女は男が自分の車に道具を取りに行き、戻ってきてタイヤのそばにひざまずくのを見守った。ヴァンは大型ナットを締めるふりをした。

「ありがとうございます」彼女は親切な見知らぬ人に感謝の気持ちを表した。彼女は母親から夜間に一人で運転するのは危険だと忠告されていた。特に子供を乗せているときには。だから、こんなことが起きて不安だったのだ。

彼女はほっとして車に乗り、エンジンをかけた。走り出そうとすると、車は大きく揺れてストップした。一体何が起きたのかと、彼女は車から降りた。

左の後輪タイヤがはずれて落ちていた。

思いどおりのことが起きるのをバックミラーで見ていたヴァンは、急いでUターンした。

「さあ、私の車に乗ってください。ガソリンスタンドまで連れて行ってさしあげましょう」彼女の車の横に自分の車を寄せて止め、彼は言った。

辺鄙《へんぴ》な場所で窮地に陥った彼女には他の選択肢はなかった。赤ん坊を抱き上げてヴァンの車に移った。

ヴァンはそれまで赤ん坊の存在に気づいていなかった。

ひるまずハイウェイ一三二号線を西に走ると、やがてクリスマン・ロードとの角に《リッチフィールド》ガソリンスタンドが見えてきた。車を入れたものの、そこは閉まっていた。

ハイウェイに戻り、田舎道を走り、トレーシーという小さな町を通り抜けた。ガソリンスタンドを一つ、また一つと通り過ぎていった。

「どうして止めなかったのですか?」そのたびごとにキャスリーンは尋ねた。

「あそこはよくない」ヴァンは答えた。

男は十分に親切だったが、キャスリーンは再び不安に襲われた。赤ん坊をぎゅっと抱き寄せた。

「お仕事はどこで?」恐怖をなだめるため、彼女は会話を始めた。

「通常二ヵ月ぶっ続けで働いて、その後はドライブして回っています。たいていは夜間にね」彼のこの言葉は車内に高まってきている緊張を少しも鎮《しず》めはしなかった。

「いつも走り回って、道路で困っている人を助けてるんですか?」

「私が片をつける相手は、別に私の助けを必要としていませんよ」

キャスリーンは恐怖で胃が引きつるのを感じた。車はすでに一時間以上も走り続けていたが、その間、彼女はひたすら逃亡するチャンスをうかがいながら黙って座っていた。彼が車を止めてくれることを祈った。

止めなかった。

彼女は気をまぎらせるために、その男について、顔なり、服装なり、できる限りすべてのことを覚えておこうとした。車はまるでそこが彼の仕事場でもあるかのように、後部座席もダッシュボードも書物と書類で埋まっていた。また、彼の靴が異常にピカピカで、軍の将校よろしく完璧に磨かれていることにも気づいた。

ついに、少し先に停止信号が現れたので、キャスリーンは自分たちを捕らえている男が止まってくれることを祈った。

止まった。

キャスリーンは赤ん坊を腕に抱いて車から飛び降り、近くの原っぱを突っ切って全速力で走った。振り返ると男はまだ車の中に座っていた。ライトを消し、次の手を考えながら、ただ座って彼女をじっと見ていた。

土手を上り、もう一度振り返ると、男は走り去りつつあった。男が戻って来るのではと怯えながら近くの道路まで走り、通りがかった車を合図して止め、トレーシーから四三キロほど先のモデスト郊外にあるパターソン警察署まで連れて行ってもらった。午前二時半になっていた。

ヴァンは女が見えなくなるのを待った。そして女の車がある場所まで戻り、先ほど手を触れたホイールキャップから念入りに指紋を拭き取った。獲物に逃げられたことに怒り狂った彼は、車に火をつけ、走り去った。

チャールズ・マクナット巡査がキャスリーンの調書を取った。話を聞いている途中に、突然、キャスリーンが悲鳴を上げた。

「どうしたのですか？」巡査はびっくりして尋ねた。

キャスリーンは壁に並んで掛かった二枚の人相書きを指差し、叫んだ。「あの人です！　私たちを車に乗せたのはあの男です！」

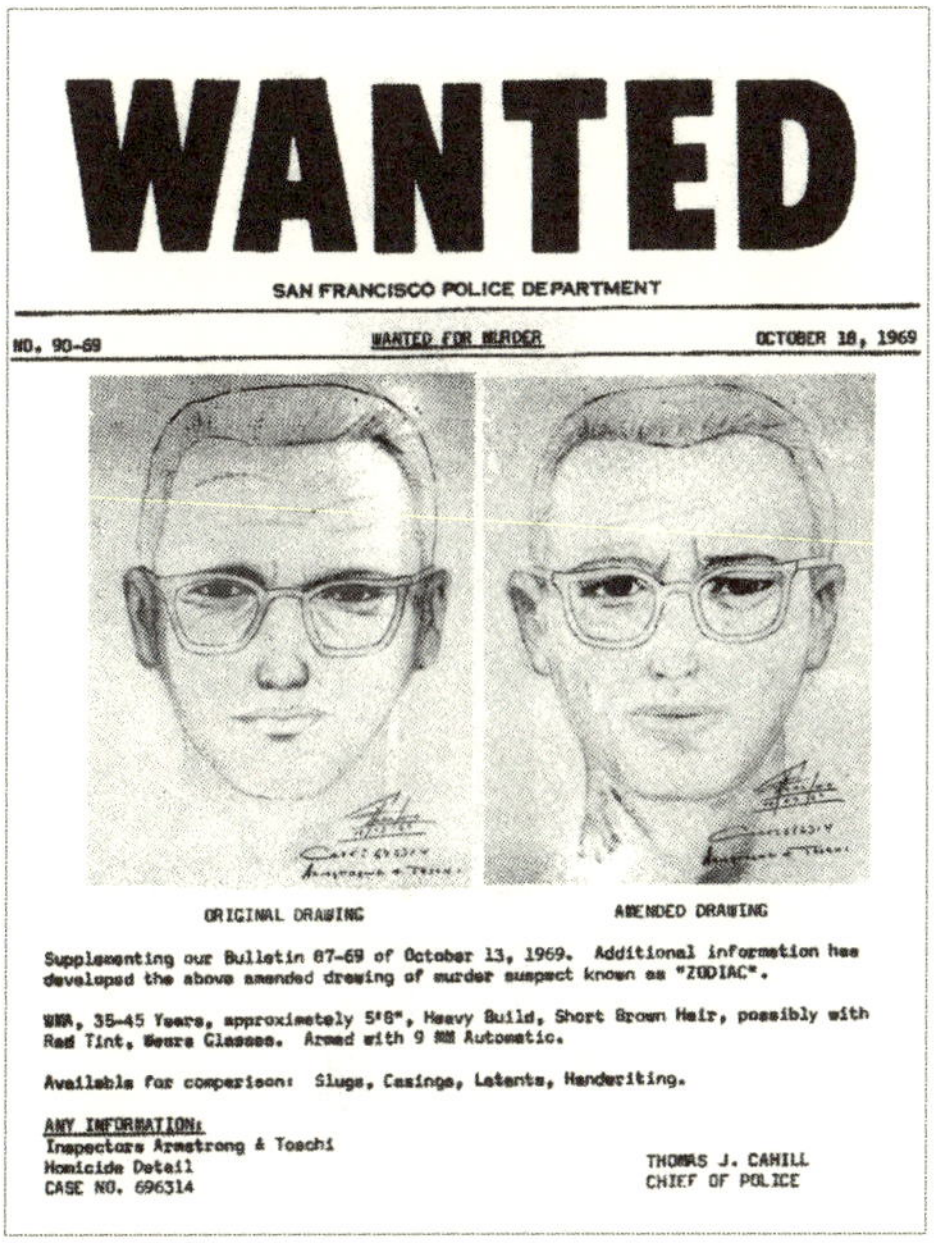

サンフランシスコ市警察によって配布されたゾディアックの似顔絵

「あなたを拉致したのはどっちの男ですか？」

「あっちです」キャスリーンはプレシディオ・ハイツ地区でポール・スタインを殺した直後のゾディアックを見たフォーク巡査が修正したほうの似顔絵を指差した。

「この絵を前に見たことはありますか？」

「いいえ」

「これはゾディアックの似顔絵です

よ」

キャスリーンは錯乱状態に陥った。巡査は取り乱した彼女をしばらくなだめたのちに、スタニスラウス郡の保安官事務所に電話し、キャスリーンが車を置き去りにしたあたりに副保安官を送るよう要請した。

ジム・ロヴェット副保安官は州間高速五号線から約三キロ東のメイズ・ブールヴァードに問題の車を発見した。全焼していた。

警察はこの一件をどう扱うべきか、迷った。それが実際に誘拐だったのかどうかがわからなかったのだ。キャスリーンによると、男は彼女や彼女の子供を脅しはしなかった。彼女は怯えた。確かに。だが、どの時点をとっても、車の中に留まるよう身体的に強要されてはいない。

のちにキャスリーンは話を変え、男が彼女のほうを見て「お前は死ぬ。おれが殺してやる。赤ん坊は放り出してやる」と言ったと人々に話すようになった。

これが真実かどうかは私にはわからない。だが、もし真実なら、それは確かにヴァンが以前にもやったことではある。

「サンフランシスコ・クロニクル」紙は一九七〇年四月二〇日にゾディアックからまた一通、手紙を受け取った。

こちらゾディアック。

ところで、私が送った最新の暗号文は解読できたかな？

This is the Zodiac speaking
By the way have you cracked
the last cipher I sent you ?
My name is ――

1970年4月20日に「クロニクル」社に送られた手紙

この手紙でヴァンは警察に三四〇暗号文には彼の名前しか含まれていないと伝えていた。三四〇暗号文の解読に当たっていた刑事たちは、どのみち失敗する運命にあった。なぜなら、この暗号文では、記号は文字の代わりに使われてはいなかったからだ。メッセージはなく、ただ彼の名「Earl Van Best Junior」が後ろから逆に、目にも明らかに含まれていただけだった〔後出〕。

父はそれから文字と記号の両方を含む一三文字――Earl Van Best Jrとかっきり同じ文字数――の新しい暗号文を同封した。

ゾディアックによると、彼の犠牲者数は今では一〇人に上っていたが、警察は他にゾディアックと関連づけられる殺人事件は一件も見つけていなかった。

ポール・アヴェリーもまた、この手紙の消印が、彼がかつて「愛の逃避行――アイスクリーム・ロマンスの無情な結末」という記事を「クロニクル」紙に掲載した日から正確に七年後の日付であるという事実に気づいていなかった。

35

鏡には思った通りの姿が映っていた――なかなかいいわ。ジュディは丁寧にメークをしてデートにぴったりの服を選ぶのに一時間を費やした。彼女を慕ってくれる人はそこそこいるけれども、彼女のほうの相手を選ぶ目がますます厳しくなっている。

慎重になった。

衝動的な性向がもたらす結末については、過去にいやというほど思い知らされていた。最後にもう一度髪にブラシを当て、リビングルームでデートの相手を待った。

サンフランシスコに戻って以来、ジュディは人生を立て直した。高校を卒業し、退行性骨疾患の女性患者の介護をする仕事に就いた。簡単ではなかったが、赤ん坊を養子に出すよう強いた母親をようやく許すことができた。

つらかった。

ヴェルダには息子の名前を口にすることすら禁止され、ジュディは一人で自分の身に起きたことと向き合わなければならなかった。一言も言わずに。

まるで息子が存在しなかったかのようだった。

大人へと成長していくにつれ、ヴァンと送った生活がすべての物事に対する彼女の感情的反応に影響を及ぼすようになった。心の中に、どうしても拭いきれない恐怖があった。人を信用することができなかった。

けれども、その夜、ジュディは警戒を解く決意をしていた。デートの相手の到着を待つ間、その夜の展開についてウキウキしながら想像をめぐらせた。

待った。

待ち続けた。

彼から電話はない。姿も現さない。

妹のリン（キャロリン）が立ち寄ったとき、ジュディは傷ついた自尊心の修復に必死だった。

「そんな男のことは忘れて」リンは言った。「代わりに私と出かけない？」

「そんな気になれないわ」ジュディは言った。こんなにも心が傷ついているのに、出かけて楽しんでいるふりなんてしたくなかった。

「そんなこと言わないの」リンは言い張った。「きっと行けば楽しいわよ」

ついにジュディは折れ、二人は近くのクラブに向かった。

「あら、バーにいるあの人、誰かと思ったら」リンは法律事務所に働いている関係で知り合った背の高いハンサムな黒人男性のほうに進んでいった。

「こちら、ロテア・ギルフォードさん」リンはジュディを引き寄せながら言った。「彼、警官なの。ロテア、姉のジュディです」

「こんにちは」ロテアは差し当たり、それだけ言うのがやっとだった。リンの姉は美しかった。

驚くほど美しかった。

「ちょっと痩せた？」席を譲るために立ち上がったロテアを見て、リンが言った。

「二五キロ弱」ロテアは誇らしげだ。「血糖値が高かったからね。仕方なかった」

「どうやって痩せたの？」

「高蛋白、低炭水化物」ロテアは一応答えたが、リンと体重のことを話し続ける気はなかった。リンの隣に立っている魅力的なブロンド女性と話をしたかった。

「踊りませんか？」バンドがスローなナンバーを始めたとき、彼はジュディを誘った。

ジュディがうなずくと、ロテアはその手を取って小さなダンスフロアに引っ張っていき、背の高い女性が自分の体にすっぽり収まるのを楽しんだ。

ダンスフロアの上でロテアにくるくる回されていると、ジュディはデートの相手にすっぽかされたことなどすっかり忘れてしまっていた。彼女はその大きくて強い男性を気に入っていた。彼の腕の中では安全だと感じられた。

それから二人は互いに気を引き合い、笑い合い、相手のことをできる限り知ろうとして残りの時間を過ごした。

ロテア四四歳、ジュディ二二歳。彼は黒人、彼女は白人。

何一つ問題にならなかった。

その夜の終わりには、ロテアは彼女に夢中になっていた。

彼のハートを瞬時に射止めたその顔が、まさしく連続殺人犯の暴挙を触発した顔だったとは、彼には知りようもなかった。

36

ヴァンは彼を捕まえようとする警察の試みをからかいつつ脅迫により恐怖をかき立てる手紙を、一九七〇年にもう五通書いている。ジュディを青少年指導センターから誘拐した日からちょうど八年目に当たる四月二八日、やがて「ドラゴンカード」として知られるようになるカードを「クロニクル」社に送り付け、再び爆弾を仕掛けると脅した。

カードの表には、ドラゴンとロバに乗った二人のサンタクロース風の男の絵と、「あなたのロバ（あなたのお尻）が疲れていてお気の毒」との言葉が印刷されていた（「Sorry to hear your ass is a dragon」の dragon は怪獣のドラゴンと dragging（疲れて無気力）の駄洒落で、疲れている警察をからかっている。Ass も尻とロバの駄洒落」）。

爆弾が爆発したときに楽しんでくれることを祈る。

⊕

追伸　裏へ。

もし爆弾を仕掛けてほしくなかったら、お前たちは二つのことをしなくてはならない。一、バス爆弾について詳細にすべてを公表しろ。二、かっこいいゾディアックのバッジを町で見かけたい。みんな☮や「ブラックパワー」や「メルヴィンは脂を食べる」のバッジをつけている。大

勢の人が私のバッジをつけているのを見たら、さぞかしいい気分だろう。頼むからメルヴィンのバッジのような汚らわしいのはやめてくれ。

なにとぞよろしく ⊕

何らかの理由で、再びヴァンは弁護士メルヴィン・ベリを攻撃の対象にしている〔メルヴィン・バッジはもともと六〇年代末に反体制文化を表現するために作られた缶バッジだったが、ゾディアックは同名の弁護士をからかうのに使った〕。

六月二六日、彼は「クロニクル」社にまた一通の手紙を送った。これには、誰もゾディアックのバッジをつけていないことに対する不満が記されている。加えて、彼は三八口径の銃で男を一人殺したと主張している。

署名はこのようにされていた。

⊕ -12 SFPD-0

最後に三二文字の暗号文があったが、これは同封の地図とともに、彼が仕掛けた爆弾の場所を示すものらしかった。この暗号は解読されていない。

七月二四日、ヴァンは「クロニクル」社に送った、いずれ「ゾディアックの小さなリスト」として知られるようになる手紙の中で、キャスリーン・ジョンズの誘拐を認めている。

こちらゾディアック。

お前たちがかっこいい⊕のバッジをつけようとしないことに私は少々苛立っている。そこで今、私は小さなリストを手にしているが、一番目はオンナ＋赤ん坊だ。数ヵ月前に二ジカンほど乗せて面白いドライブをしたあとに、もともとやつらを見つけた場所で女の車を燃やすことになった。

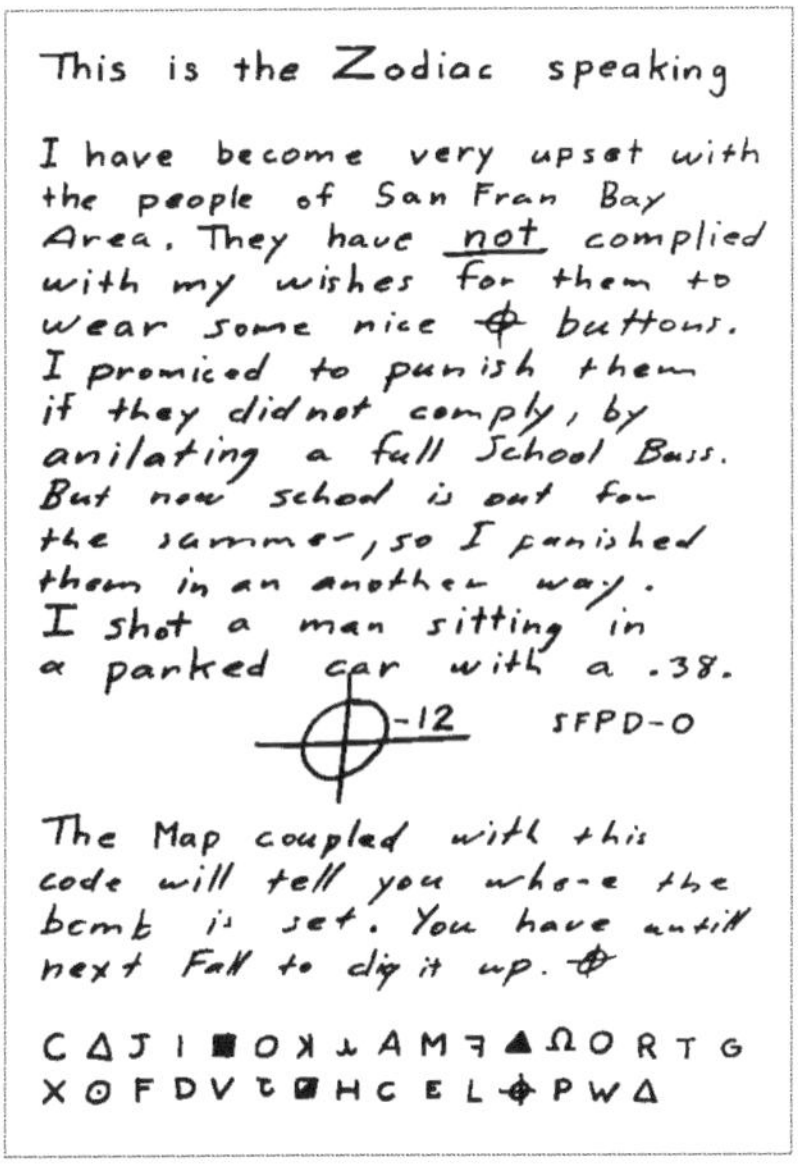
This is the Zodiac speaking

I have become very upset with the people of San Fran Bay Area. They have not complied with my wishes for them to wear some nice ⊕ buttons. I promiced to punish them if they did not comply, by anilating a full School Buss. But now school is out for the summer, so I punished them in an another way. I shot a man sitting in a parked car with a .38.

⊕-12 SFPD-0

The Map coupled with this code will tell you where the bomb is set. You have untill next Fall to dig it up. ⊕

CΔJI■OKꓕAMᖷ▲ΩORTG
X⊙FDVτ◘HCEL⊕PWΔ

1970年6月26日に「クロニクル」社に送られた手紙

この手紙には警察をさらに混乱させる材料となった「小さなリスト」が加えられていた。『ミカド』の挿入歌『いつの日か、事が起これば』の替え歌に、彼の犠牲になりうるタイプの人間がリストアップされていた。警察はこの手紙からゾディアックはギルバートとサリヴァンのファンであり、オペラを聴く人間で、したがって彼の手紙にある文法上の間違いやスペルミスはおそらくわざとであると推測した。この殺人鬼はインテリだ。教養があると。
ヴァンはもし姿を消しても気づかれないであろう人々のリストの中で、牧師、オルガニスト、作家、子供、弁護士について言及していた。
二日後、また別の手紙が届いた。これにはヴァンが奴隷たちに対し行いたいとする様々な行為が、生々しく詳細に説明されていた。それは彼がどんなに病的で制御不可能に陥りつつあるかを如実に物語っていた。

こちらゾディアック。

素敵なゾディアックの⊕バッジをつけたくないなら、いやらしい⊕バッジはどうかな。いや、お**前**らが**思**いつくどんな⊕バッジでもかまわない。もしいかなる**種類**の⊕バッジもつけないというなら、（**他**のすべてのことに**加**え）**天国**で**私**をマツ一三人の**奴隷**たち**全員**を**拷問**しよう。**何人**かは**蟻塚**の**上**に**縛**り**付**け、**彼**らが**悲鳴**を**上**げ、**体**をピクピクさせ、のたくるのを**見物**しよう。**何人**かは**松**の**破片**を**爪**の**下**に**差**しこみ＋それに**火**をつけよう。また**何人**かは**檻**に**入**れ＋ソルトビーフを**死**ぬほど**食**べさせ、**水**を**求**めて**懇願**する**声**を**聞**いて**笑**ってやろう。**何人**かは**親指**で**吊**して**太陽**の**陽**で**焼**いてから、**体**を**温**めるためにディープ・ヒート〔メンソレータム〕を**擦**りこんでやる。**生**きたまま**皮**を**剝**いで＋**悲鳴**を**上**げながら**走**り**回**らせるのもいい。ビリヤードをする

者たちは残らず暗い地下ロウで、曲がった突き棒＋ねじれた靴でプレーさせる。そう、奴隷たちに最上級の苦痛を与えることを私は大いに楽しむつもりだ。

彼はこう署名している。

ＳＦＰＤ＝０⊕＝13

封筒も手紙も一通ごとにすべて指紋の検査が行われ、送り主を特定する手がかりを求めて精査された。だが、カリフォルニア一帯の無数の警察署だけでなく、ＦＢＩも完全に行き詰まった。彼らは父の送った暗号文を解読することも、殺人を止めることもできなかった。完全にお手上げ状態で、ヴァンはそれを当てこすった。

この時点では、警察はまだ最近に立て続けに起きた殺人事件をシェリー・ジョー・ベイツ事件と結びつけてはいなかった。だが、ヴァンは最新の手紙に一つ手がかりを残していた。「twitch」をリバーサイド警察に送った告白の手紙にあった「twiched」と同じようにスペルミスしていたのだ。

トスチとアームストロングの両刑事にとっては実にもどかしい時期だった。彼らは犯人の指紋も、手書き文字も手にしていた。犯人の性格についても無数の手がかりがあった。犯人が手紙の中でイギリス特有の言葉を使っていることもわかった。ただ彼を捕まえることができなかった。彼らは犯人の名前すら手にしていた。ただそれを知らなかっただけで。

ゾディアックからのハロウィーン・カード

ヴァンは人生最良の日々を送っていた。「サンフランシスコ・クロニクル」紙の記者、ポール・アヴェリーは違った。

　彼は警察と同じくらいゾディアック殺人事件にどっぷり浸かっていた。新しい展開があれば、自分こそが特ダネにしようと長時間働いていた。ヴァンは彼の書いた記事をくまなく読み、その大部分に憤慨しつつ、彼の熱心さを興味深く観察していた。

　一〇月二七日、アヴェリーはゾディアックからハロウィーン・カードを受け取った。アヴェリーはゾディアックに目をつけられるのはいやだった。次の犠牲者として標的にされるかもしれないと思うと怖くなった。彼は保身のため、ただちに銃を購入した。アヴェリーは「秘密の友」〔カードの中でゾディアックは自身をそう呼んだ〕が自分の知っている誰か——かつて警察の拘置所でインタビューしたことのある男——であるとは気づいていなかった。ヴァンのほうは彼にジュディに対する愛をちゃかされ、児童性愛者であるとほのめかされたことを忘れていなかった。

カードに書かれた殺人方法は警察にさらなる捜査をうながした。ゾディアックが殺しを働いていた年月には同地区に女性の絞殺事件は数多くあったが、ゾディアックはロープが使用された事件とは結びつけて考えられていなかった。しかし、そのカードのせいで警察はそういった事件をもう一度見直し、ゾディアックが関係した可能性はないか調べなくてはならなかった。だが、パズルのピースは合わなかった。彼の手口とは違っていた。

「クロニクル」紙はこのハロウィーン・カードの写真を一〇月三一日付の第一面に掲載した。

「クロニクル」紙の記者たちはまもなく「私はポール・アヴェリーではありません」と書かれたバッジをつけ始めた。

一一月、ある匿名のたれこみにより、アヴェリーはゾディアックとシェリー・ジョー・ベイツのリバーサイド事件を結びつけた。ゾディアックの手紙の真偽を審査していた書類検査官のシャーウッド・モリルが、ただちにゾディアックの手紙の文字とリバーサイド事件の手紙と机に残された詩の文字が一致することを確認した。

突然、警察だけでなくアヴェリーも大量の手がかりを手にした。彼はそれを一つずつ検証していった。彼は自分に目をつけた殺人鬼に、今ではすっかりとりつかれていた。一九八九年にテレビ放送された「ゾディアック、世紀の犯罪」というドキュメンタリー番組でアヴェリーは証言している――「六〇年代末から七〇年代初めにかけて非常に有名だった悪魔教会の創始者かつ高僧のアントン・ラヴェイから、あるとき電話がありました。彼の信徒、つまり会員の一人が、ゾディアック・キラーかもしれないとのことでした。そして彼はいくつかの材料を提供してくれました。要するに、ゾディアックは悪魔教会すら追い出したがるほど邪悪なのです」
ヴァンとの関係の何かがラヴェイにその電話をかけるよう、うながしたのだろうか？　残念ながら、私がその答えを知ることはない。なぜなら、アヴェリーはラヴェイが教えた名前を決して一般には公表しなかったからだ。一九七一年三月一三日、「ロサンゼルス・タイムズ」社は初めてゾディアックからの手紙を受け取った。誰宛てにしろ、彼が最後に手紙を出してから五ヵ月近くが経っていた。

こちらゾディアック。

何度でも言うが私は解読不可能だ。もし警察のケチな連中が私を捕まえたいなら、そろそろあの太った腰を上げて＋本気で何かすべきだ。なぜなら、やつらがただぶらぶらして時間を無駄にすればするだけ、私は来世のためにより多くの奴隷を蒐集することになるからだ。やつらがリバーサイドでの私の行動を偶然発見したことは評価してやろう。だが、やつらはただ簡単なものを見つけているだけだ。まだまだ大量にある。私が今回タイムズに書いている理由はこうだ。タイムズは他の何紙かがやるように、私を後ろのほうのページに埋もれさせたりしない。

SFPD-0 ⊕ -17＋

ヴァンの自己申告による犠牲者数は前回よりさらに増えていた。今回もまた警察は同時期に起きたどの新しい殺人事件ともゾディアックを確実に結びつけることはできなかった。

すると、ゾディアックは初めて現れたときと同じくらい唐突にコミュニケーションを断った。次に誰かが彼から連絡を受けるのは三年後になる。

その年月、父がなぜ表舞台から姿を消したのかは誰にもわからないが、彼が文書を偽造しながらオーストリアで一定時期を過ごしたことと、メキシコでかなりの時間を過ごしたことを私は知っている。

恐怖の中で生きることに疲れたカリフォルニア住民は、ゾディアックが二度と戻って来ないことを祈った。

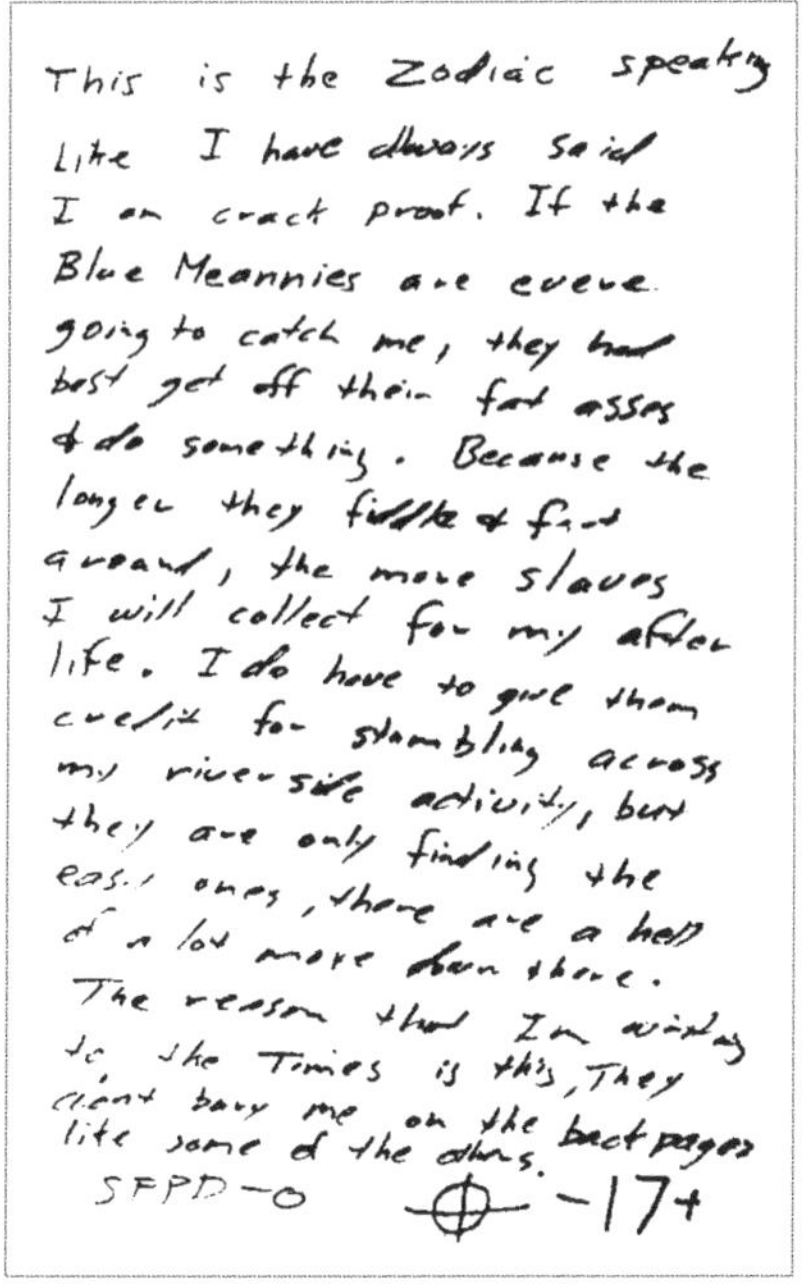

This is the Zodiac speaking
Like I have always said
I am crack proof. If the
Blue Meannies are evere
going to catch me, they had
best get off their fat asses
& do something. Because the
longer they fiddle & fart
around, the more slaves
I will collect for my after
life. I do have to give them
credit for stumbling across
my riverside activity, but
they are only finding the
easy ones, there are a hell
of a lot more down there.
The reason that Im writing
to the Times is this, They
dont bury me on the back pages
like some of the others.
SFPD—0 —17+

1971年3月13日に「ロサンゼルス・タイムズ」社に送られた手紙

37

一九七一年、ロテアはサンフランシスコ市警察殺人課に公式に所属するアフリカ系アメリカ人第一号となり、ついに長年の夢を実現させた。最終的に彼はアール・サンダーズを相棒《パートナー》に選び、若い友の階級を自分とともに引き上げた。

ロテアはすぐに殺人課ではそれまでと状況が異なることに気づいた。以前の下級の部署では、黒人警官は白人警官には頼れないと感じていた。

アール・サンダーズは著書の『ゼブラ連続殺人事件：殺し、人種差別の狂気、公民権の季節』の中で、彼とロテアが強盗容疑者を追跡していたときのことを回想している。ロテアが無線で援助を要請した。「何人かバディ〔仲間〕を援助に寄こしてくれ」と。「一瞬、沈黙があった」とサンダーズは書いている。「次に耳にしたことを私は決して忘れない。誰だったのかは最後までわからなかったが、無線に答えて男が言った。『ここにはお前らのバディなんていないよ』」

これは強盗課でロテアとサンダーズが経験し続けた種類の人種差別だったが、殺人課では机上に上ってくる殺人事件を解決するには、刑事は互いに協力しなければならなかった。ロテアは自分が同部署をリベラルに見せるためだけに加えられた飾り物的な黒人であることはわかっていた。だからこそ、白人の同僚たちと同じくらい有能であることを証明しようと固く心に決めていた。

そしてムニ〔サンフランシスコ公共交通機関〕のバス運転手殺人事件を早急に解決することで、彼はそれを証明した。刑事部にとってこれは大手柄で、彼の名は新聞の見出しを飾った。

けれども、ロテアの解決したい殺人事件は他にあった。ポール・スタインがタクシーの中で殺されてから二年の月日が経つというのに、トスチとアームストロングの両刑事はまだゾディアックに関して次々と流れこんでくる無数の手がかりの検証に追われていた。彼らが忙しすぎるときや、休暇を取ったときには、ロテアが彼らに代わって手がかりを追求した。それが殺人課のやり方だった。刑事全員が互いを助け合っていた。

ロテアはゾディアックを見つける鍵は、彼の手紙と、彼が選んだ被害者のタイプの中にあると考えた。各事件に残された証拠を見直すと、いくつかの類似点が見つかったので、決定的に重要だと思われる点を書き留めていった。特に女性に対したときの凶暴さから、ゾディアックの憎悪の対象は女性だと思われた。女性の被害者は見た目が互いに似ていた。カリフォルニア中の多くの刑事と同じく、ロテアもまた、事件解決に結びつく決定的な手がかりがすぐに見つかることを期待し、またそう祈っていた。答えは自分たちの目の前にあるはずだと思った。

あったのだ。

彼の目の前に。

犠牲者は皆、彼の新しい恋人に似ていた。

だが、若くて美しい女性に夢中になっているロテアは、そのヒントを完全に見落とした。部署でも地域社会でも、職業的には人々の尊敬を勝ち得ている彼だったが、私生活はめちゃくちゃだった。

長男のマイケルはカレッジのアメリカンフットボール・チームのラインマンだったが、ひどい交通事故に遭い、プロのフットボーラーになる道が完全に断たれていた。かつてのスター選手が今では一日二四時間の介護を要した。この事故は家族にとっては破壊的で、ロテアとパトリシアの仲をよりいっそう引き離した。結婚生活の緊張感は増すばかりで、とうとうロテアは自宅を出て、アッパー・ヘイトにあるアパートに移るしかないと感じた。次の一年間、彼はパトリシアとともに暮らす家から出ては戻りを繰り返した。仲直りしては別れ、また仲直りした。

ロテアは決して一人でいるのが好きな男ではない。一人になると酒を飲んだ。時には相棒がやって来てドミノをして遊ぶこともあったが、仕事をしていないときはたいてい一人で家にこもり、酒瓶で悲しみをまぎらせた。

彼の生活のたった一つの光明はジュディだった。ダンスをした最初の夜のあとにジュティを食事に誘い、受け入れてもらっていた。ジュディは彼のマナーの良さと心からのフレンドリーな微笑みを気に入っていた。そして彼が勝ち得ている尊敬も。彼は彼女の若さと情熱、そして美しさに魅かれていた。

他の人たちに理解されないことはわかっていたが、二人は付き合い始めた。ロテアはパトリシアとの事情を打ち明け、迫っている離婚が引き起こす心痛を分かち合った。彼は息子のことも話した。ジュディは彼の手を取り、親身になって耳を傾けた。

母は私のことも、ヴァンのことも、一言も話さなかった。そうするには早すぎた。警察官のような人種には、実の息子を捨てるような犯罪者と駆け落ちした過去は理解してもらえないかもしれないと思ったからだ。

その間、ヴァンは自分がどんなふうに報道されているかを発見するため、むさぼるように新聞を読んでいた。するとサンフランシスコ市警のある黒人刑事の評判が急上昇していることに気づかずにはいられなかった。

ゾディアック殺人が起きないまま一日一日と過ぎていくにつれ、町の息遣いは少しずつ楽になっていった。この時期、ロテアはパトリシアとの離婚が成立した暁には結婚してくれと、ジュディに求婚し続けていた。

38

ジュディはなかなかうんと言わなかった。継母になることが怖かったのだ。彼女の両親は子育ての手本を示してはくれなかったし、自分自身の子供との経験もひどいものだった。

しかしロテアは諦めなかった。男には妻が必要だ。そうに決まっている。彼の決意はヴァンがジュディを自分のものにしようとしたときと同じくらい揺るがなかった。

サンフランシスコ市警察（ＳＦＰＤ）署内の考え方を正そうという決意も同じくらい固かった。彼は「公正を求める警官たち」という黒人警官の組織の形成に大きく貢献した。一九七三年に同グループは人種差別があったとしてＳＦＰＤを相手取って民事訴訟を起こした。署内の〝古きよき時代〟の男たちはこの訴訟を快く思わなかったので、まもなくロテアとサンダーズは憎悪と敵意に満ちた環境で仕事をする羽目になった。ある午後、彼らが法廷で宣誓証言をしたあとに緊張は一気に頂点に達した。彼らが裁判所の建物を出ると、階段に同署の警官が数百人も待ち構えていて、侮辱的なスローガンを叫んだ。「ニガー！」と呼ぶ者さえいた。

まわりがこんな状態では仕事をするのも楽ではなかったが、ロテアは常に冷静さを失わず、どんなことにも目の前の仕事の邪魔はさせなかった。当時のそれは、サンフランシスコを震撼させた、人種問題が引き金となった一連の殺人事件だった。

ゼブラ連続殺人事件は一九七三年一〇月二〇日に始まった。白人の若いカップル――リチャードとキータ・ハーグ夫妻――が散歩中に三人のアフリカ系アメリカ人の男性に拉致され、サトウキビ伐採用の鉈で滅多打ちにされた。リチャードは助かった。キータは助からなかった。

続く半年間、ロテアとサンダーズは寝る間も惜しんで事件の担当刑事――ジョン・フォティノスとガス・コレリス――の捜査に力を貸した。ロテアとサンダーズはチームにとって計り知れないほど貴重な存在だった。なぜなら、白人警官を信用しない黒人たちも彼らになら話をしたからだ。ロテアはフィルモア地区の人脈を使って貴重な手がかりを発見した。

一〇月二九日、次の犠牲者となるフランシス・ローズは車でカリフォルニア大学バークレー校のキャンパスに近づいたところで男に乗せてくれと止められ、その後、銃で数発撃たれた。次の犠牲者はサレーム・エラカットという男性だった。一一月二五日、経営する食料品店で男に縛られ、処刑の姿勢で銃殺された。一二月一一日、ポール・ダンシックという男性が公衆電話の使用中に三度撃たれた。

一二月一三日、ゆくゆくはサンフランシスコ市長になるアート・アグノスが黒人居住区での会合から出てきたところ、背中を二度撃たれた。同じ夜、ディヴィサデロ・ストリートを歩いていたマリエッタ・ディジロラーモという名の女性が三発の銃弾を受けた。彼女は助からなかった。

クリスマス直前の一二月二〇日、イラリオ・ベルテュッチオがベイヴュー地区で四発の弾を受けて亡くなった。同日夕方に、今度はセントラル・アヴェニューでテリーザ・デマルティーニが撃たれたが、命は助かった。二二日、ニール・モイニハンがトゥエルフス・ストリートでバーから出たところを三発撃たれて死んだ。そのほんの数分後に、ミルドレッド・ホスラーがグー・ストリートとマクコッピン・ストリートの角にある、彼女のよく使うバス停で四発の銃弾を受けた。

クリスマスイブの日、女性二人がノース・ビーチでむごたらしいものを発見した。男性の死体は警察により「ジョン・ドゥ一九六番」と名付けられた。手足がバラバラにされ、頭部も切断されていた。身元は永久に不明で、銃で撃たれてはいなかったものの、多くの刑事がこの事件をゼブラ連続殺人と結びつけた。

一九七三年一二月、「エクソシスト」が劇場公開され、観客に大きな衝撃を与えた。一九四九年のローランド・ドゥによるエクソサイズ〔悪魔祓い〕事件をベースにしたこの映画では、リンダ・ブレア演じる、悪魔に乗っ取られた少女の悪魔祓いを二人の神父が試みる。多くの人々にとって悪魔をテーマにした心理サスペンスは不快とはいえ観ずにはいられず、「エクソシスト」は映画史上最高の興行収入を上げたホラー映画となった。この映画が悪魔のパワーに焦点を当てていることに魅かれた人も、観れば恐怖に震え上がった。

ヴァン以外。

一九七四年一月二八日、ゼブラ・キラーは猛り狂い、別々に五人——ロクサンヌ・マクミラン、ターナー・スミス、ヴィンセント・ウォリン、ジョン・バンビック、ジェーン・ホリー——を撃つという凶行に及んだ。命が助かったのはマクミランだけだった。

被害者の家族が慟哭していたころ、ノエ・ストリートの狭苦しい部屋では、ヴァンがぞっとしながらある告知記事の写真を穴が開くほど見つめていた。

彼女がそこにいた……美しく、愛らしく。笑みを浮かべて。

彼女の目を覗きこんでいるのはサンフランシスコの新聞で目にしたことがある黒人の殺人課刑事だ。そこには、彼らの結婚の予定日が掲載されていた。

一月二九日、打ちのめされ怒り狂った父は三年ぶりに手紙を書いた。宛名は「サンフランシスコ・クロニクル」社。

霧雨の中から、ゾディアックはサンフランシスコ市をよりいっそう恐怖のどん底に突き落とすため、再浮上した。

「エクソシストを観て＋これまでで最高の風刺喜劇だと思った」と彼は書いた。

「署名、敬具」と結んだあとに、『ミカド』からの引用を使って、ゾディアックの死を比喩的に予言した。

彼はうねる波に飛びこんだ

すると自殺者の墓からこだまが聞こえてきた

ティィット・ウィロ・ティィット・ウィィロ

ティット・ウィロ［『ミカド』に出てくる鳥の鳴き声］

追伸　このメモが貴紙に載らなかったら、何か卑劣なことをしてやる、私にそれができること

はお前も知っているだろう

私－37

SFPD－0

彼の自己申告による犠牲者の数は、音沙汰がなかった間に倍になった。その三年間にオーストリアでもメキシコでも「ゾディアック」の署名のある殺人事件は一件もなかったことは知っているが、私は父がそういった場所にも足跡を残した可能性を疑わざるを得ない。それとも、警察を煙に巻くため、父は単に犠牲者の数をでっち上げていたのだろうか？

ヴァンとジュディの結婚が家族により無効にされた日から正確に一二年後の一九七四年のバレンタインデーに「クロニクル」社はまたもう一通手紙を受け取った。

親愛なる編集長殿、

シンバイオニーズ解放軍《Symbionese Liberation Army》〔アメリカの左翼過激派組織〕のイニシャルSLAYの〝SLA〟は古ノルド語で〝Kill〟を意味する語だって知ってたかい？

友より

ゼブラ殺人は四月一日に再開した。士官候補生のトーマス・レインウォーターとリンダ・ストーリーが、所属する救世軍からつけてきた男に撃たれた。リンダは負傷しながらも助かったが、トーマスは死亡した。

同月一四日には、フィルモア・ストリートとヘイズ・ストリートの角でバスを待っていたテリー・ホワイトとウォード・アンダーソンが襲われた。二人とも命は助かった。

ネルソン・T・シールズがゼブラ殺人の最後の犠牲者になった。デュポン社役員の跡継ぎ息子だったシールズは、四月一六日にステーションワゴンの後部座席に毛布を入れようとしていたところを撃たれて死んだ。

新たな事件が起きるごとに、当局への犯人逮捕に対するプレッシャーはいや増した。そのためジョセフ・アリオト市長とドナルド・スコット警察署長は先例のない手に打って出た。犯人の似顔絵に似た黒人や、細い顎もしくは短く刈ったアフロヘアの黒人を、手当たり次第に職務質問しろと命じたのだ。そして疑いの晴れた者には、すでにチェックずみであることが他の警官にわかるよう、特製の「ゼブラカード」を渡すことにした。

ロテアは唖然とした。彼とて何としてでも犯人を捕まえたい気持ちに変わりはないが、彼の部署がそこまで露骨に人種差別的なプロファイリングを利用するとは信じ難かった。その週末、ただ見た目が条件に当てはまるというだけの理由で、警官たちが五〇〇人以上もの黒人男性に職務質問するのを、ロテアは恐怖のうちに見守った。「公正を求める警官たち」や他の黒人コミュニティの有力者たちも立ち上がり、声高に反対を表明した。全米有色人種地位向上協会（NAACP）と米国自由人権協会（ＡＣＬＵ）が裁判に訴えると、サンフランシスコ市警のこの行為は違憲であるとの判断が下った。結果、同署は黒人に対する人種差別的な捜査を中止させられた。

四月二三日、アフリカ系アメリカ人のイスラム運動組織「ネーション・オブ・イスラム」の戦闘グループに所属するアンソニー・ハリスという男が警察に出頭してきて、誰が無差別殺人を行っているかを知っていると言った。そして、罪のない白人の殺戮《さつりく》をこれ以上続けさせるわけにはいかないと述べた。彼の証言が四人の男――ラリー・グリーン、マニュエル・ムーア、ジェス・リー・クックス、Ｊ・Ｃ・サイモン――の収監につながった。彼ら以外にもさらに四人の男が逮捕されたが、起訴には至らなかった。サンフランシスコ史上最長の裁判を経て、容疑者全員が終身刑になった。

殺人者が法の裁きを受けたことに安堵し、ロテアは署内の人種差別に対する闘いを再開した。同時に、彼の孤独を取り去ってくれる美しいブロンド女性との交際にも復帰した。

ジュディはそれまでの数ヵ月間、いくつもの夜をロテアとサンダーズが事件について交わす議論を聞きながら過ごした。無線から一八七〔殺人の暗号（カリフォルニア州法第一八七条に由来）〕の通報が入ってくるたびに、新しい殺人事件の捜査に彼らが飛び出していくのを、震えながら見送った。そんな試練の日々に感じた彼を失うかもしれないという恐怖に、ジュディはどんなにそのハンサムな刑事を愛しているかを思い知らされた。

一九七四年六月一九日、ロテア・ギルフォードとジュディ・チャンドラーはセシル・ウィリアムズ牧師の祝福のもと、正式に結婚した。

七月八日に、ヴァンは「サンフランシスコ・クロニクル」社に最後の手紙を送っている。それは同紙コラムニストであるマーク・スピネリを標的にしていた。

編集長殿、

マルコ〔マーク〕を冗いた地獄に戻せ。やつには常に自分が優秀だと感じていなければ気がすまない重度の心理的障害がある。精神分析医のもとに送るのがいいだろう。その間、マルコ伯爵のコラムは中止しろ。伯爵は匿名で書けるのだから、私のように――

赤い亡霊

（怒りで赤い）

ゾディアックは実際、怒りで真っ赤になっていたが、それはマーク・スピネリのせいではなかった。ジュディが殺人課刑事と結婚したからだった。

それは彼にとってあまりに危険な偶然だった。

以後、ゾディアックからの連絡は永久に途絶えた。

39

ゾディアックとしての最後の手紙を送ったあとに、ヴァンは国を離れた。もしジュディが自分のことを話し始めたら、ひょっとしてロテアがバラバラのピースをつなぎ合わせるかもしれないと不安になったのだ。オーストリアを旅行し、永世中立を宣言したその国で、彼は安全だと感じた――たとえロテアが真実を解明しても、本国送還はないだろうからと。最初の数週間、紀元九九六年までさかのぼるオーストリア史の古文書を求めて書店を探し歩いた。だが、真に価値のあるものは何一つ見つからず、生きていくために、またもや偽造という手に頼った。

なおも婚姻関係にあるイーディスや子供たちにあえて連絡を取ったりはしなかった。時が経つにつれ、警察からの接触がないので、ジュディは口を閉ざしているに違いないと思った。ロテアに対し抱いていた被害妄想は消え、自信がよみがえった。

数ヵ月後、ヴァンはサンフランシスコに戻り、アッパー・テンダロイン地区の《ウィリアム・ペン・ホテル》内のアパートに引っ越した。エディ・ストリート一六〇番に位置し、一九〇七年前後に建てられたこのホテルは、一九〇六年の大地震とそれに続く大火で一帯の建物のほとんどが破壊されたのちに雨後のタケノコのように出現した、独居用の部屋を特色とするホテルの一つだった。歴史的にオルタナティブなライフスタイルを受け入れてきたことで有名なその地区は、同性愛者や薬物依存者、落ちぶれた人たちを歓迎した。ミュージシャンたちも、レストランや劇場やホテルの間に無数に点在するナイトクラブでの仕事に魅かれて、その地区に引き寄せられた。一九五〇年代には、ジャズトランペット奏者のマイルス・デイビスとピアニストのセロニアス・モンクが、彼らのスタイルをあからさまにまねる地元ミュージシャンたちとともに、同地のナイトクラブに栄誉を与えた。ロウワー・ノブ・ヒルに接するその一帯はヴァンにとっては昔からなじみのあるホームグランドで、はみ出し者たちに交じって安全だと感じられた。彼が落ち着いた二一五号室は狭く——クローゼット一つと鍵爪足の短いバスタブのあるバスルームつきワンルーム——安っぽかったが、最低限のニーズは満たしていた。

夜にはバーで酒を飲み、出入りする女装家を眺めて過ごした。短いスカートと胸の大きく開いたブラウスが、彼らの本来の性別を誇らしげに主張していた。ゲイの聖地とされるカストロ地区が彼らを歓迎するずっと前から、テンダロイン地区は彼らに居場所を与え、保護していたのだ。

昼には二日酔いのかすんだ目で通りをうろつき、しばしばホテルから三ブロック先のゲーリー・ストリートまで足を延ばした。そこはかつてジュディと暮らした場所だった。

思い出に浸りながら。

喪失を嘆きながら。

自身の不運を呪って。

時に旧友のウィリアムに連絡を試みたこともあったが、ウィリアムは電話を取ろうとしなかった。彼がヴァンとの付き合いを断ってすでに長い年月が経っていたが、ヴァンのことを忘れることはできなかった。法廷が忘れさせてくれなかった。ウィリアムは犯罪学の修士号を取得し、法医学犯罪学者になっていた。だが、専門家として証言するため法廷に入るたびに、被告側の弁護人に、ヴァンのジュディ誘拐を幇助《ほうじょ》した罪で逮捕された過去を持ち出された。ウィリアムは軽犯罪の罪状を認めたおかげで執行猶予つき判決を受けたが、逮捕の事実は記録に残り、キャリアを通して彼を悩ませ続けた。もし、あのとき、ヴァンが彼はジュディが未成年であることは知らなかったと証言さえしてくれていれば、起訴は取り下げられていたかもしれない。ウィリアムは友に裏切られたと感じ、金輪際、彼とは関わりたくないと思っていた。

ヴァンもまた、裏切られたと感じていた——それまでに関わったすべての女性により。そして今、ジュディが殺人課刑事と結婚したことで、彼に慰めを与えていた唯一のものすら奪い去られた。

彼に力を与えていたもの——殺人。

彼に優越感を与えてくれたもの——警察に対するあざけり。

それらがあればこそ、なんとかバランスを保っていられた。

ジュディがそれを奪った。

ヴァンは、メキシコシティの心なごませる懐かしい玉石敷きの通りを目指した。《ホテル・コリント》のバーではくつろげた。そこでは彼のことを「セニョール・ベスト」と呼び、彼の本を見てくれるメキシコ人に囲まれる。彼らはヴァンを受け入れ、今では自分たちの人生の一部になったアメリカ人を称賛さえする。狭い通りを歩くと、店主たちが手を振る。バーに足を踏み入れると、トム・コリンズ〔カクテル〕が待っている。骨董品のディーラーたちは彼の姿を目にすると、金儲けのチャンス到来とばかりに微笑んだ。

だが、ヴァンのほうは、もはや骨董品で一山当てることには興味がなかった。糊口をしのぐに必要最低限の売買しかしなかった。そして酒を飲んだ。が、逃れることはできなかった。二人で尋ねた大聖堂に、二人で食事をしたレストランに、二人が愛し合った《ホテル・コリント》に、ジュディの面影が現れ、なかなか消えてはくれなかった。

次の一年間、ヴァンは自分の傷を舐めながら、大半の時間をメキシコで過ごした。その間に父が、自分が奪った命や、壊した彼らの夢や、親なしで育つことになった子供たちや、不条理にも自分より先に子に死なれた親たちに思いをめぐらせたかどうかは、私にはわからない。父が自分の子供のことを考えたかどうかもわからない。彼が酒を飲んでいたことしか、わかっていない。

一九七六年、ヴァンはサンフランシスコに戻った。三月一七日の夜八時半ごろ、よろけながら《リアドンズ・レストラン》の中を通り抜けて、ロビーの公衆電話まで行った。なんとか強い衝動を抑えてきたが、その夜、とうとう彼は我慢ができなくなった。あまりに長い間、表舞台から遠ざかっていた。当局を愚弄するスリルが必要だった。

数枚の一〇セント硬貨を入れ、ＦＢＩのサンフランシスコ事務所の番号をダイヤルした。

「ジェラルド・Ｒ・フォード大統領の暗殺計画に関する情報があります」電話に出た捜査官に言った。

「お名前を、サー」

「アール・ヴァン・ベスト」

「生年月日は？」

「一九三四年七月一四日」

「では、その情報についてお話しください」捜査官はそれが信頼できる情報かどうかを見極めようとしながら質問した。半年前に大統領の暗殺未遂事件が二件起きていた。一件はカリフォルニア州サクラメントにある州議会堂の敷地内でマンソン・ファミリーのリネット・〝キーキー声〟・フロームが大統領に銃を突きつけた事件で、もう一件はサンフランシスコの《セント・フランシス・ホテル》から出てきた大統領に左翼過激派グループのサラ・ジェーン・ムーアが発砲した事件だった。

「私は輸入業を営んでまして」ヴァンは言った。「サンフランシスコ界隈の外交官仲間に親しい友人が多くいます。二日前にあるユーゴスラビア人から大統領暗殺の陰謀について聞かされました」

「その人物の名は?」

「その情報は提供できません」ヴァンは言った。

「その人物とはどういう関係ですか?」

「彼は一九七四年にオーストリアで初めて私に接触してきました。偽の身分証明書が欲しいとかで」

「それで、あなたのおっしゃる陰謀とは?」

「三月一八日の公式行事への出席中に合衆国大統領を暗殺すると、その男は言っていました」

「彼の身体的特徴を教えていただけますか?」

「身長は一七五センチくらい、髪と目は茶色。がっしりした体型です」ヴァンは続けた。「大統領に対し、過激な陰謀がいくつかあるようです。計画しているのは過激派の狂信者グループです。そのユーゴスラビア人が首謀者です」

午後八時四五分ごろ、FBIはサンフランシスコ市警に、このたれこみの通報者がエンバカデロ・

ストリート一〇〇番にいると知らせた。諜報部も同じ知らせを受けた。

捜査官がヴァンとの会話を引き延ばしている間に、警察が現場に向かった。

午後九時一五分、サンフランシスコ市警の警官がヴァンから受話器を取り上げると同時に、もう一人の警官が手錠を掛けた。「容疑者を確保しました」電話の相手をしていた捜査官が知らされた。「男は酔っているようです。市の留置所に連行し、酩酊罪で拘束します」

くだんのＦＢＩ捜査官はヴァンが留置所に入れられたことを諜報部に通報したが、報告を受けた特別捜査官はヴァンの取り調べには姿を見せなかった。

翌朝、サンフランシスコ市警はＦＢＩに相談することなくヴァンを釈放した。

ＦＢＩはただちにヴァンの捜査を開始した。

三月一八日、大統領暗殺の試みはなかった。

翌一九日、ＦＢＩ捜査官は《ウィリアム・ペン・ホテル》に行き、ヴァンの大家だった人物から話を聞いた。

「彼なら去年の二月に出て行きましたよ」大家は言った。「約半年、ここに住んでました。今でも彼宛ての郵便物が届きます」

ＦＢＩ捜査官は三月二七日と、さらに四月二日にもそこを訪れた。「彼は戻って来ましたか?」捜査官は大家に尋ねた。

「郵便物のいくつかを持って行ったようです」大家が言った。

「もしまた姿を現したら、ＦＢＩに連絡するよう言ってください」

ヴァンは連絡しなかった。

その後、大統領の命を脅かす試みがなかったので、ＦＢＩは最終的にこの事件の捜査を打ち切った。

40

サンフランシスコ市警察署、サンフランシスコ郡上級裁判所、サンフランシスコ保安官事務所、そして郡拘置所の入っている裁判所の建物は一九五八年に建設され、大理石の壁や巨大な半球形のシャンデリアといったインテリアが見る者を圧倒するようデザインされている。靴磨きスタンドのある玄関口では、弁護士や刑事や市民がしばしば寄り集まって会話に興じている。重大な犯罪の捜査が行われる四階には、ドアの固く閉ざされた部屋が並ぶ長い廊下があり、両側の壁にはサンフランシスコ市警察史に大きな足跡を残したヒーローたちの写真が飾られている。「殺人課」と彫られた金属製の表示板が、重犯罪班の部屋の木製ドアの上に突き出ている。近くの窓には犠牲者の写真と情報提供者に与えられる報奨金のポスターが粘着テープで貼られていて、どの事件が未解決であるかを皆に知らしめている。

一九七〇年代も半ばになるころには、ゾディアックの似顔絵はより最近に起きた殺人事件の指名手配写真と差し替えられていた。とはいえ、トスチのような刑事はもしもの場合に備えて、ゾディアックの似顔絵を手近に置いていた。

ロテアも同じだった。彼はよく白黒の縞模様のふわふわした帽子を誇らしげに被っていた。ゼブラ連続殺人の捜査に加わったことを記念して買った帽子だ。殺人課の他の連中はそれを記念の品としては奇妙だと思いつつも、被ってみるチャンスを狙っていた。四五〇号室では、その帽子を被って席に着いているデイヴ・トスチ刑事と、そばに立って今にもそれを取り返そうとしているロテアの姿がちょくちょく見られた。

一九七五年末には、トスチのパートナーだったビル・アームストロングが、夜な夜な悪夢となって現れる犯行現場のシーンに疲れ果て、彼のキャリアにおける最大の事件を未解決のまま殺人課を去った。トスチにはゾディアックと決別する気は毛頭なかった。すでにあまりに多くの時間と労力を注ぎこんでいた。報道に関しては依然、華麗なトスチ刑事が中心的役割を演じていたものの、実際にはアームストロングがコンビの主柱だった。したがって、彼がいなくなると、新しい手がかりはすべての刑事にばらまかれた。他にも捕まえなくてはならない殺人犯は常にいるので、ゾディアックの逮捕に総力を挙げて取り組んでいた六年前とは事情が違っていた。

最終的にロテアはゾディアック事件の捜査に全面的に加わることになったが、当時の殺人課は別のある連続殺人犯に引っかき回されていた。似顔絵を描いてやると言って被害者を誘惑し、性交渉を持ったことから、メディアにより「ブラック・ドゥードラー〔黒い落書き屋〕」と名付けられた犯人は、一九七四年一月から一九七五年九月にかけてゲイの男を一四人、めった刺しにして殺害した。攻撃は受けながらも逃げおおせた被害者が三人いて、彼らがサンフランシスコ市警に事件を報告していた。

当初、ロテアとサンダーズはこの一連の事件は三人の別々の連続殺人犯による犯行ではないかと疑っていた。いくつかのケースで犯行の手口が異なっていたからだ。被害者のうち五人はテンダロイン地区のゲイバーに出入りしていた女装家のゲイ。別の六人はマーケット・ストリートの南にあるSMバーに入り浸っていたSMプレー愛好家。残りの六人は、こっそり訪れていたカストロ地区で面白い夜を過ごせると誘惑されたビジネスマンが三人に、弁護士、芸能人、外交官が各一名といった面々だった。

ロテアほか刑事たちが被害者から聴取を行ったところ、ブラック・ドゥードラーの姿が鮮明に浮かび上がった。一九七六年に容疑者を連行し、尋問した。この男は刑事たちと話すことには積極的だったものの、自白は断固拒否した。それでもロテアには彼が犯人だとの確信があり、サンフランシスコ市警はこの男の身柄を拘束した。

しかし、一つ問題があった。

結局、彼を釈放するしかなかった。

一九七七年五月八日付のAP通信社の記事が、その経緯をこのように説明している。

「この一年間、警察は『ドゥードラー』と名付けた若い男を、サンフランシスコのゲイ・コミュニティで発生した一四件の殺人と三件の暴行事件について尋問してきた。ギルフォード刑事によると、氏名は明かされていないこの容疑者は、警察と気軽に話すものの、いまだ犯行を認めていない。警察は彼が真犯人であるとかなり確信しているが、生存する被害者による識別証言が必要だ」記事はさらに続く。「同刑事によると、生存する被害者には、芸能人、外交官、サンフランシスコを離れたのちに新住所への手紙にも電話にも応答しない男性が含まれている。『推測するに、彼らは新聞沙汰になりたくないのでしょう』とのこと」

そして、被害者たちが自分の秘密がばれるのを恐れて、連続殺人犯を刑務所に送りこむための協力を拒んだせいで、ブラック・ドゥードラーは結局、逮捕されずじまいだった。

ロテアは怒りを覚えた。犯人が誰かも、その男がどこに住んでいるかもわかっているのに、被害者の識別証言なしでは起訴するに十分な証拠がない。

前出記事の続きには「同性愛者の権利擁護者ハーヴェイ・ミルク氏は発言を拒んでいる被害者について、『彼らの立場は理解できる。彼らが社会から受けている重圧は大きい』と述べた」とある。記事は続く。「ミルク氏によると、多くの同性愛者が職を失うことを恐れて自らの性的嗜好を秘密にしている。『彼らはクローゼットの中に隠れているしかないのだ』」

ブラック・ドゥードラーに対する人々の関心はすぐにフェードアウトした。彼はゾディアックほど新聞を売ることはできなかった。同性愛者同士の殺しは単にゾディアックの暗号ほどは人々を魅了しなかったのだ。

だが、同性愛者の政治家――これは別問題だ。一九七七年末にカリフォルニア州でハーヴェイ・ミルクが同性愛者であることを公表した人物として初めて公職に就くと、「政治と同性愛」が再び新聞の見出しを独占した。ジョージ・モスコーニ市長の支持を得て、ずけずけ発言するミルクは有権者を説得し、サンフランシスコ管理委員会の席を獲得した。

同性愛者の権利の強力な擁護者モスコーニは、初めて女性や同性愛者その他のマイノリティを市の委員会や諮問機関に多数採用した市長だった。ロテアの旧友のウィリー・ブラウン州議会議員の助けで、上院議員のモスコーニはカリフォルニアのソドミー法〔特定の性行為を違法とする〕廃止を押し進めた。カストロ地区の薄暗い照明のバーで、若いビジネスマンたちはモスコーニとブラウンの勝利を祝してグラスを掲げ、乾杯した。だが、市長として下したある決断が、やがてモスコーニに大きな代償を支払わせる結果になる。

市長選の数ヵ月前、モスコーニは「人民寺院《ピープルズ・テンプル》」の教祖ジム・ジョーンズを自身の選挙運動に雇い入れた。膨大な数の信徒票が選挙の行方を左右すると判断したからだ。ジョーンズは数年前に拠点をサンフランシスコに移し、以来、着々と同市の政界に入りこんでいた。モスコーニは市長選に勝利すると、礼としてジョーンズにサンフランシスコ公共住宅委員会の議長職を与えた。

一九七七年九月にはウィリー・ブラウンもジム・ジョーンズの教団に入り、ゲーリー・ストリートにある人民寺院本部の晩餐会で行った演説では、ジム・ジョーンズのことを「マーティン・ルーサー・キングとアンジェラ・デイヴィスとアルバート・アインシュタインと毛沢東」を合わせたような人物だと絶賛した（全米公共放送ネットワーク「ＰＢＳ」のウェブサイトより）。

一九七八年、ロテアは政界に進出するため、サンフランシスコ市警察を早期退職した。ロテアの力添えで市を相手取って起こした人種差別訴訟が進行中だったにもかかわらず、モスコーニは彼を刑事司法に関する市長委員会の常任理事に任命した。

すると、地獄がパックリと口を開けた。

一九七八年一一月一八日、虐待の申し立てがメディアを通して徐々に外部に漏れ出したために寺院を移していたガイアナ〔南アフリカ〕のジョーンズタウンで、ジョーンズが九〇〇人あまりの集団自殺を決行したのだ。地面の上に大人や子供がびっしり並んで横たわる死体の山の映像が夕方のニュース番組に流れると、集団的恐怖がさざ波のように世界に広がっていった。犠牲者の中には、教団に対する疑惑を調査するためにガイアナを訪れていた、カリフォルニア州のレオ・ライアン下院議員も含まれていた。

ウィリー・ブラウン、ハーヴェイ・ミルク、そしてジョージ・モスコーニを含むサンフランシスコでのジョーンズの政友たちは一目散に保身に走った。

九日後、少し前に市議を辞任していたダン・ホワイトが市庁舎に入り、まずモスコーニ市長を、次にミルクを射殺した。二人はともにホワイトの再任要求に反対していた。

世界がガイアナの悲劇を悼んでいる一方で、サンフランシスコのゲイ・コミュニティは市議会における最強の擁護者二人を失った悲しみに暮れていた。

誰にとってもだが、とりわけ高潔さを重んじるロテアにとっては、サンフランシスコ市の政界に入るのにいい時期ではなかった。サンフランシスコ市警察に所属していた年月に、彼はアフリカ系アメリカ人ために新天地を開拓し、一八年間に一五回も褒賞を獲得していた。一九七九年、ロバート・F・ペッカム裁判長はマイノリティが署内で過小評価されていることを認め、採用、任命、昇進に関する新基準の適用を命じた。これには以後二〇年にわたる審査が付されていた。

ロテアと「公正を求める警官たち」のメンバーは、ついにサンフランシスコ市警察署内の差別に終止符を打つ闘いに勝利した。

ロテアはすべてのゴールを達成した。

一つを除き。

ゾディアックは依然、捕まっていなかった。

41

「あなたによ。ヴァンから」受話器を夫に手渡しながら、エリーが言った。

アールは何かいい知らせであることを祈りながら、受話器を受け取った。最近ではヴァンから電話がかかってくることはめったにないが、アールはもう息子のことがほとんど理解できなくなっていた。

「もしもし、ヴァン、私だ」

「お父さん、金が必要なんです」

「一体どうしたんだ?」アールは問い返した。

「逮捕されたんです。罰金を払って、メキシコに行かなくちゃならない」ヴァンは答えたものの、ろれつが回っていない。

アールは心の準備を整え、腰を下ろした。「何をしでかしたんだ?」

「ただ数回、飲酒運転をしただけです」ヴァンはつぶやいた。

「ヴァン、もっと大きな声で言ってくれ。よく聞こえない」

「言ったでしょ、飲酒運転って」

「ヴァン、いい加減にしろ。一体いつになったら、まともな人間になるんだ?」

「なるってば、お父さん。そうしようとしてます。もう一度「メキシコに」行けば、それですべてがうまく行く。ほんとうです」

一九七七年にヴァンは飲酒運転で三回逮捕されている――三月二一日にサンバーナディーノで、六月二一日にリバーサイドで、そして一〇月二四日に再びサンバーナディーノで。アールは息子が泥沼にはまりこんでいることに気づいていたが、すでに手の施しようがなかった。

そのころ、アールは難民キリスト教会の牧師を退職し、愛する妻とともに定年後の生活を楽しんでいた。彼は田舎の牧師としては、実に誇らしい業績を上げていた。対外戦争復員軍人組織（VFW）の牧師に二度選出され、ジョン・F・ケネディ、ジョンソン、ニクソンといった歴代の大統領たちに仕えた。何年にもわたってインディアナ州VFWの従軍牧師を務め、少し前にはインディアナ州知事のオーティス・ボーエンにより「ウォバッシュ郡の副首長」に任命されていた。それは顕著な功績を上げた市民に知事が授ける最高の栄誉だった。四つの学位を取得したことも称賛に値する。信徒たちに、そして国に奉仕し続ける人生だった。

唯一の失敗がヴァンだった。

ヴァンは次の五年間をロングビーチに住みながら、カリフォルニアの海岸沿いを頻繁に旅して過ごした。メキシコの《ホテル・コリント》でも長期間過ごしていた。そんな旅の途中に値打ちのあるものを見つけることもたまにはあったが、たいていは手持ちの古美術品を、自分の存在を耐えられるものにしてくれる酒を買える程度の金と交換していた。かつてはヴァンの知識とめずらしい発見物に驚嘆し、彼の訪問を心待ちにしていた海岸沿いの商人たちも、ヴァンの以前とは違うだらしない格好を目のあたりにし、金を手放すのを渋るようになった。ヴァンはもはや魅力的な微笑と口車で彼らを手玉に取ることができなくなっていた。彼らはヴァンの口からアルコールのにおいを嗅ぎ、瞳にアルコールの影響を見た。

ジュディがロテアと結婚して八年後の一九八二年に、ヴァンはしばらく立ち直りを見せた。息子がよくやっているのを見て安心したアールは、姪にこんな手紙を書き送っている。

「ヴァンは飲酒をやめ、今では少しまともなことを書いたり言ったりしている。時折電話で話をするが、彼がいい人生を送っていることを知って誇らしく思う」

四八年の時を経て、ついに私の祖父は息子を誇りに思える瞬間を経験していた。

だが、そんな瞬間は去った。

その年の終わりには、ヴァンは再び飲酒に逃げこんでいた。

父と子は以後、二度と口をきかなかった。

一九八四年三月二八日、アール・ヴァン・ベスト・シニアは七九歳でこの世を去った。ビューグル〔軍隊ラッパ〕が映画「タップス」の物悲しいメロディを吹き鳴らすと、エリーは涙を拭った。アールが誇りにしていた海軍に由来する二一発の礼砲が、彼を英雄的軍人として称えた。エリーはアーリントン国立墓地にたたずみ、輝かしい栄誉を受けた夫が地中に下ろされるのを見守りながら、息子の姿を探して見回した。

ヴァンは参列すらしていなかった。

42

一九八七年、ダイアン・ファインスタインがモスコーニのあとを継いで女性初のサンフランシスコ市長になった。彼女はロテア・ギルフォードを副市長に任命した。

ジュディはこの上なく夫が誇らしかった。自分の人生に大きな安定をもたらしてくれた男を、彼女は心から愛していた。結婚当初にはいろいろ難しいこともあったが、ジュディはすぐにそれはロテアのせいではないと気づいた。ジュディは健康的な男女関係の中でどう振る舞えばいいのかが、わからなかったのだ。まず実の父親、次に継父、そしてヴァンにより、彼女は劇的な展開に対応するようプログラムされていた。結婚して最初の半年というもの、彼女は夫婦関係を壊すようなことばかりしていた。

ロテアは自分が結婚したあの快活な女性はどこに行ったのだろうと思い始めていた。彼のやることなすことすべてに、彼女はケチをつけた。するとある日、結婚生活も半年を過ぎたころ、ジュディは突然ひらめいた。

「今朝、仕事に行くのに運転しながら、私たちの結婚の何がそんなに悪いのか、考えてたの」その日の夜、ジュディは夫に言った。当時、ジュディはある建設プロジェクトの業務マネージャーをしていた。

「それで、何がわかったの？」不安げな声でロテアが訊いた。

「何にも。まったく何にも。私たちの結婚には何も問題がないの。私、どうしてこんなふうに振舞っているのか、自分でもわからない。私には最高の夫と素晴らしく楽しい生活があるのに……。これからはいい妻になります。約束するわ」

ロテアはほっとして彼女を引き寄せた。彼はジュディの過去については何も知らなかったが、彼女が彼に打ち明けたくない悪魔と一人で闘っていることには、折にふれ、気づいていた。

「お祝いをしよう」彼は言った。「初めからやり直すんだ」

彼らはそうした。そしてジュディはそれまでにないほど幸せになった。結婚三年目にしてやっと再び子供を持つという恐怖を克服し、男の子を産み、ロテアの息子マイケルの名を取ってチャンス・マイケルと名付けた。マイケルは交通事故による負傷に何年も苦しんだ末、少し前に亡くなっていた。ジュディとロテアは赤ん坊に夢中になった。その子は夫婦のどちらにとっても、再び与えられたチャンスだったのだ。

生まれたその日から、ジュディはチャンスに対して過保護になった。ロテアが子供に向かって声を荒げると、彼をいさめた。だが、心配は無用だった。ロテアは常に愛情深い父親で、チャンスが成長する過程で、ロテアは繰り返し世の中には高潔な男もいることを証明した。

時折、ジュディがキッチンの窓際に立っていると、外で友達とバスケットボールをするチャンスを見守る夫に気づくことがあった。彼はメモを取り、息子のプレーの中で修正すべき点と、ほめるべき点のリストを作っていた。チャンスが家に戻ると、二人でそのリストを検討していた。

ジュディは夫が息子に規律と強さと責任感を植えつけるのを見守った。ジュディは自分が人生で初めて正しい決断をしたことを確信した。ロテアはチャンスだけでなく近所の子供たちをたびたびコーチし、必要ならどの子にも父親らしいアドバイスを授けた。ヘイズ・バレー地区の自宅周辺を歩いていると、人々はロテアが近くにいることに安心し、いつも微笑んで手を振った。

ジュディは私をバトンルージュに置き去りにした罪の小さな埋め合わせに、チャンスには惜しみなく愛を注いだ。誰にも打ち明けはしなかったが、時折、養子に出した息子はどうなったのだろうと考えることがあった。結婚生活は安定していたが、あんなにも子供を愛する夫に、息子を手放した事実を打ち明けることは、ジュディにはとうていできなかった。その代わり、ロテアが近隣一帯の子供たちのよき相談相手になる手伝いに没頭し、そのうち、祖母に見捨てられたテリー・マーシャルという一二歳の少年を引き取った。

ロテアたちが住む家の一階に暮らすロテアの母ヴィオラが、子供たちの世話を手伝った。ヴィオラはパンを焼くのが得意で、ジュディとロテアが学校から子供たちを連れ帰ると、いつも夕食の準備が整っていた。

ロテアがサンフランシスコの政界に深入りするにつれ、ジュディはしだいに不安になった。彼がそれまでになく疲れ果てて見えたからだ。相変わらずボランティアをし、コーチをし、教師の代わりを務めてはいたが、朝なかなか起きられなくなった。それは彼女が結婚したエネルギッシュな男とは別人だった。

サンフランシスコ市警の若い警官ハロルド・バトラーも何かおかしいと感じていた。ロテアの時代とは大いに異なる環境で順調に昇進してきた黒人警官のバトラーは、ロテアの成功したプロジェクトの一人だった。二人は「公正を求める警官たち」を通して知り合い、バトラーのほうがずっと歳下だったにもかかわらず、親友になっていた。バトラーはロテアにまつわるすべてを聞き、彼を尊敬していた。

「ロテアは大丈夫?」ある晩、ダイニングテーブルに座って、彼はジュディに訊いた。「すごく疲れて見えるけど」

「ここのところ、疲れてるのよ」ジュディは同意した。「どこか悪いのかしら? 本人はなんともないって言うんだけど」

「医者に診せるべきだよ」

ジュディは夫の説得を試みたが、ロテアはどこも悪くないと言い張った。「血糖値が高いだけ」だと。それは体調が悪いときのお定まりの言い訳だった。

ロテアはファインスタイン市政の間はサンフランシスコ市に仕え続けたが、一九八八年にアート・アグノスが市長になった直後に公職を退いた。だが、カリフォルニア州議会議員を長年務めたのちにウィリー・ブラウンが一九九六年にサンフランシスコ史上初の黒人市長になると、再び政界に引き戻された。ブラウンは彼を「レクリエーション・公園委員会」の委員に任命した。

毎朝、きっかり午前六時にロテアはウィリーに電話し、「おはようございます、市長」と挨拶した。それはブラウンの功績を称える彼なりの方法だった。二人の男は過去数十年をかけて、単に互いを心から好きなだけでなく、人種平等を求めて闘う同志としての友情をも築いていた。

ハロルド・バトラーはロテアの側近グループに入っていることが、うれしくてたまらなかった。彼と彼の妻はギルフォード宅にしょっちゅう招かれた。そして彼は新しいプロジェクトについて話し合うためロテアが市長に会うのに先立って、メンター〔助言者〕であるロテアとともに戦略を立てるのを楽しんだ。ただし、実際にはそんな必要はなかった。なぜなら、ブラウンはロテアの提案なら一〇〇パーセント後押ししたからだ。ロテアは若い警官にとって政治に関わることがどんなに重要かをよく理解していたので、定期的に彼を自宅に呼んでいた。バトラーは元刑事の経験と知恵を拝借しようと、担当している難しい事件についてよくロテアに相談した。署で伝説の人となった偉大な男に畏敬の念を抱きつつも、バトラーはロテアの健康を心配していた。

ジュディも心配していた。二人の結婚生活の最後の一年間、ジュディは夫の手や足を次々と糖尿病に奪われていった。最初は六十代の初めに起きた足の指の変色だった。そして壊疽《えそ》が始まった。ジュディはロテアの看病をすると誓ったものの、時には自分に耐えられるだろうかと悩んだ。「夫が退院して戻ってくると、訪問看護師がやって来て、ガーゼの交換方法を教えてくれました」ジュディはのちにロテアの思い出を記している。「看護師が足の包帯を取ると、指があったところにパックリ穴が開いていて、私は気を失いそうになりました。なんとかレッスンを終えると二階に上がり、ベランダに出て空気を求めてあえぎました。果たして私にこんなことができるかしらと」

その後、ロテアの左足が部分的に切断されると、ジュディは続く何週間もの間、四時間おきに足の残りの部分を漂白剤に浸さなければならなかった。この処置により残りの部分は切断を免れ、ロテアは義足をつけてヨロヨロしながらも歩くことができた。

それから、もう一方の足を失った。

ブラウンがロテアを委員会のメンバーに任命するころには、ロテアの糖尿病は腎不全を引き起こしていた。毎朝、地域密着型プログラムの責任者でロテアのプロジェクトの成功例の一人であるミッチ・サラザーが彼のメンターを人工透析センターに連れて行った。かつてはミッション地区の詐欺師で麻薬の末端売人だったこの若者は、ロテアの助けで人生を立て直した。高校を中退していた彼は、不遇な人々を助けるボランティアの仕事を通して市政に入りこんだ。

ロテアの幼なじみのルディ・スミスもまた、市長により委員会のメンバーに指名されていた。彼はブラウンから、ロテアが必要とするどんな助けでも与えるよう指示されていた。度が過ぎるほどそれを忠実に守ったスミスは、毎日正午前後にロテアを人口透析センターに迎えに行き、お気に入りのレストランから食べ物を調達し、ロテアのキッチンでランチをともにしながら市政について議論した。

この試練を通して、ジュディとロテアの愛は以前にも増して深まった。壊疽が手の指にまで広がると、指が一本ずつ切断されていった。心から愛する夫を失うことを恐れたジュディは、彼に対する気持ちを言葉で表現しようとした。

私は結婚なんてしたくなかったのです。結婚がどんなもので、それによりどんなに幸せになれるかという彼のビジョンを、私は共有できなかったのです。でも、いったん結婚を承諾すると、その前にも後にも彼が愛した多くの人たちにしてきたように、私に彼の正しさを証明し、私を教育してくれました。彼はあらゆる種類の愛を教えてくれたのです——夫婦愛、家族愛、私たちの地域社会や州や国に対する愛までも。

彼は**私**をしっかり**抱**きしめることにより、**私**を**自由**にしてくれました。**私**の**最初**で**最高**の**教師**になることで、**彼自身**がそれをできなくなったときに**私**が**私**を**助**けてくれる**教師**やガイドを**正**しく**選**べるよう、**基準**を**示**してくれました。**私**の**輝**かしい**英雄**である**彼**に、**私**は**心**から**感謝**しています。**彼**は**意志力**の**人**です。

ジュディがこの散文をロテアに見せると、彼は「それをぼくの哀悼の辞にしてほしいな」と言った。ジュディは彼に対する愛を表現することで、大勢の人々を助けてきた男の本質をとらえていた。

一九九八年三月一三日、ロテアはジュディとともに、今後いっさい手術も人工透析も受けないという決断をした。翌日、ロテアは市長に電話し、もうこれ以上病気と闘いたくないと告げ、家に来てほしいと言った。「おれは死ぬよ」と言った。市長は正午前後にやって来た。

アール・サンダーズもやって来た。かつてロテアのパートナーだった彼はその前の週のほとんどをロテアの家で過ごし、友を励まし、看護を手伝っていた。終わりのときが近いことを悟ったハロルド・バトラーもまた、友を慰めようと駆けつけた。

ロテアはベッドの端に座り、いつもどおりのことをした――自分の突飛なエピソードを話して、皆を笑わせた。どうしようもない悲しみの中にあったが、その部屋の誰一人、涙は見せなかった。ロテアはそれを許さなかっただろう。

友人たちが別れを告げたあと、ロテアは眠りに就いた。ジュディと先妻のパトリシアが傍らに座り、彼の呼吸がしだいに苦しそうになっていくのを静かに見守った。まもなく家族の他のメンバーたちが二人に加わり、自分たちの人生に深い影響を与えた男のために声を出して祈った。祈りが終わると、ロテアは息を引き取った。

そして、彼は逝った。

「それは二日という時間をかけて愛の翼で運ばれた、美しく安らかな道行きでした」とジュディはのちに記している。

第三章　解読された真実

43

ロテアが亡くなると、ジュディはその先の人生をどうすればいいかが、わからなくなった。ロテアが病気だった四年間をひたすら看病に費やしたのちに、突然、何もすることがなくなったのだ。そのころにはチャンスもテリーも大きくなり、それぞれ自分の人生を歩んでいた。時々、家の中を歩いているときにふと息子たちの部屋の前に立ち止まり、思い出に浸って静かに泣くこともあった。一度はあんなに活気に満ちて賑やかだった家が今では空っぽで、しんとした静けさが彼女を打ちのめした。友達や家族がやって来ては彼女を忙しくさせたが、何の助けにもならなかった。彼らが帰っていくと、人生を変えてくれた夫と、滑稽なしぐさで家の中を笑いで満たしてくれた子供たちの古い写真を懐かしんで見つめる彼女を、戻ってきた静けさがすっぽりと包みこんだ。仕事とボランティアで毎日を埋めはしたが、毎晩家に帰ると、夕餉《ゆうげ》の食卓に三脚の空っぽの椅子があるという事実は変わりようがなかった。

考える時間がたっぷりできると、あんなにも用心深く退けていた記憶が夢の中に徐々に侵入し始めた。結婚後何年も経ったころ、ついにジュディは内緒にしていた息子の存在をロテアに打ち明けた。

「その子を探したい?」ロテアが訊いた。

「そうすべきかどうかがわからないの」彼女は答えた。「わかっているのは、彼が南部で育ったってことだけ。黒人とのハーフの弟がいるとわかったら、どう感じるかしら。もし真実がわかったときに、彼が私たちを拒絶したら？　南部の人たちって考え方が違うもの」

ロテアはその心配はもっともだと思い、彼女がどんな決断をしようとも応援すると言った。

結局ジュディは何もしなかった。もし私を見つけた場合にどうなるかを恐れ、私にどんな質問をされるだろうと恐れ。

ロテアが発見するかもしれないことを恐れて。

ジュディの心はまだ自分の人生のあの恐ろしい時期を追体験する準備ができていなかった。

ロテアが逝った今、事情は変わった。手放した息子にその後何が起きただろうという好奇心が、恐怖心に打ち勝ち始めた。ロテアの死から約一年後に、ジュディはある決断をした。まずは息子を探し出し、何が起きようとそれはそのとき対処すればいいと。

ある意味、ロテアが彼女を助けたとも言える。ダイニングテーブルを囲んでロテアとアール・サンダーズが交わす事件や捜査方法の話に幾晩も耳を傾けたことが、今、役に立った。最終的には一九六三年二月一二日にルイジアナで生まれた二七人の男性の名前を発見した。そして、そのうちの一人が息子でありますようにと祈りながら、彼らに電話や手紙で連絡を取り始めた。

三年の月日と養子縁組サーチセンターの協力とルイジアナ州の職員の助けが必要だったが、辛抱強く探し続けた結果、母はついに私の今の名前を知った。

そしてマージーおばさんが私を母の腕からもぎ取ってから三九年後に、私たちはついに再会したのだった
サンフランシスコに到着した翌朝、息子のザックを起こし、オーシャン・アヴェニューにあるユ

ニティ・クライスト教会に向かうと、房になって垂れ下がったカラフルな花々に囲まれたその古風な礼拝堂で、ジュディとバートナーのフランクがすでに私たちを待っていた。私はザックの手を握り、道路を渡って教会のほうに進んでいった。ジュディは私が祖母のヴェルダと弟のチャンスにそこで会えるよう取り計らってくれていた。わくわくしながらもナーバスになり、私は突然家族になったそれらの見知らぬ人たちに何を言えばいいのかがわからなくなった。

ヴェルダはその日の朝早く七時ごろにサクラメントを出発した。着替えをしながら、私に会ったときにどんなことになるだろう、ジュディに無理やり息子を手放させる決断をした理由をどう説明できるだろうと不安だった。一九六三年にジュディが男の子を出産したという電話を受け、しかもその子の父親がジュディを誘拐し強姦した男だと知らされたとき、あまりに突然で彼女は心の準備ができていなかった。ルイジアナ州のソーシャルワーカーから、「赤みがかったブロンド、ブルーの目、母親にそっくり。とてもかわいらしくて清らかな感じ」と私の特徴を聞かされたとき、ヴェルダは泣いた。

だが、彼女自身にすでに子供が数人いて、しかも一人はまだ生後八ヵ月だった。ジュディの赤ん坊まで引き受けることはできない。その子を手放させない限り、そんな羽目になりそうな気がしていた。ジュディは自分の行動に責任を取ることもできず、どんな理屈にも聴く耳を持たないことをすでに証明していた。第一、夫のヴィックが自分たちの家にそんな赤ん坊を連れてくることを許すわけがなかった。ヴェルダは皆にとって一番いい道を選んだのだ。

しかし、その赤ん坊が大人になった今、そういったことを理解してくれるだろうか? 不安でむかむかする胃を抱えてヴェルダは車に乗り、サンフランシスコに向かった。

ザックと私が教会に入るとヴェルダはすでに到着していて、信徒席に一人座り、祈っているかのようにバッグの上で手を組み合わせていた。私はすぐに彼女の存在に気づき、同時に、なぜかその年配の女性が私の祖母だとわかった。

彼女のそばまで歩いて行ったものの、何と言っていいかわからず、しばらくそこに立ちつくしていた。彼女の目の中に不安が見て取れた。

「きっと、あなたは私の知ってる人よね」ヴェルダが高いきれいな声で言った。そしてベンチから勢いよく立ち上がり、腕を私の体に巻きつけた。

そのハグで十分だった。彼女の決断が私にロイドとリオーナという両親を与えてくれたのだから、彼女のことを嫌いになどなれるはずがなかった。

「心配しないで」私は彼女を安心させた。「あなたには後悔する理由も、後ろめたく感じる理由もありません。あなたの決断に感謝しています。愛しています、グランマ」

数分後、チャンスと妻のジャスミン、彼らの娘ミーアが、教会にいる私たちを見つけた。生まれて初めて弟を抱きしめると、その場の全員の目に涙が溢れた。私が南部で育ったためにジュディが抱いていた不安は根拠のないものだった。私は父親違いの弟が黒人とのハーフであることなど、まったく気にならなかった。私に弟がいた、それだけが重要だった。

二〇〇二年の大半を電話やメールを通して新しくできた家族との交流に費やし、その年には四回母を訪ねることができた。クリスマスには、母と過ごす初めてのクリスマスにウキウキしながら、会社のミーティングと年恒例のパーティに出席するためカリフォルニアに行った。二人きりの時間を過ごさせようと、私と母だけでタホとレノへ小旅行に出かけることをフランクが勧めてくれた。

父についてもっと知りたいという気持ちが私の中に再び湧き上がったのは、何十年も前に母と父が結婚したレノにいるときだった。母を動揺させて私たちの新しい関係を損なうようなことだけは絶対にしたくなかったので、その日に至る半年間、私はあまり多くの質問をすることは控えていた。そのころには、母が父について話したがらないことに勘づいていた。

でも、知りたくてたまらなかった。

小旅行の最後の日はタホで過ごした。コーヒーを飲みながら、雪を被った山々に白々と夜が明けてくるのを眺めていたとき、私はついに白状した。「お父さんについて何も知りたくないって言ったよね。でも、やっぱりお父さんが誰か知りたい。見つけ出したいんだ」

母にためらいはなかった。「そうね、ハニー。あなたが心からそれを望むなら、私はできる限り彼を探す手伝いをするわ」

「ありがとう、ママ」私は母をハグした。「ただ、会いたいだけなんだ」

それは母が最もしたくないことだとはわかっていた。だが、母は約束を守った。私がバトンルージュに帰るなり、母は電話での調査を開始した。最初にかけた相手はアール・サンダーズだった。

「アール、お願いがあるの」ジュディはサンフランシスコ市警察署長に言った。何年も前になるが、モスコーニ市長は、いつの日かロテアが黒人初のサンフランシスコ市警察署長になることで歴史を変えるだろうと断言していた。しかし、市長の暗殺により、それは実現しなかった。代わりにロテアのパートナーだったアール・サンダーズが二〇〇二年にその壁を突破した。

しかし、問題があった。

ジュディが電話する少し前に、サンダーズと副署長二人は大陪審により司法妨害罪で告発されていた。そもそも事の始まりは、サンダーズの一番の側近の息子で新人警官のアレックス・ファーガン・ジュニアが非番の警官二人とともにバーで巻きこまれた乱闘事件だった。メディアにより「ファヒータゲート事件」と呼ばれたこの事件は、仕事を終えて帰ろうとしていたバーテンダーが警官たちにステーキ・ファヒータ用のドギーバッグ〔食べ残しを持ち帰る袋〕を渡すのを断ったことがきっかけだった。続いて起きた乱闘の最中に、当のバーテンダーが負傷した。ファーガンの父とサンダーズは協力して部署を運営していたので、くだんの警官たちが逮捕を免れると、地方検事のテレンス・ホーリナンが攻撃を開始した。

警察のスキャンダルはサンフランシスコ湾を覆う霧と同じくらい日常的なので、ジュディはサンダーズの最近の揉め事を耳にしたときも、さほど心配はしていなかった。

「どうしたの?」サンダーズの声は弱々しく響いた。

「息子について話したこと、覚えてるでしょう? 父親を探したがってるんだけど、どこから手をつけたらいいかわからなくて。私、彼のフルネームすらはっきり知らないの」

「助けたいのは山々だけど、実は今、入院してるんだ。心臓マヒを起こしてね」

「えっ、それは大変。お気の毒に」ジュディは叫び声を上げた。

「心配しないで。大丈夫だよ」署長は笑った。「ハロルド・バトラーに電話したらいい。彼なら力になれるはずだ」

「ありがとう、アール。あとでちょっとお見舞いに行くわね」こうなると、例のスキャンダルが彼の健康に悪影響を及ぼしているのではないかと心配しながら、ジュディは電話を切った。

「アールには手伝ってもらえないわ」母は私に言った。「彼、大きなスキャンダルに巻きこまれていて、おまけに心臓マヒを起こしたの。でもハロルド・バトラーに話したらいいって。ハロルドはロテアのパートナーだったから、しょっちゅう我が家に来てたの。きっとできる限りのことをしてくれると思うわ」

ジュディはバトラーの番号をダイヤルした。

「ハロルド、あなたに電話したらいいってアールに言われたので……」ジュディは最初の結婚で設けた息子の父親探しを手伝ってほしいと打ち明けた。

「あなたにもう一人息子がいたなんて知らなかったな」バトラーは言った。

「誰にも言ってなかったから」ジュディは言った。「これにはいろいろと事情があって。でも、息子には手伝うって約束したの。ちょっと調べてもらえないかしら？　どこかにあの人の記録があるはずだけど、私に思い出せるのは名前がヴァンだったってことだけなの」

バトラーはジュディからできる限り情報を引き出そうとして、多くの質問をした。「大丈夫。彼に犯罪歴があるなら見つかるよ」バトラーは請け負った。

一ヵ月かかったが、ついにバトラーが母に連絡してきた。二〇〇三年六月六日、母からメールを受け取った。タイトルには「気をしっかり持って。ハロルドから連絡あり……」とあった。

バトラーは、私の父の名前はアール・ヴァン・ベスト・ジュニア、一九三四年七月一四日ケンタッキー州ウィルモア生まれだと報告していた。「あなたのお父さんのファイルにある情報はすべて三〇年前のものだそうです。最後の記載は一九六七年八月一五日のものだけど、ハロルドはそれが何についてであるかは教えてくれません。ハニー、ファイルの中にはハロルドが漏洩できないことがあるそうで、要するに、調査を打ち切るよう、私たちは警告されたのです。こんな結果になったのはとても残念だけど、私はハロルドの判断に感謝します。つまるところ、あの男は私と結婚したのです。一体どんな男が一三歳の少女を選ぶ（または、それで満足する）でしょう、……でない限り。私の言いたいこと、わかるでしょ?」母はそう書いていた。

さらに母は、現在、父の名前でのカリフォルニアの運転免許証の発行はないが、ハロルドが父の社会保障番号と古い免許証の写真を発見したと教えてくれた。彼はそれらを母に渡すと約束したそうだ。ファイルに記載されているヴァンの住所はヘイト・ストリートだが、ガートルードのノエ・ストリートの住所も載っていた。「ハロルドはこの件について引き続き私たちに協力したいそうで、あなたと会いたがっています。直接あなたから彼に連絡してほしいそうです」

私はコンピューターをじっと見つめ、メールを読み返した。母に再会して一年、ついに私は父についての多少なりとも具体的な情報を手にした。彼の名前がわかった。私のほんとうの姓がわかった。ベストだと。

興奮冷めやらず、父親探しを手伝うと約束してくれたその警官に一刻も早く会いたくて、私はサンフランシスコ行きのフライトを予約した。

母はミッション地区の《バレンシア・ピザ&パスタ》というレストランで食事をしながら私とバト

ラーの家族を引き合わせる手はずを整えていた。バトラーは私たちより先に到着していて、私がテーブルに近づいていくと立ち上がった。彼のうろたえたような用心深い眼差しが、私にしっかりと据えられた。「あまりにお父さんにそっくりなので、びっくりしたよ」彼は言った。

「父の写真を早く見たくてたまりません。見つけてくれて、ありがとうございます」

だが、バトラーは写真を持ってくるのを忘れていた。料理の注文をしながら、私は苛立ちと落胆を隠すのに苦労した。どうして彼は写真を持ってきてくれなかったのだろう。それこそが私たちが会う一番の目的だったのに。

「他にわかったことがあったら教えていただけませんか？」私は尋ねた。

「いや」バトラーは言った。「口外できないこともあるんだ。法律のせいで」

「でも、四〇年も前のことですよ」私は反論した。「今となっては、何の影響もないでしょう」

「申し訳ない、ゲーリー。きっといろいろ訊きたいことはあるだろう。でも、私はこれ以上言えない。でも、写真は送るよ」

食事の間、視線を上げるとバトラーがこっちをじっと見つめ、私の一挙一動を観察しているのに気づき、何度か不愉快になった。質問するのをやめるのが一番だと悟った。

食事が終わると、バトラーは自宅でのコーヒーに誘ってくれた。彼は最近家をリフォームしたばかりで、母と私に誇らしげに家の中を案内してくれた。私たちが話をしている間にザックは彼の息子たちと仲良くなり、その晩泊まっていくよう誘われた。

「悪いけど、明日は朝早く空港に行かなくちゃならないんです。次回にぜひ」私は約束した。

別れの挨拶を交わすとき、私はバトラーと握手し、彼が手伝ってくれたことに対し、感謝の言葉を述べた。

「例の写真はメールで送るよ。そのあと、オリジナルのほうを郵便で送るからね」

彼の家をあとにするとき、私の気分は少しましになっていた。

バトンルージュに戻ると、すでに彼からのメールが受信箱に入っていた。

重いファイルをダウンロードするのに永遠とも思われる長い時間がかかり、その間、私の中で一秒ごとに不安が膨らんでいった。私は父により階段の踊り場に置き去りにされて以来、初めて父の顔を見ようとしていた。

ついに頭と肩が画面上に現れた。私は長い間、その写真を見つめた。母から聞いていた感じとはまったく違っていた。母は父のことを魅力的で、エクボがあると描写していた。エクボはないし、まして魅力的とはほど遠い。

生気のない目をした無感情な顔が私を見返していた。

ザックが部屋に入って来て、私の肩越しに画面を覗いた。「パパ、この人、連続殺人犯みたいだ」

彼は言った。

「まさか、そんなことはないよ」私は叱責したが、ザックの言葉には一理あった。写真の男はいい人には見えなかった。でも、そのうち私と似ている部分に気づき始めた――生え際のライン、下顎の形、顎の割れ目、目の形。

その瞳を覗きこむと全身に寒気が走り、果たして私のしていることが正しいのかどうか、自信がなくなった。バトラーはファイルには口外できないことが含まれていると言った。

どういう意味だろう？

続く数日間、私はデスクトップのＰＣに保存した父の写真を何度も何度も見ては、その質問に立ち返った。今ここで、父を探すことをやめるべきだろうか。だが、生来私を苦しめてきた、自分が何者かを知りたいという強烈な欲求が、私をさらに前へと押し進めた。

バトラーは社会保障局に問い合わせれば、父がまだ生存しているかどうかがわかるとも言っていた。私は自身の調査をそこから始めることにした。

二〇〇三年七月一五日午前九時、さらなる情報を求めて、私はバトンルージュ社会保障局の建物に入っていった。機械から番号札を引き抜き、腰を下ろし、数十分、数時間と待ち続け、ついに私の番号が呼ばれた。

カウンターの向こうから愛想のいい女性が微笑みかけた。「どういった御用件ですか？」

「ゲーリー・ロイド・スチュワートといいます。私は赤ん坊のときに養子に出されました。最近になって父の社会保障番号がわかりましたので、父がすでに亡くなっているのかどうかを知りたいのです。父のために何か給付金のようなものが支払われた記録があれば、それも知りたいのですが」私はナーバスになっていた。

バトラーは、死亡見舞金が支払われたかどうかを発見すれば、私にきょうだいがいるかどうかがわかるとも言っていた。

「では番号をお教えください」女性局員が言った。

「はい」番号を読み上げると、彼女はそれをコンピューターに打ちこみ、それからしばらく画面をじっと見つめていた。

「その方がご存命か死亡されているかをお知らせすることは、私には許されていません。お教えできるのは、その方のために給付金が支払われた形跡はないということだけです。でも、お支払いできる給付金はありますね」

「ということは、父は死んだのですか、それとも生きているのですか?」

「プラバシー保護法により、その情報は開示できないんです」局員は言った。私の顔に浮かんだ明らかな落胆を見ると、彼女は前かがみになってささやいた。「でも、もしその方の死亡が届けられていたなら、今ここで、あなたに死亡見舞金を受け取る資格があるとお伝えしているでしょう」

私はカウンターの上に身を乗り出して、その美しい女性をハグした。

私は答えを得た。

父は生きている!

44

「司法省の友達に電話してみようと思う」私はロイドとリオーナに言った。「サンフランシスコの警官は何も言ってくれないんだ、絶対何か知ってるのに」

「ほんとうにそこまでしたいのかい?」ロイドが言った。

「探さなくては。彼、生きてるんだよ」

「でも、もし期待とはまったく違った結果になったら？　その警官はそれなりの理由があって言わないのかもしれないよ。ちょっと落ち着いて、じっくり考えてみてはどうだろう」

「心配しないで」私は彼を安心させた。「ジュディはぼくを見つけたけれど、大丈夫だっただろう？」

「ええ、そうね」リオーナが言った。「でも、これは違う気がするの。その人、一四歳の少女と結婚したのよ。それって、いやだわ。すごくいや」

「おれもだ」ロイドが言った。

「心配し過ぎだよ」帰る前に二人にキスをしながら、私は言った。「何かわかったら、知らせるね」

両親の忠告も聞かずに、私はルイジアナ司法省の友人に連絡を取った。

「わかっているのは父の名前と社会保障番号だけなんだ」彼に事情を説明した。「それでも何かわかると思うかい？」

彼は調べてみると約束し、警察当局にいる友人たちの何人かに協力を求めた。

一週間後、彼は電話をしてきて、父の名前の男が一九九六年に逮捕され、カリフォルニアの刑務所に入れられたことがわかったと言った。

それは私が最も聞きたくない話だった。今では父は六九歳になっているはずだ。刑務所って、一体何をしたんだろう？

母にメールを送った。「なぜバトラーはヴァンが一九九六年に逮捕されたことを教えてくれなかったんだろう？」

「彼に電話してみるわ」母は答えた。

その日、カリフォルニア中の刑務所にしらみつぶしに電話してみたが無駄だった。どこにも一九九六年に父を収容した記録はなかった。私はそれを真剣に受け取るべきだったのだ。だが、あまりにも新しい情報を求めすぎていたために、父が刑務所に入ったことを事実だと決めつけていた。その間違いに、やがて高い代償を払うことになる。

「ハロルドはヴァンが逮捕されたことも、その後にFBIに引き渡されたことも知っていたわ。でも、それ以外は何も知らないって」数日後に母が報告してきた。

「どうして初めからそのことを教えてくれなかったんだろう？」私は怒りをあらわにした。

「わからない」母は言った。「でも、彼と話してみるわね。ねえ、あなたのお父さんがどんなことをしていようと、それが自分のせいだなんて思っちゃだめよ。彼は私を憎んでたの、そうでしょう？もし彼が悪い人になっていたとしたら、それは私のせい。この先にどんなことがわかろうと、あなたに自分のせいだなんて決して思ってほしくないの」

私には母が言わんとしていることが理解できなかった。父がどんな悪いことをしたっていうのだろう？　なぜ父は母を憎んだのか？

バトラーにメールを送り、父のファイルを見せてほしいと再度頼んだ。「どんなことが書かれていようと気にしません。私には父が行ったことを知る権利があります」と書いた。

当時、私は事実、父が行ったことを気にしていなかった。ただ父に会いたかった。リオーナは私の心に愛と寛容さを育んでくれた。私は母を許した。父も許せる自信があった。

バトラーは私のメールに返事をくれなかった。その代わり、彼は母に連絡した。

「ファイルの内容を話すつもりはない。そこに書かれていることに比べたら、彼があなたにしたことなど、取るに足らないことに思えますよ」彼は母に言った。

「何と比べれば、誘拐と強姦が取るに足らないことに思えるだろう?」バトラーの言葉を母から聞いたとき、私は聞き返した。「それより悪いことなんて、ありえるだろうか? そんなにひどいことなら、なおさらぼくには知る権利がある」

「それはどうかしら、ハニー。彼はそれだけしか言おうとしないの」

「お父さんがしたことを知らなくては。ぼくは彼の息子だよ。知って当然だ」

母は泣き出した。「そうよね。でも、あまりにつらくって。まさかこんなことになるなんて思わなかったから」

「ママのせいじゃない。ただ、ぼくが諦めきれないんだ。ぼくのお父さんがどこかにいる。だから、どうしても探したい。少なくとも、そうしてはいけない理由が知りたい」

「わかったわ、ハニー。もう一度アール・サンダーズに電話して、あなたのお父さんが何をしたのかを発見しましょう」

数日後の二〇〇四年四月六日、同僚たちと外で仕事の成功を祝っていると、電話が鳴った。私の会社はバトンルージュ支社の私のスタッフが計画実行した初めての大きなプロジェクトを成功させたばかりだった。それでニューオリンズ郊外のメタリーにある《ラガーズ・エールハウス》に集まっていた。携帯電話の画面に母の番号があったので、私は騒々しいテーブルを離れ、トイレに入って電話に出た。

「もしもし、ママ」

「もしもし、ハニー。元気？」

「元気だよ。今、外でぼくたちにとっては初めての大プロジェクトの成功を祝ってるんだ。ボスもカリフォルニアからやって来て大騒ぎだよ。ママは元気？」

「ええ、たった今、アールとカフェで会ったところ。彼もあなたのお父さんが何をしたかを話すことはできないって言うの。彼のしたことはあまりに凶悪で、私たちを破壊するだろうって。これではあなたは満足しないでしょうけど、彼、父親についてのこの調査をやめるよう、なんとかあなたを説得してほしいって私に懇願したの。彼はこの点については断固としていたわ」

母がどんなに動揺しているかが伝わってきた。

「もういいよ、ママ。ママができる限りのことをしてくれたのはわかってる。つまり、これは永久にわからないってことだね。それが何だってんだ？　少なくともぼくにはママが、ママにはぼくがいる、そうだろう？」

「ハニー、このことはただもう忘れるべきだと思うの」

「そのとおり。ともかく、ぼくはママという最高のプレゼントを手にした。それで十分だ」私は母を元気づけようとしてそう言った。

心の中では葛藤があった。何かおかしい。アール・サンダーズに私が破壊されることを気にする理由がどこにあるだろう？　一度も会ったことすらないのに。それになぜハロルド・バトラーは、ファイルにあることに比べたら、父が母にしたことなど取るに足らないなどと言ったのだろう？　考えれば考えるほど、まったく納得がいかなかった。

失望し、この件は忘れようと決意した。たぶんロイドとリオーナが正しい。たぶんヴァンが何をしたかは、知らないでいるのが一番なのだ。続く数ヵ月、私は父についてもっと知りたいという気持ちを心から追い出した。

45

二〇〇四年七月三一日

あの日のことを、あの体の中を恐怖が突き抜けていく感覚を、私はまるで昨日のことのように覚えている。

ザックと私は野外でザックの大好物のベビー・バックリブ〔背中側の骨付きあばら肉〕をグリルして午後を過ごした。食事のあと、皿を洗い、体からメスキート〔燻製に使う木片〕のにおいを洗い流すためシャワーを浴びた。シャワーから出ると、ザックは自分の部屋でビデオゲームをしていた。

私はリビングルームに行き、椅子に座り、テレビのリモコンを取り、チャンネルをどんどん進めてA＆Eチャンネルに合わせた。私は犯罪のドキュメンタリーが好きだが、そのときは迷宮入りしたゾディアック殺人事件の特番をやっていた。その連続殺人について私は何も知らなかったので、面白そうだと思った。

　人生が変わるとは思わなかった。

　それは一瞬のうちに起きた。

　警察の作成したゾディアックの似顔絵が画面いっぱいに映し出された。

　私はテレビの画面から目を離すことができず、しばらく座ったまま、その場に釘付けになった。

　サンダーズが母に言った言葉が心によみがえってきた――ファイルにあることはあまりに凶悪で、あなたやあなたの息子を破壊するだろう……。

「ザック、ちょっとおいで」私は大声で呼んだ。「早く！」

　部屋に駆けこんできたザックは、テレビの画面を見るなり足が止まった。

「わあ、パパ、あれパパじゃん！」彼は叫んだ。

　私は椅子から立ち上がり、書斎に行ってプリントアウトした父の写真を取り上げ、リビングに戻った。

「パパじゃないよ、ザック」写真からテレビ画面へ、また写真へと視線を行き来させながら言った。

「あれはパパのお父さんだ」

　さながら誰かがヴァンのスナップ写真を撮り、指名手配のポスターに貼りつけたかのようだった。

　私は椅子に沈みこみ、写真を凝視しながら、テレビのナレーターがカリフォルニア全体を支配したゾディアック恐怖時代について語るのを、ぼんやりと聞き流した。

　それに比べたら、彼があなたにしたことなど、取るに足らないことに思えますよ……バトラーの言葉が頭の中でこだました。

ありえない、私は自分に言いきかせた。私の父親がこんな恐ろしいことをやれたわけがない。でも、彼は母を誘拐した。一四歳の少女を強姦した。この男がどんなことをやれたかなんて、誰にもわからない。

番組が終わると書斎に戻り、インターネットでゾディアックの似顔絵をサーチし、父の写真と指名手配のポスターにある二枚の似顔絵を、細部に至るまでじっくり比べていった。驚異的に似ていた。話をするにはあまりに動揺していたので、母にメールした。「たった今、あまりにひどいこというのが何だったのかを発見しました」と書いた。テレビ番組で似顔絵を見たことや、インターネット上でそれを検討したことも。

二〇分後、不安にかられながら同じ内容のメールをバトラーに送った。私の疑念がどんなに常軌を逸していると思われかねないかは承知の上だった。「もしサンフランシスコに飛べば、私と会って、コーヒーを飲みながらでもこの問題を話し合っていただけますか?」

バトラーは返事をよこさなかった。

母が翌朝、夜を徹してサーチしたと返事してきた。「ゾディアックについて大量の情報がありました。あなたの推測が間違っていることを祈りますが、私にはなんとも言えません」

次の一週間、ヴァンについての記憶が母を苦しめ続けた。どんなに彼が冷酷だったか、動物を殺すことをどんなに楽しんでいたか、仕事を終えて家に帰ると彼が旅行かばんの蓋を閉めたために、どんなに私が息も絶え絶えだったか。あんなことができる人間は間違いなく人を殺せる。

八月八日、母はバトラーに電話した。「お願い、ハロルド、ファイルの中身を教えて。自分の父親がゾディアックかもしれないと考えて、ゲーリーはとても動揺してるの。彼にこんなことを抱えながら人生を送ってほしくない」

「心配しないで」バトラーは言った。「ゾディアック事件は解決され、一〇年前に幕引きされた。アーサー・リー・アレンという男のDNAがゾディアックのものと一致したんだ。ゲーリーに心配いらないって言ってやりなさい」

「ハロルドは事件は解決されたって言ってたわ」母は報告してきた。「ああ、よかった。もしあなたのお父さんがゾディアックかもしれないなんて思っていたら、決してあなたを探し出して、こんなひどいことに巻きこんだりはしなかったわ。ハロルドは他には何も言ってくれなかったけど、少なくとも、その心配だけはなくなったわね」

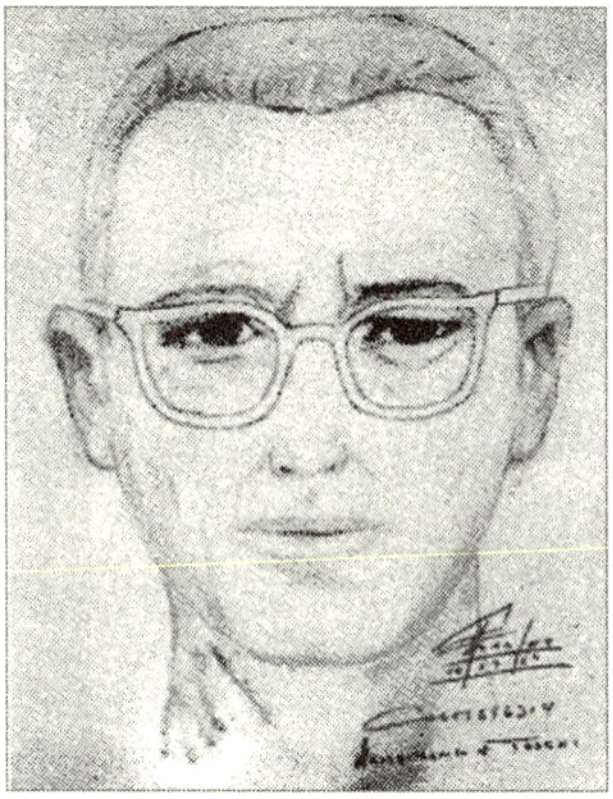

ゾディアックの似顔絵

1962年にサンフランシスコ市警察が撮影したヴァンの写真

私にはそれほどの確信はなかった。その日までの一週間に私自身が行ったすべての調査の結果が、ゾディアックは捕まっていないことを示唆していたからだ。念のため、もう一度PCに向かい、アーサー・リー・アレンについて詳しい情報を探した。発見した事柄にショックを受けた。確かにアレンはゾディアック事件の容疑者だったが、彼のDNAが切手の裏側から採取されたゾディアックのDNAの不完全プロファイルと一致しなかったために、二年前に釈放されていた。警察が手に入れていたDNAが果たしてゾディアックのものかどうかについても、警察は確信していなかった。封筒に切手を貼った郵便局員のものだったかもしれないのだ。どちらにしろ、事件は解決していなかった。

バトラーは母に嘘をついた。

数分後、ゾディアックの情報サイトに投稿されたトム・フォークトの記事を見つけた。それには、二〇〇四年四月六日にサンフランシスコ市警がゾディアック事件の捜査を打ち切ったとあった。ポール・スタインが殺されてからほぼ三五年、この迷宮入り事件は解決されないままお蔵入りになった。なんということだ。それはまさに母がアール・サンダーズに会った日だ。私に父のファイルの中身を発見しようとするのをやめさせてくれと、彼が母に頼んだのと同じ日だ。

同記事には、サンフランシスコ市警は殺人課を再編成中であり、人員をより最近の事件の解決に回す意向にあるとあった。ゾディアック事件について新しい情報を提供したい人のために、ジョン・ヘネシー警部の名が窓口として挙がっていた。

その記事をプリントアウトしてブリーフケースに入れた。

翌週は私にとってつらい一週間になった。父について考えるのはよして、私の人生の素晴らしいもの——ロイドとリオーナ、ザック、ジュディ——だけに意識を向けようと努めた。母を傷つけた男のことなど考えたくなかった。生活に幾分かでも正常さを取り戻したかった。人を殺すなどという考えはあまりにも私の理解の範疇を超えているので、私の父がそんなことをしたかもしれないと考えただけで吐き気を催した。

それなのに、気持ちをざわつかせるその考えは、どうしても去ってくれなかった。

とうとう私は、単に私の疑惑が間違っていたと自分に証明するためなのかもしれないが、調査を続ける決意をした。サンダーズもバトラーも信用できないとわかった今、私は別の計画を立てた。

八月一七日、ベイエリアに出張があった。ホテルに落ち着くとブリーフケースから例の記事を取り出し、そこにある連絡先の番号をダイヤルした。ヘネシー警部の留守電につながり、彼が二一日、つまり次の月曜まで休暇を取っていることがわかった。

週末に母に電話し、私がしようとしていることについて話した。そのころには母はアリゾナ州ツーソンに引っ越していたので、サンフランシスコに行ってももう母を訪問できないのが残念でならなかった。

「やっぱり、やめる気はないのね？」母は言った。

「やめられない。ごめんね、ママ、でも、どうしても知りたいんだ」

母はため息をついた。息子を探そうと決意したとき、母はこんなことになるなんて思いもしなかったのだろう。でも、母はわかっていない。私は生まれてこの方、自分は一体誰なのだろうと考え続けてきたのだ。だから、どうしても父についてほんとうのことが知りたかった。

月曜になると、警部にどのように話せばいいかで頭がいっぱいのまま仕事に行った。警部がまともに話を聞いてくれるとは思わなかったが、試す必要があった。

仕事が終わるとホテルに戻り、再び彼の番号をダイヤルした。ヘネシーの秘書が警部は会議中だと言った。

「三〇分くらいで戻ると思います」

三二分後に再び電話をした。

「殺人課、ヘネシー警部」電話線の向こう側から声がした。

警部本人が出るとは思っていなかったので、しばらく私は声が出なかった。さて、何て言うんだったっけ？

咳払いをした。

「ヘネシー警部、私はルイジアナ州バトンルージュに住むゲーリー・スチュワートという者です」

「何の御用でしょう？　ゲーリーさん」

「あの、えーと、お伺いしたいのですが」言葉につまった。「ゾディアック事件は解決したのでしょうか？」

警部は小声で笑った。「いいえ。もし解決してたら、私はリタイヤしてますよ」

「あのですね、警部。お話したいことがあります。私の家族のルーツを調べているときにしだいにわかったある事情についてです。要するに、私は子供のときに養子に出されたのです。私の父には、実の父のほうですが、サンフランシスコ市警に犯罪記録がありまして、そちらの署員のハロルド・バトラー氏が父親探しを手伝ってくれました。でも、私の実の母の親しい友人でもあるこのハロルド氏は、母にゾディアック事件は解決したと言ったそうなのです。母はロテア・ギルフォードと結婚していました。それで母がアール・サンダーズ氏に電話したところ、私にこの件から手を引くよう言いなさいと言われたそうなのです。ファイルに記されていることが私たちを破壊するからと」

きっとグダグダ言うただの間抜けに聞こえているだろうと思ったが、警部が「続けて」と言ってくれたので、深く息を吸いこんで続きを話した。

次の二〇分間、私の人生がここまでに至る経緯を話した。ヘネシーは口をはさむことなく耳を傾けてくれた。

話し終えると、彼は言った。「今話してくださったことを要約して、ここの私宛てに送ることは可能ですか?」

「ええ、できます」彼の連絡先が載っている記事の上に、私は住所をメモした。

「何かあなたのお父さんが手書きしたものをお持ちではないですか?」彼が尋ねた。

「いえ、でも、もっといいものがあります」

「何でしょう?」

「DNAです」

「お父さんのDNAがあるのですか?」警部は疑わしそうに尋ねた。

「いいえ、私のです」

ヘネシーはしばらく沈黙した。「DNA鑑定の費用はべらぼうです」彼は言った。「おそらくあなたのＤＮＡ鑑定の必要性を正当化するのは無理でしょうね。とりわけ今の緊縮財政のもとでは。では、こうしましょう。まずはあなたが送ってきたものをじっくり読んで、数週間以内にあらためて連絡します」

「このことは、私たちだけの間に留めておいていただけますか？　ハロルド・バトラー氏や母には話さないでいただきたいのです」

「なぜバトラーがあなたのお母さんに事件は解決したなんてことを言ったのか、理解できませんね。ともかく、口外はしません。ロテア・ギルフォードはよく知っていましたが、あなたのお母さんにお会いしたことはありません。当面、このことは私たちだけの間にしておきましょう」

「ありがとうございます」電話を切る前に私は言った。

翌朝、ヘネシーに手紙を書き送った。

それから、待った。

二週間が過ぎてもまだ彼から何の連絡もないので、それ以上は待てなくなった。ヘネシーの番号をダイヤルした。

「お送りした要約を読んでいただけましたか？」警部が電話に出ると、私は言った。

「ああ、ゲール」彼が私の名前の短縮形を使って答えたことに驚いた。

バカにされているのだろうかと思った。

「これはすごい話だ。ちゃんと会って、もっと詳しいことを話し合いたいと思いますが。次はいつベイエリアにいらっしゃいますか？」

「一二月八日までそちら方面に行く予定はありませんが、これは私にとって非常に重要なので、明日にでも飛んで行きますよ」

「いや。その必要はありません。つまるところ、三〇年になりますからね。ゾディアックはそんなに長い間、何も言ってきてない。少しくらい遅れても大丈夫でしょう」ヘネシーはそう言って笑った。

「それでは、警部、もし私のほうに一二月より前にそちらに行く必要が生じましたら、まずそちらに連絡して、あなたのスケジュールが空いているかどうかを確認します。それでいいですか？」

「いいですよ、ゲール。では、楽しい夜をお過ごしください」

「あなたも、警部。どうかいい夜を」私は微笑みながら言った。

彼はこの件をさらに調査したがっているようだった。

46

二〇〇四年九月、母が電話をしてきて、ついにフランクの遺灰を撒く決心がついたと言った。五年間母のパートナーだったフランクは前年に肺塞栓症で亡くなり、以来、母は少々喪失感に囚われているようだった。ロテアが亡くなったあと、その空隙をフランクが埋めていた。立て続けに二人の素晴らしい男性を失ったことに心の折り合いがつけられなくて、母はもがいていた。

私はフランクに感服していた。それは主に母に対するやさしさゆえだが、同時にいつもザックのいい祖父になろうと最大限の努力をしてくれたからでもあった。彼らの家を訪問すると、フランクはいつでも私と母を二人きりにして互いをよく知るチャンスを与えようと、ザックを遊園地やフィッシャーマンズ・ワーフなど、どこかに連れ出してくれた。

フランクは冗談半分で、自分が死んだら遺灰は幌を下ろしたコンバーティブルでゴールデンゲート・パークを運転しながら撒いてほしいと母に言ったことがあった。それについては、彼が生きていたときにはよく彼をからかっていたが、いざ亡くなられると、母はそんな不遜な行動を取る気にはとてもなれなかった。

「一〇月三〇日にしようと思うの」母は言った。「ゴールデンゲート・パークで。フランクが世界で一番好きな場所だったから」

私は笑った。「あらゆる場所が彼のお気に入りだったよね」

「そうなの」母も認めた。「でも、ついに完璧な場所を思いついたのよ。当日、サンフランシスコに来られる？」

「もちろんだよ、ママ。絶対に行くよ」

ストウ湖の畔に、フランクがアルコール依存者更生会の多くの人々にアドバイスを与えたベンチがあり、それが母の選んだ場所だった。フランク・ヴェラスケスがすごい人だった理由の一つは、彼自身がよく言っていたことだが、彼が人生の最初の二九年間を酒瓶に幸福を求めて過ごし、最後の三〇年間を、なぜその依存症により彼が最初の二九年間を無駄にしたかを証言しながら過ごしたことだった。

彼が友人や家族に、依存症から抜け出すにはどうすればいいかを語ったのも、そのベンチだった。

もっと重要なことは、彼が依存症を克服する方法を教えながら、祈り方を教えたことだった。

母との電話を切るなり、私がサンフランシスコにいる間にうまく会う時間が作れることを祈って、ヘネシー警部に電話した。

「二九日の午後ならいつでも空いてます」彼は言った。

「では、その日に」

オークランド空港に着くとレンタカーを借り、州間高速八〇号線をサンフランシスコ目指して西に走った。ベイ・ブリッジで料金を払ったところで警部に電話し、そちらに向かっているとのメッセージを残した。金曜の午後にしてはヴァン・ネス・アヴェニューの渋滞がひどく、エンバカデロ付近の五キロの道路工事区間を抜けるのに一時間近くかかった。やっとロンバード・ストリートの《フランシスコ・ベイ・イン》に到着した。赤い丸石敷きでヘアピンカーブが八ヵ所もあり、花や古風な趣の家並みが美しいロンバード・ストリートは、坂が世界一急で世界一曲がりくねっているという称号を誇りにしている。

ついに到着したことにほっとし、顔に水をかけ、スポーツコートとジーンズに着替えて、サンフランシスコ市警の入っている裁判所の建物に向かった。まもなくブライアント・ストリート八五〇番に到着したので車を止め、その巨大な建物の階段を上っていった。

玄関では豪華なイタリア製大理石の床が出迎えてくれた。それは人々が抱く警察署のイメージとはあまりにかけ離れていた。かつては官公庁特有の白だった壁が今はブラウンに近いベージュに塗られているが、それは長い年月に染み付いた、深夜まで仕事をする役人たちのふかすタバコのニコチンによる薄汚い黄色い汚れを隠そうとした、市の試みだった。腕時計をはずし、携帯電話とともにバスケットに入れて、金属探知機の中を通り抜けながら、「ここの壁が話すことさえできたら」と思った。流血の事件現場写真、事件解決に結びついた手がかりの小さな勝利、忠実な人間が堕落した嘆き、信頼を傷つけた内部スキャンダル――壮大な古壁はすべてを目撃しながらも、無言でそこに立っていた。

エレベーターを見つけ、四階のボタンを押した。ドアが開き、長い廊下に足を踏み出す。右側の最初の部屋に「四五〇号室　殺人課」の表示があった。自分でも驚くほど落ち着いて、ドアを開け、中に入った。

受付のあるエリアから、五十代前半の男が自分のオフィスのデスクの後ろに立ち、電話で話しながら書類の山を引っかき回しているところが見えた。その男が顔を上げ、微笑んで手を振った。受付係らしき女性が待合エリアまで歩いてきて言った。「ご用件は何でしょう?」

「ヘネシー警部とお会いすることになっています」

受付係がオープン式オフィスに向かうと、デスクの後ろの男が受話器の口を手でふさいで言った。

「ちょっと五分ほど待ってくれませんか? すぐに伺います」

私はうなずき、廊下のほうに引き下がった。

壁には現場で仕事をしている警官たちの写真がずらりと並んでいた。ひょっとしてロテアの写真はないかと一つ一つ丹念に見ていったが、見つからなかった。

半時間後、ついにヘネシーが現れ、手を差し出して言った。「お待たせしました」

彼について彼のオフィスに入り、腰を下ろした。しばらく私の顔の特徴をとらえようとしてまじまじ見つめていた彼の顔が、はっきりわかるほど青ざめていった。私が指名手配の似顔絵にそっくりなことに気づいたのだ。

「大丈夫です。時間は山ほどありますから」私は言った。どういうわけか、ヘネシーが殺人課課長であることに、私は気づいていなかった。ゾディアック殺人事件の担当に命ぜられた刑事の一人にすぎないと思っていたのだ。このところ読んだものにやたら登場したデイヴ・トスチ刑事と同じく。

トスチはかなりの有名人になり、一九六八年には彼をモデルにした刑事もののフィクション映画「ブリット」まで制作された。スティーヴ・マックイーン演じるフランク・ブリット警部は左肩に上下逆さまに掛けたホルスターに銃を突っこんでいたが、それはトスチのトレードマークだった。一九七一年には、ゾディアック事件を大まかな題材とした映画「ダーティハリー」が公開された。多くの人がクリント・イーストウッド演じる主役のハリー・キャラハン刑事のモデルはトスチだと信じた。一九七〇年代の初めには、トスチはあまりに有名になったため、ジョン・F・ケネディ大統領とマーティン・ルーサー・キング両暗殺事件の見直しを打診された。トスチは、それではもともと彼を有名にしたゾディアック事件の捜査ができなくなるとして断った。

しばしば仲間の刑事たちは、どうして自分たちより先に記者たちが事件現場に来ているのか、しかもトスチが関わっている事件に限ってそうなのか不思議がった。彼らがその理由に思い当たるのに時間はかからなかった。トスチがメディアを担当し、パートナーのアームストロングが事件現場を担当していたのだ。一九七四年にゾディアックが手紙を書くのをやめ、事件が迷宮入りすると、トスチがカメラの前に現れる機会はみるみる減っていった。

一九七八年四月二四日、何者かがゾディアックの名で「サンフランシスコ・クロニクル」社に手紙を送った。それにはゾディアックのトレードマークだった切手の貼り過ぎもあった。それにはこうあった。

編集長殿、

こちらゾディアック。久しぶりだな。ハーブ・カンに私がここにいると教えろ。私はずっとここにいた。あの市警豚のトスチは優秀だが私のほうが上だし頭が切れるので、すぐに嫌気がさして私から手を引くだろう。私を題材にしたいい映画ができるのを待っている。誰が私の役をするのだろう。今ではすべて私の意のままだ。

敬具

⊕―当ててみろ

SFPD―0

ゾディアックのすべての手紙を調査した筆跡鑑定士のシャーウッド・モリルは、即座に今回の手紙が偽物であるとの判断を下した。一九七八年七月一七日、トスチ刑事はゾディアック事件に関する報道を再燃させる目的で件《くだん》の手紙を書き送ったとの疑惑渦巻く中、強盗担当に配置換えになった。もっとも、この疑惑が証明されることはなく、トスチはいっさいの関わりを強硬に否定した。

トスチは今私が座っているこの椅子に座って、彼がついに捕まえることのなかった殺人犯に関する写真や目撃者証言を何度見返したことだろう。ヘネシーが腰を下ろすのを待つ間、私はオフィスの中を見回した。壁は彼の三五年の警官人生を物語るモノクロ写真で埋めつくされていた。

ついに彼は紙とペンを取り出して言った。「では、ゲール、確かこのあたりにあなたが送ってくれた手紙があると思うのですが……、まあ、ともかく最初から始めましょう。あなたのお父さんがZマンだと考える理由は？」彼の態度には皮肉っぽさこそなかったが、彼にとってこの言葉を発するのが初めてではないことはありありとわかった。もっとも、彼の微笑は温かくフレンドリーで、私は気を悪くはしなかった。

「では、説明します」すでに彼に話したことをもう一度繰り返す間に、彼は何度かメモを取っていた。母がロテアと結婚していたこと、アール・サンダーズ元サンフランシスコ市警察署長と国際犯罪課のハロルド・バトラーに調査を依頼したことを念押しした。

「バトラー氏は父のファイルにある情報を教えてはくれませんでしたが、その中身は私がすでに知っていることよりはるかにタチが悪いとほのめかしました。彼は母にゾディアック事件は解決したとも言いました。サンダーズ氏はファイルにあることはあまりに凶悪で母と私を破壊するだろうと言い、私に調査をやめさせるよう母に懇願したそうです。私には理解できません」

「ご存じでしょうが、ここの部署は長年にわたり、政治的な理由で隠蔽されたスキャンダルに揺れてきました。要するに、もしあなたの子供が問題になった子供といっしょの学校に行ってたら、何が起きても大目に見てやるといった類の。まあ、一種の兄弟愛ですね」

「まるでバトンルージュですね。南ルイジアナの政治はどこよりもいかがわしいとして世界に名を馳せていますから」私は微笑みながら言った。

「ハロルドがあなたに言ったことから、もみ消しがあったと疑っているのですね？」

「それ以外に、サンダーズ元署長とハロルド・バトラーの両氏があれほどまで躍起になって私や母に真実を知らせまいとする理由がありますか？　彼らは偉大なロテア・ギルフォードの名誉を守ろうとしているのではありませんか？　私にはわかりませんが、サンフランシスコ市警初のアフリカ系アメリカ人刑事で著名な政治家のロテア・ギルフォードの未亡人であるジュディ・ギルフォードが、過去にゾディアック殺人鬼と結婚していたことが明るみに出たら、と想像してください」

ヘネシーはしばらく考えこんでいた。

「あなたのお父さんのDNAが残っている可能性のある何らかの遺留品や私物をお持ちではないですか？　たとえばヘアブラシとか」

二〇〇二年、警察はゾディアックのものと思われるDNAを入手した。一三マーカーがすべてそろった完全なプロファイルではないが、四つのマーカーとXYの性別指標遺伝子は手に入れていた。

「たぶんFBIに連絡すれば、私のプロファイルが入手できますよ。二年前、バトンルージュでは警察が若い女性をターゲットとする連続殺人犯を追っていました。いくつかの犯行現場で目撃者が犯人は白い小型トラックに乗った白人の男だったと言ったのです。それで警察はその地域で白い小型トラックを所有している数千人の男〔の口腔内の粘膜〕を綿棒でこすってサンプル採取しました。私もその一人でした。彼らのもとには私のＤＮＡがあるはずです」

「それでその男は、その殺人犯は捕まったのですか？」

「はい」私はうなずいた。「デリック・トッド・リーという名の男です」

警部はペンをシャツのポケットに入れ、椅子を後ろに引いた。

「それでは、私たちの役には立ちませんね。あなたのＤＮＡプロファイルは次の一〇年から一五年、上訴裁判所に凍結されます。私たちは絶対に手を出せない。それより何かお父さんの書いたものをお持ちじゃないですか？　筆跡のサンプルになるような何かを？」

「いいえ。持ってません」

ヘネシーはしばらく私をじっと見つめ、言った。「えい、やってしまえ」彼は受話器を取り上げ、ダイヤルしながら言った。「もう数分、ここにいられますか、それともどこかに行く予定があるとか？」

「時間はあります」

ヘネシーはしばらく誰かと話したあとに電話を切り、言った。「一時間もしないうちに科捜研の分析官がやって来ます」

次の三〇分間、ヘネシーと私は個人的な話をした。その間に、私が真摯に父親について知ろうとしている男で、ゾディアック・マニアの一人ではないことがわかってもらえたようだった。とはいえ、彼は前にもここで、自分はゾディアックに何らかの関係があると本気で信じている人たちの話を聞いている。彼は巧妙に話を本題に戻した。

「ご存じでしょうが、うちの署がゾディアックの確かな容疑者として公表したのは、たった一人、ヴァエホーに住むアーサー・リー・アレンという男だけです。彼は一〇年くらい前に死にましたが、長年、私どもは彼を監視し続けました。一度は家宅捜査令状も取り、自宅からいくつかのものを押収しましたが、決定的な証拠となるものは見つかりませんでした。事実、彼が死んだとき、将来の使用に備えて検視官に脳組織の一部を保存させ、二〇〇二年にゾディアックのDNAと照合させたのです」

「それは読みましたよ。オンラインの警察報告書やその他の資料には、アレンがアタスカデロ州立病院で頭のいかれた男から入手したという暗号文を、警察は実際に見たとありました。アレンによると、その男はゾディアックだと自称していたそうですね。警部、もし父のファイルを調べていただければ、父が一時期アタスカデロにいたことがわかるはずです」

ヘネシーは少し驚いたようだったが、シャツのポケットからペンを取り出し、また何かメモを取った。ペンを置く前に、電話が鳴った。

「DNA採取セットを持ってきてくれ」電話の相手に彼は言った。

数分後、手錠のカチャカチャいう音に続いて、一人の警官が入ってきた。身長は一八〇センチくらい、細身で頭は白くなりつつあるがハンサムで、アイリッシュ系の顕著な特徴がある。

「言っておくが、この人は何も悪いことはしていないから、おれたちは安全だよ」ヘネシーがジョークを飛ばすと、男は私に向かってうなずいた。

「それでは、何の用でしょう?」分析官が強いアクセントで尋ねた。

「うむ、要するに、ここにいらっしゃるゲーリーさんは自主的にDNAサンプルを提供してくださるんだ」

「一体、何のためですか?」分析官は引き下がらない。これは非常に例外的なケースらしく、成り行き任せにするつもりはないらしい。「この方の事件番号はありますか?」

ヘネシーはこの解析にかかる費用が事件番号696314、すなわちゾディアック事件に回されるとは言いたくなかった。その時点では、それは公式に打ち切られていたからだ。だが、私のDNAの鑑定には約一五〇〇ドルという費用がかかるので、科捜研はその費用を正当化するために事件番号を必要とする。

「ちょっと来てくれ」ヘネシーは男を連れて部屋の外に出た。数分後、彼らは戻ってきた。

「事件番号はある」ヘネシーは見た目にも満足げに言った。

「では、まずあなたについての情報を記入し、それからあなたがDNA鑑定を目的に自主的に体液を提供すると記した、この部分に署名してください」分析官は承諾書のいくつかの項目を指差して言った。

私は自分についての情報を記入し、ヘネシーが高価なDNA鑑定をするに値すると考えるくらい私の話を信じてくれたことがうれしくて、何も読まずに署名した。

分析官がゴム手袋をはめ、シャツのポケットからDNA採取セットを取り出して言った。「それでは口を開けてください」

彼は綿棒で私の頰の内側を二度こすり、それをビニール袋に入れてしっかり閉じ、礼を言って退出した。

「気長に待ちましょう」ヘネシーは言った。「解析を待つＤＮＡサンプルの列はとんでもなく長い。財源不足に加え、新しい犯罪が多すぎるせいでね」

「わかります」立ち上がり、警部と握手をしながら私は言った。

「バトラーのところに行って、あなたのお父さんのファイルを手に入れて再調査しましょう」ヘネシーは約束した。

「お時間を割いて私の話を聞いてくださり、ほんとうにありがとうございました」

「あなたとあなたの話を信じなかったら、ＤＮＡ採取はしませんでしたよ」ヘネシーは保証した。

「ぜひとも真相を突き止めましょう。あなたのために、お父さんがゾディアックでないことを祈っています」

「私もです、警部」

次の日、私は公園のベンチに母と座ってその手を握り、フランクに最後の別れを告げ、風が彼を運び去るのを眺めた。

47

バトンルージュに戻った私は大きな安堵感を覚えていた。ヘネシーは心から真相を究明したいと思っている様子だった。父の居所と父が行ったことを発見できるという希望を持った。あとはただ待つだけだった。私は真実を知り、どうにか、それと折り合いをつけるだろう。

ヘネシーには三週間後に電話するよう言われていた。一一月二三日には、フロリダ州ターポン・スプリングスで仕事のミーティングがいくつか予定されていた。多忙だった一日のあと、タンパ国際空港に向かって運転しながら、ヘネシーのオフィスの番号をプッシュした。約束どおり、彼は私の手伝いをするといった言葉を実行に移していた。

「ちょっと今は猛烈に忙しくて、でも一つお知らせしたいことがあります」彼は言った。「私どもはある若手女性分析官が科学捜査研究所の所長に就任するのをずっと待ってたんです。それがつい最近実現しましてね。サイドン・ホルトという子ですが、覚えてらっしゃいますか？　以前、この件でDNA鑑定を手伝ってくれそうだとお話ししましたが？」

「ええ、覚えています」

「要するに、彼女は今、科捜研でトップの職に就いているのですが、それはすごくいいことなんです。彼女は私に協力してくれますからね。この辞令が出るまで、私たちはあなたのDNA鑑定をわざわざ待たせていたんですが、これでやっと始められます。今週彼女は感謝祭で休暇中ですが、来週には戻ってきますから、ただちに仕事に取りかかりましょう」

ホルト博士がゾディアックの不完全DNAプロファイルを作成した人物だということは知っていた。だから、これは確かにいいニュースだった。

「それはいいですね。父のファイルについてはどうですか？　なんとか手に入りましたか？」

「実のところ、ハロルドには頭に来てるんです」ヘネシーは何かを発表でもするように言った。「ハロルドは何年も私の下で働いてきた。それでいて、私が問題のファイルを要求すると、彼のデスクの上に鎮座しているにもかかわらず、見せることを拒絶する。それどころか、触れさせてさえくれない。ハロルド・バトラーのことは二十数年知っていますが、まったくやつらしくない。私は怒りのあまり、部屋から飛び出しましたよ」

彼の言葉に、私は身がすくみ上がった。

「それで、あなたのお父さんの逮捕記録を入手するために、カリフォルニア法令執行電子通信システム（ＣＬＥＴＳ）を利用するしかなかった。原簿は何年も前に破棄されていましたが、いくつか記録は残っていました……小児性愛とか、いろいろ。ＦＢＩもお父さんについてのファイルを持っていますが、それは私の手元にはありません」

ヘネシーは慎重に言葉を選んでいるようだった。

「そして、まさにご推測どおり」彼は続けた。「お父さんは精神鑑定と治療のため、触法精神障害者の施設に収容されていました。おっしゃっていたようにアタスカデロでね。でも、ゲーリー、ここにあるのはあまりに多くのいわば状況証拠だ。我々は金輪際、きっぱり真相を突き止めなくてはならない。まずはあなたのＤＮＡサンプルを解析して、その結果を見てみましょう。それで何かがはっきりするでしょう」

警部の言葉をまだ完全には飲みこめていなかったが、ひとまず礼を言い、数週間後に再びサンフランシスコに行く予定だと言った。

「では、そのときにお会いして、残りの情報とＤＮＡの鑑定結果について話し合いましょう」ヘネシーは約束した。

「警部、言葉では言い表せないくらい、お力添えに感謝しています」

「どういたしまして、ゲール。あなたには探している答えを手にして、それと折り合いをつけた上で、すっきりとした気持ちで人生を送ってほしい。私がお手伝いできることはすべて仕事の一環ですから」

「あなたとご家族が楽しい感謝祭を過ごされますよう。では、一二月に」

その夜、私は眠れなかった。心の中を答えられない疑問がぐるぐる回り、寝返りを打ち続けた。もしDNAが一致したら？　もしほんとうにアール・ヴァン・ベスト・ジュニアがゾディアックだったら？　アメリカ犯罪史上最も悪名高い連続殺人犯が自分の父だったなどという事実と、一体誰が気持ちの折り合いをつけられるだろう？　ザックへの、そして母への影響は？　そんなことを知ってどうして生きていけるだろう？　それは私を変えてしまうのだろうか？　そして、もしまだ父が生きてどこかにいたら？　私が父を見つけ出したら、何が起きるのだろう？　彼はどう反応するだろう？　そう考えると不安にかられたが、そんなことで真実の発見を諦めたりはしまいと腹をくくった。

一二月九日に四五〇号室に足を踏み入れると、ヘネシー警部は私と会えてうれしそうだった。受付のデスクのそばの椅子に座ろうとしてそちらのほうに歩を進めると、彼は手を振った。

「そこに座らないで。こっちにどうぞ」握手をしようと立ち上がりながら、彼は言った。「先日の贈り物には大変感謝しています……でも、あのようなお心遣いは無用ですよ」

感謝祭の前の週に、私は警部に南部からケージャンの食品を詰めた小包を送っていた。彼は妻とともに毎日仕事のあとに不治の病の父親の介護をしていると聞いていたので、ちょっとした見舞いの印だった。

「ルイジアナの名物が気に入っていただければと思いまして」

ヘネシーは微笑み、そしてすぐに本題に入った。「電話でもお話ししたように、ホルトが科捜研の所長になったはいいのですが、彼女のもとには現在進行中の科学捜査の仕事が殺到してましてね。最近の、もっと急を要する事件の残務が三年分もあるんです。早くも難しい立場に追いこまれそうで、ちょっと彼女が気の毒になり、あなたのＤＮＡを調べてくれと言う勇気が出ませんでした。特に今はね。着任してまだたったの二週間ですし、全国の新聞がＢＴＫ絞殺魔の件でもちきりですから」

ヘネシーは椅子から立ち上がって、本棚の上の留守電のところに行った。「ちょっとこれを聞いてください」彼はそう言って、再生ボタンを押した。

「あのー、ＢＴＫ絞殺魔が誰かをお知らせしたくて電話しました。名前は＊＊＊です。カンザス州ウィチタの＊＊＊ストリート一二九番に住んでいます。彼はゾディアック殺人鬼でもあります。もう一度言いますが、名前は＊＊＊で、住所はウィチタの＊＊＊ストリート一二九番。雇っていた掃除婦の頭を切断して冷凍庫に入れてます。以上」

ヘネシーはニヤニヤしながら腰を下ろした。「私がなぜ今はまだ、あなたの件をホルトに持ちかけないほうがいいと思ったか、おわかりでしょう？　けんもほろろにノーと言われたくないからですよ。判決が近いスコット・ピーターソン裁判に加えてＢＴＫ絞殺魔で報道が大騒ぎの今、あなたの件はちょっと待ったほうがいいという気がしましてね」

「ごもっともです」私は落胆を隠すのに必死だった。「いつごろなら、やってもらえると思いますか？　クリスマスのあととか？」

「年初めのあれこれが落ち着いてからがいいでしょう。その時分には彼女も新しい役職に慣れているでしょうから。おそらく、そのころがこの一件を持ちかけるのに最適なタイミングでしょうね。これはあなたのためにする必要がある。でも、同時に私たちのためにもしなくてはならない。なぜなら、隠蔽のにおいがするからです。常にその疑いはありました。でも、ロテアやバトラーについてあなたからいろいろ聞いた今は、ぜひともやらなくては」

「警部、覚悟はできていますか？　つまり、あなたがゾディアック事件を解決したと公表したときにどんなことになるか、実際に考えてみたことはありますか？」

ヘネシーは額をこすった。「大変だ！　メディアは狂乱状態になるな。こんなことに心の準備をするなんてことは不可能ですよ。今のところはまだ私に耐えられるかどうか、自信がありませんね」彼は笑いながら言った。「ところで、お父さんに関するＣＬＥＴＳから得た情報があります。もしご覧になりたければ」

脈が速くなった。「ええ、ぜひ」

警部はデスクの上の紙類を引っかき回して、一束の書類を取り出した。それは父の逮捕記録だった。

「バトラーが渡してくれないせいで、サンフランシスコ市警のもともとのファイルが手に入らなかったので」ヘネシーはそれを私に差し出した。「彼を出し抜いてやりました」

表紙を眺める私の体を悪寒が走った。右の上端には二枚の写真があった。一枚はハロルド・バトラーが送ってくれた車両管理局の写真。もう一枚は逮捕写真でサンフランシスコ市警逮捕番号

175639の文字と一九六二年二月二二日の日付が入っていた。私が生まれる一年前だ。

写真を見ているうちに、バトラーがくれた写真は車両管理局のものではないことに気づいた。

それは父の犯罪者顔写真だった。

犯罪：G-11284　カリフォルニア州刑法第二六一条一項「強姦罪、一八歳未満の女性に対する行為による」

警部は私に書類の束を手渡すと、前かがみになり、ファイル内の情報を吸収していく私を黙って見ていた。彼は私の目に涙が浮かんできたのに気づいた。

ページをめくると、逮捕報告書の上に父の指紋と署名があった。掲載されている住所はヘイト・ストリート七六五番。私はしばらくそれをじっと見つめた。バトラーはそれが父の六〇年代半ばから末までの住所だと私を信じこませた、一九六二年ではなく。

次にショックだったのは、父の目がブルーだったことだ。バトラーがくれたモノクロ写真から、ブラウンだとばかり思いこんでいた。私の目が父譲りだったということに衝撃を受けた。

さらにページをパラパラめくっていった――強姦、子供誘拐、自宅からの未成年の誘い出し、逃亡、文書偽造、電信による詐欺、飲酒運転、飲酒運転、飲酒運転。

犯罪歴を通して、私は父の人生をはっきりと心に描くことができた。

判決によりアタスカデロ州立病院に送られたことが記されている部分をヘネシーが指し示した。

その書類には考えうるあらゆる犯罪が載っていた。

殺人以外。

「コピーを取っておきました」立ち上がって帰ろうとすると、警部が言った。私にはすべての情報を消化する必要があった。「持って帰っていいですよ。でも、どうか私たち二人の間だけに留めておいてください。こんなことは許されてないんです」

帰りの飛行機で、私は時系列を暗記し、手がかりを探して、何度も何度もそれを読んだ。バトンルージュに戻ると、父が刑務所にいた期間をゾディアック殺人の起きた日時と照らし合わせた。どの事件が起きたときも、父は刑務所にはいなかった。

どんな理由があれば、人は父がしたようなことをできるのだろうと考えた。紙の上に見ると、すべてがはるかに現実味を帯びた。母が体験したであろうことに思いをめぐらせた。父のことを覚えておきたくなかったのも無理はない。

夜には眠れないままベッドに横たわり、自分自身と闘った。この男が私の父だった。ロイドとリオーナは「何があろうとも家族は家族」だと信じるように私を育てた。だからか、父がゾディアックである可能性に気づいてもなお、彼に対していくばくかの同情を禁じえなかった。彼は病んでいたのだ。一体何が彼にあのような犯罪人生を歩ませたのだろう？　一四歳の少女を誘拐して結婚しようだなんて、一体何にとりつかれていたのだろう？

父は私を教会に預けたと母は言っていた。それなら、父はある程度は私のことを大事に思っていてくれていたことになる。誰かが私に家庭を与えてくれそうな安全な場所に連れて行ってくれたのだ。だが、それならなぜ？　なぜ父は私を追っ払いたかったのか？　父を犯罪人生に向かわせたきっかけは何だったのだろう？

そして、バトラーとサンダーズが知っていて、私が知らないことは何なのか？　ヘネシーによると、バトラーは彼にもファイルを見せようとしなかった。なぜだ？

それにはロテアが関係しているに違いない。

私は以前にもまして真実の解明を誓った。

48

二〇〇五年二月初め、思いがけなくリンダ・ウッズからメールを受け取った。母が私を見つけるのを手伝った養子縁組サーチセンターの女性だ。私に渡したい養子縁組時の記録があるので、ニューオリンズで会えないかという内容だった。

「お目にかかれて、うれしいわ」数日後に彼女のオフィスに入ると、彼女は立ち上がって私をハグした。「あなたは私たちの成功例の一つなんです。お母様はどう？」

「元気にやってます」

数分間雑談をしたあと、彼女は三年前に母から受け取った往復書簡のファイルが入った茶色いフォルダーを差し出した。

「お母様があなたを見つけてから、かれこれ三年になるので、もうあなたにこれを渡しても大丈夫でしょう。お気づきかどうかは知りませんけど、お母様に極秘記録にある情報を渡したせいで面倒なことになった人がいるんです。でも、今ではそれもすべて過去のこと。ですから、私たちの手元にあるあなたについての残りの情報も、そろそろお渡ししてもいいのではないかと思ったのです」

それが出生証明書であることを祈った。私は出生証明書が入手できるよう、養子縁組記録の開示を求めてルイジアナ州と闘ってきたが、それまでのところ成功していなかった。

だが、フォルダーの中にそれは入っていなかったので、がっかりした。

その代わり、私をハリー・ロイド・スチュワートとリオーナ・スチュワートの養子とすることを許可する、サーテイン判事により署名された養子縁組命令書が含まれていた。その書類の上で、私の名前がアール・ヴァン・ドーン・ベストからゲーリー・ロイド・スチュワートに法的に変更されていた。

そこにきちんと印刷されていた。

私の名前が完全に。母は私の名前は父の名から取って付けたと言っていたが、「ドーン」というミドルネームについては触れなかった。そもそもなぜその名は付け加えられたのだろう?

ファイルの残りの部分にざっと目を通しながら、私は微笑んでいた。

見覚えのある母の手書きの文字が並んだ一通の手紙に目が止まった。それには、「私の話または息子の話はきっと報道価値があったのでしょう」とあった。サーチ・ファインダース・オブ・カリフォルニア(養子縁組先や実の両親を探す手伝いをするNPO)でのミーティングで、子供がまだ生きているかどうかを調べるために死亡記事を当たってみてはどうかと勧められたときに書いた手紙だ。「ヴァンは赤ん坊をバトンルージュに置き去りにしたので」捨て子が見つかったという話は新聞のトップ記事になったのだろうとも書いていた。

私はその手紙を見つめ、読み間違えたのではないかと、もう一度読んだ。

置き去りにしたって？

母は私が置き去りにされたなどとは決して言わなかった。教会に預けられたと言った。

それに、報道価値があるって？

私の話のどこにニュース性があるのだ？　子供は毎日のように養子に出されている。

私たちが再会する一年前に書かれたその手紙には、父のフルネームも含まれていた。母は私に父の名前をただ「ヴァン」としか思い出せないと言った。何度もフルネームを思い出してほしいと頼んだのに。

母は嘘をついたのだ。

一体、何が起きてるんだ？

母が私に言ったことはすべて嘘だったのだろうか？

そのとき、もちろん母は父のフルネームを知っていたはずだということに思い当たった。そうでなければ、どうしてバトラーが父の記録を追跡できただろう？

二月六日、この世で私がどんなときでも頼りにできると知っている二人の人物――ロイドとリオーナ――を訪問した。

「女の人が子供を産んだことを忘れるって、可能だと思う？」私はリオーナに尋ねた。「ジュディが一度、そんなことを言ったんだけど」

「さあ、どうかしら。私たち、確かにお産の苦しみは忘れるけど、赤ん坊を産んだことを忘れられる人がいるとは思えないわ」

「ぼくもそう思ったんだ」私は言った。

「でも、当時、彼女がどんな状況に置かれていたかを理解してあげなくては」リオーナが急いで付け加えた。「虐待される環境にいた、心に傷を負った少女というか、ほんの子供だったのよ。すべてを忘れることが、彼女の体験したトラウマに対処する唯一の方法だったのかもしれないわ」

ロイドも同意した。「お母さんの話をよく聞くべきだよ。疑いがあっても大目に見てあげなさい。大変な目に遭ったんだから」

「でも、事実、母はいろんなことを覚えてるんだよ」私が発見したことを彼らに教えた。

「では、きっとあなたに話す勇気がなかったのね」リオーナが言った。「痛ましい状況だもの。きっとあなたが傷つくと思ったんだわ」

「傷ついてるよ。こんなふうに発見するより、最初から言ってもらったほうがましだった」

「これからどうするつもり？」ロイドが言った。

「ともかく、実際に何が起きたのかを発見しなくては」

そのあと、何か〝報道価値〟のある話が見つからないかと、東バトンルージュ郡立図書館に行った。手元にある唯一の情報——私の生年月日と養子縁組の日付——から推測するに、何が起きたにしろ、それは一九六三年の二月から五月の間の出来事に違いないと考えた。

当時、バトンルージュでは「モーニング・アドヴォケート」という朝刊と「ステート・タイムズ」という夕刊の二紙が発行されていた。一九六三年二月一二日付の記事から始めて、順に調べていった。どちらかの新聞もしくは両紙の後ろのほうのページに、埋もれるようにして赤ん坊と教会についての、文字だけの小さな記事が見つかるものと思っていた。

「モーニング・アドヴォケート」紙に見つかった記事に、私の胸は張り裂けた。それは、バトンルージュ署の婦人警官の腕に抱かれた赤ん坊の写真だった〔前出〕。三月一六日付同紙の大見出しは「捨て子は観察のため病院に」とあった。

新聞の一面を覆う自分の写真を見ながら、私は息をするのもやっとだった。写真下のキャプションには「捨て子の赤ん坊——市警少年課ミセス・エシー・ブルースに抱かれるのはノース・ブールヴァードの某アパート階段踊り場に捨てられた金髪碧眼の男の子。警察は赤ん坊の落ち着き先の決定と、両親の特定を試みている」とあった。

信じられない思いで、その記事に見入った。教会という語は一度も登場していない。私はメアリー・ボンネットという女性により、彼女の住むアパートの階段で思いがけなく発見されたらしい。

衝撃を受け、もっと記事はないかと探していると、四月一九日付に「十代の少女が捨て子の母親？」という見出しが見つかった。同記事には、ニューオリンズで発見された一五歳の浮浪少女が捨て子の母親かもしれないとあった。

四月二〇日付の「逮捕された父親当地を去る」という見出しの記事には、サンフランシスコのアール・ヴァン・ベスト・ジュニア（二八歳）が生後二ヵ月の息子をバトンルージュに置き去りにした罪で逮捕されたとあった。

新聞は間違っていると思った。生後二ヵ月ではない。

父に捨てられたとき、私はまだ生後四週間だったのだ。

ゆっくりとマイクロフィッシュ機〔マイクロ画像データを格子状に配列してカードに保存したもの〕の前から立ち上がり、プリントアウトした記事をかき集め、トラックに戻った。エンジンをかけ、バトンルージュのダウンタウン方向にハンドルを切った。ノース・ブールヴァードならよく知っていた。その通りは何度も運転したことがあった。

私は私を愛してはいるがただ育てることができない親により安全な場所に預けられたのではなかった。ゴミのように捨てられたのだ。誰かに見つけられるかどうかなどどうでもよく、ただ置き去りにされたのだ。

新聞に載っていた七三六番という住所を探すうちに、拒絶されたという強烈な感情がひたひたと押し寄せてきた。

数分もしないうちに私はそこにいた。通りの真向かいに古い英国国教会の教会があるが、樫の木の湾曲した枝から垂れ下がるサルオガセモドキに影を落とされ、ほとんど見えない。トラックを止め、外に出た。

あたりを見回しながら、アパートの建物の裏側に回って中庭のある駐車場に入り、何年も前に父が歩いたに違いない道筋をたどった。八号室に向かう階段は見つからないかと、中を覗いた。新聞によると、そこが私の置かれていた場所だった。

そこに立っていると、まさしくそこで私は最後に父の姿を見たのだという事実に思い当たった。頬に涙が流れるに任せ、きびすを返してノース・ブールヴァードに戻り、ファースト・プレスビテリアン教会目指して通りを渡った。古い教会は父がそれを通り過ぎた一九六三年のままの姿で立っていた。

たぶん父は私をこの教会に預けようとしたのだ――心の痛みを和らげようとして、私は理由づけを試みた。たぶん、教会のドアが閉まっていたのだ。その日は牧師が家に帰ってしまっていたのだ。教会の階段に立ち、私はそれが父の計画だったのだと自分を信じこませようとした。何か予想外のことが起きて、アパートの建物に置き去りにするしかなくなったのだと。

幾分かは気持ちが慰められ、トラックに戻った。もう何を見るにも暗くなりすぎていた。家に着くころには、自分の気持ちがわからなくなっていた――怒り、屈辱、裏切り、傷心。母は私に対して常に正直でいると約束したのに、嘘をついていた。

あまりにも多くのことについて。

続く数日間はつらかった。再び捨てられたと感じた。ロイドとシンディ〔姉〕が初めて理髪店に連れて行ってくれたときのことを思い出した。理髪師が髪を極端に短く刈ると、シンディが私の頭に傷があることに気づいた。ロイドにもリオーナにも、私が頭にそんな傷の残りそうな転び方や怪我をした記憶はなかった。医師に私の鼻は一度骨折していると言われたこともあったが、ロイドとリオーナは、そんなことは起きていないと言った。今、それは起きたのかもしれないと思う。

もう一度記事を読むと、父が逮捕されていることに気づいた。翌朝、バトンルージュ市警本部に行って、その事件の調書のコピーを申請する用紙に記入した。

職員に名前を求められたので、「アール・ヴァン・ドーン・ベスト」と答えた。その名前を使ったほうが、調書を手に入れるのに有利だと思ったからだ。生まれて初めて私は紙の上に自分のほんとうの名を署名した。一時間ほど待たされたあとに、ついにレジーナという名の職員から調書のコピーを受け取った。名前の部分が塗りつぶしてあったので、抹消部分のないコピーを求めた。

「その部分は極秘情報なのです」彼女は言った。

「でも、このファイルは私自身についてですよ」私は食い下がった。「どうにかなりませんか?」

「なんとかしてみましょう」彼女は言った。

バレンタインデーに、私はさらに二つのものを手に入れられることを期待してニューオリンズに行った。一つはヴァンのニューオリンズでの逮捕に関する警察の調書で、もう一つは「タイムズ・ピカユーン」紙の記事だった。かなり昔の犯罪調書は図書館のマイクロフィッシュに保存されていると前日に教えてもらっていた。

こういったことについては、母には何一つ話していなかった。私の怒りと心の傷はまだ爆発寸前だったのだ。

警察の調書の中に、私はついにすべてを発見した。母がどんなふうに父とニューオリンズに駆け落ちし、サザン・バプティスト病院で私を出産したか。

「ヴァンは赤ん坊のそばにいることに耐えられなかったのです」調書の中にある母の言葉だ。「家の中には食べ物もなく、赤ん坊には粉ミルクが必要だったので、私はバーのホステスとして働きに出ました。あれは三月の半ばごろ、仕事から帰ると、いつも赤ん坊が旅行かばんの中に入れられて蓋が閉められていたので、ヴァンになぜ蓋を閉めるのかと訊きました。すると彼は赤ん坊の泣き声にうんざりしたからだと答えました」

それ以上、読めなかった。

調書をプリントアウトし、外に出て、吐いた。

49

深く息を一つ吸いこんで、ＰＣに母のメールアドレスを打ちこんだ。まず警察の調書を、それから一九六三年四月二〇日付「タイムズ・ピカユーン」紙の記事を送った。それには私の父が逮捕され、息子を遺棄したことを認めたとあった。また、母が浮浪罪で逮捕され、育児放棄の罪で拘置されているとの記載もあった。

「ママがなぜ、彼がバトンルージュから私を連れずに帰って来るなり彼のもとを去ったなどと言ったのか、ただその理由が知りたい。ママはその後も一ヵ月以上、彼といっしょにいたじゃないですか。ぼくはただ真実が欲しい。嘘はもうたくさんです」と書いた。気持ちが変わる前に、送信ボタンを押した。

その夜遅く、私は最後の逮捕調書を送った。「これでもう少し思い出してくれることを望みます」とだけ書き添えた。母は翌朝、返事をしてきた。

私が嘘をついていると思われて、とても悲しい気持ちでいます。私がどうしてそんなことをするでしょう？　ゲーリー、あなたの人生を台無しにするために、あんなに大変な思いをしてあなたを探し出したわけではありません。どうか、それだけは信じてください。

（逮捕された時点では）私はもう彼と暮らしていなかったし、その前も暮らしていませんでした。彼があなたを連れずに帰って来たその日のうちに彼のもとを去ったかどうかについては、絶対的な確信はありません（そうしていたなら何冊もの聖書に手を置いて誓ったでしょう）。でも、私が逮捕されたときに、すでにかなりの期間、彼と暮らしていなかったことには確信があります。

ゲーリー、私は一五歳だったのです。あなたがアパートの建物に置き去りにされたと知ったときは、とてもショックでした。それについてはまったく何も覚えていないのです。彼があなたをバトンルージュに連れて行ったときに私がすでにバーのホステスとして働いていたことや、彼が仕事を見つけられないせいで私が働きに出ていたと知ってショックでした。ゲーリー、私は嘘つきではありませんし、あなたに決して嘘は言いません。

母の返事を読んで、私はひどく後悔した。何が起きようと私は母を愛しているし、私を見つけてくれてうれしいのだ。

「怒りをぶちまけて、つい『嘘はもうたくさん』などと書いてしまってごめんなさい。言い過ぎでした。謝ります」と返事を書き送った。「どうしてもああいったことを打ち明けて心の重荷を軽くする必要があったのです。なぜなら、ママと同じく、ぼくも話の食い違いにショックを受けているからです。ママを傷つけるつもりはなかった……つい、口走ってしまった。ごめんなさい。一日ごとに、ますますあなたを愛しています」

母からの返事は私が期待していたものとは少し違っていた。「私たちが再会して以来、私があなたを探したことを後悔したのはこれが二度目です」とあった。「あなたがあなたの答えを見つけることを祈っています。私は決してあなたに十分な答えを与えられないことを知っています。あなたが私の答えられない質問を絶え間なくすることに、私はとまどっています。あなたをこんなに動揺させる結果になってとても悲しいのです。あなたを、あなたの家族を、あなたのママとパパを、気の毒に思います。今回のことで、この養子縁組の悪夢では誰も勝者ではないことをはっきり思い知らされました」

母はのちに、母が言いたかったのは、私を見つけたことを後悔しているのではなく、それが私に引き起こした心痛を悲しんでいるということだったと説明した。私はその言葉を信じた。だが、私たちの関係はしばらくぎくしゃくした。

五月、サンフランシスコに行ったが、その目的は公立図書館だった。そこの新聞にもっと私が知りおくべき情報はないか見ておきたかった。まず一九六一年から六三年の間のすべての新聞の記事に目を通すことから始めた。ヴァンとジュディの許されぬ恋と逃亡生活に関する詳細な記事が、次から次へと見つかった。実際に自分の目で読んでいなかったら、とても信じることなどできなかっただろう。「サンフランシスコ・クロニクル」紙と「サンフランシスコ・イクザミナー」紙の両紙面に、父と母の写真がでかでかと載っていた。父が母に対する愛について語った言葉は、父が変質者だったという私の確信をいっそう強めた。

翌日は母もいっしょに図書館に行った。私たちは関係を修復しようとしていた。そして、私がすべてを知ってしまった以上、母は本心から私を手伝いたいと思っているようだった。前日の二紙に「サンフランシスコ・ニュースコール・ブレティン」紙も加えて、逮捕調書にあった父の逮捕日からスタートして調べ始めた。私たちが積み上げた情報の量は信じられないほどだった。

「報道価値がある」というのは、真実の半分も言い当てていなかった。

母は私のそばに座ってマイクロフィッシュ機に向かい、「あっ、これは覚えてるわ」とか「ええ、そうよ、そうだったわ」などと声を上げて、十代だったころの自分の記事を読むのを楽しんでいる様子だった。

私は胃の奥に痛みを感じ始めた。母は全然わかっていない。このすべてが、やがて私の遺棄につながったのだ。これらは犯罪行為なのだ。ヴァンは未成年の少女を強姦し、誘拐し、妊娠させた小児性愛者だった。そういったことのすべてが、どんなに私の心を動揺させているかを、母はまったくわかっていない。

プリントアウトしたすべての痛ましい事実をブリーフケースに収め、私は沈鬱な気分でバトンルージュに戻った。

二〇〇五年六月二一日、思いがけなくヘネシー警部から、市警のではなく、自宅のアドレスからメールを受け取った。

ゲーリーへ、

いいタイミングで科捜研所長をつかまえて、これに同意させました。

気長に待ってください。これには時間がかかります。

私の事件番号を０４１２３８７８５とする鑑定要望書が添えられていた。「中立者／被害者」の下に、彼は「ゲーリー・スチュワート」とタイプしていた。

要望書の上に彼は「予約ずみの採取標本を解析し、ＤＮＡプロファイルを作成してください。そのプロファイルをゾディアックのサンプルと照合してください」という科捜研宛てのメモもつけていた。予約受付日は二〇〇四年一〇月二九日。鑑定要望書の提出日は二〇〇五年六月二一日。サンフランシスコ市警は私のＤＮＡを八ヵ月も放置していたことになる。

はなはだしい遅れがあったにもかかわらず、私は有頂天だった。両親について発見した新事実に心の折り合いをつけようと必死だったせいで、ゾディアックの問題は心の奥に押しやっていた。過去四〇年間にゾディアック・キラーとのＤＮＡ照合はほんの数回しか行われなかったことを知っている。だからこれは、サンフランシスコ市警殺人課のトップが取った、とてつもなく大きなステップだった。

新たな活力を得て、私は父の人生をさらに深く掘り下げていった。

二〇〇五年、ロイドとリオーナは世のほとんどの夫婦が到達することのかなわない結婚五三周年の記念日を迎えようとしていた。彼らは過去二〇年間、ロイドの母と同居していたので、その特別な日の夜に〝シッター〟を必要としていた。両親に心おきなくデートを楽しんでもらおうと、私はその晩、祖母と過ごすことを買って出た。彼らがそんなにも長い年月をともに過ごしたのちになおも最良の友であるという事実に、私は常に畏敬の念を抱いていた。

その朝、少し暇な時間があったので、ＰＣに向かい、ちょっと前に発見したドッグパイルという新しい検索エンジンを試してみた。まず「アール・ヴァン・ベスト」と打ちこんだ。いつものように「一致はありません」という表示が出るものと思っていたところ、サウスカロライナ州コンウェイに約二〇軒あるベスト一族の住所のリストが現れた。そのすべてに電話をしてみたが、誰もアール・ヴァン・ベストという人間を知らなかった。

がっかりしたが、周辺の町もサーチしてみた。ガリバンツ・フェリーにあるオールド・ザイオン墓地の名簿が現れた。そのリンクをクリックするとホリー郡郷土史協会のページに飛んだ。そこにある名前のリストに目を通していくと、あった――「ベスト、アール・ヴァン・ドーン《Dorn》一八六六―一九〇五」。

私と同じ名前じゃないか！　この男は私の先祖に違いない。父は私の名前のドーンには「Dorne」

と最後にｅをつけたが。

私はこの発見に浮かれ気分で両親の家に行った。

リオーナはいつものように美しかった。そしていつものように、ロイドの服を選んでいた。ロイドの色盲は有名だ。だから過去五三年間、リオーナはシャツとパンツの色が調和するよう、両方のソックスが同じ色であるよう確かめて、ロイドの服装を整えてきた。五〇年前と変わらず粋なロイドが、花嫁に腕を貸して車へと案内する。その年齢になってもまだロマンチックなデートをしている彼らにほのぼのとした気分になり、私を養子にしたのが彼らだった幸運を、私はあらためて思い出した。

数日後、例のウェブサイトに戻ると、ガリバンツ・フェリー郡区には今もまだベストという姓の住民がいることがわかった。さらにその近くのエイナーという小さな町の住民リストにも「Ｊ・Ｍ・ベスト」という名を見つけた。

そこに載っている番号に電話すると、若い女性が出た。

「ミスター・ベストはいらっしゃいますか?」

「私は娘のアリソン・ベストです。父は数ヵ月前に亡くなりましたが、私でお役に立てることなら喜んでお手伝いしますわ。父にはどういうご用件だったのでしょうか?」

私は自己紹介をし、電話した理由を述べた。「父の親族を探しているのです」

「それでしたら、私たちだと思います」アリソンが言った。「プレスリーおじさんに電話なさるといいわ。きっと彼ならはっきりしたことを知っています」

急いで彼女が教えてくれた番号をダイヤルした。私が熱弁を終える前に、プレスリーはさえぎって言った。「まあ、ちょっと待って。確かに私たちがあんたの捜している親族だということはわかったが、私はそういった家系図とやらにはとんと弱くてね。妹のハッティと話してくれないか。あの子が一族の史学者だから」

彼はハッティの番号を教えてくれた。

私がその日三度目となる物語をまくし立てている間、ハッティは礼儀正しく耳を傾け、そして、私の祖父――アール・ヴァン・ベスト・シニア――を知っていると言った。「私の父と、あなたのひいお祖父様が兄弟なんです。あなたのひいお祖父様の名はアール・ヴァン・ドーン・ベスト。あなたには親戚が何人かいますよ……いとこ、だと思うけど……私のプレスリーっていう兄が昔暮らしていた家の近くに住んでるわ。一人はビッツという名で、あなたのまたいとこに当たると思う。あなたのお父様やお祖父様のことは少し覚えてるけど、何と言ってもはるか昔のことだし、うやむやにされてしまったから。詳しいことは何一つ覚えてないんです」

彼女の記憶を刺激しようと、父は犯罪者だったそうだと言ってみた。

「それって殺人?」ハッティはささやいた。

私はショックを受けた。彼女とはまだ数分しか話していないのに、早くもその言葉が登場したことが信じられなかった。

「父のしたことを全部は知らないんです」私は言った。「父のファイルの一部が処分されてしまったので」

口を滑らしてしまったかもしれないと思ったのか、ハッティはしばらく黙りこくった。それから彼女は話題を変え、もうすぐ開かれるというベスト一族の新睦会に私を誘った。

「あなたが顔を出してくれたら最高。楽しくなるわ」彼女がその新睦会の幹事なのだそうだ。ついに彼女の曽祖父――ジョン・ジェームズ・ベスト大尉――の墓の場所を突き止めたとかで、新睦会で発表する予定だが、私の出席のほうがなおさらいいと言う。「曽祖父は南北戦争の狙撃手だったの。ピー・ディー・ライフルズ〔サウスカロライナ第九歩兵大隊〕所属だったのよ」彼女は誇らしげに言った。

私は必ず行くと約束し、彼女は私の親族についての情報を送ってくれると言った。

その夜、ホリー郡郷土史協会のサイトに投稿した――。

「私はゲーリー・ロイド・スチュワートといいます。一九六三年にアール・ヴァン・ドーン・ベストとして生まれました。父はアール・ヴァン・ドーン・ベストの孫でアール・ヴァン・ベスト・シニアの息子のアール・ヴァン・ベスト・ジュニアです。私は父により養子に出され、最近、生みの母との再会を果たしました。私の父のことを知っていそうな親戚やベスト家の遠縁に当たる人を探しています」

このメッセージが何らかの成果をもたらすことを期待した。

翌日、またいとこのビッツ・ベスト・ロザーに電話し、自己紹介した。彼女にはハッティがすでに私から電話があるだろうと予告してくれていた。私の生い立ちを話すと、ビッツは赤ん坊についての噂が親戚の間に漂っていたことはあったが、あまりに昔のことなので、まず誰も覚えていないだろうと言った。

「あなたのお祖父様、私たちにとってはアール叔父さんだけど、彼は〝神に選ばれし者〟だったのよ。家族の中では末っ子で赤ちゃんだったのに、長じてベスト一族の宝になったの」ビッツが説明してくれた。「それに素晴らしい聖職者だったわ。あなたのお父様のヴァンはといえば、そうねえ、〝変わってた〟って言うべきかしら。夏に子供たち全員で海辺の別荘にいたときも、私たちは皆泳いだり砂浜で遊びたがったりしたの。ヴァンはそういったことはすべて嫌い。興味の対象が違ってたわ。古いものが好きだった。イングランド王からの土地払い下げ許可書と洗礼式用のベビードレスが入った古い旅行かばんを覚えてるわ。やたらあれが気に入ってたわね。事実、すごく古いのに彼が何度も蓋を開けたもんだから、中に入っていたものに空気が当たって、そのうちバラバラになってしまったの」

ビッツにとって、そこまではまだウォーミングアップだった。「子供っていうものがどんなものかは知っているでしょ。いけないことだけど、私たち、彼をいじめたてたの。だから、彼が大人になって問題を起こして逃亡中だって聞いたとき、ひょっとして彼があんなふうになったのは自分たちのせいじゃないかって自問したものよ。あなたのお祖母様のガートルードは美人で素敵な声をしていて、天使のようにピアノが弾けたの。でも、何が気に入らなかったのか、アール叔父さんを裏切り始めたのね。叔父さんが説教をしている日曜にさえよ。私たち皆、胸が痛かったわ。ヴァンもつらかったはずよ。ベッドのギーギーいう音や母親の部屋から男たちが出入りするドアの音が聞こえるって、何度も言ってたもの。そんなことがきっと彼の奥深いところに影響したのね。アール叔父さんの心はズタズタだったに違いないわ」

家族の詳細な過去がほとばしり出てくるのを、私はじっと聞いていた。

「第二次世界大戦が勃発したとき、彼らは宣教師として日本にいたの」ビッツは続けた。「アール叔父さんはよく手紙をくれて、ガートルード叔母さんとヴァンを連れて行ったお芝居やミュージカルやオペラのプログラムを送ってくれたわ。あの家族は皆音楽好きで、ヴァンはお芝居が好きだったわね。私たち、叔父さん夫婦にとって日本行きが関係修復のいい機会になると思ってたのに、そのうち叔母さんがあちらでも浮気してるっていう噂が伝わってきたじゃない。日本がパールハーバーを襲撃すると、叔父さんはガートルード叔母さんとヴァンをアメリカ行きの最初の船に乗せ、自分は最後に脱出する船に乗ったの。でも、帰国し、海軍に加わって従軍牧師の学校に行くと、またもや太平洋上に送り出された。今回、叔父さんは一人で行った。ここがあなたのお父さんにとって、悪い方向への大きな転換期だったと思う。父親が戦争に行き、母親と二人きりでサンフランシスコに住むことになって、絶望したに違いないわ。一体、どんなことを目撃したのやら！　そのころだったわ。叔父さんがガリバンツ・フェリーに戻ってきて、ガートルードに離婚を請求したって親戚一同に報告したのは。離婚したらメソジスト教会から破門されることはわかっていたけど、不貞を働く妻とは暮らせなかったのね。胸が張り裂ける思いだったでしょう。一家のゴールデン・ボーイが、しかも尊敬される牧師なのに、一族の離婚者第一号になるのを見るのは私たちもつらかったわ。きっとこれがあなたのお父さんの心をひどく傷つけたのね」

続いてビッツはアール・シニアがどんなふうにエレナ〝エリー〟・オーブルと知り合い、最終的に再婚したかを説明した。「アール叔父さんのために大喜びしたわ。一目見たときから私たち、彼女が大好きになったの」

私たちは二時間以上も喋った。というより、ビッツが話し、私は細かい点まですべてを吸収しながら聴いていた。その夜遅く、フロリダ州パラッカに住むジョイス・ロング・スミスという女性からメールを受け取った。ビッツの姉ミルドレッドの娘だった。メールを読みながら、私は微笑まずにはいられなかった。ベスト家の人々はヴァンの長らく消息不明だった息子に会うために、どこからともなくぞろぞろと姿を現していた。カーニバルの見せ物小屋の子供よろしく、はるか昔にささやき声で噂の種にしていた赤ん坊と、彼らは皆話をしたがっていた。ジョイスのメールにはこう書かれていた。

「あなたのお祖父様はあなたがバトンルージュに置き去りにされたことを知るやいなや、インディアナポリスに大急ぎで戻ってエリーに、バトンルージュに行ってあなたを養子にし、自分の子として育てたいと言ったのです。そしてバトンルージュに飛んだのですが、あなたがすでに誰かの養子となっていたことを発見し、悲嘆に暮れました。お祖父様はこの落胆から決して立ち直れませんでした」

まもなくベスト家新睦会の正式な招待状が届いた。そこでザックと私は親戚一同に温かく迎えられることになった。

51

ある日曜の午後、ロイドとリオーナとともに出席した教会の礼拝から帰ったあと、私はPCに向かって、今ではすっかり習慣になった父親についての手がかりの検索を行った。ホリー郡郷土史協会のサイトにメッセージを投稿していたことを思い出し、誰かがコメントでも寄せていないか見てみることにした。

私のメッセージの下に「匿名ウィリアム」というハンドルネームの投稿があった。

「あなたのお父様はあなたのお母様を誘拐した罪によりサンフランシスコで逮捕されたはずです。お母様はそのとき一四歳でした。あなたはニューオリンズで生まれました。あなたが生母を見つけたことをうれしく思います！　現在、サンフランシスコの四六番もしくは四七番アヴェニューにアール・ベストという名の人がいます。電話帳にも記載されています。これはあなたかもしれませんが、あなたの親戚の誰かである可能性もあります。幸運を祈ります――ウィリアム」

この人物は明らかにジュディとヴァンを知っていたようだ。私は急いでメールアドレスの部分をクリックし、ウィリアムに父を知っている理由を尋ねるメッセージを投稿した。「縁続きの人以外で私が接触できたのはあなただけです。あなたもベスト家の方ですか？」

彼からの返事を待つ間にインターネットでサンフランシスコのアール・ベストをサーチすると、記載が見つかった。ドキドキしながら電話すると、女性が出た。私を遺棄した父親を探しているのだと説明すると、女性は「間違い電話です」と言って電話を切った。

翌日、例の謎の人物が返事をしてきた。

ウィリアムは、父とは高校時代から大人になるまでずっと親友だったという。彼の返事を読んでいるうちに、心臓が激しく動悸を打ち始めた。ヴァンとジュディが駆け落ちしたとき、彼は二人を空港まで送っていったのだそうだ。

「高校時代の彼や私たちの冒険についてもっと知りたければ、遠慮なくどうぞ――ウィリアム」

「匿名ウィリアム」の本名はウィリアム・フセヴォロド・ロームス・フォン・ベリングスハウゼンだと判明した。続く数ヵ月間、私たちは毎日とはいかないまでも毎週メールのやり取りをした。私は彼が思い出せるすべてを引き出そうとした。私にとって幸運だったことに、ウィリアムの記憶力は抜群だった。もっとも、父についてはいくつか非常にいやな思い出があるとはっきり釘を刺された。彼はこう書いてきた。

「私は大陪審で証言するよう召喚されました。ヴァンとあなたのお母様が逮捕時に連邦保安官に何を言ったかはわかりません。でも、知らないうちに、私は子供誘拐の共犯者として大陪審に起訴されていたのです。このトラブルから抜け出すのには一年以上を要しました。何千ドルもの弁護料は言うまでもなく」

まもなく私たちは定期的に電話で話すようになった。ある時点で、彼は古い記憶の掘り起こしに、それ以上耐えられなくなった。「優秀な精神分析医を見つけ、カウチにゆったり寝そべって、父親譲りのきみのその凝り固まった頭を解きほぐしてもらうべきだ。いい人生を送りなさい」

私は即座に謝った。できる限りすべてを知りたいと思うがあまり、それが彼の心にどんなに負担になっているかまで考えが及ばなかったのだ。彼は心底父を好きだったが、同時に傷つけられてもいた。

「父があなたにしたことを、ほんとうに申し訳なく思います。お願いですから、父のしたことで私を恨まないでください」私は言った。

ウィリアムはすぐにまた、期待をはるかに上回る多くの思い出話をしてくれた。やがて、次にカリフォルニアに来たときには会いに来るよう招待してくれた。

二〇〇五年一月二五日、父の親友との対面に心躍らせながら、ゴールデンゲート・ブリッジを渡り、ナヴァトという小さな町を探してマリン郡に車を走らせた。だが、父のことをいろいろ知った今、彼と会うことが果たして賢明なのか、確信が持てなかった。

ウィリアムの家の私道に車を入れたとき、私は付近の美しさに思わずうっとりと見とれた。遠くには、セコイアの高木が点在する景色。四階建ての複層式の家がほとんど見えなくなるほどまわりに豊かに茂った低木や木々や花々、それを木製の柵が取り囲んでいる。玄関前には紫やブルーの花を大量につけたアジサイの巨大な茂みがあった。

階段を上り、ベルを鳴らした。

オリーブグリーンのセーターに紫のストライプのシャツ、ブルーのスラックスといったいでたちのウィリアムがドアを開けた。美しい銀髪の女性が素敵な笑みを浮かべて彼の隣に立っていた。ウィリアムはステッキを壁に立てかけ、握手のため左手を差し出した。もう片方の手は注意深くポケットに差しこまれたままだ。のちにわかったことだが、脳梗塞と心臓発作のせいで、右手がマヒしていた。

ウィリアムは私を妻のタニアに紹介した。「どうぞ、こちらへ」タニアに案内され、玄関ホールを抜けて数段の階段を上がった。「フセーヴェはすぐに来ますから」夫のニックネームを使って、彼女は言った。

さらに別の短い廊下を抜け、左に折れてリビングルームに入った。「どうぞ、座って」タニアがL字型ソファを指差した。「彼、最近は動き回るのにちょっと時間がかかるんです」

ウィリアムが足を引きずりながら部屋に入って来たとき、玄関で私を出迎えることが彼にとってどんなに大変だったかがわかった。タニアは数分間、私たちと雑談をしたあとで、ウィリアムにアトリエに行くと告げた。「彼女、絵を描いてるんです」ばかでかい本箱の上の壁に掛けられた印象派風の油絵を指差して彼は言った。ありとあらゆる歴史的な芸術家に関する本が棚にぎっしり収められている。

「お父さんの目にそっくりだ」彼が言った。「ぞっとするよ」

最初のうちウィリアムは少しよそよそしかった。おそらく、かつて彼が逮捕される原因を作った男の息子を信用していいものかどうか、迷いがあったのだろう。だが、時間の経過とともに私がどういう人間かがわかったのか、リラックスした。

父と友達だった男と同じ部屋にいるということだけで、私も心がざわついたが、ウィリアムが犯罪学者としての自分の人生を語るにつれ、私には彼が父とはまったく違う人間だということがわかった。そして父の思い出を話し始めると、彼は記憶をたぐりよせることを楽しんでいるようだった。

「私たちは学校の他の少年たちとは違っていたのですよ」彼は言った。「皆が外でスポーツをしているとき、私たちはヴァンの寝室で『ミカド』の台詞を朗読していた。あのオペラの台詞は一言一句覚えてたな。彼は『トスカ』も好きでした」

ゾディアックが『ミカド』の台詞を引用していたとインターネットで読んだことがあったので訊いた。「父は『ミカド』について知っていたのですか?」

「知ってたどころじゃない」彼は笑った。「のめりこんでた。ヴァンによると、きみのお祖父さんはミカド〔天皇〕に会ったことがあるとか。私は信じなかったがね。ヴァンはいつも大風呂敷を広げていたから。一度なんか、彼自身が英国女王に会ったって言ってましたよ。戴冠式に出席したって。ヒンチンブルックに行ったときです。イギリスから帰ってきてしばらくは、頭がおかしくなってたな」

次にウィリアムは血のついた鎚矛《メイス》にまつわる話や、父が武器に夢中になっていたことに言及した。

「そういえば、ヴァンはすごく迷信深かったな」ウィリアムがあるエピソードを思い出した。「彼が卒業後に父親に買ってもらった車で、二人でドライブして回っていたときでした。どこだったかは思い出せないが、一晩野宿することになったのです。しばらく走っていると、未完成の白いビルらしきものがいくつかある建築現場にたどり着いた。ところで、私たちは近眼なのに、そのときは二人して眼鏡を家に忘れてきていたのです。そこに駐車し、車の中で眠りました。翌朝、起きると天気のいい明るい日でね。目をこすってまわりに焦点を合わせると、墓場で一晩過ごしたことがわかったんです。前夜、白いビルに見えたものは白い霊廟や墓石だったんだね。私は面白がったが、ヴァンは何か悪いことの前兆だと思った」

父の投機的な事業について質問すると、ヴァンのメキシコ行きは最初のうち大きな利益をもたらしていたと、ウィリアムは言った。「彼がメキシコから持ち帰るものはあっという間にさばけてました。数週間以内に全部売れてましたね。彼が文書を選別するところをよく見物しましたが、中でもスペイン王フィリップ二世の署名入りのものが特に記憶に残ってるな。あれはかなりの儲けになったはずだ」

ウィリアムはラヴェイについても話してくれた。彼らはサンセット地区の《ロスト・ウィークエンド》というカクテルラウンジに入り浸っていて、そこではラヴェイと父が時々交替でパイプオルガンを弾いていた。「ラヴェイとヴァンは趣味が一致してました――音楽、それに哲学や書物に対する愛もね。ヴァンはいつも尋常でない考え方に魅了されてましたから、それでラヴェイの特異な思考プロセスにはまったのです」ウィリアムは説明した。

「私たちがサンフランシスコ・シティ・カレッジで法医学を勉強していたときでした、ヴァンがメアリー・プレイヤーに出会ったのは」

「それ、誰ですか?」私は口をはさんだ。

「彼の最初の妻ですよ。オードリー・ヘップバーン似の。でも、あの結婚はものの数ヵ月ももたなかった、私の記憶ではね」

「何が起きたのですか?」私は驚いて尋ねた。母は自分の前に父に妻がいたとは言わなかった。

ウィリアムはそのことについては詳しく語りたがらず、ただ「ヴァンはときに正気でなくなる」とだけ言った。

「私もあなたのお父さんを知ってたのよ」タニアが私たちのために焼いてくれたペストリーの皿を手に部屋に入ってきた。「私たち皆、ローウェル・ハイスクールでいっしょだったの。正直に言うわ。私、彼のことは大嫌いだった。大ぼら吹きで、いつも自分がしたことをひけらかしてたけど、一度だってそれを証明できたことはなかったわ」

ウィリアムは妻に向かって微笑み、完全に白くなった顎ひげをなでた。「タニアはすごく率直なんです」

ウィリアムの話を聞いているうちに、彼がとてもあらたまった話し方をすることに気づいた。ヴァンは完璧に文法に則った話し方をしていたとウィリアムは言っていたので、二人が互いとの会話を楽しんだのももっともだという気がした。ウィリアムは非常に話し上手だ。彼がしゃがれた柔らかい声で話すのを聞いて、彼が外国人だとわかる人はいないだろう。

「仕事部屋にお見せしたいものがあります」彼はゆっくりと立ち上がり、リビングルームを苦心しながら横切って行った。彼のあとをついて廊下を抜け、階段をまた数段上り、先ほど目にしたよりさらに多くの作り付け本棚がある部屋に案内された。そこには犯罪学や法医学、殺人関係の本が並んでいた。

「あれで仕事をするんですよ」彼はデスクの上のコンピューターを指差した。「ご存じのように、ヴァンも法医学を勉強していた。それで幾度かいっしょに仕事をしないかと誘ったのですが、メキシコで宝探しをするという決意が固くてね」

彼は棚から一冊の本を取り出した。「ちょっとこれを見てほしい。きみのお父さんからもらったんだ。非常に希少なもので、私の宝物の一つだよ。彼がメキシコから持ち帰ったものだ」

父が触ったものに触れるのだという事実に気づき、私はほとんど崇めるように手を差し出した。

「気をつけて」ウィリアムが言った。「一六世紀のものだから」

慎重にページを繰っていくと、それがスペイン語で書かれていることに気づいた。

「これ、何の本がご存じですか？」

「もちろん」ウィリアムは言った。「それはアステカ族に聖餐式の行い方を教える、いわばガイドブックです。当時、スペイン人はカトリックを広めようとしてましたから、アステカ族にキリスト教の儀式を理解させる必要があったのです」

　表紙がピンク系のめずらしい色であることに気づき、尋ねた。「これはまた、変わってますね」

「ひょっとしたら人間の皮膚ではないかと思うんだ」ウィリアムは言った。「当時よく使われていた牛や羊の革でないことは確かです。私もそれについては何度となく頭をひねりましたよ」

　しばらくの間、その本を買い取らせてもらえないかと尋ねる勇気が出るのを待って、ためつすがめつしていた。だが、彼のすこぶる注意深い扱い方からして、それが彼にとって特別な意味があるものであることは私にもわかった。

「ヴァンはメキシコからいつも私たちに土産を持って帰ってくれました。そのあたりにタニアがもらった美しいブレスレットもありますよ」

「見せていただけますか?」

「どこにあるか、タニアに訊いてみましょう」

　その日、そこを去るときには、なぜ父がウィリアムを好きだったかを、私は明確に理解していた。彼は私がそれまでに出会った人の中で最も品位のある、頭のいい人間の一人だった。

　続く五年間に、私はウィリアムと絶え間なく連絡を取り合い、さらに三度、彼を訪問した。二度目の訪問のあとに彼は「ビルおじさん《Uncle Bill》と呼んでくれ」と言い、メールにもUBとサインし始めた。親しさが増すにつれ、彼はさらに心を開き、父についてのちょっとしたエピソードも話してくれるようになった。いい思い出話もあった――《シュルーダーズ》でエールビールを飲んだことや、《トンガ・ルーム》にたむろしたことなど。だが、時に彼の思い出話は、私の心をかき乱した。

地獄の底から逃げ出そうとして苦悶する顔の彫り物がされた小さな木箱を見せられたときなど。

52

二〇〇六年の一年を通して、私は父の人生に関するさらなる情報を求めてサンフランシスコにたびたび足を運んだ。ウィリアム、ジュディ、ベスト家の人々のおかげで、私にはスターティングポイントとなる、見るべき場所があった。

まずベイエリアから、父の足跡をたどる旅を始めた。今回、私には前とは異なる視点があった。私は父がどんなに残酷になれるかを知っていた。

グレース大聖堂に足を踏み入れると、かつての父と同じように、壁に並んだパイプを通して流れてくる美しい音楽に圧倒された。視線がオルガンの横の、中に十字のある円の模様で装飾された床に引きつけられると、ぞっとして身震いした。それはゾディアックが手紙のサインに使っていたシンボルマークにそっくりだった。

聖書の場面が描かれた格調高い絵画の数々に見入った。母によると、父はそれらの絵の中に自分が登場していると言ったことがあったそうだ。じっくり眺めていくと、長衣をまとった一人の男の顔が少し父に似ていることに気づいたが、所詮それも、彼お得意の、人々を感心させるための作り話の一つだったのだろう。

市役所でアール・ヴァン・ベスト・ジュニアのメアリー・アネット・プレイヤーとの結婚許可証の

コピーを求めた。すると受付の女性が画面上に二つの許可証が現れたと言った。

「どちらをご所望ですか?」と尋ねられた。

二つだって? 一つのはずだが、と思った。

「両方ともください」

父がメアリー・アネット・プレイヤーと結婚したのは一九五七年八月一九日だった。さらに、母とのことがあったあとに、父がイーディス・コスという名の女性と再婚していたことを発見した。婚姻の日付――6/6/66――に目が釘付けになった。

父がオルガンを弾いていた《アヴェニュー・シアター》にも行ってみた。その古い劇場は今ではブレッシング・チャーチの放送局になっていたが、「AVENUE」の表示が今なお建物の前面に突き出ていて、訪問者たちにその歴史的な重要性を思い出させていた。

滞在中に、ランチでもいっしょにできないかとヘネシー警部の携帯電話に連絡してみた。たまに電話で話したときなどに、近いうちに会おうと言い合っていたからだ。

「そうしたいのは山々だが、ゲール、今、父の家で車椅子用のスロープを作ってるんだよ。最近、動き回るのが不自由になってきたのでね」ヘネシーは言った。

「そちらに伺ってお手伝いしましょうか?」私は手伝いを買って出た。「金槌の扱いなら、かなりなもんですよ」

「それはありがたいが、そんなことをさせるわけにはいかない。厚かましすぎるってもんです。でも、ありがとう。どうか楽しい一日を」

電話を切ったあと、頭を整理するために湾に沿って散歩することにした。父が頻繁に訪れていた場所を目にしたせいで心がざわついていたので、ヘネシーが言うように、今日という日を楽しみたかった。水上に延びた滑走路に飛行機が離着陸するのを眺めながら、父の音楽に対する愛についてと、ザックと私が彼の音楽の才能の幾分かを受け継いでいる事実に思いを馳せた。私はバンドでギターとヴォーカルを受け持ち、バトンルージュのいくつかの場所で演奏しているし、ザックは小さいころからギターを弾いている。それは父が私たちに与えてくれたよいものの一つだった。

その散歩の途中に、ある奇妙な考えが浮かんだ。一九六〇年代を通して、サンフランシスコの裏社会は音楽をやっている連中と密接に結びついていた。チャールズ・マンソン自身、ポランスキーとテートの家の元オーナーだったテリー・メルチャーとレコード契約を結ぼうとしたことがあったくらいだ。父はマンソンもしくは彼の「ファミリー」メンバーと知り合いだったのではないか？　捜査官たちがゾディアックとマンソン教団との関わり合いを疑っていたことは知っていた。

家に帰ると、生存している元信徒の何人かとの接触を試みることにした。それは実に現実離れした作業だった。母が私の人生に入ってくる前には、殺人を犯した者たちを探し出して連絡を取ろうなどとは夢にも思わなかっただろう。それが、今ではどうだろう。ロイドとリオーナに私がやっていることを話したら、二人とも唖然としていた。

チャールズ・マンソンその人に接触を図ることはまったく考えなかった。単純に彼が怖かったからだ。しかし、ボビー・ボーソレイユがオレゴン州の連邦刑務所にいることを偶然発見した。彼がどんなふうに音楽教師のゲーリー・ヒンマンを殺害したかを読んだ。続いて受刑者にメールを送れるサイトを発見すると、試してみる価値があるかもしれないと思った。

二〇〇六年九月一〇日、ボーソレイユに六〇年代にヘイト地区でアール・ヴァン・ベスト・ジュニアと会ったことはないかと質問するメールを送った。一〇月一四日に彼から返事が来たので非常に驚いた。

ボーソレイユは、彼のバンド「オークストラ」はヴァンと何度かウェアハウスでジャムセッションを行ったと書いてきた。「私たちの小さなサークルには多数のミュージシャンが出たり入ったりしていましたが、彼もその一人でした。その後、彼がどこに行ったかは知りません。それを言うなら、その前に彼がどこにいたかも知りません。ただ彼のハモンドオルガンの演奏がすごかったということだけは言えます」

彼は「ボビー」とサインしていた。

その手紙のたった数行で、私の説は裏付けられた。

数ヵ月後、再びベイエリアを訪れ、ベニシアにある私の事務所からヘネシー警部に電話して、今度はDNA鑑定で何らかの結果が得られたかどうかを尋ねた。「何年分もの残務があるんだ、ゲール。この分ではいつになることやら」彼は言った。

がっかりして電話を切った。気長に待つことは、想像していた以上につらかった。もし彼があの鑑定要望書を送ってきていなかったら、ほんとうに私のDNAサンプルを提出してくれたのかどうかさえ疑っていたかもしれない。翌年、ヘネシーが殺人課課長から特別捜査課へ異動になったことを知った。

二〇〇七年も末のある午後、ゾディアック・キラーの情報サイトにある「警察からの報告」に目を通していると、サンフランシスコ市警を退職した元殺人課刑事が二〇〇六年に投稿した公開書状に出くわした。

投稿者は同署に三〇年以上勤務した警官登録番号2014のマイケル・マロニーという刑事。一貫してゾディアック事件に特別の関心を寄せ、二〇〇〇年にパートナーのケリー・キャロルとともにその未解決事件に配属された。マロニーは並の刑事と違い、反逆児の異名を取っていた。一度は「ゾディアックに私が退職するまでつきまとってほしくない」と述べた彼だが、同事件の捜査ができなくなったときに感じた怒りは明らかに退職時までつきまとったようだ。

二〇〇四年にゾディアック事件の捜査が打ち切られたときのヘネシー警部の言葉が「ロサンゼルス・タイムズ」紙に載っていた――「今後、同事件の捜査は非活動とします。現在の取扱件数や現時点でなおも未解決の事件数のプレッシャーのもとでは、我々の資源をより効率的に配分する必要があります」だが、有力な手がかりが浮上すれば捜査は再開されると付け加えている。

公開書状によると、マロニーはヘネシーのこの見解に同意しなかったようだ。彼はこのように書いている――「ゾディアック事件はサンフランシスコ市警殺人課の現課長が異動にならない限り、解決されることはないだろう。彼〔ヘネシー〕はそれ〔ゾディアック事件〕を打ち切り、同署で最も情報に通じた有能な刑事であるケリー・キャロルに、同事件を事件簿に戻し、以後永久にこの事件に関する誰からのどんな質問にも答えるなと命じた。そしてヘネシーは同事件を他チームに再委任することなく、過去三〇年間で最も強力な手がかりが出現したというのに、事件を眠らせた」

マロニーは説明を続ける。「私とパートナーはゾディアック事件にDNAの技術を利用できる最初のチームだった。私たちはDNAにより二五年も迷宮入りだった事件を解決するチームになれたのだ。私たちには知識があり、それを正しく使っていた。DNA解析により、あの事件を完全に解明できていた」

私は目を疑った。

マロニーはさらに続けた。「ヘネシーが異動になれば、捜査は再開されるだろう。DNA解析にかかる費用もいつかはもっと安くなるだろう。そうなれば、何らかの結論を引き出すに足りるDNA鑑定が行われるだろうから、同事件は非常に面白くなる。たとえば、同一人物がすべての封筒の蓋を舐めるなり、手を触れるなりしたのだろうか？　もしそうでない場合、他のいくつのDNA痕跡を扱うことになるのか？　それは他の人物も事件に関わっていることになるのか？　他署の管轄内にこの事件に結びつく似かよったDNAはないのか？　ポール・スタインのシャツにはどんなDNAが付着しているのか？　流血殺人の証拠品のシャツからDNAが採取されないとは考えにくい。汗には多くのDNAが含まれている」

読み進むにしたがい、マロニーのパートナーのこのケリー・キャロルという刑事と一度だけ話をしたことを思い出した。バトラーが私との交信を断った数年後に、彼が電話に出たことがあった。そのとき、事件の捜査は打ち切られたと教えてくれた。「この事件に関しては、誰にも話すことができません。永久に」と彼は言った。彼がどこか不服そうだったのを思い出した。そのときでさえ、彼とのその会話を奇妙に感じたものだ。

公開書状を読み終わると、ヘネシーはほんとうに私のDNAサンプルを検査に出したのだろうかという疑問が再び湧いてきた。三年という年月は連続殺人事件の、特にこの事件の、DNA鑑定を待つには長すぎる気がした。もしヘネシーが部下の刑事にゾディアック事件に関してはどんな手がかりも追うなと命じたのなら、なぜ何度も私に会ったのだろう？　なぜ唐突にDNA鑑定要望書を送ってきたりしたのだろう？　ヘネシーは〔部下の誰でもなく〕自分こそが事件を解決する人物になりたかったのだろうか？　それとも、ただ私を翻弄していただけなのだろうか？　もしくは、何かが起きたのだろうか？　たとえばハロルド・バトラーかアール・サンダーズが彼のやっていることを発見し、事件から手を引くよう命じたとか。

頭の中であらゆる可能性を検討してみると、最後の答えが最も納得のいくものだった。直感的にはヘネシーは誠実な人間だ。彼に直接訊くことにした。

次にベニシアを訪れたとき、滞在しているホテルからサンフランシスコ市警に電話をかけた。

「ヘネシーは退職しました」と知らされた。

椅子に深く腰を下ろし、それが意味するところを正確に理解した。私のDNAはおそらく科学捜査研究所のどこか、永久に解析されることのない場所に保存されてしまった。

ヘネシーの携帯番号をダイヤルし、電話をしてほしいとのメッセージを残した。

電話はかかってこなかった。

数日待ってメールを送った。メールが受信される前に、送信者が彼の知人だと証明するためのいくつかの質問に答えなければならなかった。

返事はなかった。

しばらくしてから、もう一度メールを送った。

返事はなし。

もう一度だけ電話をして、ついに諦めた。

何かが起きたのだ。考えがぐるりと一巡したあと、再びバトラーとサンダーズに戻った。彼らはロテアの親友だった。彼らは、ロテアが一度はゾディアックの妻だった女性と結婚していたことを世間に知られたくなかったのだろう。だが、それを証明するものはない。一度ヘネシーが「隠蔽を疑っているのですか?」と言ったことを思い出す。私は笑って答えた。「もちろんです」と。

「ならば、真相を究明しましょう」そうヘネシーは言った。

彼はバトラーに父のファイルを見ることを拒絶されたとも言っていた。それで彼は父の逮捕に関する情報を得るのにカリフォルニア法令執行電子通信システムを利用するしかなかったのだ。どうしてバトラーは殺人課課長に要求された事件簿を見せなかったのだろう? 父はゾディアック事件の容疑者だったのだろうか? そのマニラ紙〔マニラ麻を原料とする強力紙〕のファイルの中にある、私たちが見ることを許されないほど凶悪なものとは何だったのか?

もう決して知ることはないだろう。

サイトに戻ってマロニーの連絡先を探したが、わかったのは二〇〇七年の初めに彼が心臓マヒで亡くなったということだけだった。

無念。

ついに公然と隠蔽を疑う発言をした、何らかの答えを持っていそうな人物を見つけたというのに、その人と話すことは永遠にできない。

53

これからは刑事のような思考方法でいこうと決意し、私は改めてゾディアック殺人事件に立ち返った。インターネット上に見つかった警察の事件簿を片っ端から読むと、男たちは攻撃され、時に殺されてもいたが、ゾディアックの激怒の真の矛先がむしろ女たちに向けられていたことに気づいた。連続殺人犯や彼らを突き動かしたものについて、数えきれないくらい多くの書物を読んだ結果、彼らの多くが性的サディストであることがわかってきた。だがゾディアック事件の場合、女性犠牲者たちの一人として性的な暴行を受けていない。ゾディアック殺人は支配欲が原動力だったのではない。

それは怒りだった。

復讐。

その仮説をもとに作業を始めた。女性犠牲者の写真をプリントアウトし、母の写真とともにデスクの上に横一列に並べた。次に一枚ずつ取り上げて母が一六歳のときの写真と比べていくと、私の手は震え出した。

どの一枚をとっても、母とどこか似ていた。

新たなひらめきが得られることを期待して、ゾディアックの犠牲者についてできる限り調べようと決意した。彼女たちの個人的な情報を詳細に発見するにしたがい、父が行ったことの恐ろしさが真に迫ってきた。

ある午後、事件の解決についてある刑事が「常に証拠に立ち返ること」と言っていたことを思い出した。その言葉を胸に、ゾディアックの手紙をすべてプリントアウトして、じっくり調べ始めた。私の答えがそれらのどこかに埋もれていることを期待した。

読み進んでいくうちに『ミカド』からの引用部分に差しかかると、頭の中でウィリアムの声がした――「あのオペラの台詞は一言一句覚えていたな」

ゾディアックの手紙の「来世のための奴隷」の部分を読んだときには、ウィリアムの奴隷箱を思い出した。「きみのお父さんはあれにとりつかれていたよ」彼はそう言った。

父がのめりこんでいたもののすべてが手紙に散りばめられていた――英国崇拝と英国風の話し方、ラヴェイに対する称賛、武器や軍事訓練に関する知識。

だが、一九七〇年四月二〇日付の手紙を読み始めると、心臓が早鐘のように動悸を打ち始めた。その手紙にゾディアックは「私の名前は」と書き、一三文字の暗号を載せていた。私は父の名前を書き留めた――Earl Van Best Jr

一三文字だ。

胸躍らせながら少し調べてみたところ、ゾディアック事件の容疑者の誰一人、一度も一三文字の名前を使ってはいないことを発見した。私は四〇八暗号から見直していった。三分割して新聞社三社に送り付けた暗号文だ。

ゾディアックは、もしこの暗号がすべて解読されれば、警察は自分を捕まえることができると言った。

インターネット上に、ゾディアックのこの暗号文の上に解読されたアルファベットがタイプされたものが見つかった。私は三つの暗号文があたかも「スィーク・ア・ワード」誌のパズルでもあるかのように、ある一つの文字から出発して縦、横、斜めに父の名前を探していった。

一目瞭然、すぐに見つかった。EV Best Jr ——それは「サンフランシスコ・イクザミナー」紙に送られた部分にあった。

我が目を疑った。刑事たち——プロとアマチュアの両方——が、何年もこの暗号文に隠された犯人の名前を見つけ出そうとしてきたのに。

だが、彼らにはゾディアックの実名という武器がなかったのだ。

アーサー・リー・アレンをはじめとする容疑者を捕らえたとき、彼らはシンボルや文字の中にその名前を見つけることがで

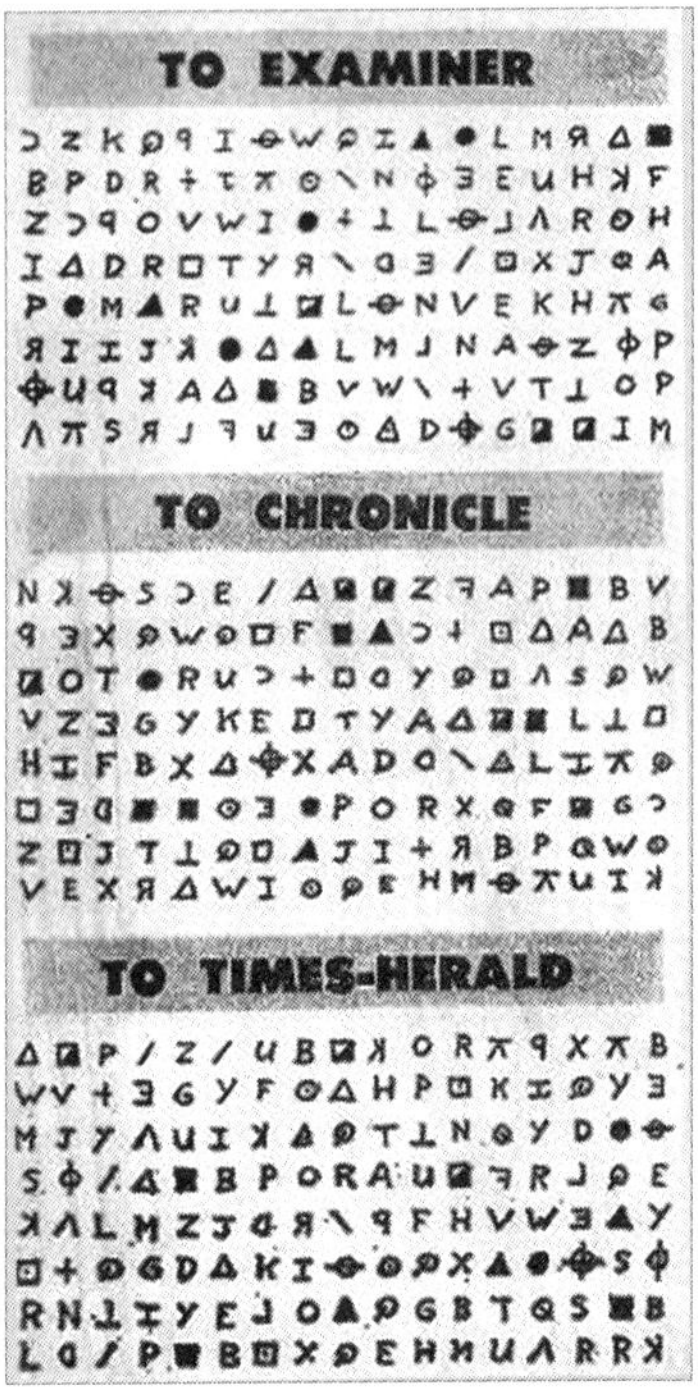

3 枚に分割された 408 暗号文

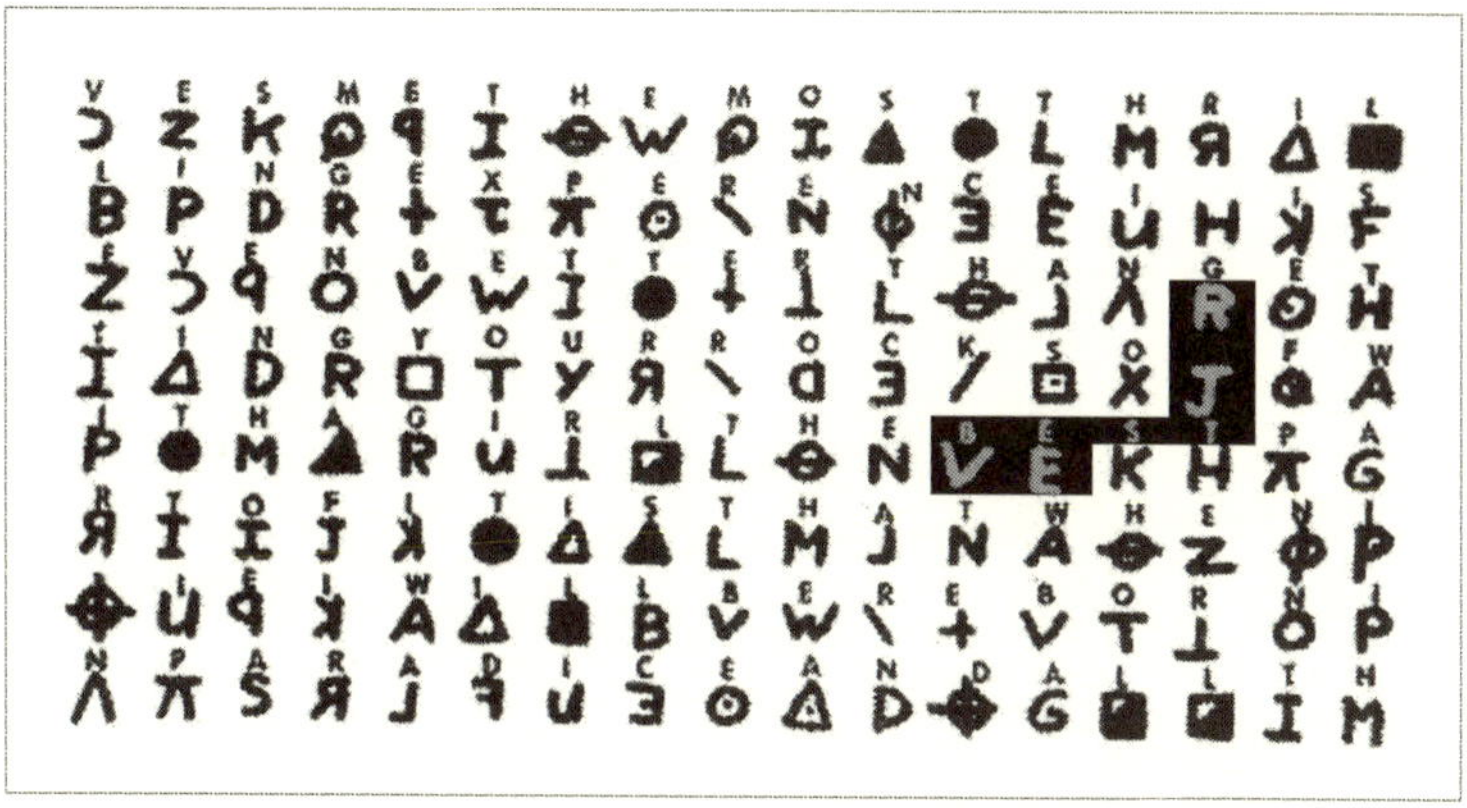

「イクザミナー」紙に送られた暗号文（右図最上段を拡大）の上に、解読された記号をアルファベットでタイプしたもの。これまでの暗号解読の成果によれば、408暗号文ではV（B）、E（E）、K（S）、H（T）、J（F）、R（G）というようにそれぞれのアルファベットは（　）内の別のアルファベットに置換可能となる。暗号文の上に置換可能なアルファベットを書き入れ、アミカケ部分を読むと「EV BEST JR」となる

きなかった。

窓の外の太陽が地平線の中に消えたとき、たった今私が発見したことの重みがゆっくりと心に沈んでいった。

私の父はほんとうにゾディアックだったのだ。

三年前にテレビのA&Eチャンネルで初めて「指名手配」のポスターを見たときのことを思い出した。私は自分の中にある疑惑が誤りであることを証明しようとしていた。あのころは、母をも含む誰もが私のことを狂っていると思った。

私も自分は狂っていると思った。

だが、そこにあるのはまぎれもない証拠だ。

「この暗号の中に私の名前がある」とゾディアックは書いた。

DNAの証拠があろうがなかろうが、私はついに父がゾディアックだと証明する有形の何かを手に入れた。

54

母が私を見つけてから五年の月日が経つ。その間、私が過去の出来事における母の役割を理解しようとするたびに、私たちの関係は山や谷を経験した。私は自分は何者だろうと考えながら、それまでの全人生を過ごしてきた。母は母なりに、私が自分を発見しようとする試みを助けてくれたが、過去に関する情報については、彼女は必ずしも信頼の置ける情報提供者ではなかったし、ロテアとともにした人生と息子のチャンスを守ろうともしていた。

彼女は私の母親だ。私は母を愛している。そして母も、忘れたがっていることを無理やり思い出させようとして追いつめたにもかかわらず、私を愛してくれた。母は過去のことは過去のこととして忘れたいとはっきり表明した。それは私にはできなかった。ホリー郡郷土史協会のホームページで曽祖父の名前を発見した少しあとに、見つけることができたベスト姓を持つホリー郡の住民全員に手紙を出した。その中で私は養子に出されていたことを説明し、アール・ヴァン・ベスト・シニアまたはその息子を知っている人はいないかと問いかけた。すると、私の祖父の妻エレナの遺産管理人だったというロバート・アームストロングなる人物から返事が来た。祖父はその人がかつて通っていた小さな教会の牧師だったと記されていた。「彼は私の母の牧師でしたので、私自身もかなり親しくしていました。彼は数年前に永眠されました（残念ながら日付はわかりません）」加えて、銀行に勤めていた関係で遺産管理人に指名されたとの説明があった。

彼によると、祖父はケンタッキー州ウィルモアのアズベリー神学校で学び、確かに一人、息子をもうけた。もっとも、この父子は疎遠になった。「記憶は定かではありませんが、彼はアルコール依存症だったようです」この〝彼〟はヴァンのことだ。「どうやらメキシコで亡くなり、そこで墓標すらない墓に葬られたようです。オーストリアである女性と再婚し、彼《か》の国に三人の子供を置き去りにしています。もし私たちが同じ人物の話をしているなら、この子供たちはあなたにとって異母妹と異母弟にあたります」

アームストロングは「グェナヴィア・オブレゴン」というヴァンの娘の名を、彼女の住所とメールアドレスを添えて記してくれていた。「彼女にはオリヴァーとアーバンという名の二人の兄がいた、または、いるはずです。彼女はオーストリアで裁判官をしているようです」

手紙の残りは内容を理解するのもやっとなくらい、茫然としたまま読み終えた。

父は亡くなって、メキシコの墓標もない墓に埋められたって？

祖父も亡くなってるって？

喪失と深い悲しみがひたひたと押し寄せるに任せながら、手紙を何度も何度も読み返した。最初のころ、私は父との再会を理想化していた。母としたように、一杯のコーヒーを分ち合い、レストランでの食事を楽しみ、積もる話をする。

ともに笑う。

生まれてからずっと、そんな感じの父親を想像していた。

だが、そんなことはもう決して起きないのだ。

アームストロングによると、祖父は軍人で、尊敬すべき男だったそうだ。悲しみの中にも誇らしい気持ちが湧き上がってきた。

頭が混乱したまま、しばらく座っていた。なぜ社会保障局の女性局員は父が生きているとほのめかしたりしたのだろう？　なぜバトラーは父が死去していることを教えてくれなかったのか？　知らなかったのだろうか？

そしてそのとき、突然思い出した――「オーストリアである女性と再婚し、彼の国に三人の子供を……」

私には妹と二人の弟がいる。

彼らを見つけなければならない。

父が亡くなっていることを母も知るべきだと思い、すぐに電話した。言葉で伝える代わりに、手紙を読んで聞かせた。

母は笑った。

オーストリアにいる私の妹や弟の部分になると、いっそう激しく笑った。

「ウィーンまで行って子供を作っておきながら、最後はメキシコに葬られるなんて、いかにもあなたのお父さんだわ」母は皮肉たっぷりに言った。

母の反応に心を乱され、私は電話を切った。父が死んでいると知って母はほっとしているどころか、うれしそうだった。母の声の中に、笑いの中に、それが聞き取れた。

ＰＣに向かい、グェナヴィア・オブレゴン宛てに短いメールを書いた。私が養子に出されていた経緯を説明し、アームストロングから聞いたことを引用した。

返事は来なかった。

ひょっとしたら彼女はもうそのメールアドレスを使っていないのではと考え、昔風に手紙を書いて郵送した。私の写真を同封し、彼女と会うのをどんなに楽しみにしているかを伝えた。

一ヵ月が過ぎた。

返事がない。

正しい住所だったという確信が揺らぎ、いつも使っている検索エンジンに彼女の名前を打ちこんだ。画面に「オーストリア共和国、独立連邦難民審査委員会活動報告書」というタイトルの文書が現れた。クリックした。

当たり。

グェナヴィアは裁判官で、国の委員会の判事だった。すごいと思った。一刻も早く彼女と話をし、私たちの父の思い出を語ってもらいたかった。父親が犯罪者だったことが、難民の認定を求める犯罪者を助けようとする原動力になったのだろうか。

三時間後、委員会の電話番号を見つけた。

私のつたないドイツ語に阻まれ、繰り返しその番号をダイヤルする羽目になった。

ついに、電話に出た女性が「グェナヴィア」「裁判官」の二語を聞き取ってくれた。

「はい、はい、でも、いいえ、彼女はここにいません。彼女は……英語で何て言うのかしら……産休？」

その女性から、グェナヴィアが二年間の産休を取っていることを聞き出した。

「彼女の電話番号を知りませんか？」幸運を祈って指をクロスさせるおまじないをしながら尋ねた。

「いいえ。でも月曜にかけ直してください。たぶん誰かがお役に立てるでしょう」

早速次の月曜に電話すると、女性が出るなり「グェナヴィアを探してらっしゃる方ですね？」と言い、グェナヴィアの秘書だと名乗った。

「はい」気持ちの高ぶりが声に表れないよう気をつけながら言った。

「グェナヴィアは産休中で、自宅で赤ん坊の誕生を待っています」

「彼女にメッセージを伝えてくれませんか？」

「もちろん」秘書が言った。

「ゲーリー・スチュワートに電話するよう言ってください。私はアメリカにいる彼女の兄です」そして私のオフィスの電話番号を教えた。

彼女は驚いて小さく笑った。「まあ、お兄様ですって？　わかりました、ゲーリー。そのように伝えます。彼女が電話することを祈ってますわ。では、失礼します」

私はあたかも最後の運を使い果たしたかのようにぐったりし、同時にグェナヴィアがメッセージを受けることにわくわくしながら電話を切った。

その朝、オフィスに足を踏み入れたとき、私の気分の変化は傍目にも明らかだったらしい。親しい友人で同僚のフィリップ・シュミットはすぐさま気づいた。「一体、今朝はどうしてこんなに早くお目見えなのかな？　日差しのせい？」

オフィスの誰にもまだ父のことは話していなかった。誰もが母のことは知っていたが、父を探しているることは口にしていなかった。フィリップには、オーストリアに弟が二人と妹が一人いることがわかったとだけ打ち明けた。彼と喋っている間、普段は鳴りっぱなしの電話が不思議と静かだった。次にどういう手を打つべきかをまだ話し合っていた最中に電話が鳴った。九時半だった。

フィリップが受話器を取った。「デルタ・テク社のフィリップですが、どういったご用件でしょう?」

女性の声が聞こえ、フィリップの顔に当惑した表情が浮かんだ。相手の女性の言っていることを理解するのに難儀している。やっと彼は「ゲーリー」という言葉を聞き取り、送話口を手で押さえた。

「きみの妹だと思う」彼は言った。

金縛りにでもあったかのように、私はその場に立ちつくした。

「ぼくは失礼するよ」フィリップはそう言って受話器を私に手渡した。彼が出て行ってドアを閉めたので「ハロー」と言った。陽気すぎる、しかも震える声で。

「もしもし、ゲーリー・スチュワートさんをお願いします」強いドイツ訛りはあるが、完璧な英語だ。

受話器を握りしめ、私は言った。「私がゲーリーです」

「私、グェナヴィアです。あなたが私の兄だと聞いたのですが、一体どういうことでしょう?」声の感じから彼女が微笑んでいるのがわかったので、ようやく私は止めていた息を吐き出した。

私たちの会話は四〇分も続いた。グェナヴィアはなぜ私が彼女と兄妹だと考えているのかと尋ねた。私は養子に出されていた事実とアームストロングから知ったことに触れて説明した。

彼女は二歳のカールという名の息子がおり、二人目の子が三月に生まれる予定だと言った。そして、彼女たち夫婦は子供が増えるために大きな家が必要となり、私が手紙を送った先の住所からは引っ越していた。また、仕事場にも行ってなかったので、メールも受け取っていなかったのだ。

私の気持ちはいっぺんに高揚した。無視されていたわけではなかったのだ。

彼女に私の家族——両方の家族——について話し、手紙に記した内容を繰り返した。

「私たちのお父さんについて話してくれますか?」私は言った。

「私は父を知りません」彼女は言った。「私が赤ん坊のときに、私たちを見捨てたんですもの」

彼女の言葉に胸が射抜かれた。父は私にしたことを妹や弟たちにもしたのだ。彼女がその事実を知ったときに経験したであろう悲しみは、私もよく知っている。

「それで、父親の犯罪歴が、彼のような人たちの難民認定の支援にあなたが生涯を捧げている理由ですか?」思いやりに溢れた声で彼女に尋ねた。

電話の向こう側が沈黙した。

「どういう意味ですか、父親の犯罪歴って?」グェナヴィアが言った。その声にもはやそれまでの快活さはない。

言うべきでないことを口走ってしまったようだ。「難民審査委員会で働いているなら、当然知っていると思ってました。アメリカでお父さんが逃亡者だったらしいってことは」

「私のキャリアは父とは何の関係もありません」グェナヴィアは冷たく言い放った。「ただそれが大学で専攻したことだった、それだけです」

連絡先を交換し合い、別れの言葉を交わしたとき、私はとてつもない失言をしてしまったことを知った。ダメージが大きすぎないことを望んだが、さようならを言ったときのグェナヴィアは、最初に挨拶したときのフレンドリーな彼女ではなかった。

その夜、私はあのような驚きをもたらしたことを謝罪する手紙を書いた。そして、その日までに私が父について知ったすべてを、司法省の友人やハロルド・バトラーから得た間違った情報も含めて記した。グェナヴィアは私の差し出した事実に異議を唱える返事を寄こした。それには、父にはアメリカでの逮捕歴はないとあった。「あなたの手紙には、警官から聞いた話として、父が一九九六年にカリフォルニアで再び逮捕されたとありました。これは完全にばかげています。なぜなら、父は一九八四年にメキシコで亡くなっているからです」さらに続けて、大変な辛苦を舐めた末に彼女と弟たち、そして彼女たちの母親は、アメリカにいる父とその家族に関する章は永遠に閉じたのだと書かれていた。「私たちは父方の家族とは今後ともいっさい、何の関わりも持ちたくありません。ですから、あなたにも、他の誰にも、私や弟たちや母の人生に干渉してほしくないのです。私たち全員のこの願いをあなたが尊重してくださることをお願いします。もちろん、あなたやあなたのご家族には幸せな未来を祈っています」

自分の愚かさに自分を蹴りたい気分だった。無論、誰だって突然兄がいたことを発見し、その直後に、父親が犯罪者だったとは聞かされたくない。私は彼女が自分の妹だということだけで、すぐに気持ちが通じ合えると思っていた。

再び自分の気持ちを説明する手紙を書くと、前回よりは温かみのある返事が来た。

「電話であなたに『私はあなたの兄です。あなたの父親は未成年者と性的関係を持ちました。犯罪者です……』と言われたときの私の気持ちを想像してください。まるで何の警告もなしにトラックに轢かれたようでした！　今もまだ、そう感じています」

彼女は私が兄であることを一〇〇パーセント確信するために、私の出生証明書を見せてほしいと言った。そして、すべてを受け入れるための時間を求めた。「もしこのすべてが真実なら、健康のすぐれない母にとっては大変なショックでしょう」

手紙には、父がメキシコで「窒息死した」とあった。彼女の母親はメキシコに飛んで、彼女たち全員を代表して別れを告げたそうだ。「父は墓標のない墓に葬られています。なぜなら、まともな葬式をするために父の遺体をアメリカに空路移送することを、祖父の妻が拒んだからです」

グェナヴィアは一度も祖父に会ったことがないそうだ。「私たちは彼から小さなおもちゃ一つ、もらったことがありません。それに、私が一一歳でアメリカのインターナショナル・キャンプに送られたときに、祖父は会いに来ることだってできたのに、会おうともしなかった。さらに、私がロー・スクールを終えたときに、ラトガーズ・ロー・スクールの学部長に選ばれて、一年間そこの大学助手として働いていたときにも、彼の妻のエレナを訪問しようとしたところ、断られました」

グェナヴィアは、どうして自分と交流することが私にとってそんなに大事なのかが理解できないと結論しながらも、まずは私が兄であるという証拠と時間が必要だと言った。

彼女は手紙に「グェニー」とサインしていた。

それには希望を与えられた。

私は彼女に時間を与えた。続く数ヵ月間、ルイジアナ州からオリジナルの出生証明書を入手しようと何度も試み、最終的には裁判所にまで訴えたが、だめだった。私の出生記録は非開示になっていて、どうにもできないのだ。

グェナヴィアには手紙を書いて、ルイジアナ州から出生証明書を入手するためにできる限りのことをしていると説明したが、月日が経つにつれ、いつかは彼女から連絡が来るという希望を失い始めた。

ついに、七ヵ月後のある日、私は郵便受けにオーストリアの消印がある手紙を発見した。封を切るとき、心臓が止まりそうだった。

その手紙はグェナヴィアからではなかった。

母親のイーディスからだった。

悪い予感を胸に、家の中に入り、座って読み始めた。

父の三番目の妻は、養子に出された子供が実の両親を探したくなるのは自然だが、発見した現実とうまく折り合いをつけられる人は稀だと書いていた。彼女はまた、ハロルド・バトラーがヴァンについて私に言ったことは間違いだと指摘した。彼女の夫は一九八四年に亡くなったので、一九九六年に刑務所にいられたはずがないと。「これは私にとっては事実です。それとも、私は別人の墓の上に立っていたとおっしゃるのですか。もし私の子供たちが父親について何か小さなことでも知りたければ、私に訊けばいいのです」彼女は続けて「子供たちにストレスを与え、私を動揺させることはやめにしてください。金輪際やめてください。あなただけが私の身内ではないのですから。誰が三〇年ののちに新しく現れた身内とつながりたいでしょう（ヨーロッパに飛んできてウィーンに滞在するなんてことが現実的でしょうか)」さらに、人は友達を選べても身内は選べないと言い、彼女の子供たちが一度も味わえなかった「父性愛に満ちた素晴らしい家庭」を私が作るよう祈っていると締めくくられていた。

私は幾千の考えが頭を駆けめぐるに任せ、茫然とそこに座っていた。グェナヴィアは母親に私についてのすべてを打ち明けたに違いない。最後の手紙のグェニーはとても陽気だった。イーディスは明らかに夫の先妻の子供のことなど耳にしたくなかったのだろう。

諦めるしかないと悟った私の頬には涙が流れていた。

55

二〇〇八年が明けてもなお出生証明書を入手しようとする私の努力は続いていたが、成功はしていなかった。私が実の母が誰であるかを知っているという証明に、母を人口動態統計局に連れて行ったことさえあったが、それでも私の要求は却下された。

イーディスから手紙を受け取るやいなや、なぜ社会保障局に父の死亡を暗示するものがなかったのかがわかった。イーディスは夫の死亡届を出さないままオーストリアに帰って行ったのだ。正確な日付はわからなかったが、アメリカに正確な記録が残るよう、私は父の死を届けることにした。父は一九八四年八月に亡くなったと推測した。間違っていた。

最終的には、父の死亡の公式報告書は米国務省を通して入手することができた。それによると、父はメキシコシティの《ホテル・コリント》というホテルで亡くなっていた。

「胃の内容物逆流が原因の気道閉鎖による窒息」

それが何を意味するかは知っていた。自分の吐いたものが喉に詰まって死んだのだ。

検死はオーレリオ・ヌーネス・サラス医師が執り行っていた。

一九八四年五月二〇日に死亡し、メキシコシティのパンテオン・サン・ロレンツォ・テツォンコ墓苑に埋葬されたとあった。

私は飛行機に飛び乗った。過去五年間、私の考えと夢にまとわりつき続けた男に会いに行かねばならなかった。

メキシコシティのダウンタウンにある《ホテル・コリント》に座っていると、妙な既視感を覚えた。一九六二年に父と母が滞在していたのは、まさにここ、このホテルだったのだ。私がそう確信したのは、母からそのホテルが九階建てで最上階にプールがあったと聞いていたからだった。レプブリカ広場の革命記念塔の近くにあるこの高い建物は、プールが最上階にある唯一のホテルだ。ここが父と母が最もロマンチックな時間を過ごした場所なのだ。

ここから二人のハネムーンが始まった。

そしてここで、同じホテルで、二人の物語は終わった。

クラウン・ロイヤルにジャック・ダニエル、そしてあらゆる種類のテキーラのボトルが並んだ、鏡張りの壁とブルーの背面照明があるバーに座り、一体父は何度ここに、ひょっとしたらこの同じ席に座り、あの鏡の奥からじっと見返す男を見つめただろうと考えた。もし父がどんな男になることを自分に許しているかを真に理解していたなら、父は鏡に映る男のことをどう思っただろう。

そして、死の間際には何が彼の心を去来しただろう。

なんという皮肉だろう――あれほど多くの人を傷つけた男は、自分自身の嘔吐物を喉に詰まらせて死んだ。

ある意味、ふさわしい終わり方だ。

頭を振って夢想を追い払い、バーテンにドリンクをオーダーし、さりげなく「ミ・パドレ・ムリオ・アキ〔父はここで死にました〕」と言ってみた。

近くのスツールに座っている老女がまじまじと私を見つめていたが、そのうち首を縦に振って言った。「オー、バンビーノ・ヴァン・ベスト！」

メキシコでの父の生活について何か話が聞けないかと、彼女にどのくらい父のことを知っていたのか尋ねようとしたが、彼女は英語が話せなかったし、私のつたないスペイン語では何の成果も得られなかった。

ついに私は諦めて九階に向かった。

プールサイド・チェアの一つに腰を下ろし、メキシコ第二の高さを誇るポポカテペトロ山を七〇キロ背後に擁する壮観なシティビューを眺めた。この活火山、もしくは「スモーキング・マウンテン」は、地元の人々には「エル・ポポ」「ドン・ゴヨ」などと呼ばれている。

母がプールではしゃぎ、父がそんな彼女を見て笑っている場面が想像できた。母はまだほんの子供だったのだ。たったの一四歳。彼女の陽気さは目を引いたに違いない。彼女はとても美しく、あの男はあの娘の夫だろうか、それとも父親だろうかと二人の関係に眉をひそめている他のゲストを無視して、父は彼女に愛おしげな視線を送っていたのだろう。

太陽が山の端に沈んでいった。そしてそれが完全に見えなくなるまで眺めていた。ようやく立ち上がり、泊まっている《シェラトン・マリア・イザベル》に戻った。《ホテル・コリント》には泊まりたくなかった。それは重すぎた。

翌朝、コンシェルジュを呼んで、その日一日、運転手を雇えないかと尋ねた。私には重要な任務があり、信頼できる人物が必要だった。午前九時四五分、ホテルの前で白髪の小さなメキシコ人運転手がセルジオだと自己紹介した。

「セニョール・ゲーリー？」

「スィ（はい）」

「今日は特別のご用命があると聞いていますが？」

「スィ、セニョール」彼と握手した。コンシェルジュには父の墓を探したいのだと説明しておいた。

「それなら」彼は強い訛りで言った。「あなたのお父様をこれ以上待たせてはいけませんね」

サン・ロレンツォ・テツォンコ墓苑まではソナ・ロッサ地区の中心部から二五キロ足らずだが、工事の多さと、メキシコシティで最も危険な場所の一つとされるイスタパラパ区を抜けていく交通量の多さのせいで、かなり時間がかかった。

「私はここは通りません」セルジオが言った。「生まれてこの方、一度も通ったことがない。ところで、セニョール、長年運転手をやっていますが、このような依頼を受けたのは初めてです。メキシコシティであなたを初めてお父様のもとにお連れできることを大変光栄に思います」

古都テノチティトラン――アステカ族によりつけられた地名。現在のメキシコシティ――から南に向かうその行程には二時間近くかかった。トタン屋根の木造の露店が見え始めたので、目的地に着いたことがわかった。愛する人の永眠する場所を訪れる貧しい農夫たちのために、美しい花や、十字架や、聖女カタリナの像などを売っている。父の墓を訪問したいと打ち明けたときにウィリアムに言われた言葉が脳裏によみがえった。

「『死者の日』にだけは行かないように」彼は警告した。

「それは何ですか？」

彼が説明してくれたところによると、メキシコでは一一月一日の「死者の日」前後には、亡くなった大切な人々が神からこの世を訪問する許可を与えられると信じられている。その間、三日にわたって祝祭があり、人々は花やご馳走や蠟燭、写真、香などの供え物をして死者の魂を迎える。それは愛する人の思い出を永遠に心に留めるための、なごやかで幸せな行事なのだ。

「でも、それは外国人のためのものじゃない」ウィリアムは言った。「それに、その辺にうろついている霊に鉢合わせするのは御免でしょう」

車が墓苑に入っていったときも、私はまだそんなことを考えていた。小さなベニヤ板に書かれた黒い文字が、私が「パンテオン・シヴィル・サン・ロレンツォ・テツォンコ墓苑」に到着したことを知らせた。目がその標識に張りついた。それは父の哀れな人生の終着駅を象徴していた。

車が進んでいくと、胃がむかむかし始めた。

「着きましたよ、セニョール。申し訳ありません。ここはとても、とても貧しい場所です」

あたりを見回すと、彼の言った意味がわかった。私の父はメキシコシティでも最も貧しい地区にある、最もみすぼらしい共同墓地に埋葬されていた。静寂が感覚を包みこみ、アクションがスローモーションになった映画の一シーンのように、あらゆるものが減速していった。すべてが現実離れしていた。息が苦しくなった。標高二三〇〇メートルの高地にあるため、メキシコシティに着いた最初の日は疲労を感じたが、今回のそれは標高とはまったく関係がなかった。それは私が実際そこに、その場所にいる、という事実から生じていた。

父とともに。

セルジオは中央分離帯のある並木道をゆっくりと進んでいき、その間、私は墓苑の管理事務所を探した。

「右に曲がって」メスキートの木立にひっそり隠れた古い煉瓦造りの事務所を見つけたので言った。セルジオは建物の前の駐車スペースに車を入れ、私は父の死亡報告書と出生証明書を取り出そうとスイスアーミーのバックパックを引っかき回した。

中に入ると、セルジオがタイプライターの前に座っている年配の女性に、訪問の理由を説明した。彼女は私たちにカウンターを回って建物の一番奥まで行き、ドアを開けて中に入るよう指示した。

奥の事務室では別の年配女性がデスクに向かい、中年の男性が何かのファイリングをしていた。黒い壁にはファイルの入ったキャビネットがずらりと並んでいたが、私の目はすぐさま白い扉のある黒いダブルキャビネットに引きつけられた。「一九八〇〜一九八四」というラベルが貼られていた。

セルジオが女性に私たちが来た理由を説明すると、彼女はそのキャビネットを指差した。私は「一九八四」と印された大きなファイルを取り出し、名前を確認しながらページを繰っていった。五月二三日のページに、公式に記録されたものとしては最後となる父の名前があった。その日は一六人が埋葬されていた――八人の子供と八人の大人。父は一五番目でフランシスカ・キンテーロ・クルスとフェルナンド・レクオーナ・アルマズの間だった。父の名前の横には青いチェックマークがついていた。それは、父がアメリカ人だったからではないかと思った。

男のほうに声をかけた。彼は紙切れに区画番号を書き留めてから、セルジオに何やらつぶやいた。セルジオは私の体に腕を回した。「この男はアレハンドロといいます。彼について行きましょう、セニョール。お父様のところに案内してくれるそうです」

管理事務所を出ると、私は冷静さを保つのに苦労した。ここにたどり着くのに何年もかかった。父の名前を知って以来、あまりに多くの悲嘆と挫折を味わった。だが、いざここに立つと、自分でも何をしているのか、なぜこんなことをしているのかがわからなかった。

私が車のほうへ戻ろうとすると、彼は私の腕を取った。「いいえ、セニョール、歩いて行きます。そんなに遠くはないそうです」

未舗装の並木道がある小さなエリアに入ると、感情の葛藤があった。道の先に、かつては美しい礼拝堂だった古い石造りの建物がある。それが今では扉や窓のまわりの壁は崩れ、屋根も崩れ落ちている。一九八五年にメキシコシティを壊滅させた大地震のせいだ。

黒い雲が空を覆い、近くの山脈で雷鳴が轟いた。私は前方を見ないようにした。なぜなら、もうすぐだと感じられたからだ。そして近づけば近づくほど、呼吸が苦しくなった。ポケットに手を突っこみ、ハンカチを取り出して目を拭った。突然、皆が足を止めた。

すぐには見たくなかったので、見渡す限り、墓という墓に供えられた花々を見つめた。地面の上のゴミや石ころに気づいた。栄光のアーリントン国立墓地の静かで神聖な地に忠実な愛国者たちに囲まれて埋葬されている祖父のことを思わずにはいられなかった。

ガートルードについても考えた。サンバーナディーノにある祖母の墓を、私は少し前に訪れていた。一度は彼女を愛した三人の男が一九八四年に立て続けに亡くなったが、彼女は生き延びた。最初の夫の海軍中佐を三月に、二番目の夫ハーラン・プラマーを四月に、そして息子を五月に亡くした。私は祖母の墓前にあぐらを組んで座り、初めて彼女と話をした。祖母は一九八六年にトレーラハウスで一人ぼっちで亡くなった。死亡告知すら書かれなかった。

彼女も彼女なりに、他の人たち同様、苦しんだのだと思う。そこに座って私は思いのたけを彼女にぶつけた。けれども、去るときには「また来ます」とは言わなかった。「どうか安らかにお眠りください」とも言わなかった。ただ彼女を愛していると言った。そして、彼女に捧げられた最初の愛を彼女が受け止めることができなかったことが残念だと言った。それはあまりに多くの人に、あまりに大きな代償を払わせた。

あたりを見回すと、父が貧民の墓に葬られたことを祖父が見なくてすんでよかったと、心から思わざるを得なかった。教区民の立派な葬儀で幾度となく天国の素晴らしさを説いた誇り高き男にとって、それは耐え難いことだっただろう。

ついに、私はセルジオとアレハンドロが二つの大理石の墓標の間に立っていることに気づいた。その先に、荒れた土の小さな塚があった。アレハンドロがセルジオに何かささやき、うやうやしく麦藁帽を取って胸に当て、こうべを垂れた。

「ここですよ、セニョール」セルジオが足元にある無標の盛り土を指差した。

しばらく、私は声が出なかった。

ただそこに静かにたたずみ、父の存在を感じた。

再び、あたりを見回すと、他の墓標は亡くなった人々を永遠に恋しく思う貧しい家族によって丁寧に設《しつら》えられていた。ほとんどの墓石に美しい十字架が飾られ、愛する人に天国への道筋を開いていた。次にイーディス以外の誰にも見舞われていない盛り土を見た。そこに十字架はなかった。

最後にセルジオに、父の墓の上に何枚か写真を置いて行ってもいいか、アレハンドロに尋ねてもらった。一枚は私とウィリアムのもの。もう一枚には私と母とザックが写っている。

「風に飛ばされて、今日の終わりにはゴミになりますよ。でも、彼のお父さんの心臓がある場所に私が穴を掘りますから、そこに入れればいい」アレハンドロがスペイン語でセルジオに言った。

アレハンドロは帽子を地面に置き、父の心臓があるあたりに四〇センチほどの深さの穴を掘った。そして数歩下がり、私がひざまずいて写真を入れている間、頭を下げていた。彼が写真の上に土を被せたあと、私は彼とセルジオに五〇ペソずつ渡した。

「ウン・モメント・ポルファボール〔ちょっと待ってください〕」私は言った。

するとアレハンドロが完璧な英語で答えた。「どうか気のすむまでごゆっくり、セニョール」

セルジオが近くの柳の木のそばで待っていると言った。

父が私を階段の踊り場に置き去りにした日以来、初めて父と二人きりになったことに気づいた。怒りに身を任せまいと努めながら、ひざまずいた。理由は説明できないが、私は彼を愛していた。彼は私の父だ。目に見えない、断ち切ることのできない縄で私たちは縛られている。だが、彼が行ったことのせいで、彼を心から憎んでもいた。天を仰ぎ、どうか私に正しいことを言わせてくださいと神に助けを求めた。リオーナから教えられたとおり祈った。神に父への赦しを乞い、その魂に慈悲をかけてくれるよう祈った。そして、父が行ったこと——私にだけでなく、あまりに多くの人々に対し——について私が感じた怒りをお赦しくださいと祈った。

ヴァンの墓を訪れた際の著者

地面に目を落とすと、父を覆っている土を涙がぽとぽとと打っていた。父が私の泣き声を嫌っていたことを思い出した。
そのときだった。私は自分の心にしたがった。
父に胸のうちをぶちまけた——心の痛みのすべて、怒りのすべてを。
そして、リオーナとロイドが私の中に植えつけてくれた人を赦すということを。

歩き去るとき、嵐雲が火山の後ろに退却していくのに気づいた。「アディオス・ミ・パドレ〔さようなら、お父さん〕」とささやいた。父が私の望んでいたような父であったならと、心の底から願いながら。どのくらいそこにいたのだろうと思い、腕時計を見た。すると、その日が五月一七日だということに気づいた。それはまさにアール・ヴァン・ドーン・ベストがゲーリー・ロイド・スチュワートになった日だった。

56

二〇〇二年にリオーナとロイドが初めてジュディとフランクに会ったとき、みんなでテーブルを囲んで食事をともにしながら、私は一点の曇りもない幸福を感じていた。美しい母親が一人ならず二人もいる私は、最高に恵まれていると思った。だが時が経つにつれ、私が実の父親探しを始めると、そういったことのすべてが養父母にどんな影響を与えるだろうとしばしば不安になった。彼らは私にこの上なくよくしてくれたので、父親探しをすることで彼らの気持ちを傷つけたくなかったのだ。

私はリオーナの強さと揺るぎない信仰心がいかに私の人生を方向付けたか、いつも理解していた。けれども、ある年の「父の日」前後に、私は今回のアイデンティティ探しがどれほどロイドに対する私の愛を強くし、どんなに彼が彼なりの方法で静かに私を支えてくれていたかに気づき始めた。以来、父の日はそれまでとは違う、大きな意味を持つようになった。

子供だったころ、妹たちと私はいつも母があらかじめ買っておいてくれたカードにサインし、教会に行く前に父に手渡した。大人になってからは、皆でお金を出し合って素敵なプレゼント――バーベキュー・コンロやテレビなど――をし、それぞれが名前を入れてもらったホールマーク製の特製カードを用意した。だが今年は、私が父に言いたいことを十分に伝えられる既成のカードがあるとは思えなかった。二〇〇九年になるころには、「父の日」の真の意味を私は以前より深く理解していたので、自分でカードを作ることにした。

パパへ、

今日は仕事でセント・ルイス・ストリートの市裁判所のビルに行かなくてはなりませんでした。ご存じのように、ダウンタウンではいつもパーキングに苦労しますが、運良くアメリカ・ストリートとセント・チャールズの角に一日止めても五ドルのスペースが見つかったので、そこに車を入れ、用事をすませました。

この数年間、多くの時間を私の過去についての調査や、ノース・ブールヴァードに置き去りにされたときの複雑な状況の発見に費やしてきた結果、あのエリアは私のお気に入りの場所になりました。本音を言えば、ヴァンがほんとうは私をファースト・プレスビテリアン教会に預けようとしていたのだと信じたいところですが、三月のあの冷たい日に実際に何が起きたかを、私はこの先も決して知ることはないでしょうし、また今ではそれを受け入れてもいます。ただ町のあのエリア、ボーレガード地区が、私にとって特別な場所になったことは事実です。心の中では、あ

そこは神聖な場所なのです。気が付けば、折あるごとに付近を通りかかろうとし、また、車を止めて古いライトル・アパートの建物のそばを歩こうとしています。これを私はしょっちゅうしています。あの場所には私を引きつける何かが、私の始まりに引き戻す何かがあるのです。

でも今日、これまでとは違う何かが起きました。アメリカ・ストリートの駐車場を出て左折し、三ブロックほど進み、再び左折してセント・ジョセフに入り、そこから北上していくと、ヴァンが私を抱いて例のアパートの裏に入って行くときに通ったに違いない中庭が見えました。そこにしばらく車を止め、ただぼんやりして、神の言葉に耳を傾けようとしました。ヴァンが何を考えていたのか、どんな気持ちでいたのかは、すでにあまりに長い間考えてきましたから。

私を愛してくれていたのだろうか？　心配してたのだろうか？　泣いていただろうか？　自分がしようとしていることを無念がっていたのだろうか？　そういったことにあまりに長い間、心を煩《わずら》わされ続けてきました。でも、今日そこに座って涙を流しながら耳を澄ましていると、答えを得たのです。ヴァンが何を行い、何を感じていたかなど、どうでもいいと。あの日に起きたことで大事なのはただ一つ。それは神が行ったことでした。

四時間半、私は一人ぼっちでした。でも、パパ、決して一人ぼっちではなかったのだということが、今の私にはわかります。

ヴァンが私を床に置き、泣いている息子から歩み去った瞬間から、特別な誰かが私を見守ってくれたのだということが、今日、わかったのです。ヴァンがその邪悪な心で誰にも見つからないことを祈りながらこっそり建物を抜け出したとき、振り返ったかもしれないし、涙さえ流していたかもしれない。それはわかりません。でも、神がそのすべてを見ていたことは確かです。幼子が一人ぼっちで誰にも守られていないことを知った神は、私を愛で包み、ミセス・ボンネットが仕事から帰ってくるまで守ってくださったのです。

ヴァンは涙一つ流していなかったかもしれない。でも、この父親がたった一人の息子を置き去りにするところを目撃した神は涙を流していたに違いありません。悪魔の所業を見つめる神の胸は悲しみで張り裂けたことでしょう。ヴァンが建物を出て行くところを見た神は、不快さのあまり、その幼子に完璧な父親を見つけてやろうと心に誓われたのです。あのとき、神は私の未来を計画し、私を慰めながら、あの冷たく淋しい階段で私をあやし、いっしょに座っていてくださったのです。

あの日、神は私の面倒を見ながら、この子は神の心を持つ特別な誰かに授けなくてはならないとお考えになったに違いありません。そのとき、神は自らあなたを私の父にお選びになったのです。その子が実の父親から受けた傷を癒やすには特別な種類の愛が必要なことを、そしてその仕事を任せられる人間は一人しかいないことを、神はご存じでした。

私はただ、神が私をあなたに授けるという正しい選択をされたことを、どんなに感謝しているかを知ってもらいたいのです。心からあなたを愛しています。

素敵な父の日を！

ゲーリー

あの日曜の午後、父はこのカードを家に集まった皆の前では読もうとせず、自分の寝室に持って入った。数分後、頬に涙を流しながら部屋から出てきた。彼は、そのカードほど素晴らしいプレゼントは生まれて以来もらったことがないと言った。そして私を腕にかき抱き、ぎゅっと抱きしめ、ささやいた。「愛してるよ、ゲーリー」

私はあの瞬間を決して忘れない。

三年後の二〇一二年六月一六日、父の日の前日、両親はいつもどおりの一日を始めた。母は父のコーヒーを作り、朝の祈りのために自室に戻った。父はコーヒーをコンピューター・ルーム――と父は呼ぶ――に持って行った。彼は毎朝そこで聖書を読む。

読み終えると、父は作業用の古いテニスシューズを履き、汗染みのついた野球帽をかぶった。「オーケー、始められるよ」彼は母に向かって叫び、庭仕事をする時間だと知らせた。

裏口を出て新しく煉瓦を敷いたパティオに足を踏み出し、燦々《さんさん》と陽の降り注ぐ青空を見上げた。父はまだドアも閉めないうちから、美しい一日を神に感謝する歌を口ずさみ始めた。

ああ主よ、我が神よ、
畏敬の念に打たれつつ
我は思う
御手が創造したもうた

この全世界を

母が中断させた。それは母が時々することだ。そうせざるを得ない。まだ朝も早すぎる。

「ロイド、しーっ。声が大きすぎ。近所中が目を覚ますわ」

父はただ微笑んだ。「ふむ、彼らも聴くべきだよ」父は言った。

「汝は何と偉大なんだ！」さらに大きな声で歌った。少し前に降った大雨から花壇を守るために張った防水シートの重石代わりの煉瓦を、手に取ろうとしゃがむ。右手に煉瓦を握って立ち上がり、父は空を見上げた。

その瞬間に、神は父を天に召し上げた。

父の声はなおも神を讃えていたが、美しい立派な身体の抜け殻が地面に倒れたときには、すでにその魂は天国に舞い上がっていた。

私は確信している。神は父がさようならを言うのをいつもどんなに嫌がっていたかをご存じだったから、そんなふうに父を召し上げたのだと。見事に生きた人生への褒美に、長患いや、彼を愛する妻や家族に別れを告げる苦しみを免除されたのだ。

父の日に彼の死亡告知を書く私は、父がどんなに素晴らしい男だったか、どんなに面白くて親切で愛情深い人間だったかを人々に知ってもらうことに夢中だった。そのせいで、彼が長年、イストロウマ・バプティスト教会の助祭だったことを記すのを忘れてしまった。それは彼が最も誇りにしていた功績の一つだったのにだ。彼がどんな夫で、父親で、祖父だったかを描写するのに集中するがあまり、彼にとってとりわけ重要だったそのことを、忘れてしまっていた。きっと父はそんな失敗もからからと笑い飛ばしてくれただろう。

葬儀の日、イストロウマ・バプティスト教会は参列者で溢れかえった。父が何らかの形で心に触れた何百人もの人々が信徒席を埋めつくし、長い列を作って、この立派な男に別れを告げた。

大勢の参列者の前に立ち、私は彼の人生を誇らしく語った。この素朴な男が妻や子供や孫たちの人生にどんなに大きな違いをもたらしたかを。

葬儀のあとの数日間には、二人の父親の違いについて考えざるを得なかった――私を捨てた父と、我が子同様に育ててくれた父。ハリー・ロイド・スチュワートの代わりにアール・ヴァン・ベスト・ジュニアに育てられていたら、私の人生はどうなっていただろう。決して今の自分にはなっていないし、ロイドが言葉や行動を通して教えてくれた、あるべき姿の人間にはなっていなかっただろう。

そう、私の生物学上の父親は小児性愛者で連続殺人犯だ。だが、私の真の父親――私を愛し、私にいい人生を与えるために懸命に働いた男――は、天国で今なお深い愛情を持って、彼の家と心に迎え入れた息子を見守ってくれている。

57

ジュディが私を見つけてから一二年が経ったが、それは私の人生にとって最も意義深い日々だったと言わざるを得ない。この年月に私たちが互いの心に負わせた傷は癒えつつあり、最近ではできる限り互いを訪問し合っている。この期間に起きたことがどんなに彼女につらかったかが、今ならわかる。私を産んだとき、母はまだほんの子供だったので、他の人の行動の責任を彼女に取らせることはできない。昔のことを思い出したがらないからといって、彼女を責めることはできない。私が母の立場でも、あんなことは思い出したくないだろう。五年前、母は「タクソン養子縁組再会支援グループ」を立ち上げ、養子になった人々の相談に乗り、助言を与えているが、それは彼女なりの過去への償いの方法なのだろう。このグループを通して彼女が行ったことは、多くの人の人生を変える一助となった。

二〇一〇年一月、タニアからウィリアムが亡くなったとの知らせを受けた。ウィリアムとは非常に親しくなっていたので、私は悲しみに暮れた。私は常に彼の正直さを頼りにしていた。たとえ彼のこまごまとした話が父の罪をさらに確信させるものであっても。彼と知り合いだった数年間に、彼は実のおじのような存在になっていた——アンクル・ビルに。

すぐに私はタニアを訪問して哀悼の意を伝えた。そのとき、会話が父のことに及んだ。

「あのね、私、彼のことが嫌いだったの」タニアは言った。「このことはフセーヴェの前では決して言いたくなかったけれど、七〇年代の末か八〇年代の初めだったと思うけど、あなたのお父さんが突然やって来たことがあったの。フセーヴェは出張で留守だったので、家の中に入れたくなかった。だって、とってもだらしない服装で、汚くさえあったから。とにかく、ひどい格好だったの。きっとお金が欲しかったのね。でも、私にそれを言うのはプライドが許さなかった。仕方なく家に入れると、案の定、自分の功績についての自慢話が始まったわ。おまけにフセーヴェと別れて自分と逃げるべきだなんて言い出すじゃない。あなたのお父さんはまともな人間じゃなかったわ」

二〇一二年六月二一日、ハロルド・バトラーが亡くなった。父について彼が知っていることを発見したいという捨てきれない希望は、彼とともに死んだ。彼もまた、他の多くの人たち同様、秘密を墓場まで持って行った。

今に至ってなお、私はオリジナルの出生証明書を目にしていない。裁判所に訴えた結果、パメラ・ジョンソン判事が人口動態統計局に出生証明書のコピーを私に渡すよう命じた。しかし同局に出向くと、局員は判決書を見て首を横に振った。「これはここルイジアナのやり方とは異なります」裁判所の命令を無視し、証明書を出すことを拒絶した。私はこの件について今も闘っている。

二〇一一年五月一九日、私はルイジアナ州代表の上院議員全員に手紙を書き、ルイジアナ州法一五五条法案の可決を支持してほしいと訴えた。この法案が通れば、成人した養子にオリジナルの出生証明書の入手が許可されたかもしれなかった。法案は通らなかった。

最後の捨て鉢の手段として、私は手紙のコピーをグェナヴィアに送った。一言「今も試みています」とだけ書いたメモを添えて。

同日にグェナヴィアからメールで返事が来た。それにはこうあった。

「こんにちは。あなたは何か誤解しています。私たちにとっては、あなたの出生証明書などどうでもいいのです。なぜなら、すでにはっきりお伝えしたようにあなたに会うつもりも、連絡を取り合うつもりもありませんから。グェニー」

このメールには落胆したものの、私は自分の家族には恵まれている。私はこれまでの人生のほとんどをアイデンティティ・クライシス――自分がほんとうは誰なのかがわからないという事実と折り合えないことから生じた精神的危機――に苦しみながら過ごしてきた。神はちょうどロイドを養父に選んでくれたときのように、私を理解し無条件に愛せるのは特別な人物だと知っていた。そして、二〇〇七年に美しい妻クリスティを授けてくれた。父と私自身を探すこの長い旅の間、クリスティは辛抱強く私を支えてくれた。彼女は私にとって揺るがない岩のような存在で、家族の皆とともに、私たちはリオーナがこの試練のときを乗り越えるのを助けるつもりだ。六〇年もの結婚生活のあとにロイドを失ったことは大変な打撃で、リオーナはロイドなしでどう生きればいいか、わからなくなっている。彼女の信仰は堅固だが、私にはリオーナが今、生涯を通して愛した人との再会を神がかなえてくれる日をひたすら待っているのがわかる。

ジュディと再会したころ、私はいつの日かザックが子供たちに私のことを話して聞かせられるよう、その時々の感情を日記という形で紙の上に残し始めた。そのときは、その物語がどのような展開になるのかがわからないままに、その旅路の一歩一歩の足跡を記録していった。

長年にわたり、私は親しい友人たちに、アイスクリーム・ロマンスや、ゾディアックである可能性も含めた父の過去の発見について打ち明けてきた。彼らは私の紡ぐ話に魅了され、本を書くべきだと提案した。だが、私は物書きではない。私の日記には、一〇年に及ぶ調査と私がその期間に経験した感情のすべてが記されている。そこで、誰か手伝ってくれる人を探し始めた。サンフランシスコ市警に私のDNAを検査してもらうことは期待できないが、ひょっとしたら、私の集めた証拠のすべてが、一度は停頓した正義の車輪を再び前進させることになるかもしれないと考えた。

二〇一一年三月のある朝、私は友人でもあり仕事上の関係者でもあるビジネス情報誌「ＢＩＣ」の発行人アール・ハードのオフィスに座り、それまでの話を少しして、本を書くのを手伝ってくれる誰かを探していると打ち明けた。アールが何冊か本を出していることを知っていたので、正しい方向を指し示してくれるかもしれないと思ったのだ。ちょうどそのとき、受付係がスーザン・ムスタファから電話が入っているとアールに伝えた。アールは満面に笑みを浮かべ、言った。「おい、誰かいいライターを知らないかって？　これはきっと何かのお告げだぞ」

スーザンと電話で話すと、彼女は私の物語を面白いと思ったようだったが、ゾディアックに関する部分になると懐疑的になった。「まずは、あなたが持っている証拠を見なくてはなりません」彼女はきっぱり言った。「書く内容に私自身が確信が持てない限り、自らの評判を進んで危険にさらす気にはなりませんから」

その週末、スーザンはミシシッピ州ビロクシーの浜辺に行き、何年かがかりで私が収集した証拠のつまった日記を読んだ。

帰って来るなり、バトンルージュの《ヘバーツ・コーヒーハウス》で私と会い、本を書く手伝いをすることに同意してくれた。彼女はなんとかして私のDNAサンプルをゾディアックのものと照合させる手立てを考えなくてはならないと言った。

スーザンはアカディアナ法医学研究所の法医学者ジョージ・シーロに電話し、こちらの要望を伝えた。

「たった四つのマーカーで確定的な一致は得られるものなの？」彼女は質問した。

「ああ、でも息子と母親のDNAがあれば、もっと簡単だ」

「あなたのところでプロファイル解析はできる?」

「いや」ジョージは言った。「うちは警察を通した仕事しかできない」

ジョージはミシシッピ州ブランドンにあるスケールズ生物学研究所所長のR・W・〝ボー〟・スケールズ博士に話してみるよう勧めた。「私の友達だと言いなさい」彼は言った。

翌日、スーザンはスケールズ博士に電話した。ジョージにより電話するよう提案されたとのメッセージを残した。その日の午後、博士が電話を返してきた。

「ジョージの友達は皆、私の友達です」博士は陽気な声で言った。

「さあ、どうでしょう」スーザンは言った。「私の尋常でない要望をまだお聞きになってらっしゃらないわ」

「私はこの仕事を二〇年以上やってます。あらゆる種類の話を聞きましたよ」

「そうですか、ではお話しします。父親のプロファイルを作成するために母親と息子のDNAプロファイルを分析していただきたいのです」

「子供の年齢は?」

「四九歳です」スーザンは答えながら笑った。

「それで、父親はどこにいるんですか?」

「亡くなっています」

博士は笑い出し、初めからちゃんと話してもらったほうがいいだろうと言った。

「では、聞いてください」スーザンは言った。「私にはこのDNAプロファイルをある連続殺人犯のプロファイルと照合する必要があるんです。警察が証拠として所有している殺人犯のマーカーはたったの四つです。サンフランシスコ市警は八年前に息子のDNAサンプルを採取しましたが、まだ結果を聞いていません。司法当局にこの分析費用がかからないよう、私たちは父親のプロファイルを手に入れたいと思っています。それなら、彼らがしなくてはならないのは、ただ照合することだけになりますから」

「その連続殺人犯というのは?」

「……、ゾディアック」

「ほんとうに?」疑いもあらわに博士は訊いた。

「ほんとうです」スーザンは言った。

スケールズ博士はDNA採取のプロセスを説明し、サンプルが提出されるよう手配した。数週間もしないうちに母と私は口腔を綿棒でこすり取られ、スケールズ博士はそれらから私の父親のDNAプロファイルを作成した。

その間、スーザンは独自の調査を開始した。

彼女は日付、罪状、事件番号を含むヴァンの犯罪記録の申請書をサンフランシスコ市警察署に送付した。一〇日後、アール・ヴァン・ベスト・ジュニアのファイルはすべて破棄されたという内容の手紙が郵便で届いた。

同月、スーザンはこの本について、ニューヨークの著作権代理人B・G・ディルワースとの話し合いを始めた。ゾディアック事件についてあまり知識のなかったB・Gはその連続殺人事件についてオンラインで読み始めた。スーザンから、私が父の名前を四〇八暗号文上に発見したことを聞いていた彼は、解読されていない他の暗号文に興味をそそられた。そこで、いくつかの暗号文をＰＣ画面上に呼び出し、まず三四〇暗号文上に思いつくがまま父の名前を探し始めた。

彼は「ベスト《Best》」を探すところから始めた。まず暗号文の中ほどに反対向きになったＢを見つけたので、近くにＥがないか探した。このＢの下にＥはあるが、その下にＳはない。行き詰まった。左隣の列にもＥはあるが、Ｂと並んではいない。次の列を見ているとＳと、さらに次の列にＴが見つかった。このようにしてＢＥＳＴという姓が逆向きに見つかったので、彼はフルネームがあるかもしれないと思った。右端の列を調べるとＥが見つかった。暗号文を右から左へと逆方向にたどっていくと、Earl Van Best Junior のすべての文字が発見できた。ヴァンは名前の文字を一列に一つずつ配置していた。

これが偶然でないことを自分に納得させるため、Ｂ・Ｇは同じ方法で自分の名前が見つかるかどうか試してみた。彼の名前はなかった。次に友達や親戚の名前、さらにジェーン・ブラウンやメアリー・スミスといった、ありふれた名前でも試してみた。どの姓や名も同様の並びの中には発見できなかった。四つの部分からなる名前は言うまでもなく。

四〇年以上、三四〇暗号文は世界有数の暗号解読者たちを途方に暮れさせてきた。結果論になるが、それは子供用の言葉探しパズルのような、きわめてシンプルな暗号だった。だが、Ｂ・Ｇが解読できた主な理由は、ゾディアックの名前を知っていたことにある。

解読の知らせを受けるなり、スーザンは私に電話をしてきた。「Ｂ・Ｇが三四〇暗号文の中にあなたのお父さんの名前を見つけたわよ」どうやって彼がそれを発見したかを説明する彼女の声から、びんびん興奮が伝わってきた。

私は大急ぎでＰＣに向かい、三四〇暗号文を呼び出した。以前、この暗号文にはあまり注意を払っていなかった。四〇八暗号文に父の名前を発見したことで十分満足していたからだ。画面を見ながら、スーザンから聞いた方法にしたがって父の名を探した。

「わあ、ほんとだ！　ある！」目に映っているものの重大性を把握するのに苦労した。反対向きのＢが飛び出して見えた。父は暗号文の中に自分の名前があると常に主張していた。それは真の手がかりであり、彼は傲慢にも三四〇暗号文の中に自分の名前を逆向きにして、世界に向かって公言していた。

「ちょっと待って。プリントアウトさせて」暗号文がプリンターから出てくるなり、ペンをつかんで文字を丸で囲んでいった。「すごい」印をつけ終わるなり私は言っていた。

「あなたのお父さんの名前が二つの別々の暗号文に含まれる確率は天文学的よ」スーザンが言った。

「そのとおり」なおも暗号文を見つめ、椅子に沈みこみながら言った。四〇八暗号文に父の名前があったのは、決して偶然ではなかったのだ。

58

「ねえゲーリー、ひょっとしてお父様の手書きの文字が載ったものは持ってない？」ある日、スーザンが言った。「あなたのお祖父様に宛てた手紙とか、そんな感じのもの」この時点で私たちはすでに一年以上、この本に取り組んでいた。

「あるといいけど」と答えながら、彼女のその質問に、あたかも覚えているべき何かを忘れているかのような、いやな気持ちになった。一日中、落ち着かない気分が続いたあと、ついにオフィスに行き、書類や手紙その他の品々が入っている箱を次から次へと引っ張り出して、中身をデスクと床の上に広

340 暗号文。各行から１文字ずつ記号をひろい逆順に並べ替えると「EARLVANBESTJUNIOR」となる

げた。

数時間後、箱の一つからある書類を引っ張り出した。それはジュディとヴァンの結婚証明書だった。「ヴァンは一四歳の私と結婚できるよう、必要書類のすべてに自分で記入し、証人を雇って結婚証明書に署名させたの。牧師には私の年齢を偽ってたわ」確か、母はそう言っていた。

私はそのとき自分が発見したものが信じられなかった。それは一九六二年の父の肉筆文字だった。書類を穴が開くほど見つめながら、心臓が止まりそうだった。それまでにゾディアックの手紙は十分調べていたので、すぐに父の字がゾディアックのそれとそっくりであることに気づいた。

それだけではなかった。その書類の下には、父とイーディス・コスの、さらにメアリー・アネット・プレイヤーとの結婚許可証もあった。

スーザンに電話して何を発見したかを話した。「筆跡鑑定の専門家を見つける必要があるわ」と彼女は言った。

科学捜査専門の文書鑑定家を探すのに数週間を費やしたあとで、スーザンと私は『一行ごと：法医学文書鑑定――法曹人のための戦略』の著者でもある「Q9コンサルティング」のマイケル・N・ワクシュルが、私たちの要望をかなえるのに必要な経験と資格を備えていると結論した。

スーザンが電話した。「私は犯罪もののノンフィクション作家で、ある未解決事件を追っています」彼女は自己紹介したあとに言った。「五〇年前の結婚証明書の肉筆文字が、ある連続殺人犯のものと一致するかどうかを鑑定していただける専門家を探しています」

「連続殺人犯って？」ワクシュルが訊いた。

「ゾディアックです」スーザンが答えると彼は驚いた。ワクシュルはシェリー・ジョー・ベイツが殺されたリバーサイドの町の近くに住んでいるので、ゾディアック事件をはっきり覚えていた。

ワクシュルは興味をそそられたが、警戒心を抱いた。

「あるのは結婚証明書の文字と、結婚許可証にある三つの署名だけです。それで足りますか？」

「それはわかりませんね。今週末はセミナーがあるので、その件については、月曜にこちらから電話してもかまいませんか？　それまでに一応見ておきたいのでメールで標本を送ってください。でも、断っておきますが、このお話を私が引き受ける可能性はかなり低いと思います。よほど確信できない限り、私の評判を危険にさらしたくはありませんから」

次の月曜、スーザンが送ったものを検討したあとで、ワクシュルは電話してきて、父の肉筆文字とゾディアックのそれを比較鑑定することに同意した。

ほぼ二ヵ月、私たちはじりじりしながら結果を待った。

ついに二〇一二年一二月九日、答えが出た。

ワクシュルは比較のための標本と分析結果を含む六五ページにわたる報告書を作成し、結婚証明書に記入した人物はゾディアック・レターを書いた人物と同一であることをほぼ確信できると結論していた。しかし、一〇〇パーセント確かだとは言えないとの説明があった。なぜなら、彼の職業上のルールにより、オリジナルの文書がない限り、そのような決定的な判定を下すことは許されていないからだ。したがって、「きわめて可能性が高い」「ほぼ確信できる」というのが、この場合、プロフェッショナルな意見を要約するのに使用できる言葉の中では最強のものだった。

彼が作成した標本を眺めていると戦慄を覚えた。彼は父の手書き文字をゾディアックのそれの上に重ねていた。その結果は驚異だった。

私は決定的な証拠を手にしていた。それは法廷ですら効力のある科学捜査の証拠だった。数週間後、ワクシュルがまた別の標本を送ってきた。彼は父の顔写真の上にゾディアックの二枚の指名手配用スケッチを重ねて、どのくらい似ているかを調べていた。結果に疑いの余地はなかった。

ついにスーザンがそれまでの経緯のすべてを話すと、彼はさらに一歩踏みこんだことをした。彼はシェリー・ジョー・ベイツ事件のあとに新聞社に送られた手紙のサイン――上の線がくねったZ――が、EとVを組み合わせたものに似ていることに気づいたのだ。結婚許可証に残されたヴァンのサインのEをこのくねった線と照合すると、これもまた一致した。

このころには、ワクシュルは私たちと同じくらいエキサイトしていた。

「ご自分の発見を証言しなくてはならない羽目になりますよ」スーザンは彼に言った。

「必要とあらば、法廷で証言します」ワクシュルはそう答え、それを書面にした。

もう一つ、私には気になっていることがあった。ウェブサイト上にポール・スタインの犯行現場から採取されたゾディアックの指紋のコピーを見つけていたのだが、その右手人差し指には斜めに横切る傷痕があった。一方、子供誘拐罪で逮捕されたときの調書に残っているヴァンの指紋にも同じ傷痕があるが、向きが逆だった。最終的にピンときたのだが、おそらく犯行現場で鑑識課員は血まみれの指紋の上に紙を載せ、それを別の紙に写し取ったのだろう。それで、左右が逆になったのだ。

スーザンとともに指紋鑑定に関する有資格専門家を探した。元刑事／犯行現場捜査官で、指紋鑑定、犯行現場復元、犯行現場調査、デジタル画像の専門家のボブ・ギャレットに依頼することにした。彼は私たちの持っているサンプルを見ることには同意してくれたものの、血まみれの指紋の照合では一致を見ることはまずないだろうと言った。

数日後、彼はスーザンに、指紋に付着している血液のせいで一致は得られなかったと報告してきた。

「でも、傷痕はどうですか？」スーザンが尋ねた。

「傷は出発点に過ぎません。傷痕で指紋が同一であるという証明はできません」ギャレットは答えた。のちに午後遅くなってから、彼はスーザンにメールで五つの指紋が載った標本を送ってきた――ゾディアックの血まみれの指紋のオリジナル、裏返しにした血まみれの指紋、傷痕をハイライトした血まみれの指紋、ヴァンの指紋、そして血まみれの指紋とヴァンの指紋を重ねたもの。

スーザンはすぐに私に電話してきた。「メールをチェックして。これを見なくちゃ」

傷痕は完全に一致していた――同じ角度、同じ長さ、同じ幅。

スーザンは折り返しギャレットに電話した。「この標本を本に載せる許可をいただけますか？」

「いいですよ。私が同一人物のものであるという結論は出せなかったという点さえ明記してくだされば」

スーザンはそうすると約束した。

五一年間。

それは私が自分の出生について真実を知るのにかかった年月だ。

今なお、すべての答えを得たわけではない。サンフランシスコ市警でＤＮＡを採取されてから一〇年近くになる。同署の誰からもその結果について知らされていないし、ヘネシー警部とは二〇〇六年以来、音信不通だ。

彼がなぜ突然、私と連絡を取り合うのをやめたのかはわからない。そして、それはまだ私を悩ましている。彼とは友達になっていた。彼は「真相を究明する」と約束した。私と私の家族のために彼も「終幕」が欲しい、それを私に与えてくれると言った――「どんな結果になろうとも」

私は彼を信じた。

今も信じている。どんなにそうすべきではないという証拠があろうとも。

この年月、もしかして彼の気に障ることでもしたのだろうかとか、彼がＤＮＡ鑑定を依頼したことがサンフランシスコ市警の誰かに知られ、ストップをかけられたのだろうかなどと逡巡しては、結局、いつもこの結論に戻った。

私たちがこの自叙伝に最後の仕上げをしているとき、誰かがヘネシーは私が本を書いていることを知っているのかと尋ねた。その質問がある記憶を呼び起こした。

彼には言っていない。当時――二〇〇六年のことだが――、この本の企画はまだ生まれたばかりだった。私はＤＮＡの鑑定結果が出たときに、彼の承認を得ようと考えていた。彼が私のためにしてくれていることは誰にも言わないと心に決めていたし、彼の同意を得ずに本を出したくはなかった。そのくらい深く彼に肩入れしていた。

しかし、そのころ、母と私は久しぶりに大変いい関係にあった。ついに私は、母の強い自衛本能が、

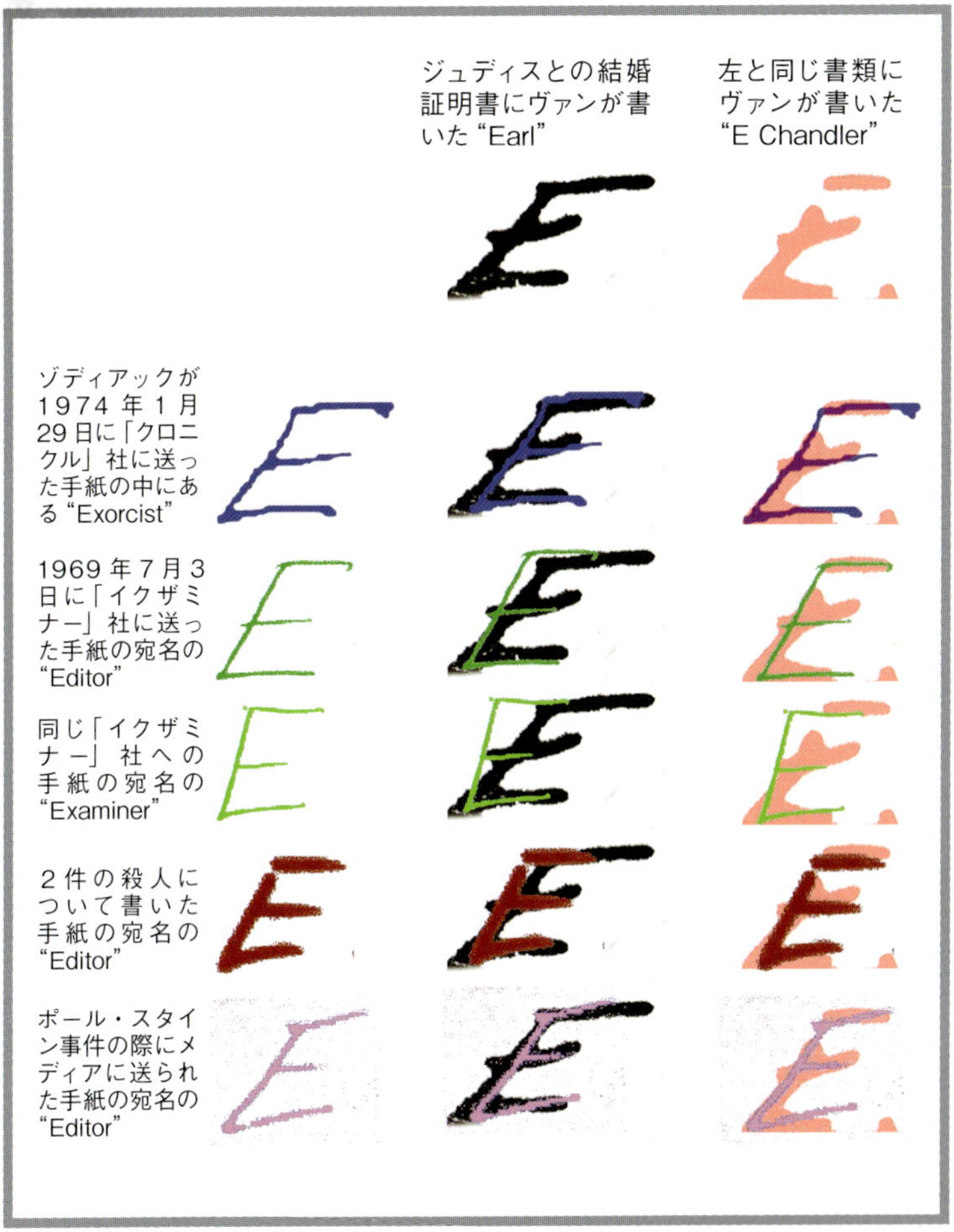

ワクシュルの筆跡鑑定。ヴァンとゾディアックの記した“E”の字を重ねている
(Copyright ©Michael Wakshull)

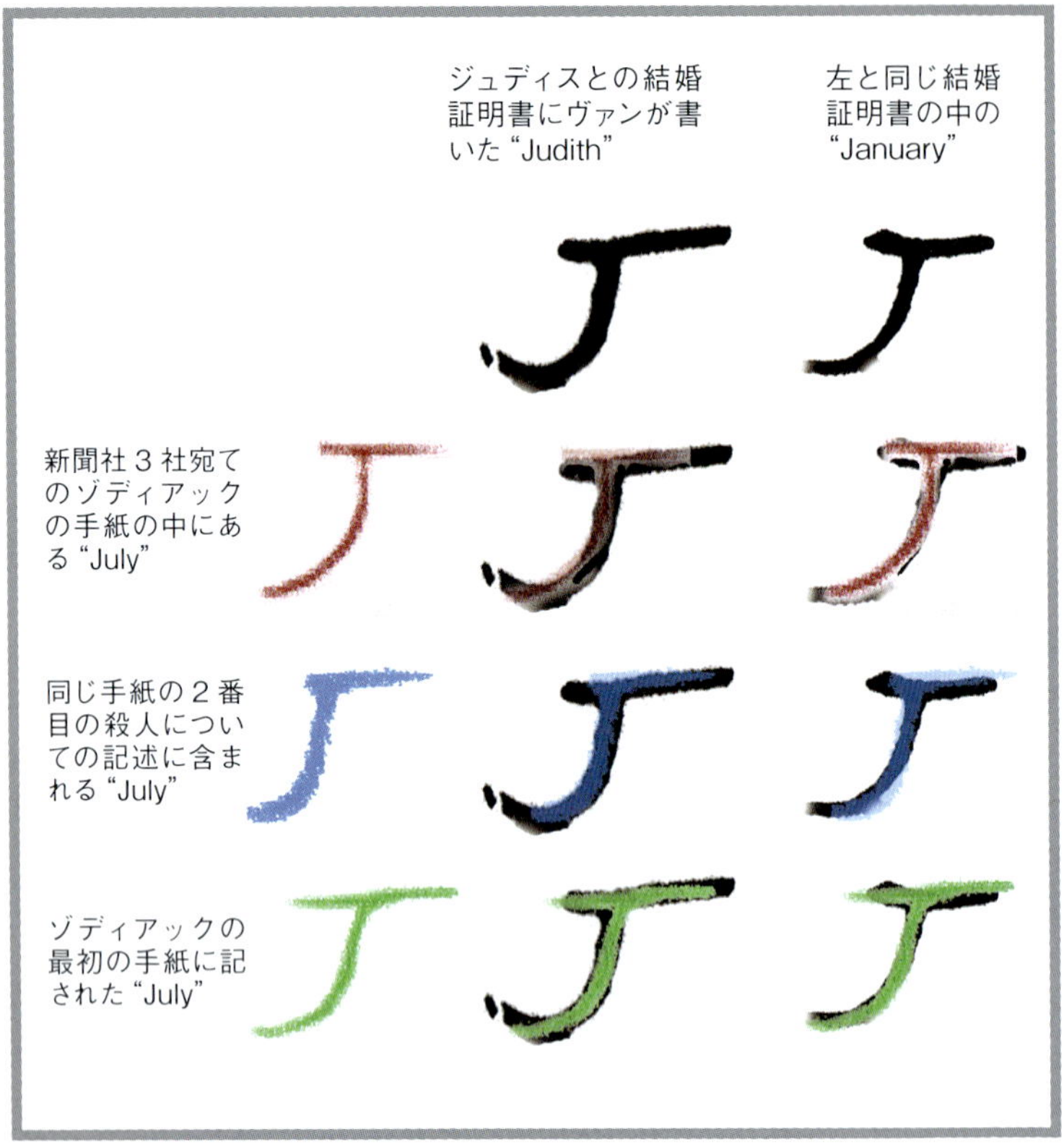

ワクシュルの筆跡鑑定。ヴァンとゾディアックの記した “J”の字を重ねている
(Copyright ©Michael Wakshull)

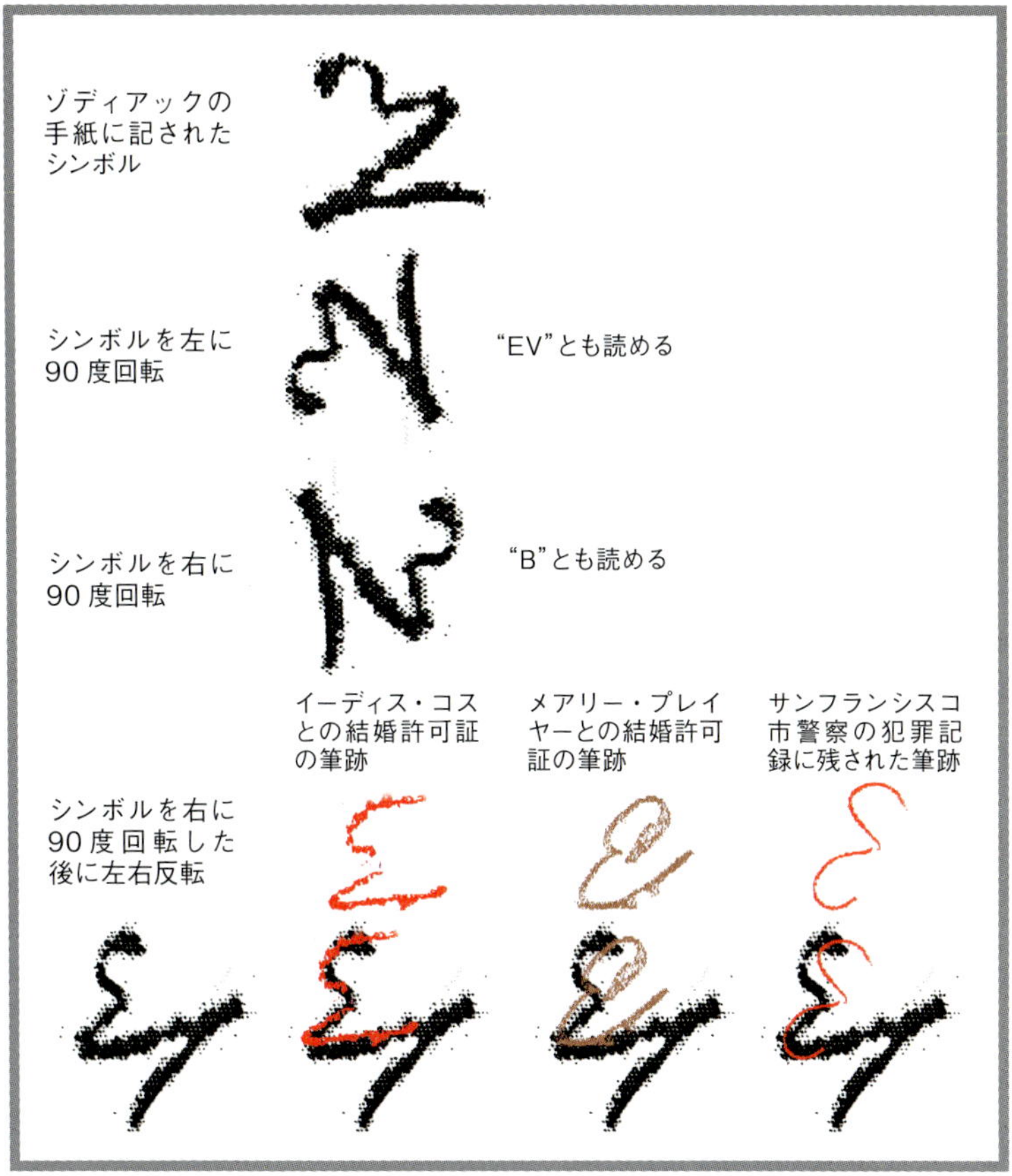

ワクシュルの筆跡鑑定。ゾディアックがジョー・ベイツ事件の際に「リバーサイド・プレス・エンタープライズ」社に送った手紙に記されたシンボル“EV”とヴァンがイーディス・コス、メアリー・プレイヤーとの結婚許可証に残したサインの“E”、およびサンフランシスコ市警察の犯罪記録に残されたヴァンの筆跡による“E”を重ねている（Copyright ©Michael Wakshull）

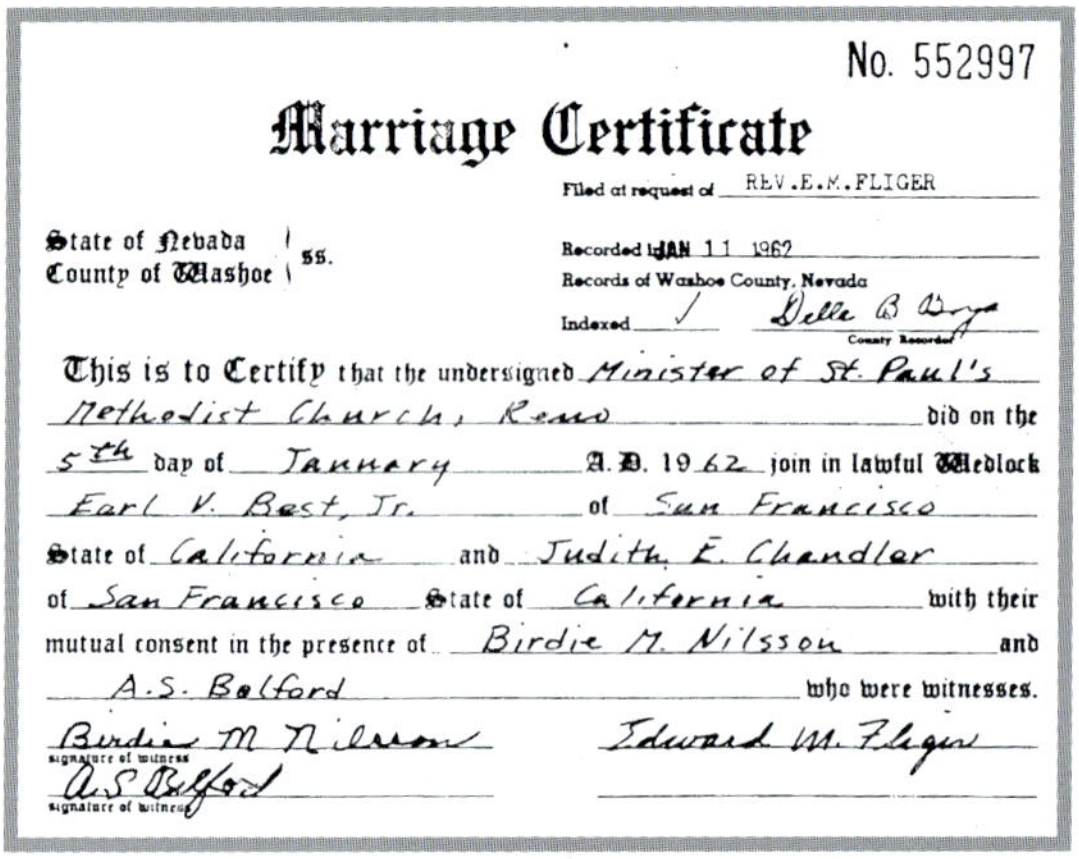

No. 552997

Marriage Certificate

Filed at request of REV.E.M.FLIGER

State of Nevada } ss.
County of Washoe

Recorded JAN 11 1962
Records of Washoe County, Nevada
Indexed ✓ Della B. Boyd
County Recorder

This is to Certify that the undersigned Minister of St. Paul's Methodist Church, Reno did on the 5th day of January A.D. 1962 join in lawful Wedlock Earl V. Best, Jr. of San Francisco State of California and Judith E. Chandler of San Francisco State of California with their mutual consent in the presence of Birdie M. Nilsson and A.S. Belford who were witnesses.

Birdie M. Nilsson
signature of witness
A.S. Belford
signature of witness

Edward M. Fliger

ヴァンとジュディの結婚証明書（左）とヴァンとイーディスとの結婚許可証（下）。ゾディアックの手紙との筆跡鑑定に使用された

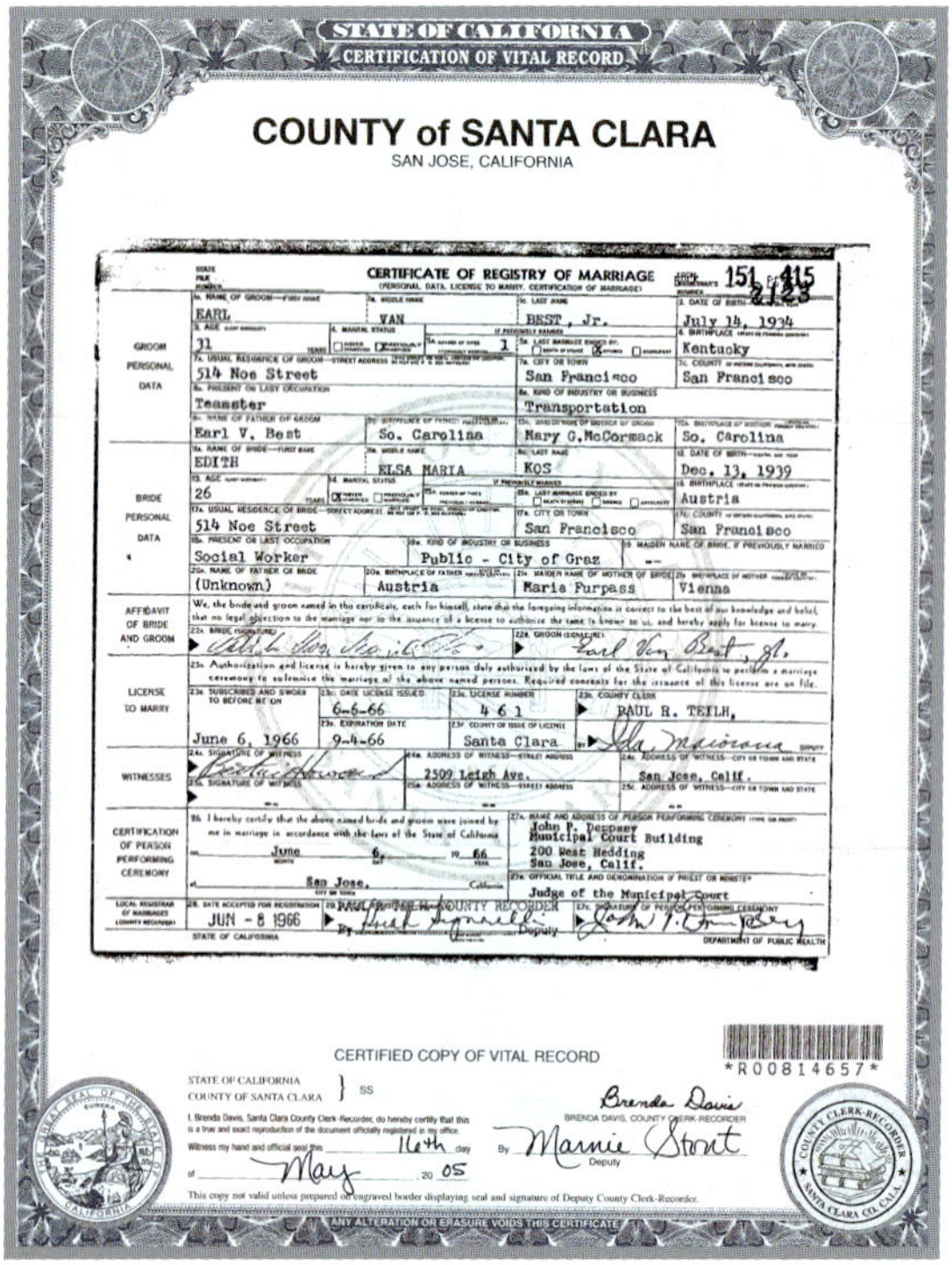

STATE OF CALIFORNIA
CERTIFICATION OF VITAL RECORD

COUNTY of SANTA CLARA
SAN JOSE, CALIFORNIA

CERTIFICATE OF REGISTRY OF MARRIAGE
(PERSONAL DATA, LICENSE TO MARRY, CERTIFICATION OF MARRIAGE)

151 415 / 2123

GROOM PERSONAL DATA	1a. Name of groom—first name: EARL	1b. Middle name: VAN	1c. Last name: BEST, Jr.	2. Date of birth: July 14, 1934
	3. Age: 31 years	4. Marital status: previously married; 5a. number of times: 1	5b. Last marriage ended by: divorce	6. Birthplace: Kentucky
	7a. Usual residence of groom—street address: 514 Noe Street		7b. City or town: San Francisco	7c. County: San Francisco
	8a. Present or last occupation: Teamster		8b. Kind of industry or business: Transportation	
	9a. Name of father of groom: Earl V. Best	9b. Birthplace of father: So. Carolina	10a. Maiden name of mother of groom: Mary G. McCormack	10b. Birthplace of mother: So. Carolina
BRIDE PERSONAL DATA	11a. Name of bride—first name: EDITH	11b. Middle name: ELSA MARIA	11c. Last name: KOS	12. Date of birth: Dec. 13, 1939
	13. Age: 26 years	14. Marital status: never married		16. Birthplace: Austria
	17a. Usual residence of bride—street address: 514 Noe Street		17b. City or town: San Francisco	17c. County: San Francisco
	18a. Present or last occupation: Social Worker	18b. Kind of industry or business: Public - City of Graz	19. Maiden name of bride, if previously married: --	
	20a. Name of father of bride: (Unknown)	20b. Birthplace of father: Austria	21a. Maiden name of mother of bride: Maria Furpass	21b. Birthplace of mother: Vienna

AFFIDAVIT OF BRIDE AND GROOM: We, the bride and groom named in this certificate, each for himself, state that the foregoing information is correct to the best of our knowledge and belief, that no legal objection to the marriage nor to the issuance of a license to authorize the same is known to us, and hereby apply for license to marry.
22a. Bride (signature) ▶ Edith Elsa Maria Kos
22b. Groom (signature) ▶ Earl Van Best, Jr.

LICENSE TO MARRY: 23a. Authorization and license is hereby given to any person duly authorized by the laws of the State of California to perform a marriage ceremony to solemnize the marriage of the above named persons. Required consents for the issuance of this license are on file.
23b. Subscribed and sworn to before me on June 6, 1966
23c. Date license issued 6-6-66 / 23d. Expiration date 9-4-66
23e. License number 4 6 1 / 23f. County of issue of license Santa Clara
23g. County clerk ▶ PAUL R. TEILH, By ▶ (signature) Deputy

WITNESSES: 24a. Signature of witness ▶ (signature) / 24b. Address of witness—street address 2509 Leigh Ave. / 24c. Address of witness—city or town and state San Jose, Calif.
25a. Signature of witness ▶ -- / 25b. Address of witness—street address -- / 25c. Address of witness—city or town and state --

CERTIFICATION OF PERSON PERFORMING CEREMONY: 26. I hereby certify that the above named bride and groom were joined by me in marriage in accordance with the laws of the State of California on June 6, 19 66 at San Jose, California
27a. Name and address of person performing ceremony: John P. Dempsey, Municipal Court Building, 200 West Hedding, San Jose, Calif.
27b. Official title and denomination if priest or minister: Judge of the Municipal Court
27c. Signature of person performing ceremony ▶ John P. Dempsey

LOCAL REGISTRAR OF MARRIAGES (COUNTY RECORDER): 28. Date accepted for registration JUN - 8 1966 / 29. PAUL R. TEILH, COUNTY RECORDER By (signature) Deputy

STATE OF CALIFORNIA — DEPARTMENT OF PUBLIC HEALTH

CERTIFIED COPY OF VITAL RECORD

R00814657

STATE OF CALIFORNIA } SS
COUNTY OF SANTA CLARA

I, Brenda Davis, Santa Clara County Clerk-Recorder, do hereby certify that this is a true and exact reproduction of the document officially registered in my office.

Witness my hand and official seal this 16th day of May, 20 05

Brenda Davis
BRENDA DAVIS, COUNTY CLERK-RECORDER
By Marnie Stout
Deputy

This copy not valid unless prepared on engraved border displaying seal and signature of Deputy County Clerk-Recorder.

ANY ALTERATION OR ERASURE VOIDS THIS CERTIFICATE

ワクシュルの筆跡鑑定。ヴァンとゾディアックの記した“est”の字を重ねている
(Copyright ©Michael Wakshull)

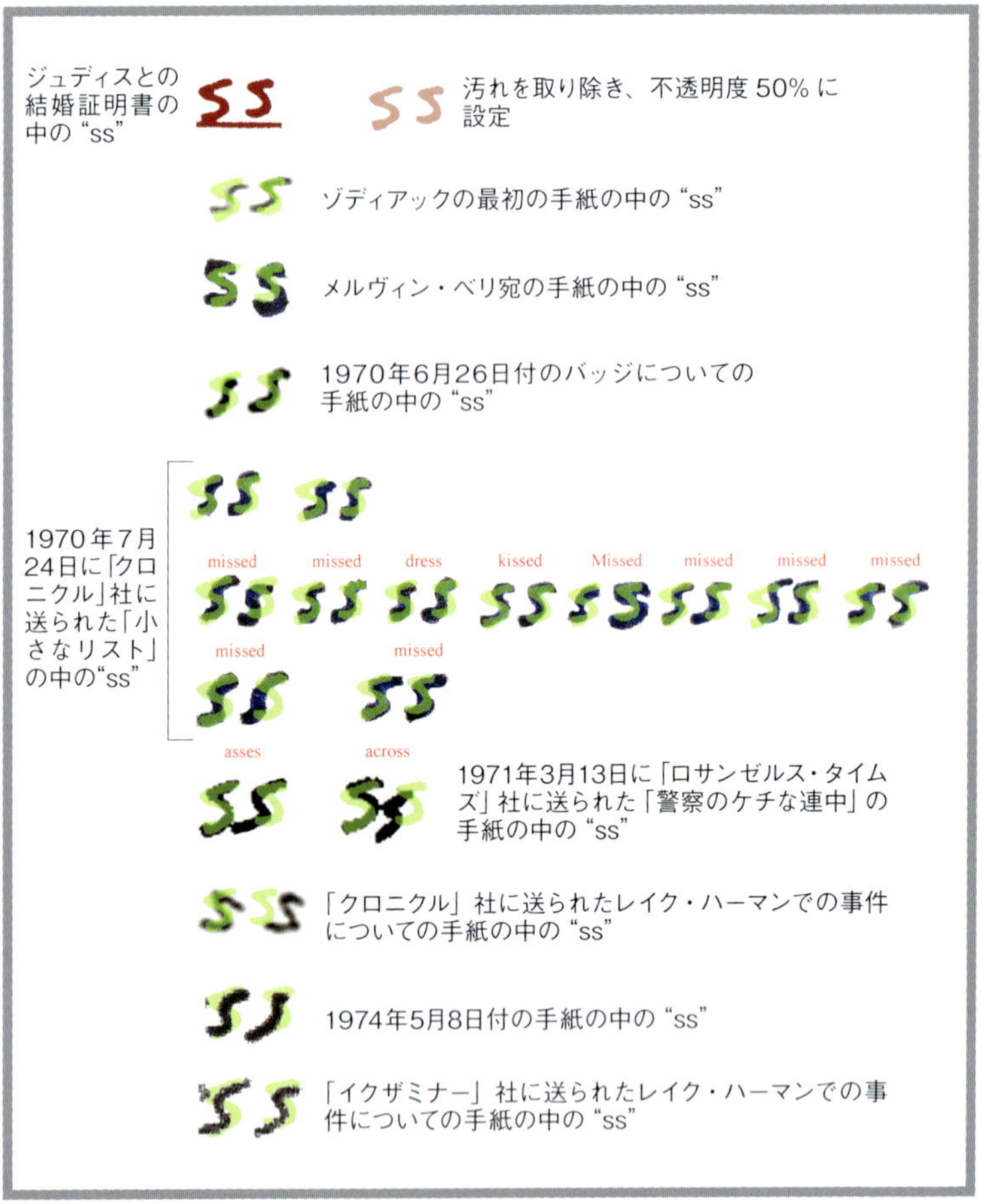

ワクシュルの筆跡鑑定。ヴァンとゾディアックの記した“ss”の字を重ねている
（Copyright ©Michael Wakshull）

方とも何度かハロルドにメールや電話をしましたが、彼はそれ以上は明かせないという姿勢を曲げませんでした。親しい友人がそのような見解を示したことに、私は大変失望しました。この状況について大いに苦悩した末に、ついに私は彼らが守ろうとしているのはゲーリーと私ではなく、おそらくロテア・ギルフォードの評判なのだと自分を納得させたのです」

「ゲーリーが殺人課のトップであるジョン・ヘネシー警部と話し始めたことを、私はまったく知りませんでした」と母はその章を結んでいた。

私にやめる気がないことを、そして私が真実を発見するためにバトラーとサンダーズの裏をかいたことを母が悟ったのは、そのときだったに違いない。

ヘネシーが殺人課のトップという役職から特別捜査課に異動になったことを知ったのは、母からその原稿を受け取った直後だった。そのときは別に疑わしいとは思わなかった。ヘネシーには辛抱強く待つように言われていたし、鑑定結果が出れば彼が連絡してくると思っていたからだ。

それから七年後、私はなおも彼から連絡が来なかったことを不思議に思っているが、私の中にある問いは異なる。

ヘネシーがDNA鑑定の依頼をした事実を母に打ち明けたことで、私はうっかり彼の信頼を裏切ってしまったのではないか？

母が友人たちに電話して、ヘネシーがDNA鑑定の要望書を提出したと話したのだろうか？

なぜサンフランシスコ市警に提出されたあの有効なDNA証拠は十分に調査されなかったのか？

しかし、この事実は厳然として残る――ジュディはヴァン、すなわちゾディアックと結婚した。

真実を知ろうとする私の欲求にたいていは打ち勝つということを理解するに至り、またそれを受け入れてもいた。自叙伝を書こうとしていること、それには「アイスクリーム・ロマンス」や、真のアイデンティティを発見する私の旅も含まれることを母に打ち明けた。母は面白がり、手伝いたいと言った。共同で養子縁組／再会の物語を書こうと提案し、出版界にその実現を助けてくれる友人も数人いると言った。

母は私の自叙伝が単なる養子縁組／再会本ではないことを知らなかった。

母が内容について口外しないことを確信できたので、草稿を送った。

その時点では、この本は私のDNAをゾディアックの不完全なDNAプロファイルと照合するため、私がヘネシー警部の部屋で口腔内の細胞をこすり取られている場面で終わっていた。DNA鑑定の要望書も含めていた。

草稿を読むなり、母は母が言うところの「本のこと」に幻滅し、私たちの養子縁組／再会本のために章を一つ書き始めるという反応に出た。

その章の中で、母はいつもどんなにロテアを誇りに思っていたか、そして私が父を探そうとしたときにハロルド・バトラーとアール・サンダーズが助けてくれなかったことにどんなにがっかりしたかを綴っていた。「実際に私は二人と話をし、ゲーリーの父親について詳しいことは何も知らないと説明しました。彼のフルネームすら確信が持てなかったので、名前に加えて彼の誕生日、生誕地、社会保障番号を発見する必要がありました」と母は書いていた。

母はさらにハロルドがファイルの中身を開示することを拒絶したことも書いていた。「私たちは両

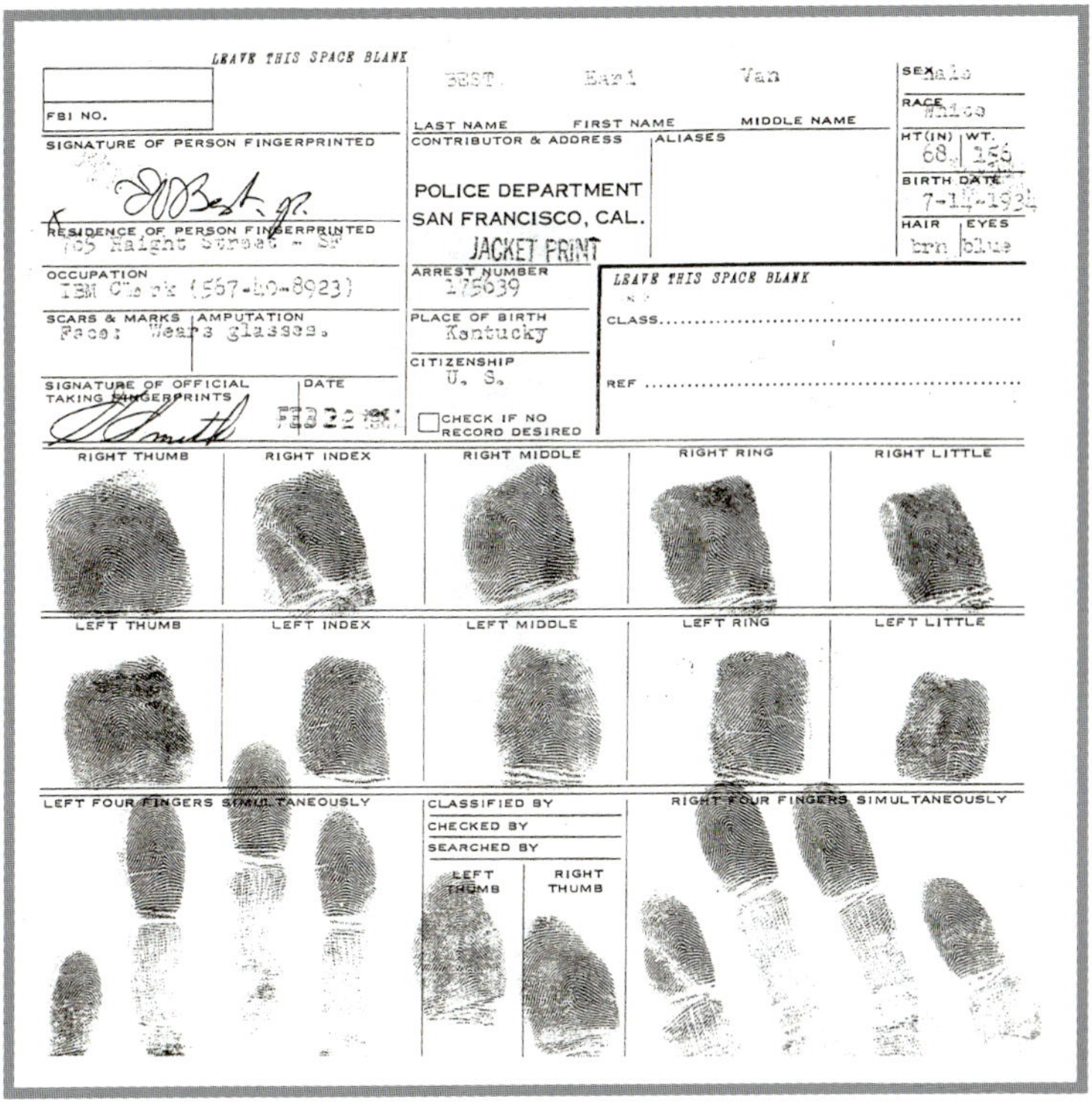

LEAVE THIS SPACE BLANK

FBI NO.

SIGNATURE OF PERSON FINGERPRINTED

RESIDENCE OF PERSON FINGERPRINTED
765 Haight Street - SF

OCCUPATION
IBM Clerk (567-40-8923)

SCARS & MARKS | AMPUTATION
Face: Wears glasses.

SIGNATURE OF OFFICIAL TAKING FINGERPRINTS | DATE
FEB 22

BEST Earl Van
LAST NAME FIRST NAME MIDDLE NAME

CONTRIBUTOR & ADDRESS | ALIASES
POLICE DEPARTMENT
SAN FRANCISCO, CAL.
JACKET PRINT

ARREST NUMBER
175639

PLACE OF BIRTH
Kentucky

CITIZENSHIP
U. S.

CHECK IF NO RECORD DESIRED

SEX Male
RACE White
HT(IN) 68 | WT. 156
BIRTH DATE 7-14-1934
HAIR brn | EYES blue

LEAVE THIS SPACE BLANK
CLASS
REF

RIGHT THUMB | RIGHT INDEX | RIGHT MIDDLE | RIGHT RING | RIGHT LITTLE
LEFT THUMB | LEFT INDEX | LEFT MIDDLE | LEFT RING | LEFT LITTLE
LEFT FOUR FINGERS SIMULTANEOUSLY
CLASSIFIED BY
CHECKED BY
SEARCHED BY
LEFT THUMB | RIGHT THUMB
RIGHT FOUR FINGERS SIMULTANEOUSLY

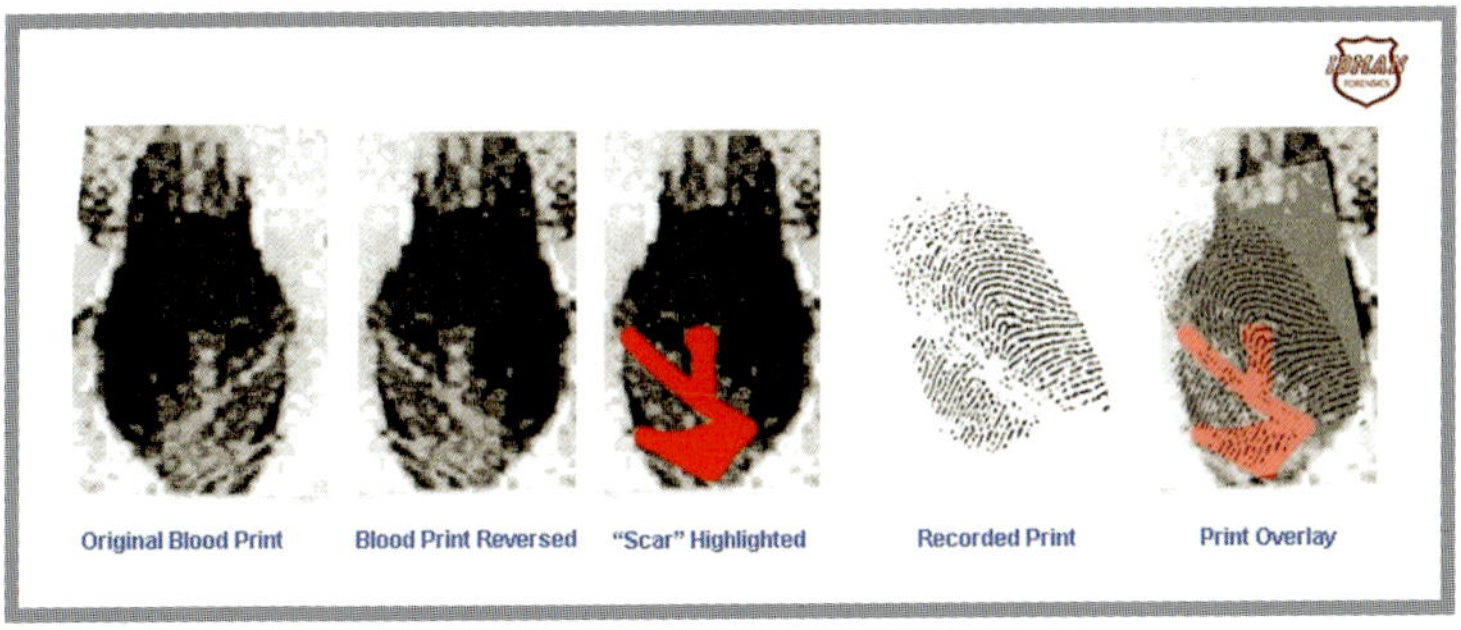

サンフランシスコ市警察に残されたヴァンの犯罪記録（上）とポール・スタイン事件の犯行現場に残されたゾディアックの指紋との比較図（下）。下図の１番左が採取の際に反転したゾディアックの指紋。その隣がそれを左右反転したもの。さらにその隣がそこから読み取れる傷跡の形を赤色で塗りつぶしたもの。右から２番目はヴァンの指紋の拡大図。１番右の図がヴァンの指紋の傷とゾディアックのそれとを重ねたもの（Courtesy of Bob Garrett）

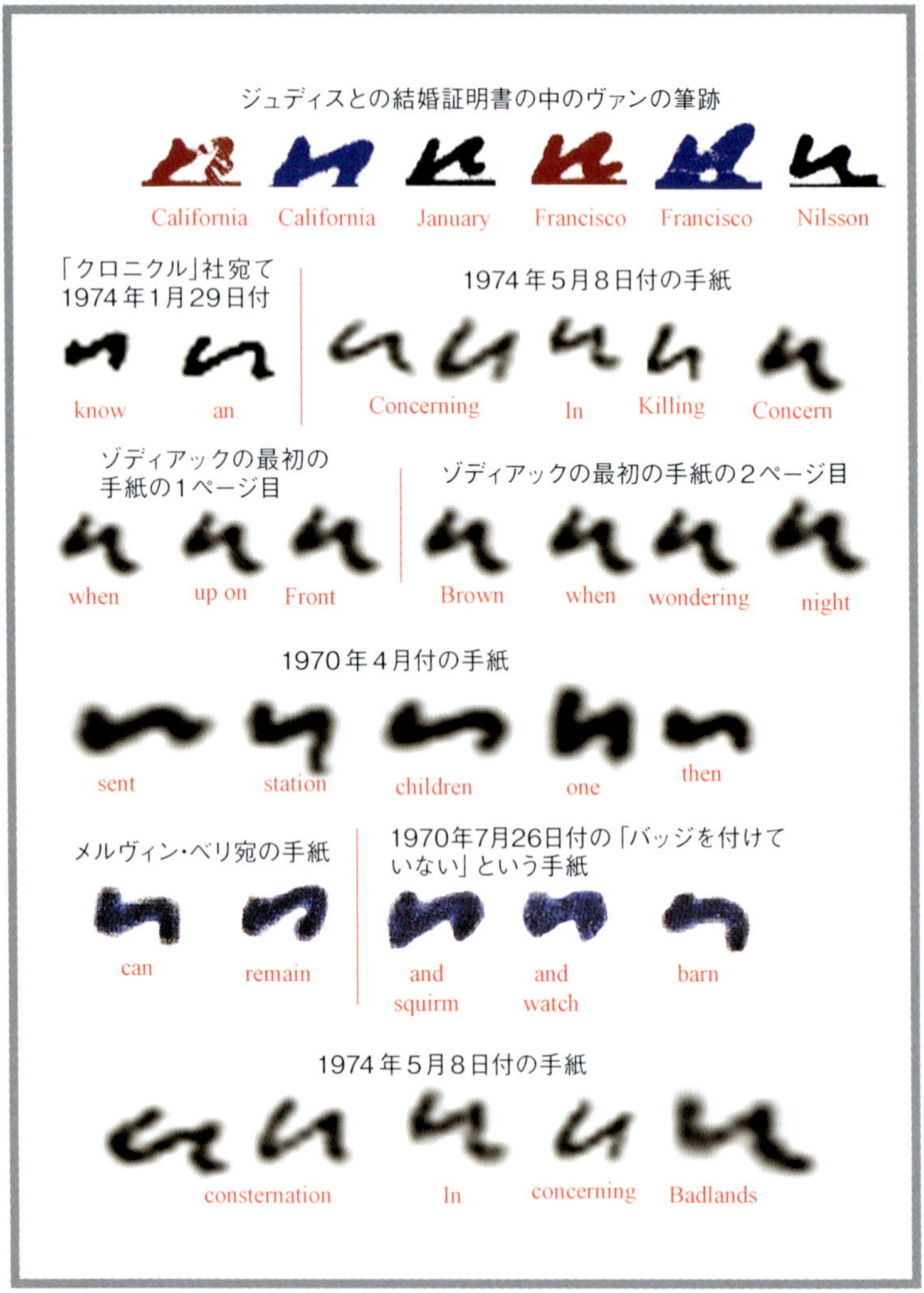

ワクシュルの筆跡鑑定。ヴァンとゾディアックの記した“n”の字を重ねている
（Copyright ©Michael Wakshull）

ジュディは殺人課刑事のロテアとも結婚した。この驚くべき偶然が、何が入っていたにしろヴァンのファイルに対するバトラーやサンダーズの態度に関係しているのではないか？　それゆえに、父について真実を発見しようとする私に手を貸すヘネシーの活動は停止させられたのだろうか？　それとも、サンフランシスコ市警の膨大な仕事量と、誤った手がかりに翻弄され続けたゾディアック捜査の長い歴史を前に、ただ棚上げにされただけなのだろうか？

はっきりとはわからない。はっきりしているのは、母に草稿を送って以来、友人のジョン・ヘネシーからの連絡が完全に途絶えたということだけだ。

この本を出版することの是非については、長年、あらゆる角度からその影響について考え、検討してきた。そのたびに、ある一つの考えに立ち返った――ゾディアックの犠牲者の家族は、その残忍な行為を犯した者が誰であるかを知る権利がある。

息子のザックとも話した。もし人々が本の内容を信じなかったら、どんなことが起きかねないかを正直に言った。「からかわれるかもしれないよ」と言った。「友達の中には、パパやジュディおばあちゃんについて意地悪なことを言う人が出てくるかもしれない。反対に信じた人はお前のことを連続殺人犯の孫だと言って、嫌がらせをするかもしれない」

「ほんとうにパパは何て心配症なんだ。ぼくは平気だよ。どうにかするよ。パパはただ、するべきことをすればいい」息子は私をハグしながら言った。「何が起きようが、ぼくたちなら大丈夫」

そのときほど、息子を誇らしく思ったことはない。

母に話すと、彼女にはザックほどの確信はなかったが、私がどんな決断をしようが応援すると約束してくれた。結果はいっしょに引き受けようと。私たちは多くの試練を乗り越えてきたので、何が起きようと私たちの関係は揺るがないとの確信があった。子供のころ、ロイドは子供たちが嘘をついているのではないかと疑うと、「真実は人を自由にする」と諭すのが好きだった。母と私にもその言葉が当てはまることを祈っている。この本を通して、私はサンフランシスコ市警察に殺人犯を差し出した。動機、手段、機会、筆跡鑑定、指の傷痕の一致、そしてゾディアック暗号文に組みこまれた父の名前を提供した。そして、私の手元には照合を待つ父のＤＮＡプロファイルがある。

この先、何が起きるかは興味深い。

神が私をこの場所に導いてくれたことには一点の疑いもない。神は私にこれまでに発見したすべてを何一つ隠さず公表させようとした。私はその責任を、神の創り給うた私の全身全霊で果たしてきた。神はこの先も私たち家族を見守り、また守ってくれるだろう。かつて階段の踊り場の赤ん坊をやさしく守ったときのように。

はるか以前にゾディアックは私を捨てた。

たぶん今、私は彼を捨て去れる。

彼らの美しい思い出を偲んで、
シェリル・リン・スチュワート
一九五九年一二月六日――一九六一年一月七日
ハリー・ロイド・スチュワート
一九三一年一二月二一日――二〇一二年六月一六日

訳者あとがき

ゾディアック事件はアメリカ犯罪史上最も謎の多い迷宮入り事件の一つとして、過去四〇年にわたり、アメリカ人のイマジネーションを掻き立ててきた。マスコミや国民を自分のゲームに巻き込んで警察を愚弄する犯人の知能が、プロ・アマ両方の探偵や犯罪マニアたちを虜にしたのである。したがって、ゾディアック事件ほど、関連した書物、映画、テレビ番組が数多く制作された事件も少ない。同事件を題材にした映画は「サンフランシスコ連続殺人鬼」や「実録！　ゾディアック：血に飢えた殺人鬼の刻印」に続き、近年ではデヴィッド・フィンチャー監督による「ゾディアック」が二〇〇七年に日本でも劇場公開されている。また、犯人を知っていると申し出た人の数は、実に千人以上にのぼる。一九九〇年代にはニューヨークでゾディアック事件の模倣事件が起き、以降、「ゾディアック」は連続殺人犯のメタファーになった。

ゾディアック事件がこんなにも長く人々を魅了してきた理由の一つは、迷宮入りになった連続殺人事件の犯人が、多くの場合、顔の見えない漠然とした冷血漢であったのとは対照的に、むしろこの事件では犯人像が見えすぎるくらい、はっきり見えていたからだろう。明らかにカリフォルニア在住で、目撃者も複数いるのでかなり正確な似顔絵も作成されていた。新聞社に送られてきた手紙、脅迫文、暗号文やカードの数々から浮かび上がる犯人は、実に鼻持ちならないイヤな人物だった。プライドが高く、自分は誰よりも頭がいいと自惚れている。知性も教養もありそうだが、言葉のゲームにはしゃぐ子供じみた面もあり、心底に巨大な劣等感やフラストレーションを抱えていそうだ。犯行自体の発覚を恐れる大方の殺人犯と違い、ゾディアックを自称するこの凶悪犯は新聞での大きな扱いを要求し、殺人そのものと同じくらいフォローアップを楽しむ愉快犯でもあった。

本書が数多くある犯罪ドキュメンタリーの書物の中で実に特異なのは、比較的恵まれた知的中産階級に生を受け、成長の過程で日本という異文化とも触れる機会のあった少年が、どのようにしてかくも冷酷な「悪しき動物」(ゾディアック自身の言葉)に仕上がっていったのか、その過程がつぶさに再現されている点にある。それを可能にしたのは、エキセントリックな子供時代のヴァンをよく知る従姉妹たちの記憶力の良さ、ヴァンの父親アールが親族に書き送った数々の手紙が残されていたこと、ヴァンが報道価値のあるものとないもの両方の事件で何度も逮捕されており、そのときの新聞記事や公的記録が大量に閲覧できたこと、そして何よりも、ヴァンの根拠のない優越感が膨れ上がり、その関心が暗黒や猟奇へと向かい、人生が次第に軌道を外れて行った青年時代に常に近くにいた親友ウィリアムが驚異的な記憶力の持ち主であったという、いくつもの幸運だった。

実の父親のすべてを発見したいという著者スチュワートの執念が、ついにはパズルのすべてのピースを綿密に組み立てる。その結果、本書の中で暗号は解読され、ゾディアックの本名が提出された。だが同時にサンフランシスコ市警の隠蔽もが暴かれることになった。それに関わった存命の人物数名が実名で登場するため、版元の大手出版社「ハーパー・コリンズ」は発売前に出版差し止めの仮処分を申し立てられることを恐れて、徹底した秘密作戦を実行した。発売当日までアマゾンはもちろん自社サイトにすら表紙の画像や内容紹介を掲載せず、いつもならメディア各社に前もってばらまく宣伝用のあらすじも、今回は送らなかった。同社の広報担当役員によると、社内でもこのプロジェクトに参加できる人数を極力絞り、原稿の上には常に何かを置いて隠し、本が出来上がってからは一冊も盗まれることがないよう厳戒態勢を取ったという。

こうして発売された本書は即座に大きな反響を呼んだ。数々のメディアならびに犯罪関連や法曹界のサイトに取り上げられ、スチュワートにはテレビやラジオへの出演依頼や新聞雑誌のインタビューの申し込みが殺到し、瞬く間に本書は「ニューヨークタイムズ」のベストセラーになった。アメリカのアマゾンサイトには現時点で三〇〇〇ものレビューが寄せられている。

最近の展開を調べているうちに、今年（二〇一五年）五月に行われたスチュワートへのインタビュー記事をゾディアック関連サイトに発見した。

それによると、本書に対する読者の反応は両極端で、いわゆるゾディアック・マニアの中には、自身の推す犯人を守るため、あらゆる理論と理屈を駆使して本書にあるすべての証拠を「こじつけ」もしくは「捏造」だとして徹底的にこき下ろす人も多かったという。中には（著者があれだけの証拠を集めて本にしたことに対する）見当違いの嫉妬と（自説を曲げざるをえなくなったことに対する）怒りの激情にかられ、死の脅迫状を送りつけてきた人もいた。一方で、サンフランシスコ市警の元刑事数人は、スチュワートがついに真犯人を発見してくれたこと、そしてこの事件の解決をなぜ市警の上層部が渋っていたのかという大きな謎を解明してくれたことに対し、わざわざ謝意を述べに来たそうだ。

だが、渦中のサンフランシスコ市警はというと、表向きにはあくまで本書を読んでいないという姿勢を貫いた。そこでスチュワートは、ヘネシー警部に会うため初めて市警に足を踏み入れて以来一〇年ぶりとなる二〇一四年九月に、自らそこに出向くことにした。今回は正式にアポイントメントを取り、元検察官とともに未解決事件の担当刑事と会った。そして、ページ数の都合で本には含められなかった三三ページ分の追加の証拠資料を手渡した。直後にこの刑事はスチュワートに連絡してきて、真剣に事件の再調査に取り組む約束をした。三ヵ月後にふたたびこの刑事との会合が持たれた。そのときの話し合いにより、スチュワートは最終的には科学がこの事件に幕引きをすると信じている。

本書が他の本と異なるのは、出版が終着点ではなく、むしろ出発点だった点だと彼は語る。発売以来、彼のもとには新たな情報や証拠が次々と寄せられ、今ではもう一冊本が書けるくらいになっているそうだ。それにより彼は、実の父がやはりゾディアックであったとの確信をいっそう強めるに至ったという。

また彼は、この本はあくまで愛と希望と赦しの物語であると強調している。出版以来、多くの場所で講演の依頼を受けてきた彼は、その中で「親に愛されず、虐待され、あげくに捨てられた子供であっても、素晴らしい人生を手に入れることができる」というメッセージを同じような境遇の子供たちに送り続けている。不幸な子供たちに希望を与え続けることこそが自分に下された天命だと信じている。そんなふうに語る彼はまるで牧師のようだ。隔世遺伝だろうか。確かに彼は悪魔の生まれ変わりのようなゾディアックの息子であったかもしれない。だが、生涯を真摯に聖職と人助けに捧げたアールの孫でもあったのだ。

末筆になりましたが、本書を訳す機会を与えてくださった亜紀書房編集部のみなさまと、編集にあたり大変お世話になった同社の小原央明氏に心よりのお礼を申し上げます。

二〇一五年初夏

高月園子

ゲーリー・L・スチュワート
Gary L. Stewart
ルイジアナ州立大学卒。電子工学専攻、理学士号取得。現在はデルタ・テク・サービス社ルイジアナ支社の副支社長。10年前から詳細に記録してきた実父と自身のアイデンティティ探しの道のりが本書のベースとなった。妻クリスティ、息子ザックとともに、ルイジアナ州在住。

スーザン・ムスタファ
Susan Mustafa
作家・ジャーナリスト。他の著書に連続殺人犯ショーン・ヴィンセント・ギリスを題材にした『Dismembered（バラバラ死体）』（スー・イスラエルとの共著）、連続殺人犯デリック・トッド・リーの人生と犯罪を記録した『Blood Bath（血の海）』（特別検察官トニー・クレイトン、スー・イスラエルとの三人共著）がある。夫のスコットとともにルイジアナ州在住。

高月園子
Takatsuki Sonoko
翻訳者・エッセイスト。『災害ユートピア』『ハイジャック犯は空の彼方に何を夢見たのか』（亜紀書房）、『戦禍のアフガニスタンを犬と歩く』『夢のロードバイクが欲しい！』（白水社）、『なぜ人間は泳ぐのか？』（太田出版）、『黄金のフルートをもつ男』（時事通信社）ほか訳書多数。20年以上におよぶロンドン生活をテーマに『おしゃべりなイギリス』（清流出版）、『ロンドンはやめられない』（新潮文庫）などの著書もある。

亜紀書房翻訳ノンフィクション・シリーズⅡ-3

殺人鬼ゾディアック

犯罪史上最悪の猟奇事件、その隠された真実

著者　ゲーリー・L・スチュワート／
スーザン・ムスタファ

訳者　高月園子

発行　2015年 9月11日　第1版第1刷　発行
2015年11月 2日　第1版第2刷　発行

発行者　株式会社　亜紀書房
東京都千代田区神田神保町 1-32
TEL 03-5280-0261（代表）　03-5280-0269（編集）
振替　00100-9-144037

装丁　間村俊一

印刷・製本　株式会社トライ
http://www.try-sky.com

ISBN978-4-7505-1433-8 C0030

イギリスを泳ぎまくる

イギリスの沼、泉、川、湖、海など、どこでも泳いだ男の記録。泳ぐことの陶酔を書きつけながら、静かに自然保護の重要性を訴えた驚異のスイミング・レポート。野田知佑氏推薦。

ロジャー・ディーキン著　青木玲訳
2,500円

災害ユートピア

災害後の被災地には理想的な共同体、相互扶助の「ユートピア」が立ち上がる。むしろその周辺の人こそパニックに陥りやすい3.11以後、苦難を乗り越える本として紹介。

レベッカ・ソルニット著　高月園子訳
2,500円
5刷

ニュース・ジャンキー

アル中・ヤク中で大学を追われ、重窃盗罪で有罪判決。過去をひた隠し、ダウ・ジョーンズの記者として様々な事件をスクープした男が記者魂を激白！　森達也氏推薦。

ジェイソン・レオポルド著　青木玲訳
2,200円

ユダヤ人を救った動物園

ユダヤ人虐殺を推進、一方で希少動物保護を画策したナチのグロテスクさを鮮やかに描いた感動のノンフィクション。動物園長夫婦は300人のユダヤ人をどう救ったのか。

ダイアン・アッカーマン著　青木玲訳
2,500円
3刷

独裁者のためのハンドブック

カエサル、ルイ14世、ヒトラー、スターリン、毛沢東、カダフィ、金正日、プーチン、さらにはIOCやマフィアまで古今東西の独裁者と組織を取り上げ、カネとヒトを支配する権力構造を解き明かす。

ブルース・ブエノ・デ・メスキータ、アラスター・スミス著　四本健二訳
2,000円
2刷

アフガン、たった一人の生還

映画「ローン・サバイバー」原作！　戦場で民間人を殺すと罪になる。アフガンの山上で羊飼いを見逃し、仲間のすべてが死んだ。特殊部隊の唯一の生き残りが記す戦場の真実と、国内リベラル派への痛烈な批判。

マーカス・ラトレル著　高月園子訳
2,500円
7刷

帰還兵はなぜ自殺するのか

心身に傷害を負い帰郷した兵士たちとその家族の出口のない苦悩に密着。ピュリツァー賞ジャーナリストが「戦争の癒えない傷」の実態に迫る傑作ノンフィクション。内田樹氏推薦！

デイヴィッド・フィンケル著　古屋美登里訳
2,300円
5刷

アーミッシュの赦し

2006年にアメリカのある村で惨劇は起こった。銃乱射で5人の少女が死に5人の子が重症を負った。その犯人をキリスト教の一派、アーミッシュが赦した理由とは？

ドナルド・B・クレイビルほか著　青木玲訳
2,500円
2刷

価格は本体です。別途、消費税が加算されます。
重版にあたり価格が変更になることがありますので、ご了承ください。